KB095316

# 이야기 세기

감각 · 기억 · 꿈 · 생성

# 이야기 세기

### 감각 · 기억 · 꿈 · 생성

ⓒ 박신수진, 2021

초판 1쇄 발행 2021년 4월 24일

지은이      박신수진
펴낸이      이기봉
편집        좋은땅 편집팀
펴낸곳      도서출판 좋은땅
주소        서울 마포구 성지길 25 보광빌딩 2층
전화        02)374-8616~7
팩스        02)374-8614
이메일      gworldbook@naver.com
홈페이지    www.g-world.co.kr

ISBN 979-11-6649-647-9 (03810)

- 가격은 뒤표지에 있습니다.
- 이 책은 저작권법에 의하여 보호를 받는 저작물이므로 무단 전재와 복제를 금합니다.
- 파본은 구입하신 서점에서 교환해 드립니다.

박신수진 소설

# 이야기 세기

### 감각 · 기억 · 꿈 · 생성

좋은땅

「이번 세기는 이야기의 세기가 될 것이기 때문에」

1장
이야기

『이야기란 굉장히 신비로운 것이다. 하나의 이야기는 누군가의 머릿속에서 시작되지만 이야기가 완성되는 즉시 그것은 하나의 세계가 된다. 이야기의 시작은 세계의 시작이 되고 이야기의 끝은 세계의 끝이 된다.

이야기는 시간을 갖고 공간을 창조한다. 그 속에는 움직이는 생명들이 자신의 얼굴과 몸, 목소리를 가지고 살아간다. 시간, 공간 그리고 살아 있는 생명을 가진 이야기는 우리의 현실과 같은 하나의 실체가 된다. 하나의 실체가 된 이야기는 누군가가 자신을 발견하길 기다린다. 하나의 소리처럼, 향기처럼 자신을 지각할 누군가를 기다리며 세상을 떠돈다.

세상에 존재하는 이야기는 무수히 많다. 소리와 향기, 맛과 감촉이 무수히 많은 것처럼. 이야기는 그들과 똑같이 세상을 이루는 하나의 감각이다. 우리의 눈은 세상을 보고, 우리의 귀는 세상을 듣고, 우리의 혀는 세상을 맛보고, 우리의 코는 세상을 맡으며 우리의 살은 세상을 느낀다. 그리고 우리의 언어는 세상에 존재하는 이야기를 전한다.

언어는 다섯 가지 감각기관과 더불어 또 하나의 감각기관이다. 이야기라는 감각을 지각하는 감각기관이 언어이기 때문에, 우리는 언어를 가진 존재가 된다. 인간에겐 저마다의 소리가 있고 냄새가 있으며 맛이 있고 감촉이 있다. 그리고 인간에겐 저마다의 이야기가 있다.

하나의 인간은 감각하는 동시에 감각되는 존재이다. 당신은 보고 있지만 동시에 보이는 존재고, 듣고 있지만 동시에 들리는 존재며 맡고 있지만 동시에 맡아지는 존재이다.

그리고 당신은 이야기를 갖지만 동시에 이야기를 만들어 내는 존재이다.』

## 1.

"이건 상상이 아니라 기억이다. 그래서 내 단 하나의 이름은 상기자다." – 2011년 3월 27일 7시 51분 〈상기자의 자리〉

지하철 1호선 종로3가역은 늘 열차를 기다리는 사람들로 가득했다. 7-3 출입문은 나가는 문으로 연결되는 계단과 맞닿아 있어서, 사람들은 일부러 움직이는 열차에서 칸을 옮겨 타 이 자리로 오곤 했다. 역 안 의자에 앉아 열차에 오르고 내리는 사람들을 보고 있으면 이 많은 사람들로 하여금 이 장소를 거쳐 가게 만드는 삶의 어떤 필연성을 찾고 싶어진다. 자유의지로 움직인다고 믿는 사람들의 동일한 목적성. 서로 다른 일상과 다른 삶을 부르짖어도 우리는 모두 비슷비슷하게 살아가고 있다는 것의 증명. 종로3가를 거쳐 가는 사람들은 그 변하지 않는 단조로움을 이어 가기 위해 이곳에 모이는 것처럼 보였다.

희조는 언제나 종로3가역이 서울의 중심이라고 생각했다. 중심에서부터 뻗어 나가는 다양한 길목은 복잡하게 얽히고설켜 있지만 중심에 비해 너무도 조잡하고 나약하다고. 그래서 조잡하고 나약한 사람들이 주변부에서 지쳐갈 때면 늘 중심으로 돌아와 자기 자신을 찾는 거라고. 희조에게 종로3가역은 너덜너덜해진 사람들이 모이는 곳이었다. 그래서 언제나 여기는 불필요할 정도로 사람들이 가득하고, 불필요할 정도로 사람들이 다양하며 불필요할 정도로 사람들이 흐릿했다.

"사실 그럴 필요 없는데 말야."

희조는 긴 전신 거울 앞에 서서 그 속에 비친 사람들을 보며 말했다. 목에 두른 노란색 머플러를 이리저리 매만지며 짧은 머리카락을 쓸어 넘기는 희조의 손은 입고 있는 흰 셔츠가 무색할 정도로 하얗고 투명했다. 청바지에 묻은 하얀 가루들을 그제야 발견한 희조는 깜짝 놀란 몸짓으로 고개를 숙여 가루를 털어 냈다. 조금 전 점심으로 먹은 도넛에서 떨어진 설탕 가루가 분명했다.

"어서 오세요. 들어와서 구경하세요."

등 뒤로 들리는 사장의 목소리에 희조는 바지에 떨어진 가루를 마저 털어 내고, 머플러를 목에서 풀어 진열대에 걸쳐 놓았다. 상냥한 미소를 얼굴 가득 뿌려 놓은 채 뒤돌아선 그녀는 막 가게 안으로 들어온 손님에게 다가가 인사했다.

"안녕하세요. 이쪽이 이번에 들어온 봄 신상품이에요. 뭐 찾으시는 거라도 있으세요?"

20대 초반쯤 되어 보이는 앳된 얼굴의 여자가 작게 고개를 흔들며 희조가 가리킨 쪽의 반대편 진열대로 걸음을 옮겼다. 희조는 한 걸음 뒤로 물러서며 여자가 부담스러워 하지 않도록 진열대를 정리하는 척했다.

옷 가게에서 일한 지 반년이 넘은 희조는 손님들의 성향별로 그들을 어떻게 대해야 하는지 잘 알고 있었다. 진열된 옷들에 맘이 이끌려 가게 안으로 들어왔지만 특별히 필요한 물건도, 살 마음도 없는 그들에겐 적극적으로 이것저것 물건을 추천하기보단 그들이 맘 편히 눈의 즐거움을 누릴 수 있도록 손님에게 관심 없는 듯이 행동하는 게 중요하다. 하지만 그 행동이 손님을 무시하는 듯한 불친절한 서비스로 비춰지면 안 되기 때문에 최대한 친절하게 손님의 등장을 환영하되 마치 너무 바빠서 손님을 일일이 상대할 수 없다는 듯이 보여야 했다.

희조가 진열대를 정리하는 척하면서 거울로 여자의 모습을 살피자 사장은 어느새 계산대 앞에 서서 마치 '얼마나 잘하나 볼까.'라는 눈으로 그녀를 지켜보았다. 희조는 그런 사장에게 여유롭게 웃음을 지어 보이고는, 곧장 여자가 서 있는 진열대 쪽으로 가서 옷을 정리하기 시작했다.

한참을 가게 이곳저곳을 둘러보던 여자는 그제야 자신이 가게 안에서 얼마간의 시간을 머물렀는지 깨달았다. 대충 보고 맘에 드는 게 없다는 듯 당당히 가게를 나설 수 있는 시간을 이미 한참 넘어선 것이다. 게다가 가게 안에 손님이 자기밖에 없다는 사실을 인지한 순간 여자는 자신의 실수를 알아챘다.

여자는 이제껏 보던 옷가지들에서 눈을 돌려 머플러들이 가득 쌓인 진열대 앞으로 갔다. 머플러는 봄맞이 세일로 '모두 만 원'이라는 팻말 아래 널브러져 있었고, 여자는 별다른 고민 없이 가장 처음 눈에 띈 노란색 머플러를 집어 계산대로 가져갔다. 그 머플러는 방금 전 희조가 자신의 목에 둘러 보고 내려놓은 것이었다.

여자가 머플러를 들고 가게를 나가려 하자 희조는 손수 가게 문을 열어 주며 배웅했다. 그러곤 사장에게 말했다.

"커피 드실래요? 제가 뽑아 올게요."

희조는 주머니 속 동전을 찰랑거리며 경쾌하게 지하철역 계단을 내려갔다.

그녀는 크든 작든 물건을 팔면 어김없이 기분이 좋아졌다. 희조는 물건을 판다는 것은 첫눈에 사람을 파악할 수 있는 능력이라고 생각했다. 세상을 살아가는 사람은 너무도 다양하고 가게를 찾는 손님도 모두 제각각이었지만, 가게 문을 열고 들어오는 순간 그들에게 느껴지는 어떤 느낌으로 희조는 그 사람이 어떤 성향의 손님인지를 대략 알 수 있었다.

"저런 타입은 가게 안에 오래 묶어 두기만 하면 미안해서 빈손으로는 나가지 못하는 사람이야. 어쩔 수 없이 제일 출혈이 적은 머플러를 사긴 했지만, 운도 좋지. 그 머플러는 꽤 괜찮은 물건이라서 내가 가질까 했는데 말야."

희조는 이미 자신을 떠난 노란 머플러가 조금 아깝다는 생각이 들어 머플러를 둘렀던 목에 손을 가져갔다. 부드러운 실크 감촉이 아직도 목에 남아 있는 것 같았다. 목에 두른 손을 떼는 동시에 마지막 계단을 내려온 희조가 커피 자판기 앞에 섰다. 그러곤 주머니에 손을 넣어 동전을 두어 번 찰랑거린 후 손을 빼서 손바닥 위에 놓인 동전들을 세기 시작했다.

그때 누군가 그녀의 뒤에 서 있는 듯한 인기척이 들어 희조는 뒤를 돌아봤다. 한 남자가 그녀의 등을 미세하게 스치며 걸어가고 있었다. 희조는 아주 천천히 걸음을 떼는 남자를 바라보며 손으로 자판기의 동전 투입구를 찾았다.

"뭐야. 누가 뒤에 줄을 선 줄 알았네. 저 사람은 서 있는 거야, 걷는 거야. 저렇게 느리게 걷느니 그냥 서 있겠다."

희조는 동전 여섯 개를 차례로 자판기에 넣고 밀크커피 버튼을 눌렀다. 커피가 나오길 기다리면서 그녀는 다시 고개를 돌려 승강장 쪽으로 천천히 걸어가고 있는 남자의 뒷모습을 바라봤다.

《따르르릉. 지금 인천행 열차가 들어오고 있습니다. 기다리는 승객께서는 안전선 밖으로 한걸음 물러서 주시길 바랍니다.》

방송이 나가자 여기저기 흩어져 있던 사람들이 승강장 앞으로 모이기 시작했다. 지하철을 타려는 사람들이 분주히 움직이자 남자는 혼자만 슬로모션이 된 듯 사람들 속에서 더욱 눈에 띄었다.

희조는 커피를 자판기에서 꺼내 한 손에 들고 두 번째 커피 버튼을 눌렀다. 희조의 새하얀 손은 제 할 일을 찾아 부지런히 자판기 앞에서 움직였지만 눈은 남자에게서 떨어지지 않았다. 그녀에겐 아주 천천히 그러나 일정한 속도로 걸어가는 남자가 마치 다른 시간 속에서 움직이는 것처럼 느껴졌다. 그런 생각이 들자 희조는 '피식' 웃었지만 몸속 가득히 이상한 기분이 드는 것을 막을 수 없었다. 불현듯 모든 공기 입자들이 그녀의 몸에 다가와 부딪치는 기분. 바람이 부는 미세한 살랑임이 아니라 연약한 공기 입자가 그녀에게 달려와 맥없이 추락하는 것만 같은 감촉. 익숙한 종로3가역 안의 공기가 전부 갈아엎어진 것만 같은 알 수 없는 떨림에 희조는 몸이 달아오르는 것을 느꼈다.

남자는 이윽고 승강장 가까이 다다라 안전선 앞까지 도착했다. 그는 서 있는 것처럼 걸어갔지만 서 있는 것은 아니었다. 그는 멈춤 없이 걷고 있었다. 그는 결코 멈추지 않았다. 누구나 멈춰야 하는 그 지점 앞에서도.

남자가 바닥의 노란 안전선을 넘어서도 계속 걸어가자 희조는 몸이 굳은 듯 그 자리에 얼어붙었다. 승강장에 서 있던 사람들 몇 명이 그를 보고 말했다.

"이봐요. 위험해요."

"더 이상 가지 말아요. 뒤로 물러나요."

멀리서 공익근무요원이 그를 발견하고 호루라기를 불었다. 열차가 다가오는 소리가 들렸다. 터널 끝에 불빛이 반짝이기 시작했다.

"거기 멈춰요!"

모든 사람들은 공익근무요원이 소리치며 달려오는 것을 한 번 보고, 남자에게로 시선을 돌렸다. 그때 역 안을 찢는 듯한 여자의 외마디 비명과 함께 남자가 승강장 아래로 떨어졌다. 희조의 눈에는 남자가 승강장 아래로 떨어진 게 아니라 그저 승강장 밑으로 걸어 내려간 것처럼 보였다.

역 안은 순식간에 비명과 외침으로 얼룩졌다.

열차가 들어오고 있었다.

그 순간 희조는 그녀를 향해 달려오는 격정적인 힘에 부딪쳐 자판기 쪽으로 넘어졌다. 희조가 들고 있던 뜨거운 커피가 그녀의 흰 셔츠 위로 쏟아졌다. 희조는 놀라 소리도 내지 못하고 고개를 들었고, 그녀를 밀쳤던 거센 힘은 열차보다 빠른 속도로 승강장을 향해 뛰어갔다.

순식간에 눈앞에서 사라진 그 거센 힘이 승강장 아래로 뛰어 내려갔음을 알아챔과 동시에 승강장 아래로 떨어졌던, 혹은 걸어 내려갔던 남자가 희조의 눈앞에 나타났다. 누군가 남자를 아래에서 들어 올리고 있었고 사람들은 그의 팔을 잡아 위로 올리고 있었다. 사람들의 절규와 비명 소리가 점점 커져 갔다. 열차가 순식간에 그들을 덮칠 것이다. 열차는 결코 멈추지 않을 것이다.

곁에 있던 남성 두 명이 남자의 오른쪽 팔을 잡았다. 중년의 여성은 남자의 셔츠를 잡아끌며 마치 아이를 안아 올리듯 그를 감싸 안았다. 남성 한 명이 남자의 왼팔을 잡자 곁에 있던 여고생이 그의 왼팔 겨드랑이에 자신의 두 팔을 집어넣어 힘껏 잡아당겼다.

남자는 아래에서 튕겨지듯 사람들 앞으로 고꾸라지며 던져졌고, 곧바로 아래의 두 팔이 승강장 위로 뻗어 올랐다. 남자를 잡아 올렸던 사람들은 곧바로 그를 내팽개치듯 옆으로 밀어내고, 다시 승강장 아래로 손을 뻗었다.

"제발, 빨리!"

"내 손을 잡아요, 어서요!"

사람들은 중년 남성의 두 팔을 잡아 올리려고 애썼다. 그러나 그들은 너무 다급해 보였다. 누구도 침착할 수 없는 다급함. 누구도 되돌릴 수 없는 다급함.

"안 돼!"

순식간에 열차가 승강장으로 밀고 들어와 사람들의 시야를 막아 버리자 머리가 하얗게 센 노년의 여성이 정신을 잃고 쓰러졌다. 모여 있던 사람들이 열차가 바람처럼 승강장을 가름과 동시에 승강장 쪽으로 몸이 반쯤은 나가 있던 사람들을 뒤로 잡아당겼다. 아슬아슬하게 그들의 이마를 비켜 간 열차는 한참을 달리고 나서야 제자리에 멈춰 섰다. 승강장 아래로 손을 뻗었던 사람들이 그대로 주저앉아 입을 벌리고 알아듣지 못할 말을 중얼거렸다.

열차의 문이 열리자 열차와 함께 밀려온 사람들이 이 생소한 종로 3가역의 풍경에 얼이 빠져 열차에서 내리지도 못하고 주위를 두리번거렸다. 누군가 열차의 기관사를 향해 뛰어가자 공익근무요원이 정신을 차린 듯 무전기를 꺼내 여기저기에 보고하기 시작했다. 한 사람이 열차와 승강장 사이의 틈 안으로 고개를 들이밀자 너도나도 소리치며 틈새 안으로 핸드폰 불빛을 비췄다.

사람들은 필사적으로 희조를 밀치고 거칠게 승강장 아래로 뛰어 내려간 중년의 남성을 찾기 시작했다. 누군가는 열차에서 내린 사람들에게 상황을 격앙된 목소리로 설명하고, 누군가는 핸드폰을 꺼내 들어 누군가와 통화를 했고, 누군가는 이 상황을 핸드폰 사진과 동영상으로 촬영하기 시작했고, 누군가는 소리 없이 입을 막고 울었다. 누구도 그 자리를 떠나지 못하고 맴돌았다.

그러나 승강장의 틈새에서는 아무 소리도 들리지 않았다.

희조는 자판기를 향해 넘어진 자세 그대로 움직이지 않은 채 무릎을 땅에 대고 있었다. 그녀는 이 모든 상황을 눈으로 지켜보았고 이 모든 상황이 바로 그녀의 눈앞에서 벌어졌으나 그녀의 눈은 이 상황이 아니라 오직 한 남자에게 고정되어 있었다.

남자는 사람들에게 끌어 올려지자마자 아무 일도 없다는 듯이 일어나 두 발로 섰다. 그리고 모두가 아직 승강장 아래에 남아 있는 사람에게 정신을 쏟고 있는 사이 다시 걷기 시작했다.

희조는 몸을 일으켰다. 뜨거운 커피를 뒤집어썼으나 뜨겁다는 생각을 하지 못했다. 희조는 남자를 바라봤다. 남자는 온갖 비명과 외침, 혼란과 공포를 헤치고 유유히 그녀를 향해 걷고 있었다.

머리가 완전히 눈을 가려 희조는 그의 눈을 볼 수 없었다. 30대 초반, 20대 중반 아니 10대 후반. 남자가 다가올수록 그는 희조에 눈에 비친 것보다 더 젊은 사람의 모습으로 변해 갔다.

남자는 자신의 뒤로 펼쳐진 장면이 어떤 모습인지 감히 추측할 수도 없다는 듯이 단조롭게 걷고 있었다. 그는 곧 희조를 지나쳤다. 그러나 천천히 느리게 움직이는 그와 팔이 스친 희조는 오랫동안 남자의 팔이 자신의 팔과 맞대고 있는 것처럼 느꼈다.

남자가 눈앞에서 완전히 사라지자 희조는 그와 스쳤던 팔이 불에 덴 듯 뜨겁다는 것을 알아챘다. 그리고 곧 그녀의 신체의 얼어 있던 감각이 되살아나면서 커피를 쏟은 상반신 대부분이 데어서 화끈거리고 있음이 느껴졌다. 마치 묶였던 밧줄에서 풀려난 듯 몸의 감각을 되찾은 그녀가 계단 위로 뛰기 시작했다.

"놓치면 안 돼."

희조의 머릿속을 사로잡은 생각은 단 한 가지뿐이었다. 놓쳐선 안 된다. 희조는 그를 찾아 뛰기 시작했다.

계단을 올라 한참을 두리번거린 끝에 3번 출구를 향해 가는 남자의 뒷모습을 발견한 희조는 그에게 다가갔다. 희조의 맥박이 빠르게 뛰

기 시작했다. 마치 어떤 크나큰 두려움 앞에 섰을 때 느껴지는 긴장감이
그녀를 엄습해 왔다.

　　손을 뻗어 남자의 어깨에 닿을 수 있다고 생각한 순간 남자는 앞으
로 한 발 나아갔다. 희조가 다시 빠른 걸음으로 그를 따라잡자 남자는
느린 걸음으로 또 한 걸음 앞으로 나아갔다. 그들 사이는 점점 가까워졌
으나 일말의 거리는 결코 없어지지 않았다.

　　남자는 이제 완전히 지하철역에서 나와 복잡한 종로의 거리 위에
흡수되었다. 느린 유속에 몸을 싣고 가듯 일정한 속도로 걸어가는 남자
를 바다가 갈라지듯 사람들의 파도가 비켜서고 있었다.

　　흰 셔츠 한가득 커피 얼룩을 묻히고 누군가에게 쫓기듯 걷고 있는
희조를 사람들이 의아한 눈길로 쳐다봤지만, 그녀는 어느 누구와도 눈
을 마주치지 않았다. 희조의 눈은 한곳에 고정되어 있었다. 사람들 사
이를 헤쳐 가느라 속도가 느려진 그녀의 걸음과 달리 누구의 방해도 받
지 않고 자신의 걸음걸이를 유지하는 한 남자에게 그녀는 눈을 뗄 수 없
었다. 그녀의 시야에서 그가 사라지는 순간 남자도 마치 증발되듯 이 거
리에서 사라질 것만 같은 두려움이 그녀의 눈길을 절박하게 만들었다.

　　남자는 멈추지 않았고 희조도 그를 따라 멈추지 않는 걸음이 되었
지만 그들의 사이는 이제 손에 닿을 수 있는 거리에서 점점 멀어지고 있
었다. 그녀는 그와 멀어지는 거리에 애틋함을 느꼈다. 사라지는 모든
생명에게 가질 수 있을 만한 애잔함. 그 마음 씀이 그와의 거리에서 느
껴진다는 것은 기이한 일이었다.

　　그들의 긴박한 추격전은 종로 거리를 통과해 인사동 골목 앞에 다
다를 때까지 계속되었다. 사람들은 아직 신호가 바뀌지 않은 건널목 앞
에 멈춰 서 있었다. 남자는 유유히 멈춰 있는 사람들의 맨 앞까지 걸어

갔다.

　　"안 돼."

　　희조의 입에서 탄식 같은 단어가 튀어나왔다. 남자는 이미 차들이 무방비 상태로 달리는 건널목 위에 발을 올려놓고 있었다. 그제야 건널목의 사람들이 희조가 남기고 떠나온 승강장에 서 있던 사람들처럼 그를 인지하기 시작했다.

　　"어? 이봐요."

　　"빨간불이에요."

　　차가 달려오고 있었다, 정확히 그를 향해서.

　　차와 사람이 부딪혔을 때 감내해야 할 위험을 아는 사람이라면 누구도 도심 속의 그런 위험을 감행하지 않는다. 그러나 남자의 멈추지 않는 걸음은 흡사 빨간 구두를 신은 아이 같았다. 희조의 머릿속에는 가시덤불을 춤추며 헤쳐 가는 빨간 구두의 소녀와 걸어가는 남자의 뒷모습이 겹쳐서 떠올랐다.

　　검은색 중형차가 남자를 보고 브레이크를 밟았다. 그러나 차가 멈추기까진 조금 더 시간이 필요했다.

　　모든 사람들이 남자가 차와 충돌했다고 여기는 순간 희조가 뛰어올라 남자를 안고 뒤로 쓰러졌다. 그들은 건널목 위에서 나뒹굴었다. 놀란 사람들이 그들을 부축해 인도 위로 끌어 올렸다. 멈춘 차의 운전자가 토끼 눈을 뜨고 다급하게 차에서 내렸다. 뒤따라오던 차들이 하나둘 멈춘 차 뒤로 섰다.

　　몸을 추스르고 일어난 희조가 사람들의 손을 걷어 내고 남자의 어깨를 잡았다. 그러곤 정신을 잃은 사람을 깨우듯 그를 잡고 흔들었다.

　　"이봐요, 이봐요. 괜찮아요?"

가려진 머리카락이 한쪽으로 쏠리면서 희조는 남자의 눈을 볼 수 있었다. 가늘게 뜬 눈은 초점 없이 흐릿했다. 희조는 더 세차게 그를 잡아 흔들었고 주위를 둘러싼 사람들도 일제히 그에게 괜찮으냐고 소리 질렀다.

남자의 반쯤 감긴 눈이 깜박였다. 크게 세 번. 눈을 감았다 뜬 그가 처음으로 그녀를 바라봤다. 검은 눈동자가 햇살에 반짝이자 남자의 눈이 점점 더 커졌다.

희조가 똑바로 그를 바라보며 소리쳤다.

"당신, 너 대체 뭐야!"


## 2.

**"맨 처음 해야 하는 일은 여섯 개의 이름을 만들어 내고 나머지 이름을 상상하며 모든 이름을 기억하는 것이다."** – 3월 29일 11시 1분 〈상기자의 자리〉

주안이 〈고통과 나눔의 모임〉에 참여한 것은 이번이 첫 번째였다. 잘 알고 지내는 심리학 박사님이 반강제적으로 데려온 첫 모임에서 주안은 박사님의 끈질긴 권유에도 불구하고 어두운 구석 자리 맨 끝에 앉아 밤이 내린 창밖만 하염없이 바라보았다.

주안은 자신이 정신적 고통을 받은 사람들이 모여 서로의 아픔을 치유한다는 이런 처방전 같은 모임에 나올 만한 이유가 없다고 생각했다. 누군가 자신을 환자 취급하는 것을 극도로 싫어하는 그였지만 박사님의 간곡한 청을 모른 척할 수는 없었다. 박사님의 태도는 실로 순수하리만큼 그 모임에 대한 자부심으로 가득 차 있었고 누군가 그 성과를 직접 확인해 줄 관찰자를 필요로 하는 것처럼 보였다.

이 모든 것이 주안을 이 모임에 데려오기 위한 심리적 연출이었을지라도 그 노력을 모른 척할 만큼 주안은 차갑지 못했다. 오히려 그는 타인의 관심과 노력에 누구보다 진실로 반응하는 말랑한 감성을 가지고 있었다. 그 사실을 누구보다도 잘 아는 주안은 불편한 상황을 만든 장본인이 자신이라는 생각에 창밖을 보며 홀로 자책하고 있었다.

모임에 참석한 사람은 주안과 박사님을 제외하곤 다섯 사람이었다. 남자가 셋 여자가 둘이었지만 연령층은 너무도 다양해 주안은 그들 사이에 본질적인 대화가 이루어질 수는 있는 건가 의문이 들었다. 원형으로 배치된 책상에 둘러앉은 그들 한가운데에 박사님이 자리를 잡고 앉아 입을 열었다.

"바쁘실 텐데도 이렇게 모여 주신 여러분께 일단 감사의 말씀을 드리고 싶습니다. 제가 어쭙잖은 식견으로 상담가 생활을 한 지도 벌써 20년이 넘습니다. 그 시간 동안 제가 생각했던 것은, 제가 여러분께 드릴 수 있었던 도움보다 여러분이 제게 주신 도움이 더 크다는 것. 그래서 여러분을 한자리에 모이게 해서 얘기를 나눈다면 서로에게 커다란 도움이 될 거라는 생각이었죠. 여러분도 이제 차차 그 사실을 알게 되겠지만 여기 모인 여러분들은 정말 놀라운 분들이거든요. 저는 오랫동안 이런 자리를 상상해 왔습니다. 제가 여러분들을 모이게 하는 어떤 지점이 되는 그런 날들을 말입니다."

다섯 명의 참가자들은 너나 할 것 없이 박사님을 감동 어린 눈빛으로 바라보고 있었다. 그들에게선 오랜 시간 함께 일상을 보내고 정을 나눈 연대감이 서려 있었다. 서로가 서로에게 소속되어 있다는 인간 사이의 친밀한 유대감.

　서로를 처음 만나는 자리라는 것이 믿겨지지 않을 정도로 그들이 모인 풍경은 너무도 자연스러워 이 공간은 주안에게 현실감조차 들지 않았다. 마치 모두가 대본을 가지고 연기하는 배우들처럼, 그들이 앉아 있는 자태, 그들이 짓고 있는 표정 하나하나가 너무도 서로에게 익숙해 보였다.

　주안은 그들과는 공기 자체가 이질적인 다른 공간, 어두운 구석 창가에서 그들을 지켜봤다.

　기품이 묻어나는 중년의 여성이 먼저 말을 꺼냈다.

　"제가 선생님을 만난 것도 벌써 8년이란 시간이 흘렀네요. 그때 만약 선생님을 만나지 않았더라면 제 삶이 어떻게 무너져 내렸을지 저는 상상이 가질 않습니다."

　부인은 잠시 행복한 추억 하나를 떠올리듯이 깊은 눈으로 박사님을 바라봤다.

　"저는 오랫동안 기억과 환상을 구분하지 못했죠. 아니, 저는 아주 어렸을 적부터 무엇이 환상이고 무엇이 실제로 저에게 일어난 일이었는지 구분하지 못했어요. 한번은 이런 적이 있었어요. 열 살이 조금 넘었을 때 일이었는데 그때 저는 학교에서 굉장히 인기가 많은 한 남자애를 좋아하고 있었어요. 아마 반 아이들 대부분이 그 아이를 좋아하고 있었을 거예요. 하지만 저는 그 아이와 말 한 마디 나눠 본 적이 없었죠. 그런데 그날은, 제게 무슨 행운이 일어났는지 아침 등굣길에 그 남자아이를 마주친 거예요. 더군다나 그 애가 먼저 제게 와서 말을 걸었죠. 우리는 시시콜콜한 얘기들을 주고받으며 학교에 왔는데 정확히 무슨 얘기들이었는지는 모르겠어요. 전 심장이 너무 두근두근해서 제가 무슨 말을 하고 있는지도 몰랐거든요. 우리는 끊임없이 웃음을 터뜨리고 서로의 얼굴을 바라보며 얘기했죠. 제가 얼마나 기뻤는지 모르실 거예요. 등굣길이 그렇게 짧다는 것이 너무도 아쉬웠으니까요. 우리는 학교에 도착했고 교실에 들어와 각자의 자리에 앉았죠. 그날 수업 시간이 어떻게 지났는지도 모르겠어요. 금세 수업 종이 울리고 쉬는 시간이 되었죠. 4교시 내내 그랬어요. 수업 시간은 단 5분도 되지 않는 것처럼 느껴졌어요. 그런데 더 놀라운 건 쉬는 시간마다 그 아이가 제자리로 찾아와 저와 이야기를 나누었다는 거예요. 반 아이들이 모두 우리를 쳐다봤죠. 아주 놀라는 눈치였어요. 그 애가 제 옆에 꼭 붙어 저랑만 이야기했으니까요. 그 순간은 정말이지 제가 마치 특별한 사람이 된 듯한 느낌에 하늘을 날 것만 같았죠. 그 행복했던 날은 거기서 끝나지 않았어요. 수업이 모두 끝나고 담임 선생님이 조회를 하러 들어오셨죠. 그러고는 들어오시자마자 제 이름을 불렀어요. 그런 일은 한 번도 없었죠. 저는 조회 시간에 반 아이들 앞에서 혼이 날 만큼 말썽쟁이도 아닌데다 선생님이 제 이름을 알 거라고 생각할 수 없을 정도로 조용한 아이였거든요. 그런데 그날은 선생님이 제 이름을 부르셨어요. 그러고는 무슨 일이 일어났는지 아세요? 저는 상을 받았어요. 지난주에 전교생이 참여했던 사생 대회에서 제가 최우수상을 받은 거예요. 믿겨지세요? 제가 상을, 그것도 제일 좋은 상을 받았어요. 저는 미술에 소질이 있는 아이가 아니었는데 말이죠. 저는 반 아이들이 모두 저를 바라보며 박수를 쳐 주는 가운데서 상장을 받았어요. 상을 받고 제자리로 돌아오는데 그 아이가 저를 보며 너무도 환하게 웃고 있었죠. 아름다웠어요. 웃는 그 아이의 얼굴도, 저도, 그날의 모든 것이 아름다웠죠. 제 생에 그렇게 행복한 날이 없었을 정도로 저는 행복했어요. 이제 기억이 나네요. 열두 살 때 일이었어요. 열 두 살이었죠. 제가 말이에요."

　중년의 부인은 거기까지 말하고 잠시 눈을 감았다. 곧바로 다음 말을 내뱉으려는데 그녀의 입가가 떨리기 시작했다. 눈을 뜬 부인의 눈가엔 눈물이 촉촉하게 서려 있었다.

　"그런데, 그렇게 완벽한 하루를 보내고 그다음 날이 되자 제게 무슨 일이 일어났느냐 하면⋯⋯. 다음 날 학교에 갔는데 뭔가 잘못되었던 거예요. 반 아이들은 제가 어제 사생 대회에서 상을 받았다는 사실을 모르는 것 같았죠. 저를 부러운 눈으로 바라봤던 시선도 온데간데없었어요. 뭔가 이상했죠. 그래서 저는 그 아이를 찾았어요. 그 아이는 제게 말해 줄 것 같았거든요. 어제의 축하를 이어서 해 줄 것만 같았죠. 한참을 그 아이를 찾아다녔지만⋯⋯. 그 아이는 없었어요. 어디에도요. 수업이 시작됐는데도 나타나지 않았어요. 짝꿍에게 물었죠. 왜 그 아이가 오늘 학교에 나오지 않았는지 혹시 아느냐고. 제 짝꿍이 뭐라고 했는지 아세요? 고개를 한번 갸우뚱하더니 말하더군요. '걔가 누구야? 우리 반이야?' 저는 아무 말도 하지 않았어요. 아무 말도 할 수 없었죠. 이해가 가지 않더군요. 처음엔, 맞아요. 처음엔 이해가 가지 않았어요. 그저 슬펐죠. 다만 그날 그 아이를 볼 수 없다는 생각에 슬펐어요."

　가만히 얘기를 듣고 있던 젊은 여자가 조심스럽게 물었다.

　"설마, 그러니까 지금 부인은 그 완벽했던 하루가 실제로 부인에게 일어난 일이 아니었다고 말씀하시는 건가요?"

　"아니, 그 일은 제게 일어났어요. 저는 기억해요. 그 생생한 소리, 느낌, 감정 모든 것들을 기억합니다. 하지만 그건 제게만 일어난 일이었죠. 저 말곤 누구도 그날의 기억을 갖고 있지 않았어요. 그 아이를 기억하지 못했죠. 제가 상을 받은 것도 반 친구들은 기억하지 못했고, 전교생이 참여했던 사생 대회가 열렸다는 것도 알지 못했어요. 제게만 일어 났던 일이었죠. 나를 위한 하루였듯이 내게만 일어난 하루였어요."

부인은 다음 말을 잇지 못했다. 부인의 목소리엔 어떤 확고함이 들 어 있었고 그 확고함을 소중히 하는 듯한 조심스러움이 가득했다.

"그날 부인께서 얼마나 상심이 크셨고 또 슬펐는지 알 것 같아요. 그래서 제가 궁금한 한 가지는, 이런 질문이 실례가 되지 않는다면 그 아이를 그 후에 다시 만난 적이 없는지 묻고 싶어지네요. 그러니까, 저 는, 제가 생각하기에는 부인이 그 남자아이를 왠지 다시 만났을 것 같은 느낌이 들어서요."

거친 목소리를 가진 40대 남성이 물었다. 그의 말투에는 부인에 대 한 배려와 신중함이 흠뻑 묻어 있었기 때문에 모인 사람들 누구도 행여 나 부인의 맘이 상할까 마음 졸이지 않았다. 중년이 다 된 부인이 그의 질문에 소녀 같은 웃음을 보였다. 부인은 수줍게 행복한 표정으로 대답 했다.

"숨기지 않아도 되겠죠? 바로 여기, 우리들의 모임에선 말이에요. 여기라면 굳이 거짓말하지 않아도 될 것 같다는 생각이 드네요. 그렇 죠? 선생님?"

박사님이 대답 대신 부드럽게 고개를 끄덕여 보였다.

"모두 선생님 덕분이죠. 저만의 방식대로 세상을 풀어 나가는 법 을 배웠거든요. 질문에 대한 답을 해 드릴게요. 그 아이는 이제 저처럼 나이를 먹었어요. 중년이 다 되었는데도 여전히 아름답습니다. 아름다 운 사람이에요. 저는 그 사람과 인생의 많은 부분들을 함께했고 또 함 께할 겁니다. 이 얘기를 하는 건 이렇게 공식적인 자리에서는 처음이에 요. 사실을 말한다는 것이 이렇게 마음이 후련하고 편안해진다는 것을 몰랐네요."

　거기까지 잠자코 그들을 관찰하던 주안은 참지 못하고 자리에서 일어났다. 부인의 말도 모자라 저런 말들을 고백하는 부인에게 존경 어린 눈빛을 보내고 있는 이 모임의 사람들을 주안은 믿을 수가 없었다. 주안은 더 이상 이런 모임에 참여하고 있을 수 없다는 생각에 밖으로 나갔다.

　하지만 그런 주안의 행동은 아주 조용하고 조심스럽게 이루어져 마치 그들만의 공간을 방해하고 싶지 않은 예의 바른 손님처럼 보였다. 밖으로 나온 주안은 자신의 조심스러움을 또 다시 자책했다. 모임의 흐름을 깨지 않으려고 살며시 움직이는 그의 행동에서 왠지 모를 모임의 수용이 이미 이루어진 것 같았기 때문이다.

　그러나 주안은 저 〈고통과 나눔의 모임〉이 결국 정신 강박증을 앓고 있는 사람들의 치료 센터에서 파생된 그룹이라는 사실을 잊으면 안 된다고 생각했다. 그들은 정신의 병을 가지고 있는 사람들이었고 주안은 절대 그들과 같은 부류의 사람이 아니었으므로 이런 모임에 더 머무르고 있을 필요가 없다고 여겼다. 박사님의 부탁이어도 두 번 다시 이 모임에 얼굴을 비칠 일은 없을 거라고 주안은 다짐했다.


　주안은 건물 밖으로 나와 밤이 내린 대학의 교정을 걸었다. 모임은 주안이 졸업한 학교의 강의실에서 이루어졌으므로 주안은 이 대학의 모든 길목들을 속속들이 잘 알고 있었다.

　봄이면 벚꽃이 흩날리는 교정은 밤이 찾아오면 마치 따뜻한 봄날에 눈이 내리듯 꽃들로 뒤덮였다. 주안은 그런 학교의 모습을 대학 시절에도 아주 좋아했다. 그것은 마치 한여름 밤의 꿈에 나올 것 같은 깊은 숲속을 연상시키게 하는 바람, 향기, 불빛들을 포함하고 있었다. 주안은 이곳에서 아름다운 대학 시절을 보냈다. 발 닿는 모든 땅들에 주안의 추억이 걸어 다니지 않는 곳이 없었다.

늦은 저녁 시간이라 수업이 모두 끝났을 텐데도 학교에는 학생들이 많았다. 재잘거리는 아이들의 목소리가 내리는 벚꽃보다 하얬다. 지금이 중간고사 기간이던가. 주안은 지금이 몇 월인지 생각했다. 3월, 아니 4월인가.

계절이 바뀌는 것을 누구보다 예민하게 알아채는 그였지만 숫자가 교체되듯 달라지는 달의 개념은 주안에겐 언제나 어색하고 헷갈리는 것이었다. 아마도 중간고사 기간이 맞을 거야. 도서관에 이렇게도 학생들이 많은 걸 보면.

주안은 잠시 도서관 앞 벤치에 앉아 지나가는 학생들을 구경했다. 파릇한 젊음이 레몬같이 상큼했다. 봄과 잘 어울리는 나이다. 주안은 이미 자신이 봄과 어울리는 나이를 지나쳤다고 생각했기 때문에 그들의 싱그러움에 마음이 더 끌렸다. 누구든지 지나가는 학생을 붙잡고 말을 걸고 싶은 충동을 느꼈지만 그는 애써 참았다. 어쩌면 저 아이들에게 주안은 왜 이곳에 있는지 이해할 수 없는 이방인 같은 모습인지도 모를 일이니까.

주안은 자리를 털고 일어났다. 잠시 동안인데도 주안의 어깨와 무릎에는 벚꽃들이 드문드문 내려앉아 있었다.

"저, 선배님. 주안 선배님, 맞으시죠?"

주안이 걸음을 옮기려는 바로 그때 누군가 주안의 팔을 잡았다. 긴 머리를 찰랑거리며 하늘거리는 원피스를 입은 여학생이 주안을 보며 큰 눈을 반짝였다.

"맞죠? 선배님. 이게 얼마 만이에요. 잘 지내셨어요?"

주안은 잠시 기억의 구름 같은 희미함 속에서 이 아이가 누군지 찾아내느라 머뭇거렸다.

"저 모르세요? 저 세연이에요, 음악과 이세연. 저 기억 못 하시겠어요?"

주안은 이름에서 비롯되는 수많은 얼굴 속에서 얼굴이 동그랗고 짧은 단발머리였던 앳된 얼굴의 이세연을 찾아냈다. 그녀는 신입생 오리엔테이션 날 길을 잃고 헤매는 걸 주안이 발견하고 강의실에 데려다준 새내기 후배였다. 너무도 오래전이라 까맣게 잊혀져 있던 그날이 세연을 기억해 내는 순간 바로 지금 일어난 일처럼 생생하게 눈앞에 펼쳐졌다.

"네가 세연이라고? 그 이세연? 길에서 만나면 몰라보겠다. 아직 학교에 다니는 거니?"

4년 전 아니 5년 전인가? 주안이 마지막 대학 생활을 시작하는 신학기에 만났던 어린 이세연은 지금보다 훨씬 작고 가냘팠는데 지금 그의 앞에 서 있는 세연은 아가씨란 말이 무색할 정도로 당당하고 커다란 여인이 되어 있었다. 그럼에도 불구하고 그녀는 여전히 봄과 잘 어울리는 싱그러운 얼굴을 하고 있었다.

"네. 선배님. 저 이제 4학년이에요. 대학에선 최고 고참이죠. 원래 작년에 졸업을 했어야 했는데 일 년 휴학을 했었거든요. 선배님은 잘 지내세요? 한번 꼭 뵙고 싶었는데 동문회에도 나오지 않으시고 졸업한 후로는 선배님 소식을 들을 길이 없었어요. 근데 이렇게 학교에서 만나니까 정말 반갑네요. 아, 선배님 정말 보고 싶었어요."

주안은 자신을 반기는 세연이 얼떨떨하면서도 고마웠다. 보고 싶다는 말을 들어 본 게 얼마만인지 그 말속에 들어 있는 애정 어림에 주안은 마음이 시렸다.

"그래, 나도 반갑다. 이렇게 만나게 될 줄 몰랐어. 내가 아는 사람들은 모두 졸업을 해서 학교에 아는 사람이 한 명도 없는 줄 알았거든."

"선배님. 시간 괜찮으시면 어디 가서 맥주라도 한 잔 해요. 이렇게 오랜만에 만났는데 그냥 헤어질 순 없잖아요. 네?"

세연은 주안의 팔을 잡아끌며 그를 재촉했다. 주안은 계속되는 얼떨떨함 속에 대답할 틈도 없이 그녀에게 이끌려 갔다. 주안은 평소에는 그런 사람이 아니었지만 뭔가 적극적으로 그에게 다가오는 사람들 앞에선 세상 누구보다 우유부단하고 정처 없는 사람이 되었다.

그가 자신의 삶에서 만나는 어떤 사람, 사건, 장소들에 적극성을 보이기 위해선 스스로를 끊임없이 채찍질하며 집중해서 버텨야 했기 때문에, 누군가의 적극성 속에서 주안은 늘 그 속에 숨어 있는 그의 용기를 상상하며 감탄하게 되는 것이었다.

그것은 두려워하지 않는 마음이었다. 스스로 부딪혀 깨뜨리려는 몸짓이었고 설령 부딪혀 깨지는 것이 자신일지라도 모든 것을 감내하며 세상과 대결하는 정신이었다. 주안에게 적극성이란 어느 하나의 예외도 없이 모험을 감행하는 일이었다. 그리고 자신에게 그런 모험을 시도하는 세연에게 주안은 어느샌가 감탄하고 있었다.

세연은 자연스럽게 주안에게 팔짱을 끼고 걸었다. 마치 그들이 오래 만난 연인이라도 된 듯 한없이 다정하게 일상을 고하는 세연은 쉼 없이 재잘거렸다.

"올해는 날씨가 따뜻해서 벚꽃이 더 일찍 폈어요. 원래 벚꽃은 중간고사 기간에 절정으로 피잖아요. 근데 올해는 중간고사가 일주일이나 남았는데도 벌써 꽃잎이 떨어지고 있어요. 덕분에 이번 꽃놀이는 좀 마음 편히 보낼 수 있는 것 같아요. 봄이냐 시험이냐를 두고 저울질하지 않아도 되고요. 일주일 전부터 중간고사를 준비하는 학생은 그리 많지 않잖아요. 선배님도 시험 하루 전날 밤새 공부하고 그랬죠, 왜?"

세연은 혼자 말하며 웃어 댔다. 그녀의 웃음소리는 정확히 '호호호'거려서 주안 역시 자기도 모르게 그 웃음에 웃어 버렸다.

"아, 선배님 그거 아세요? 저 전공을 바꿨어요. 저 이제 음대생 아니고 철학과 학생이에요. 2학년 때 전과를 했거든요. 제 원래 전공이 뭐였는지는 기억하세요? 피아노였잖아요, 왜. 피아노 치는 이세연. 선배님이 피아노 소리가 좋다고 저한테 연주를 부탁하신 적도 있었잖아요. 근데 저 이제 피아노 안 쳐요. 아니 안 치는 게 아니라 그냥 취미로만 치고 있어요."

주안은 세연의 피아노 선율을 기억해 냈다. 강하지 않았지만 정확하게 부드러운 손으로 건반을 누르던 세연의 연주는 잠이 들기 전의 나른함, 노란빛과 솜털 같은 느낌을 들게 했다. 그런 세연이 전공을 바꿨다는 말에 주안은 문득 아쉽다는 생각을 했지만 철학으로 전공을 바꾼 그녀의 이야기에 더욱 호기심이 생겼다.

"왜 하필 철학이지? 요새는 별로 인기 없는 학과가 아니었나? 일부러 철학으로 전공을 바꾼 학생을 난 만나 본 적 없는 것 같은데, 대학을 다니고 있을 때도 말이야."

"음, 그거요? 얘기하자면 길어요. 술 한잔하면서 천천히 해 드릴게요. 하지만 전 그보다도 선배님 얘기가 더 궁금한데. 뭐, 밤은 기니까요. 우리 어디 들어가서 이야기보따리를 풀어 봅시다."

세연은 주안에게 동의도 얻지 않고 학교 앞 골목길의 조용한 술집으로 들어갔다. 가게 안은 어두운 조명과 테이블마다 놓인 촛불들로 근근이 내부를 비추고 있었고 손님은 테이블에 단둘이 앉아 얘기하고 있는 두 사람이 전부였다. 조용하고 또 아늑했지만 왠지 모를 은밀한 속삭임이 들려올 것 같은 분위기의 술집이었다.

"안녕하세요. 저 또 왔어요. 저희 맥주 두 병 주시고요. 다른 건 가져다 먹을 테니 그냥 앉아 계세요."

세연은 가게에 들어서자마자 사장으로 보이는 남자에게 그렇게 말하곤 마치 자신의 자리를 찾아가듯 가게 깊숙이 조명이 가장 은은한 테이블에 앉았다.

"여기 제 단골 술집이거든요. 분위기도 좋고 조용해서 제가 제일 좋아하는 가게예요. 괜찮으시죠? 너무 시끄러운 데서는 얘기하기가 어려우니까. 사실 어제도 왔었어요. 이 집 매상 절반은 제가 올려 줄걸요? 거짓말 조금 보태서요."

주안은 발랄하게 말하는 세연에게서 사람을 기분 좋게 하는 향기가 나는 것을 느꼈다. 주안이 기억하기에 그들은 그렇게 자주 본 사이도, 친밀한 사이도 아니었는데 다시 만난 세연은 그들이 지난 5년 동안 끊임없이 만나 온 듯한 착각을 들게 할 만큼 주안을 스스럼없이 대했다.

주안은 그런 그녀가 놀랍고도 편안했다. 그들의 이야기는 시간이 가는 줄 모르고 계속되었다. 옆 테이블에 젊은 연인이 왔다가 떠나간 뒤에도, 가게 안의 손님들이 모두 자리에서 일어난 뒤에도 그들의 끊이지 않는 대화는 웃음과 환호성 속에 이어져 갔다.

"세연, 우리 문 닫을 시간인데?"

가게의 사장이 테이블 앞에 서서 그들에게 말했다. 가게 안은 어느새 청소며 정리가 끝나 있어서 아무래도 사장이 그들을 위해 조금 더 기다렸다는 걸 알 수 있었다.

"네에? 몇 시나 됐다고 벌써. 와아, 세 시잖아? 선배님 새벽 세 시예요. 세상에 언제 이렇게, 시간이 혼자 이렇게 다다다다 달려갔지? 선배님! 시간이 다다다다!"

그들이 마신 맥주병은 바닥 가득 줄지어 늘어서 있어서 한눈에 그 수를 헤아리기조차 힘들었다. 마신 술만큼 정직하게 취해 버린 세연은 자리에서 일어나며 잠시 비틀거렸다. 쓰러질 것 같은 세연을 주안이 곧바로 잡아 일으켰지만 주안 역시 눈앞이 어지러운 것은 마찬가지였다.

주안은 세연을 부축하면서 계산하고는 가게 문을 나섰다. 세연은 몸을 가누긴 힘들어도 정신은 멀쩡한지 여전히 종알거리며 주안에게 핀잔을 줬다.

"아, 선배님. 내가, 이세연이가 계산한다니깐, 왜 말을 안 들어. 여긴 내 단골 술집이라니깐요. 왜. 왜 선배님이 계산을 하시냐고."

주안은 세연을 부축하고 보조를 맞추며 걷느라 세연과 함께 비틀거리며 우스꽝스럽게 걷고 있었다. 사실 주안 역시 애쓰고 있었지만 올라오는 취기에 똑바로 걷는 게 쉬운 일은 아니었다. 그래서 차라리 세연과 함께 비틀비틀 걸어가는 게 더 맘이 편했다.

"여러모로 편안한 아이야 넌. 오늘 널 만난 게 새삼 정말 신기하다."

"선배님. 세상이 흔들흔들거려요. 우리가 그렇게 만들었나 봐요. 흔들흔들."

주안은 귀엽게 말하며 그에게 기대 오는 오래전 후배를 데리고 봄바람이 부는 새벽의 골목길을 걸었다. 집이 어딘지 물어 세연을 바래다주기 전에 신선한 밤공기를 세연이 흠뻑 마셔 정신의 맑음과 육체의 의지권을 되찾게 해 주고 싶었다. 또한 세연과 좀 더 거리를 걸으며 대화하고 싶다는 주안의 의지권 역시 충족시켜 주고 싶은 마음도 있었다.

세연의 걸음걸이는 차츰 똑바른 것이 되어 갔다. 흔들흔들한다던 그들의 세상도 조금씩 원래의 자리를 찾아 고정되어 갔다.

"거의 다 왔어요. 제가 지금부터 이 말을 하면 선배님이 놀라실 걸 아는데요. 그래도 어차피 다른 식으로 말해도 선배님은 놀랄 거니까 그냥 할 거예요. 같이 올라가요. 오늘 나랑 같이 자요."

주안은 순간 발이 땅에 붙어 버린 듯 멈춰 섰다.

"수없이 많은 이 순간에 수없이 많은 말들을 해 봤는데 다들 결과가 별로였어요. 아무리 돌려 말해도 웃으며 말해도 핑계를 대도 선배님은 웃거나 화를 내거나 그냥 가 버리거나 못 알아듣는 척했거든요. 그래도 성공한 버전이 몇 개 있는데, 내가 겪어 본 바로는 선배님은 지금 내가 이렇게 말하면 그냥 나와 같이 가요. 맞아요, 그 얼떨떨한 그 표정 그대로요."

세연이 주안에게 방긋 웃으며 손을 내밀었다. 그 웃음이 너무 보송해 그녀는 마치 놀이공원에서 잠시 손을 놓친 엄마에게 다시 손을 잡아 달라고 팔을 뻗는 아이 같아 보였다.

"트라우마처럼. 선배님을 만난 이날은 끊임없이 되풀이되었어요. 나는 아무렇지도 않게 하루하루를 살아가는 것처럼 보여도 언제나 여기 이 자리로 불려 나왔죠. 내가 이 순간을 기억하는 게 아니었어요. 이 순간이 나를 기억해서 나를 끊임없이 재요청했죠. 누군가의 기억으로 불려 온다는 것은 거부할 수 있는 게 아니더라고요."

주안은 머리가 어질어질 아파 왔다.

"누군가의 기억이라니, 대체 그게 무슨 말이야."

"처음엔 말이지. 선배님의 기억인 줄 알았어요. 내가 선배님을 만난 순간으로 불려 오니까. 근데 시간이 지나고 내가 이 기억에 좀 익숙해지니까 알겠더라고요. 선배님은 아니야."

세연은 아직 내민 손을 내리지 않고 있었다. 세연은 여전히 방긋 웃은 채로 손을 흔들어 보였다. 더는 팔이 아파 못 참겠다는 듯이.

주안은 세연의 손을 잡았다. 왠지 그러지 않으면 안 될 것 같은 강렬한 느낌이 주안을 소름 돋게 했다. 세연은 주안의 손을 잡아끌어 새로 지은 건물처럼 보이는 오피스텔의 문을 열었다.

"집이 좁아도 이해해요. 그래도 청소는 열심히 해 놨으니까 괜찮을 거예요. 손님맞이는 확실하다니까."

주안은 세연에게 끌려가듯이 계단을 타박거리며 올랐다. 머릿속이 새까맣게 변해 버린 그는 자동인형처럼 의무적으로 걷고 있었다.

3층에 도착하자 세연은 어깨에 메고 있던 흰색 가방에서 열쇠를 꺼내 문을 열었다. 들어서자마자 방 안의 불을 켜고 후다닥 뛰어간 세연은 "들어와요!"를 크게 외치고는 욕실로 들어가 문을 잠갔다. 주안은 삐걱대며 향수 향이 깊이 밴 방 안으로 들어와 문을 닫았다. 분홍색 벽지가 세연같이 발랄했다. 봄을 옮겨 온 듯이 눈부신 방 안의 향기, 색깔, 감촉들이 주안의 마음을 울렁거리게 했다. 주안은 그 방에 앉아 자신이 지금 대체 어디에 와 있는 건지 현실감을 찾으려고 애썼다.

주안의 시선은 분홍 벽지와 거울 앞 액세서리들을 떠나 책상 옆 책꽂이에 가 닿았다. 《창조적 진화》, 《에티카》, 《비극의 탄생》, 《광세》……. 주안은 책이 꽂힌 순서대로 제목들을 속으로 읊어 나갔다. 익숙하진 않지만 어디선가 모두 들어 본 것 같은 책 목록들 속에서 《비극의 탄생》을 꺼내려는데 갑자기 불이 꺼졌다. 어둠에 놀란 눈이 시력을 되찾기 전에 방 저편에서 세연의 목소리가 들렸다.

"선배님. 제가 내일 10시 반에 수업이 있거든요. 웬만해선 그냥 빠지겠는데 그 수업은 하필 제가 제일 좋아하는 과목이라서 꽤나 성실하게 나가고 있어요. 전 원래 성실과는 거리가 아주 멀거든요."

주안에게 희미하게 비친 세연은 물기 어린 머리카락에 무릎 바로 위까지 닿는 흰색 반팔 티를 입고 있었다. 세연이 주안의 등을 떠밀었다.

"그래서 선배님이 절 좀 배려해 주셔야겠어요. 벌써 4시가 다 되었기 때문에 우린 이제 빨리 자야 돼요. 수업에서 조는 건 예의가 아니니까요."

세연의 촉촉한 피부가 주안의 살에 닿자 주안은 털이 곤두서는 느낌을 받았다. 세연은 그런 주안을 재촉해 침대로 가선 주안을 먼저 침대 위에 눕혔다. 베개를 머리 아래 받쳐 주고 이불을 어깨까지 덮어 주는 세연의 손길은 아이를 재우듯이 부드러웠다.

"궁금한 게 많겠지만요. 오늘 밤은 여기서 끝이에요. 하지만 내일은 오늘보다 더 길 테니까 걱정 말고 우리 이제 그만 자요."

세연은 주안의 옆자리를 파고들어 누우면서 말했다. 싱글 침대에 나란히 누운 그들은 서로의 숨결을 느낄 수 있을 만큼 가까이 닿아 있었다. 세연의 아직 다 마르지 않은 머리에선 아카시아 향이 났다. 주안 쪽으로 몸을 돌린 세연은 주안의 어깨를 베개 삼아 자신의 머리를 살포시 얹은 후 주안의 팔을 두 손으로 감싸 안았다.

"주안 선배님. 언젠가부터 나는 매일매일 선배님을 만났어요. 대부분 선배가 나를 집 앞에 바래다주는 걸로 끝났지만 가끔 어떤 버전에선 우린 이렇게 꼭 붙어서 함께 잠들었어요. 내가 그런 버전을 제일 좋아했다는 걸 굳이 고백하지 않아도 되겠죠? 아마 선배가 아닌 다른 사람이었다면 나는 내가 늘 불려 가는 그 순간들이 참을 수 없을 만큼 싫었을 지도 몰라요. 다행이죠. 세상엔 말야. 다행인 것들이 참 많아요."

　　세연은 천천히 한 단어씩 음미하듯 중얼거리다 이내 잠이 들었다. 주안은 희미하게 들어오는 달빛과 방 안의 어둠 사이에서 눈을 떴다 감 았다를 반복하며 눈을 뜬 후에도 여전히 자신이 이 작은 방에 있는지를 확인했다.

　　복잡해진 그의 머릿속에 그날 하루가 빠르게 지나갔다. 박사님을 만나 점심을 먹고 얘기를 나눈 일, 박사님의 부탁에 못 이겨 〈고통과 나 눔의 모임〉에 참석한 일, 중년 부인의 환상적인 이야기, 봄, 학교, 학생 들 그리고 세연을 만나 조용한 술집에 갔던 일, 분홍 벽지, 비극의 탄생, 아카시아 향……. 그러고는 어느샌가 주안은 감은 눈을 뜨지 않더니 그 대로 잠이 들었다.


　　주안은 잠결에 주위의 시끄러운 소음들을 들었다. 사람들이 아주 많이 모인 것 같은 웅성거림, 차들의 빵빵거림. 그리고 누군가의 다급한 외침. 주안은 햇살이 눈에 들어오는 것을 느끼며 밤이 지나고 아침이 왔 음을 예감했다.

　　누군가 주안의 어깨를 잡고 흔드는 것 같은 격렬함에 그는 떠지지 않는 눈을 억지로 떠야 했다. 지난밤 마신 맥주들의 여파로 눈꺼풀이 한 층 무거워 힘겨웠다. 주안은 천천히 눈을 떴다. 햇살에 눈이 부셔 잠시 동안 보이는 것은 주황빛의 색채뿐이었다.

　　주안은 눈을 크게 세 번 깜박였다. 시력이 차츰 세상을 향해 반응 하자 그는 자신의 눈앞에 펼쳐진 광경을 믿을 수 없어 그대로 얼어붙었 다. 새하얀 피부에 머리가 짧은 처음 보는 여자가 주안의 어깨를 흔들며 소리쳤다.

"이봐요. 이봐요, 괜찮아요?"

주안은 그녀를 바라봤다. 갈색 눈이 한없이 엷어 보였다. 열은 원두커피 같은 색감. 어딘가 달달한 커피 향을 머금은 듯한 그녀가 주안을 노려보며 소리쳤다.

"당신, 너 대체 뭐야!"


## 3.

**"이름과 그들 사이엔 아무런 연관도 없지만 이야기는 정확히 그 이름들을 그들의 이름으로 만들 것이다." – 3월 31일 2시 25분 〈상기자의 자리〉**

연하는 기지개를 한번 편 뒤 책상 위의 시계를 바라봤다. 시간이 벌써 9시나 된 것에 그녀는 깜짝 놀라며 의자에 오래 앉아 있어 뻣뻣해진 허리를 주먹으로 탁탁 쳤다. 연하는 노트북을 닫고는 책상 위에 펼쳐져 있던 책들을 모두 덮어 한곳으로 모았다.

"오늘은 여기까지. 이거야 원 논문 하나 쓰려다가 본업을 내팽개치게 생겼네. 우선순위가 뭔지 알고나 일합시다. 아줌마."

누구도 30대 중반인 그녀를 보고 아줌마란 호칭을 쓰지 않았지만 연하는 늘 자신을 지칭할 때 아줌마란 칭호를 썼다. 그 말속에서 묻어나는 푸근함과 친근함이 그녀는 좋았기 때문이다. 뾰족하고 가시 같은 연하에게 세상을 대하는 아줌마 특유의 유들유들함과 강인함은 그녀가 세월을 빨리 내어 주고서라도 얻고 싶은 덕목이었다. 과연 나이만 먹는다고 그런 것들이 거저 얻어질까 하는 의구심을 항상 가지고 있는 그녀였지만.

　　연하는 책상 위에 하나로 모은 책들을 한 손에 들고는 연구실 벽면에 줄지어 선 책꽂이 쪽으로 걸어갔다. 벽을 가득 메운 책꽂이엔 한 권의 책이 들어갈 여유도 없을 만큼 책들이 빼곡히 차 있었다. 학문을 업으로 삼은 그네들의 연구실이란 예외 없이 전리품 같은 책들이 넘쳐났지만 연하의 책꽂이에는 다른 사람들과는 다른 특별한 규칙이 있었다.

　　연하의 책꽂이에 꽂혀 있는 책들은 모두 제목이 적혀 있는 바깥쪽이 아니라 종이 면이 보이는 안쪽으로 꽂혀 있었다. 그 많은 책들 중에서 제목을 알아낼 수 있는 책은 한 권도 없었다. 그리고 연하는 손에 든 책들 역시 반대로 돌려 꽂았다. 이런 식이라면 책을 일일이 꺼내 보지 않고서는 무슨 책이 책장을 가득 메웠는지 알 수 없을뿐더러 찾고자 하는 책 역시 찾을 길이 없었다. 그러나 연하는 수백 권이 넘는 책들의 자리를 모두 기억하고 있다는 듯 책들을 정확히 원래 자리에 꽂아 넣었다.

　　"다 됐다. 그러고 보니 아직 저녁도 안 먹었잖아?"

　　책상으로 돌아온 연하는 노트북을 챙겨 가방 안에 넣고는 작은 파우치를 꺼내 거의 다 지워진 화장을 조금씩 손봤다. 마지막으로 옅은 주황색 립스틱을 입술에 바른 그녀가 불을 끄고 연구실을 나오자 자동으로 문 잠기는 소리가 났다.

　　연하는 모두가 퇴근한 조용해진 연구실동 복도를 걸어 계단으로 갔다. 그녀는 계단 바로 옆 이정우 박사의 연구실에서 빛이 새어 나오는 걸 보고 가던 걸음을 멈춰 그의 방을 노크했다.

　　"들어오세요. 문 열려 있어요."

　　연구실 안쪽에서 소리치는 정우의 목소리에 연하는 망설임 없이 문을 열고 방 안으로 들어갔다. 정우는 책상에 걸터앉아 팔짱을 낀 채로 작은 텔레비전을 보고 있었다.

"아직 퇴근 안 했어? 웬일이래?"

연하가 들어오는데도 고개를 돌리지 않고 TV의 뉴스를 보고 있던 정우가 대답했다.

"넌 줄 알았어. 마침 잘 왔다. 너 이거 봤어?"

정우는 턱을 들어 TV 화면을 가리켰다. 연하는 정우의 옆에 다가서서 정우가 가리키는 쪽을 바라봤다.

"뭔데, 뉴스 아니야? 뭐 큰일이라도 났어?"

정우는 심각한 목소리로 말했다.

"오늘 점심에 종로3가역에서 사고가 났는데, 이거 지하철 CCTV에 찍힌 것 좀 봐. 어떤 미친놈이 열차 들어오기 바로 직전에 승강장 아래로 떨어진 걸 갑자기 어디서 나타났는지 모르는 저 중년 남자가 뛰어 내려가서 저 사람을 구한 거야. 근데 잘 봐. 승강장 위로 올라온 남자는 일어나서 아무 일 없다는 듯이 다시 걸어 나가고, 아, 맙소사. 열차가 들어왔어. 저 중년 남자가 아직 못 올라왔는데 열차가 와 버렸다고."

연하는 뉴스 속의 영상에 홀린 듯 화면을 뚫어지게 쳐다봤다. 열차가 들어오는 그 순간엔 연하는 자기도 모르게 눈을 감아 버렸다. 아나운서의 멘트와 함께 감은 눈을 뜬 연하가 물었다.

"그래서, 저 남자 분은, 어떻게 됐어. 설마 저 사람만 구하고 자기는……."

연하는 다음 말을 잇지 못했다.

"아니 아니야. 아닌 것 같아. 그게 더 믿을 수가 없는 게 열차를 멈추고 경찰이며 시민들이 다 찾아봤는데 발견되지 않았대. 흔적도 없이 사라져 버렸대. CCTV에도 더는 찍힌 게 없는데 아무도 저 중년 남성을 못 찾았다는 거야. 하물며 어딘가 다친 흔적도 찾을 수가 없다네. 하. 이게 대체 무슨 일이야?"

뉴스에서 고개를 떼지 못하던 정우가 드디어 연하를 바라봤다. 연하는 이해할 수 없다는 표정으로 인상을 쓴 채 입을 약간 벌리고 있었다.

"말도 안 돼, 그럼 어딘가 다른 역으로라도 나가는 모습이 잡혔어야지. 정말 저 남자분이 살아 있는 거라면 자기 발로 나갔을 거 아냐."

"그러니까 대체 무슨 일이냐는 거지."

정우가 옷걸이에 걸린 외투 주머니에서 담배를 꺼내 입에 물었다. 정우는 창문으로 걸어가서는 문을 활짝 열고 담배에 불을 붙였다.

"뭐냐, 대체 이 세상은 어떻게 돌아가는 거야."

담배 연기가 밤하늘을 가리다가 이내 허공으로 흩어졌다.

"그나저나 넌 지금까지 연구실에 남아서 뭐 했어? 내일 환자 보는 날 아니야?"

정우가 몸을 돌려 연하 쪽을 바라보며 물었다. 이미 뉴스가 다른 소식을 알리고 있음에도 불구하고 화면에서 눈을 떼지 못하던 연하가 넋이 나간 사람처럼 흐리멍덩하게 대답했다.

"어, 논문 쓰고 있었어. 내일 진료하는 날 맞아. 그래서 지금 가려고 나왔잖아."

"그거? 희생정신에 대한 뇌 과학적 연구 분석? 벌써 글쓰기에 들어간 거야? 빠르네."

"아니, 초안만 쓰고 있는 거야. 너는, 밥은 먹었어?"

"아직, 아까 퇴근하려고 했는데 인터넷 기사로 저게 뜬 거야. 기사 찾아보다가 뉴스로 좀 자세히 보려고 기다렸어. 처음엔 낚시 기사인 줄 알았는데 CCTV 보니까 이건 뭐 안 믿을 수가 없잖아. 누가 영상을 조작한 것도 아닐 테고.”

　재떨이에 담배를 비벼 불을 끈 정우가 이어 말했다.

　“사라진 남자보다 난 저 미친놈이 더 이상해서. 봤지, 그냥 걸어가는 거. 세상에 누가 저 상황에서 저럴 수 있어? 저놈이 누군지 연구해 보고 싶다. 저건 뇌질환이야. 병이라고. 정상인 사람은 저럴 수가 없어.”

　연하는 입술을 잘근잘근 씹었다. 그건 뭔가 집중해서 생각하거나 불안할 때마다 나오는 연하의 버릇이었다. 연하는 정우의 핏대 높인 열변에도 불구하고 사라진 남자만을 생각하고 있었다. 갑자기 뛰어와서 망설일 틈도 없이 승강장에 뛰어든 중년 남성. 그는 연하가 최근 연구하고 있는 희생정신을 발휘하는 사람의 전형적인 모델이었다. 생각하거나 따지지 않고 몸이 먼저 반응하는 사람들. 그들은 뇌가 행동의 신호를 신체에 보내기도 전에 몸을 움직인다. 그것은 사고라기보다는 본능이었다.

　연하는 그 본능적 행동들이 뇌의 어느 영역에서 보관되어 있는 인간적 특성이라고 믿었다. 연하는 그들을 연구하여 인간 본성 속의 희생정신을 과학적으로 입증해 내고 싶었다. 인간은 이기적 속성 이전에 이타적 속성을 가진 존재며, 그런 이타성을 저지하고 억제하게 만드는 것은 사회적 시스템의 작용이지, 인간 본성의 내재된 특성이 아닌 것이다.

　연하는 언제나 인간의 선한 본성을 과학적으로 증명하려는 노력을 해 왔고, 이번 그녀의 논문 주제가 그 노력의 결실이 되어 줄 것임을 믿고 있었다.

　“저 남자분 살아 있다면 정말 만나 보고 싶다.”

　연하의 목소리에 초연함이 묻어 나왔다. 상황에 대한, 사건에 대한, 사람에 대한 초연함. 인간이라면 인간이 저지른 모든 일들에 책임이 있다고 믿는 연하는 인간 세상에 그 어떤 말도 안 되는 일이 일어나더라도 그러려니 생각해야 한다고 늘 입버릇처럼 말해 왔다. 모든 것이 가능한 세상. 연하는 자신이 몸담고 있는 세상이 그런 가능성을 품은 세계임을 알고 있었다. 그 어떤 끔찍한 일도, 그 어떤 황당한 일도, 이 세상은 언제든 토해 낼 준비가 되어 있는 곳이었다. 연하는 그 속에서 초연함을 잃지 않는 것만이 삶을 살아 낼 수 있는 단 하나의 방법임을 너무나도 잘 알고 있었다.

"저녁 안 먹었으면 같이 나가자. 이것만 정리하면 돼."

정우가 책상 앞으로 돌아와 글자가 빼곡히 들어선 A4용지들을 뒤적였다. 연하는 소파 위에 어질러진 책이며 신문들을 한쪽으로 밀어 놓고 간신히 자리를 마련해서 앉았다. 정우의 연구실은 그녀의 방과는 다르게 쌓여 있는 책들과 문서 더미 속에서 가구들이 제 역할을 상실하여 모두 책들의 받침대로 바뀌어 있었다. 소파 가운데 놓인 탁자는 이미 탁자가 그 자리에 있는지를 알아챌 수 없을 정도로 종이 뭉치들에 가려 보이지도 않았다.

연하는 눈 가는 곳마다 튀어나오는 책 제목, 신문의 헤드라인, 문서들의 첫 문장들 사이에서 정신을 잃지 않으려 애썼다. 글자들은 연하의 눈 속에 각인되는 순간 이미지의 형태로 떠올라 연하의 머릿속을 어지럽혔다. 사물을 지칭하는 단순한 단어가 아닌 추상적인 단어의 조합들은 연하로 하여금 어떤 이미지를 그녀에게 던질지 몰라 꽤나 두려운 것이었다. 연하는 차라리 눈을 감는 편이 낫겠다고 생각했다.

"그새 잠든 거야? 이봐, 가자고."

정우의 목소리에 눈을 뜬 연하는 되도록 책들에게 시선을 주지 않으려고 애쓰면서 자리에서 일어나 문을 향해 걸어갔다.

"우리 잘 가는 레스토랑. 거기 가서 스파게티나 먹자."

연하와 정우는 연구실 건물을 나와 그들이 토론할 거리가 있거나 단순히 기분이 별로일 때 자주 찾는 이탈리아 레스토랑으로 향했다. 둘은 각자가 고집하는 스파게티를 늦은 저녁으로 먹은 뒤 말없이 이어지는 조용한 분위기 속에서 후식으로 제공되는 커피 한 잔을 기다렸다.

"그거 알아? 이번에 연구원들이 모여서 프로젝트 하나를 실행하라는 지시가 있었는데 그 프로젝트 총괄로 이신우 박사님이 지목됐어. 주제가 뭔진 모르겠지만 어때, 너도 꼭 거기에 낄 것 같은 분위기지?"

정우가 묘한 빈정거림을 섞어 연하에게 말했다. 연하는 저 의도한 놀림에 잠시 악의가 없는지 가늠해 봐야 했다.

"이신우 박사님이면 아무래도 임상 심리 쪽으로 주제가 잡히겠네. 평생 그것만 연구하신 분이니까. 난 누가 봐도 뇌 과학 연구잔데 내가 낄 리 있겠어. 주제가 이쪽으로 잡히면 또 모르겠지만."

정우가 한쪽 눈썹을 들었다 놓으면서 의미심장하게 말했다.

"주제 따위가 중요하겠어. 다른 사람은 다 안 받는데도 너만은 첫 번째로 프로젝트에 들어갈 거라고 우린 다 암묵적으로 동의하고 있다고."

우리? 연하는 순간적으로 울컥 치솟는 감정을 억누르느라 애써야 했다. 우리라는 단어에는 그녀를 뺀 상상의 결속체가 이미 존재하는 듯한 확고함이 있었다. 한순간에 그녀는 그녀가 속한 무리에서 추방당한 듯한 억울함을 느꼈다.

"그렇지 않겠어? 박사님의 너에 대한 애정은 이미 역사가 길잖아. 그게 말이지. 보통 스승과 제자 사이에서 흔히 일어나는 일은 아니잖

아. 솔직히 박사님이 여자인 것도 아니고 또 네가 남자인 것도 아니고, 우리들이야 또 말이 통하는 상대를 워낙 좋아하는 부류다 보니까.”

“가관이다 너.”

연하의 차가운 목소리에 정우는 자신이 실수했음을 느꼈는지 아니면 그런 척해야 한다는 생각이 들었는지 난색을 표하며 손사래를 쳤다.

“장난이야, 장난. 다들 부러워서 그러지.”

또다시 다들, 무리의 단어를 쓰는 정우에게 연하는 날카롭게 항의하려 했지만 그때 마침 커피가 나오는 바람에 연하는 불만을 표시하길 그만뒀다.

개인의 생각을 다수의 의견인 것처럼 에둘러 표현하는, 혹은 다수의 의견 속에 개인의 생각을 교묘히 섞어 버리는 야비한 말들에 진저리를 치는 그녀였다. 학부 때부터 연하와 함께 공부해 온 정우가 연하의 그런 호불호를 모를 리 없었지만 정우는 알면서도 연하의 심기를 건드리는 행동들을 서슴지 않게 했다.

더욱이 자신의 생각이 더 잘 받아들여지길 원할 때 자신의 언사가 진실한 것임을 더욱 어필하고 싶을 때 정우는 논리보단 감정의 격동에 호소하곤 했다. 그러고는 연하가 자신의 의도대로 화를 내거나 목소리를 높여 따져 들어 올 때쯤 ‘그렇게 예민하게 반응할 필요 있어? 그게 진짜 사실이 아니라면?’ 하고 팔짱을 낀 채 흐뭇한 미소를 지어 보이는 것이었다. 화를 내는 것은 가장 진실하게 개인의 의식과 욕망을 드러내는 것이라는 설교가 이어지는 것도 정우의 레퍼토리 중 하나였다. 마치 미끼를 던지고 걸리길 바라는 낚시꾼처럼 정우는 그런 식으로 사람들이 자신의 대화 속으로 걸려 들어오길 기다렸다.

학부 시절 그들이 만났다 하면 얼굴이 붉어질 때까지 소리 높여 싸웠던 것은 정우의 이런 태도 때문일 때가 많았다. 연하는 매번 정우의 미끼에 걸려드는 불쌍한 물고기였지만 이제 연하는 그것이 정우의 유희적 행동이자 사람에 대한 연구라는 사실을 알 만큼 정우와 함께한 시간이 길었다.

연하는 정우에게 들릴 정도로 크게 한숨을 쉬고 커피 잔에 손을 가져갔다. 정우의 레퍼토리에 놀아나는 것보다 정신을 딴 데로 돌리는 것이 오늘 밤을 편히 보낼 수 있는 방법이었다.

진한 원두커피에서 나는 향기에 연하는 마음이 조금씩 안정됨을 느꼈다. 연하는 커피를 한 모금 목으로 넘겼다. 연하는 죽을 만큼 뜨겁지는 않은 검은 커피 잔을 한참 동안 깊숙이 들여다보았다. 맑은 커피가 찻잔 끝을 보여 줄 것 같다가 이내 심연으로 숨는다. 커피의 심연. 사실 연하는 커피가 무슨 맛인지 잘 몰랐다. 마약처럼 사람들이 끊지 못하고 찾는다는 그 검은 심연을 그녀는 도통 알아낼 길이 없다고 생각했다. 맛도 별로 없고 향기도 그저 그래.

커피는 호흡과 함께 마신다. 숨을 내쉬고 숨을 들이쉬는 규칙적 몸의 반응에 따라 그녀는 커피를 한 모금씩 들이켰다. 마신다,라는 표현보다는 들이킨다는 표현이 더 잘 어울렸다. 마치 술처럼, 그녀는 커피 한 잔으로 위스키 한 병을 들이키는 효과를 만들어 낼 줄 알았다. 슬픔. 내게로만 빠져들어 느껴지는 슬픔의 공허한 상태를, 그녀는 커피 잔 안의 보이지 않는 심연에서 발견해 내곤 했다.

"커피를 원샷하는 거냐. 좀 내려놓지 그래. 맘 상하신 겁니까? 유연하 씨?"

정우가 커피와 함께 다른 생각에 빠져 있는 연하를 잠자코 바라보다 이내 참지 못하고 침묵을 깼다. 모든 사람들을 연구 대상으로 보며, 틈이 날 때마다 그들을 실험하길 즐기는 그였지만 워낙에 참을성도 별로 없고 마음도 여린 편이라 의도하지 않은 반응들을 만날 때면 아이처럼 안절부절못했다.

그는 벌써 사과의 말들을 준비하고 있었다. 찌푸린 눈썹과 우물거리는 입술에서 연하는 정우가 곧 자신에게 진심 어린 사과와 처분을 바라는 공손한 몸짓을 선보일 것임을 예감했다. 연하는 그런 정우의 모습에 어느새 불편한 심정들을 모두 잊어버렸다.

"됐어. 안 어울리게 그런 표정하고 있지 마. 난 아무렇지도 않으니까."

연하는 '싱긋' 웃어 보였고 그런 연하를 보자 정우도 호탕하게 웃어재꼈다. 이 웃음으로 이 순간은 다시는 입에 올릴 일 없이 깨끗이 마무리될 사건임을 그들 둘 다 잘 알고 있었다.


# 4.

**"그들을 기억하기 위해선 나는 우선 잊어야 한다. 기억을 기억하기 위해서는 우리는 먼저 망각해야 한다." – 4월 5일 3시 7분 〈상기자의 자리〉**


주안은 이곳에서 벗어나야 한다고 생각했다. 주안은 자신의 어깨를 붙들고 있는 여자의 손을 뿌리치곤 빠르게 자리에서 일어났다. 주안은 달리기 시작했다. 뒤에서 그를 부르는 여자의 목소리가 들렸지만 주안은 돌아보지 않고 뛰었다. 그러곤 길가에 길게 늘어서 있는 택시 하나에 올라탔다.

"출발해 주세요. 빨리요."

　　택시 운전기사는 쫓기는 듯한 주안의 모습을 거울로 한번 본 뒤, 차를 출발했다. 낮 시간이라 종로에는 차가 그리 많지 않았다.

　　"어디로 가십니까."

　　주안이 가쁜 숨을 돌렸다고 생각한 기사가 물었다.

　　"아."

　　주안은 자신이 지금 어디를 향해 가고 있는지 그리고 어디를 향해 가야 하는지 알 수 없었다. 그는 길을 잃은 것 같았다.

　　"그냥 쭉 직진해 주세요."

　　주안은 그렇게 말하곤 자신의 바지 주머니를 뒤졌다. 주안은 자신의 뒷주머니에 뭔가 딱딱한 물건이 들어 있다는 사실을 알아챘다. 그것은 주안의 지갑이었다. 그리고 그 지갑 사이엔 주안의 핸드폰이 끼워져 있었다.

　　주안이 휴대폰의 액정을 켜자 부재중 전화가 세 통이 왔음을 알리는 메시지가 떴다. 두 통은 박사님의 전화였고 한 통은 이름을 알 수 없는 전화였다. 주안은 지금 자신이 할 수 있는 행동에는 선택의 여지 따위는 없다고 느꼈다.

　　주안은 박사님께 전화를 걸었다. 신호음이 몇 번 울리고 세상에서 그가 가장 편안하다고 생각하는 목소리가 전화를 받았다. 그제야 주안은 안도의 심정이 들어 낮게 한숨을 쉬었다.

　　"여보세요? 주안이니?"

　　박사님의 목소리엔 사람들의 긴장을 이완시키는 신경안정제 같은 파동이 있었다. 주안은 그 파동을 인지할 수 있었다. 그에게 귀로 흘러오는 모든 소리는 저마다의 파동과 색감으로 펼쳐졌다. 주안이 자신의 전공인 바이올린에서 작곡으로 관심을 옮긴 것도 모두 주안이 자신에게 들려오는 파동의 색채를 그려 보려는 시도에서 시작되었다. 그가 작곡한 연주곡에는 언제나 음표들의 색감이 들어 있었다. 그래서 그의 음악은 묘하게도 그림 같은 소리로 재생되었고 사람들은 그 놀라운 음악에서 종종 그의 천재성을 발견해 내곤 했다.

"너의 음악은 뭔가 다르단다. 그건 사람들의 마음을 움직이는 것과는 또 다르게 사람들의 마음속에 어떤 선명한 그림을 그려 놓는데 그건 아무나 할 수 있는 게 아니야. 너의 재능을 좀 더 소중히 여길 필요가 있어."

박사님은 주안의 음악을 사랑하는 사람들 중에서도 단연 그의 음악을 정확히 받아들일 줄 아는 사람이었고, 주안은 그런 박사님의 평가에서 정확한 인정을 받곤 했다.

그들의 인연이 주안의 첫 번째 콘서트에서 이루어진 것도 주안의 음악을 누구보다 제대로 받아들일 줄 알았던 박사님의 감성에서 비롯되었다. 콘서트가 끝난 후 박사님은 무대 뒤 주안의 대기실에 직접 찾아와 작곡가를 만나길 기다렸던 것이다. 박사님은 주안을 보자마자 그의 손을 굳게 잡았다. 음악의 감격이 아직 채 사라지지 않은 박사님의 눈에는 벅찬 감동이 담겨 있었고 주안은 박사님이 아무 말 하지 않았어도 그가 자신의 음악을 깊게 이해하고 있음을 알 수 있었다.

그렇게 시작된 그들의 인연은 매번 콘서트 때마다 초대권을 보내는 주안의 배려에, 매번 그 초대권의 좌석에 어김없이 앉아 계셨던 박사님의 애정에 음악의 동반자로서의 돈독함으로 발전되었다. 주안이 누구에게도 털어놓지 않은 이유로 작곡을 멈추고 바이올린도 손에 잡지 않던 2년 전부터 그들의 관계는 심리학 박사인 박사님과 상담을 받는 상담자의 입장으로 바뀌었지만 그래도 여전히 그들은 유쾌하게 음악의 정신에 대해 논하는 친구 같은 사이였다.

"여보세요? 주안? 듣고 있니?"

주안은 잠시 목소리에 담긴 옛 시절의 회상으로 자신이 박사님께 전화를 걸었다는 사실을 잊었다는 것을 알아챘다. 지금 자신의 상황이 엉망진창이라는 것도.

"박사님, 지금 박사님을 만나 봬야 할 것 같아요. 그러니까 저는 지금 택시 안인데. 제게 지금 무슨 일이 벌어졌는지 박사님은 상상도 못하실 거예요. 뭔가 잘못된 거 같아요. 모든 게 뒤죽박죽이에요. 절 좀 도와주셔야 할 것 같아요. 지금, 저는, 그러니까."

주안은 자신도 모르게 많은 말들을 한꺼번에 내뱉으려고 했다. 어제 〈고통과 나눔의 모임〉에 참석한 일부터 세연을 만나고, 세연의 이상한 말 그리고 눈 뜬 뒤 자신이 종로 한복판에 누워 있었다는 것까지. 박사님은 주안의 목소리에 담긴 다급함에 일단 주안을 안정시켜야겠다고 생각했다.

"지금 내 연구실로 오너라. 상담이 곧 끝날 테니까. 지금 출발하면 시간이 맞을 거다. 진정하고 우리 만나서 얘기하자. 지금 올 수 있겠니?"

주안은 지금 자신이 갈 곳이라곤 박사님의 연구실밖에 없다는 것을 알고 있었다. 주안은 짧게 대답하고 전화를 끊은 뒤 운전기사님께 말했다.

"기사님, 도곡동으로 가 주세요."

택시에서 내린 주안은 건너편 건물에서 박사님이 나오는 모습을 발견하고 차가 별로 다니지 않는 한적한 거리를 그냥 건너갔다. 박사님은 반가움을 온몸으로 표현하며 주안의 손을 잡았다.

"들어가자. 기다리고 있었단다."

그들은 엘리베이터에 올라 12층 버튼을 누른 뒤 나란히 섰다. 박사님이 나긋한 목소리로 말했다.

"어제 모임이 끝나고 보니 네가 없더구나. 서로 대화를 나누는 데너무 정신을 쏟고 있어서. 사람들이 다행히도 스스럼없이 이야기를 해줘서 분위기가 아주 좋았단다. 내심 걱정이 많았는데 말이야."

주안은 자신이 모임에서 인사도 없이 나와 미안한 마음이 들었다. 사실 그는 첫인사조차 제대로 하지 않았던 것이다.

"죄송해요. 끝까지 모임에 남아 있지 못해서."

"아니다. 참석해 준 것만도 고마운 거야. 그럼, 고마운 거지."

엘리베이터가 12층에 멈춰 서고 곧 문이 열렸다. 긴 복도 한가운데박사님의 연구실이 있었다. 문을 열고 들어가자 테이블에 놓인 찻잔 두개가 지금 막 연구실에 손님이 와 있었음을 짐작하게 했다. 찻잔에 반쯤남은 차는 아직 채 식지 않아 김이 피어오르고 있었다.

"제가 갑자기 찾아온다고 해서 방해가 된 건 아닌지 모르겠어요."

주안이 의자에 앉으며 말했다.

"아니야, 그건 정말 아니다. 마침 아주 귀한 차가 들어와서 안 그래도 널 불러서 함께 마셔야겠다고 생각하고 있었어."

박사님은 커피포트에 물을 끓이기 시작했다. 그리곤 선반 위에서조심스럽게 작은 상자를 내려서는 티스푼으로 말린 차 잎사귀를 잔에듬뿍 넣었다.

"중국에서 공부하는 제자가 사다 준 건데, 이걸 들고 오면서 어찌나 표정이 뿌듯해 보이던지, 돈을 주고도 살 수 없는 일 등급 차를 가져왔다면서 말이야."

박사님은 호탕하게 웃었다. 그 모습에 주안도 따라 웃어 버렸다.

"잔들은 옆으로 잠시 치워 두거라. 내가 이따 한꺼번에 정리할 생각이니까 말이다."

박사님은 두 손에 잔을 하나씩 들고 의자로 되돌아왔다. 그들은 한동안 아무 말 없이 서로 마주 본 채 차를 홀짝였다. 깊은 침묵과 함께 찻잔 부딪치는 소리만이 간간히 연구실 안을 메웠다. 주안은 그 침묵이 기다림의 시간이라는 것을 알고 있었다. 박사님은 자신을 찾아오는 사람이 누구든지 간에, 그가 말할 준비가 되어 스스로 입을 열 때까지 인내심을 가지고 기다리는 일을 습관처럼 해내곤 했다.

박사님은 세상에서 가장 많은 의미를 전달할 수 있는 단 하나의 언어가 침묵이라고 늘 말해 왔다. 다른 언어는 말해지는 순간 말하려는 의미를 정확히 빗나가는 화살일 뿐이라고. 우리는 잘해 봐야 과녁 제일 바깥쪽을 맞출 수 있을 뿐이고 대부분은 과녁조차 빗나가 바닥에 떨어질 뿐이라서 사실 우리들의 대화란 정확히 의미를 퇴색시키는 불필요한 시도에 지나지 않는다고. 그러나 매번 다른 순간에 찾아오는 고요한 침묵이란 그 순간을 지칭하는 가장 적합한 표현처럼 매번 다른 의미들에 정확히 맞아 떨어지곤 했는데, 그것은 언어와는 다른 형식으로 의미를 만들어 내는 방법이었다.

"어제 집에 돌아가는 길에 학교 안에서 후배를 한 명 만났어요. 여자애였는데, 반가운 마음에 같이 술 한잔을 했죠. 새벽까지 술을 마시고 후배를 집에 데려다주는데, 이 녀석이 뜬금없이 이상한 얘기들을 하는 거예요. 사실 취기가 좀 오른 상태여서 잘 기억이 나질 않는데, 자기가 누군가의 기억 속에서 끊임없이 어떤 순간으로 불려 나온다고, 근데 그 순간이 바로 저를 만나는 장면이라고, 뭐 그런 얘기를 한 것 같아요. 그날 후배의 집에 가서 잠이 들었는데. 잠에서 깨서 일어나 보니 전 종로 한복판에 누워 있었어요. 사람들에 둘러싸여 있었죠. 전 그대로 뛰어가서 택시를 잡아탔어요. 그리고 곧바로 박사님께 전화를 드린 겁니다.”

박사님은 곰곰이 그리고 신중하게 생각하는 듯했다. 박사님은 20년이란 시간 동안 상담을 해 오면서 수없이 많은, 다양한 사람들의 이야기를 들어왔다. 그 속에는 말로 다 설명할 수 없을 만큼 놀라운 이야기들도 많았기 때문에, 주안은 자신이 무슨 이야기를 늘어놓아도 박사님이 그 사실을 믿지 않는다거나 가볍게 생각하지 않으리란 걸 알고 있었다.

“가설을 한번 세워 보자꾸나. 우린 모든 케이스를 다 염두에 두어야 하니까. 첫째는 네가 말한 그 후배를 넌 실제로 만난 적이 없다는 것. 그게 아니라면 둘째는 잠을 자는 도중에 네가 종로까지 찾아갔다는 것. 이건 거의 몽유병에 가깝겠지? 셋째는 너는 의식이 있는 상태로 종로에 갔는데 다만 네가 그 사실을 기억하지 못한다는 것. 마지막 네째는, 누군가 집에서 자고 있는 너를 옮겨다 종로 바닥에 놔둔 거다. 자 어때, 뭐가 제일 가능성이 높을까?”

주안은 자신도 모르게 눈살을 찌푸렸다. 박사님이 제시한 가설들은 모두 하나같이 현실감이 떨어지는 허무맹랑한 소리처럼 들렸기 때문이다.

“다른 건 그렇다 쳐도, 제가 세연이를 만난 적 없었단 얘기는 정말이지 아닌 것 같아요. 그럼 전 대체 어제 누굴 만나서 술을 먹고 대화를 했단 말이죠? 제 팔을 잡고 반갑게 인사하던 그 아이는 누구죠? 이해할 수 없는 말들을 하며 자기 자취방으로 나를 데려갔던 그 아이는 누구죠? 설마 다 제가 만든 환상이라고요? 그 중년 부인처럼? 제가 말도 안 되는 환상을 만들어 내는 정신병자란 말씀이세요? 박사님 그게 말이나 되나요? 제가요?"

　주안은 자신의 입에서 환상이라는 단어가 나왔다는 것에 놀라며, 그 단어에서 곧바로 중년 부인을 생각했다는 것에 더더욱 놀랐다.

　"자자, 진정하렴. 환상이란 결코 현실감 없는 얘기들이 아니란다. 누구나 환상을 보고 환상을 만들어 내는 능력을 가지고 있어. 때론 그게 상상력이라고 표현되기도 하고 꿈이라고 불리기도 하고 영적 체험 같은 걸로 받아들여지기도 하지만, 그건 모두 매한가지의 환상이란다. 그리고 그건 정신병이 아니야. 그들은 정신병자가 아니다. 미친 사람이라고 치부되기에는 그들은 누구보다 정확하고 깨끗한 정신을 가지고 있지. 누군가 신비롭고 놀랄 만한 이야기를 우리에게 털어놓는다고 해서 그들이 병자 취급을 받아야 할 이유는 어디에도 없어. 그건 아주 놀라운 능력이란다. 축복받은 능력이지. 만약 우리가 어느 시점에 다 같이 다음 진화로 넘어가게 된다면 인간은 모두 환상을 경험할 수 있을 거다. 일상에서 말이야. 그건 정말 내가 장담할 수 있다."

　주안은 체념한 듯 찻잔을 들어 물처럼 차를 들이켰다. '이건 아니야. 그래도 이건 아니야.' 주안은 홀로 되뇌었다.

　"네가 정 첫 번째 가설이 탐탁지 않다면 다음으로 넘어가 보자꾸나. 그래, 네가 잠이 든 채로 종로까지 찾아갔다는 얘기는 어떠니? 몽유병은 흔한 사례지. 그들은 꿈을 꾸면서 몸을 움직일 수 있어. 물론 그들은 금세 꿈에서 깨어나지만 꿈을 꾸는 동안, 잠을 자는 동안 자신이 무슨 일을 하고 있는지 그들은 인식하지 못한단다. 어때, 네가 그런 경험을 했으리라는 가능성은?"

　"모르겠어요. 하지만 전 몽유병 같은 건 없어요. 아침에 일어나면

전 늘 잠이 들었던 그 장소에서 깼다고요."

"그럼 네가 기억을 못하는 몇 시간 동안의 틈이 있었으리란 건? 의식을 잃은 것은 아니지만 어떤 이유로 너는 단기 기억 상실처럼 순간의 기억을 모두 잃은 거야. 그럼 너에게 벌어진 사건이 설명이 될까?"

"제게 벌어진 일에 대한 설명은 될 수 있을 것 같아요. 제가 왜 단기 기억 상실을 경험했는지는 설명이 안 되지만요."

"누가 너를 그 친구의 집에서 종로까지 옮겨 놓은 건?"

"그건, 정말이지, 말이 안 되잖아요, 박사님. 누가 절 옮겨요. 자고 있는 저를요. 장정 세 사람은 있어야, 절 번쩍 들어서 제가 잠에서 깨지 않게 아주 편안히 종로 바닥에 들고 가서 버리고 올 수 있을걸요?"

"마취제 같은 걸 놓았을 수도 있잖니? 방법은 아주 무궁무진해."

"박사님. 이건 장난이 아니라고요! 전 정말 심각해요. 미쳐 버릴 것 같다니까요!"

점점 눈을 반짝반짝 빛내는 박사님에게 주안은 소리를 질렀다. 박사님은 마치 추리소설의 플롯이라도 짜듯 흥미롭다는 표정으로 주안을 바라보고 있었던 것이다.

"하하하. 너무 화내지 마렴. 나도 심각하단다. 하지만 굳이 웃지 못할 이유는 없잖니. 긴장을 풀고 생각해야 더 진실에 가까워지는 법이다. 이건 내 지론이야."

주안은 한숨을 쉬며 창밖으로 시선을 돌렸다. 사람들이 모여 있는 서울 한복판에서 자신이 영문도 모른 채 누워 있었다는 사실을 생각하자 다시금 주안은 머리끝에서 발끝까지를 번개처럼 관통하는 당혹스러움을 느꼈다. 대체 내가 왜.

홀로 자문하던 주안은 문뜩 자신의 어깨를 흔들며 '당신, 너 대체 뭐야.' 하고 소리쳤던 여자를 떠올렸다. 여자의 눈빛은 주안을 책망하듯 바라보고 있었고 주안과 함께 거리에 앉아 있었다. 그 여자는 뭔가 알고 있을지도 몰라. 불현듯 그런 생각이 주안의 머릿속에 스쳤다. 당황해서 그 자리를 그렇게 빠르게 도망치지만 않았더라도 그녀에게 뭔가 물어볼 수도 있었을 것이다. 그 상황에 대해서, 그리고 자신에 대해서.

주안은 다신 찾을 수 없을 여자를 앞에 두고 자신이 그 자리를 떠나는 데만 급급했다는 사실에 안타까움을 느꼈다. 그는 그렇게 도망치지 말았어야 했다. 적어도 그가 어떤 설명이라도 듣고 싶었다면 아무리 그 순간에서 벗어나고 싶었더라도 끝까지 버텼어야만 했던 것이다. 주안은 고개를 저었다. 또 하나의 자책이 사라지지 않을 자신의 장소를 획득한 것 같았다. 후회뿐인 삶이었다.

"네가 진짜 그 후배를 만났다면, 다시 가서 물어보는 건 어떻겠니? 널 가장 마지막에 봤던 사람이니까 뭔가 말해 주지 않을까? 그리고 그 이해 못할 말들도 설명을 들어야 풀릴 것 같은데, 상황을 모르는 우리가 밤새 머리를 맞대고 생각한들 답이 나올 문제가 아닌 듯싶구나."

주안 역시 그렇게 생각했다. 다시 세연을 만나야 한다. 세연만이 오늘의 그를, 또 어제의 그를 설명해 줄 수 있을 것 같았다. 아니, 모든 일이 세연을 만난 그 순간부터 시작된 것인지도 몰랐다. 어쩌면 그가 시작을 잘못 짚었는지도.

"네, 아무래도 그 아이를 다시 만나야 할 것 같아요. 하지만 연락처도 받아 두질 못해서, 아마도 그 아이를 만나려면 저는 다시 학교에 가야 할 것 같아요. 그 아이 집을 제가 기억하고 있는지도 모르겠네요."

박사님은 난항을 겪던 머리 아픈 문제에 적당한 해결책을 찾은 듯한 표정을 지으며 기지개를 켰다.

"괜찮다면 오늘은 좀 쉬면서 마음을 진정시키고 내일 찾아가는 게 어떻겠니. 내일이라면 나도 학교에 갈 일이 있어. 〈고통과 나눔의 모임〉 두 번째 만남을 갖기로 했거든. 우린 일주일에 두 번 만나기로 했단다. 월요일과 수요일. 오늘은 화요일이지 아마?"

다시는 가지 않겠다고 결심한 모임이었지만, 주안은 왠지 그 모임에 가야 할 것만 같다는 내면의 속삭임을 들었다.

"같이 가요. 박사님. 모임이 끝나고 그 아이를 찾으러 가야겠어요."

# 5.

"그들의 이름이 헷갈린다, 아니 기억조차 나지 않는다. 그래서 이야기는 쓰여진다. 그들을 기억하기 위해서, 나는 그들의 이야기를 쓴다." – 4월 7일 3시 41분 〈상기자의 자리〉

희조는 급히 자리를 떠나는 남자의 등 뒤에 대고 소리쳤다. 천천히 걸어가는 것밖엔 할 수 없을 거라고 생각했던 남자가 빠르게 뛰어가는 모습을 보자 희조는 더 이상 남자를 뒤쫓을 필요가 없다고 생각했다. 모여 있던 사람들이 남자가 떠나자 그녀에게 관심을 돌려 걱정의 눈빛을 보내고 있었다.

"괜찮아요? 어디 다친 데 없어요?"

차에서 내린 놀란 토끼 눈의 운전자가 희조를 일으켜 세우며 물었다.

"아, 전 괜찮습니다."

희조가 옷에 묻은 흙을 털며 걸음을 옮기려 하자 주위에 있던 사람들이 웅성거렸다.

"교통사고는 지금 괜찮아도 나중에 어떻게 될지 몰라. 아가씨, 연락처도 받아 놔."

곁에 있던 아줌마가 희조에게 다가와 말했다.

"부딪히지 않았어요. 그냥 넘어진 거예요."

희조는 대충 대답하고 어서 이 자리를 떠나고 싶었다. 그러나 사람들의 한마디씩 보태는 말에 정작 운전자가 희조를 잡고 놔 주지 않았다.

"아가씨. 이거 내 명함인데, 나중에 어디 몸이 안 좋으면 연락해요. 그리고 아까 그 남자분도 아는 사이면 좀 전해 줘요. 여기로 연락하라고. 내가 보기엔 남자분도 심하게 넘어졌는데, 갑자기 뛰어가다니 거참. 이상하네."

희조는 억지로 쥐여 주는 운전자의 명함을 받고는 '알겠어요.' 고개로 인사한 후 몸을 돌렸다. 희조는 그녀가 걸어왔던 길로 다시 터벅터벅 걷기 시작했다. 그녀가 움직이자 이내 모여 있던 사람들도 다시 제 갈 길을 찾아 빠르게 흩어져 버렸다.

희조는 조금 전 자신에게 벌어졌던 혹은 자신이 끼어들었던 사건의 기이함에 몸서리를 쳤다. 그 남자. 걷힌 머리 아래 숨어 있던 눈동자를 본 희조는 남자가 마치 무언가에 홀린 듯, 꿈꾸는 듯한 눈으로 여기까지 걸어왔음을 예감했다. 저 남자는 대체 뭘까.

희조가 남자에 대한 생각으로 자신의 온 머리를 채우자 희조는 자신도 모르게 아주 느린 걸음으로 걷기 시작했다. 뭔가 골똘한 생각에 빠져 꿈꾸듯 걷고 있는 그녀를 다가오는 사람들은 알아서 피해 걸어가고 있었다.

그는 가까이서 보니 이제 막 서른이 된 것 같은 남자의 모습을 하고 있었다. 소년의 기운을 넘어서 청년이 된 듯한, 그러나 아직 덜 여문 듯한 풋풋함에 희조는 지하철역에서 자신을 향해 걸어오는 그를 보며 나이를 가늠할 수 없었던 자신이 이해가 갔다. 그는 어찌 보면 10대 후반의 학생 같은 모습을 하고 있었다. 그러나 어느 순간엔 그는 훌쩍 나이를 먹어 30대 중반을 넘은 나이로 보였고, 찬찬히 들여다보면 다시 원래의 20대 청년으로 되돌아왔다.

희조는 화끈거리는 가슴의 살에서 아직 젖어 있어 딱 달라붙어 있는 흰 셔츠를 떼어 냈다. 제일 먼저 옷을 갈아입어야겠다고 생각한 그녀는 밀크커피의 달달함이 끈적하게 셔츠를 살에 달라붙게 하고 있단 걸 알아챘다. '이젠 그냥 원두커피를 마셔야겠어.' 그녀는 남자와의 추격전을 벌일 땐 끝없이 길게만 보였던 거리가 이토록 짧았는가에 대해 의구심을 가지며 종로3가의 지하철역으로 다시 내려갔다.

역 안 상가에 자리 잡은 그녀의 직장 안엔 커피를 뽑아 온다고 나가서는 감감무소식인 직원의 태도에 불만을 품은 사장의 팔짱 낀 모습이 보였다. 희조는 옷 가게의 문을 열고 안으로 들어갔다.

"너는 커피를 재배해서 오는 거니? 자판기가 바로 코앞인데, 이렇게 늦게 올 이유가……."

희조를 보자마자 준비했던 말들을 쏟아 내던 사장은 희조의 헝클어진 머리와 옷차림새를 보자 말을 멈췄다.

"너 셔츠가 왜 그래? 커피를 엎질렀어? 세상에 이게 뭐야."

희조는 대답 대신 옷걸이에 걸려 있는 옷들을 뒤적이며 자신의 사이즈에 맞는 하늘색 셔츠를 집어 들었다.

"사장님, 이거 제가 살게요. 할인해 주실 거죠? 옷을 좀 갈아입어야겠어요."

사장은 눈을 끔벅이며 고개를 끄덕였다. 사장의 표정에는 어서 이 상황의 설명을 듣고 싶어 하는 기색이 역력했지만 희조는 그 암묵적인 요청을 뒤로하고 탈의실에 들어가 흰 셔츠의 단추를 풀었다.

셔츠를 벗어 던지고 탈의실 안 거울 앞에 선 희조는 빨갛게 데여서 부어오른 자신의 살결을 보며 혀를 찼다. '이렇게 데이고도 그걸 모르고 뛰어다녔단 말이지. 이 둔한 여자야.' 희조는 밖에 있는 사장을 향해 소리를 질렀다.

"사장님 죄송한데, 계산대 서랍에 보면요. 물티슈가 있거든요. 그거 저한테 좀 주실래요?"

밖에서 서랍을 열고 바스락거리며 뭔가 열심히 찾는 사장의 분주한 소리가 들렸다. 이내 사장이 희조가 부탁한 물건을 찾았는지 탈의실 문을 두드렸다.

"너 설마 다 데인거니? 뜨거운 커피를 엎은 거야? 나 참. 어쩌다 그랬어?"

문이 빼꼼히 열리고 투명한 손이 불쑥 나와 사장의 손에서 물티슈를 챘다.

"괜찮아요, 괜찮고요. 이게 끈적거려서 좀 닦으려고요. 사장님 우리 이제 원두커피 마셔요. 별로 안 비싸던데 커피머신 하나 사는 건 어때요?"

희조는 밖을 향해 소리치며 물티슈 세 장을 꺼내서 두툼하게 접은 뒤 부어오른 살에 가만히 가져다 댔다. 차가운 물기를 머금은 물티슈가 살에 닿자 그녀는 곧바로 쓰라림을 느꼈지만 화끈거림이 조금 가라앉는 것 같아 그대로 두었다. 물티슈의 보드라움이 다친 그녀의 가슴을 어루만지는 손길 같아 마음이 편해졌다. 문득 실크 스카프를 물에 적셔 대고 있으면 더 멋진 촉감이 들까 하고 생각했다. '더 매끈하긴 해도 폭신함은 없겠지. 그러고 보면 차가운 손이 가만히 눌러 주는 게 제일 감촉이 좋을 텐데.'

그녀는 사람의 체온이 변하면서 느껴지는 각양각색의 감촉들을 좋아했다. 차가우면 차가운 대로 따뜻하면 따뜻한 대로 사람들의 살결이란 모두 다른 감촉들을 가지고 있었다. 때론 부드럽고 때론 거칠어도 사람이 주는 감촉만큼 그녀에게 완벽하다고 생각되는 촉감은 없었다.

희조는 잠시 그대로 물티슈를 가슴에 꼭 누르고 있다가 살며시 떼어 내서는 끈적한 커피들을 살살 닦아 냈다. 차가운 물기가 닿아서 그런지 부어오른 가슴이 조금은 진정된 것 같았다. 그래도 약을 사서 발라야겠다고 생각한 희조는 속옷까지 커피 물이 흠뻑 든 것을 보고 이대로는 일을 할 수 없겠다고 자신에게 말했다.

"집에 가자. 속옷 상태건 몸 상태건, 지금 이 상태로 일하는 건, 내가 무슨 옷 가게 점원으로 영화를 누리겠다고, 오버하는 거야."

희조는 골라 온 하늘색 셔츠를 몸에 걸치고는 단추를 잠갔다. 헝클어진 머리를 손가락으로 빗어서 대충 정리하고 탈의실을 나온 희조는 그녀를 기다리고 있는 사장에게 가서 말했다.

"사장님. 저 오늘 조퇴할게요. 대신 내일 더 일찍 나올게요. 아무래도 집에 가서 약을 발라야지, 흉이 지겠어요."

희조는 자신의 가슴께를 가리키며 우는 목소리로 말했다.

"가더라도 대체 무슨 일인지는 말해 주고 가. 안 그래도 갑자기 경찰이 오고 사람들이 웅성거려서 무슨 일이 있나 했는데, 가게 비우고 나가지도 못해서 너만 목 빠지게 기다리고 있었어. 뭔 일 난거니? 커피는 왜 뒤집어써서 다치길 다쳐. 조심 좀 하지."

희조는 사장의 말에 가게 안에서 보이는 역 안 모습으로 고개를 돌렸다. 그제야 웅성거리는 사람들의 목소리, 혼란스러워하는 모습, 경찰들이 뛰어다니는 게 눈에 들어왔다.

희조는 머리가 아파 왔다. 그녀가 떠나고, 승강장에서 어떤 상황이 벌어졌는지는 보지 않아도 짐작이 갔다.

"구급차 왔대요? 다친 사람 실려 가는 거 보셨어요?"

"왜! 누가 다쳤니? 어머! 누가 열차에 치었어? 그런 거야?"

사장의 격앙된 '열차에 치이다.'라는 표현에 희조는 눈살을 찌푸렸다.

"그런 거 아니고, 아무튼 그런 거 아니에요."

희조의 말투에 짜증이 묻어났다. 그런 표현, 그런 적나라한 표현으로 자신과 부딪혔던 중년 남성이 지칭되는 것에 희조는 화가 났다. 희조는 더 이상의 설명 없이 자신의 가방을 챙겼다.

"사장님. 저 가 볼게요. 죄송해요. 내일 뵙겠습니다."

사장의 무언가 외치는 소리에도 불구하고 희조는 그대로 문을 열고 가게를 나왔다. 여기저기 모여 있는 사람들의 혼란을 헤치고 희조는 역 밖으로 나왔다. 그녀는 반대편 버스 정류장으로 가기 위해 길을 건넜다. 원래는 지하철을 타고 출퇴근을 하는 그녀였지만 지금 지하철은 연착되어 있을 것이 분명했고, 꼭 그 사실이 아니더라도 그녀는 지하철을 타고 싶지 않았다. 아마 앞으로 얼마간 희조는 지하철을 타지 않을 것이다. 그녀는 지하철역 안에 있는 직장도 그만둬야 할지 모른다는 생각이 들었다. 직장은 다시 구하면 될 일이었다. 어차피 그녀는 학교를 휴학하는 일 년 동안만 일할 곳을 찾고 있었고 휴학 기간도 이제 반년밖에 남지 않았으므로 단기간으로 시간제 일을 구하는 것은 어려운 일이 아니었다. 그녀가 생각하기에 삶에서 어려운 것은 그런 일이 아니었다.

세상을 살아가는 데 있어 정말 어려운 일은 오늘 같은 날, 해일같이 그녀를 덮친 삶의 불확실성 속에서 희조가 자신을 잃지 않고 중심을 잡는 일이었다.


## 6.

"모든 그들 속에는 내가 있다. 그러나 나는 이미 이곳에 없다." – 4월 12일 1시 47분 〈상기자의 자리〉


연하는 집에 돌아오자마자 방 안의 모든 불을 켰다. 온 집 안에 가득한 어둠을 몰아내기 위해서. 연하는 외투를 벗어 식탁 의자에 걸쳐 놓고는 곧바로 욕실로 향했다. 그러곤 문을 닫지 않은 채로 샤워를 했다.

연하는 늘 샤워를 할 때 욕실 문을 활짝 열어 두곤 했다. 굳이 닫힌 좁은 공간에서 답답하게 씻을 필요가 없었기 때문이었다. 그녀는 누군가의 시선으로부터 자신의 벗은 몸이 보호받아야 한다고 생각하지도 않았을 뿐더러 그녀의 집엔 그녀의 벗은 몸을 지켜볼 누군가 역시 존재하지 않았다.

그녀의 열린 문 사이로 보이는 방 안 풍경들이 그녀가 하루의 고단함을 쏟아지는 물로 씻어 내는 것을 안쓰럽게 그리고 자랑스럽게 지켜보았다. 그들의 주인인 그녀는 그렇게 매일의 마무리를 했다. 마치 그것이 유일한 가족에게 전하는 하루의 보고인 듯이.


연하는 목욕 가운을 입은 채 머리에 수건을 두르고 침대로 걸어갔다. 그녀의 침대 옆에는 그녀가 지난 밤 읽다 잠이 든 자료들이 가득했다. 그녀는 역사 속의 희생양이 되어 사라졌던 사람들의 예를 모두 모아 공부하고 있었다.

희생양을 공부하는 것은 그녀가 쓰려고 하는 희생정신에 대한 잘못된 의견들을 바로잡는 데 유용했기 때문이다. 자발적인 희생과 국가든 인종이든 타인에 의해 지명된 강제적 희생 사이에는 본질적으로 출발점이 다른 인간의 욕망이 숨어 있었지만, 희생이란 단어의 중복으로 말미암아 사람들은 그 둘 사이의 의미를 혼동하고 있었다.

희생으로서 영웅이 되는 사람들과 희생으로서 죄인이 되는 사람들 사이에 놓인 똑같은 희생이란 단어는 그 속에 자발적인과 비자발적인이라는 의지의 유무로 극과 극으로 나뉘어졌다. 누군가는 위대해지고 누군가는 인간 종의 가장 끝머리에 서 있었다. 시대가 바뀌고 사회가 바뀌었어도 누군가는 여전히 희생을 행하고 누군가는 여전히 희생양이 되었다.

연하가 침대에 앉아 어제의 자료를 이어 보려던 그때, 정적을 깨며 그녀의 핸드폰이 울렸다.

아, 전화. 방해받고 싶지 않은 시간에 갑자기 울려 대는 핸드폰이란 세상에서 가장 쓸모없는 기계덩어리일 뿐이었다. 무시할 수도 없는 타인의 존재를 벨소리로 부르짖는 중간자적 물건. 내가 필요할 땐 언제 어디서건 타인을 내 앞으로 데려오는 신비로운 물건이지만 그 외의 모든 시간엔 숨어 있는 나를 타인에게 노출시키는 애물단지 같은 물건.

그녀는 핸드폰을 어디에 던져 둔지도 잊어버렸다. 그래서 그녀는 벨소리를 찾아 집 안을 한 바퀴 돌아야 했다.

"여보세요?"

식탁 위에 아무렇게나 던져 놓은 가방 속에서 핸드폰을 찾은 연하가 조금은 지친 목소리로 전화를 받았다.

"아직 안 자니? 내가 깨운 건 아닌지 모르겠다. 전화를 걸고 보니 지금이 몇 신지 생각나는 거야. 나도 참. 예의가 아니게. 하하하."

익숙하지만 늘 깜짝 놀라게 되는 목소리. 편안하지만 어딘가 모르게 조금은 두려운 목소리. 연하는 그 묘한 울림의 목소리를 듣자마자 그가 누군지 알아챘다.

"박사님. 아니에요. 아직 안 자고 있었어요. 뭐 좀 읽느라고요."

"응 그래. 내가 오래 방해하면 안 되겠구나. 본론만 말하고 금방 끊으마. 내일 저녁에 시간 있니?"

연하는 어색하게 긴장한 목소리를 들키지 않으려고 좀 더 느긋한 말씨로 대답했다.

"네. 괜찮아요. 박사님. 무슨 일이신데요?"

연하는 오늘 저녁에 정우가 자신을 자극하려고 일부러 꺼냈던 프로젝트에 대한 이야기를 떠올렸다. 그녀는 사실 정우의 의견이 그대로 맞아 떨어질지 모른다고 생각하고 있었다. 그녀는 어쩌면, 아니 틀림없이 가장 먼저 프로젝트팀의 제의를 받을 것이다. 연하는 그래야 하는 이유를 가장 잘 알고 있었기 때문에 더욱이 그 제의를 피하고 싶었다. 무슨 일인지를 묻는 연하는 이미 박사님의 다음 말을 예상하고 있었다.

"응. 내가 너랑 상의할 일이 있어서 말이야. 만나서 자세히 얘기하겠지만, 내가 연구실 전체가 참여하는 새로운 프로젝트를 하나 맡았단다. 그 얘길 좀 하고 싶어서. 내일 시간이 되면 같이 저녁이라도 먹으려고 하는데 괜찮니?"

연하는 자신이 쉽게 박사님의 제안을 거절할 수 없을 것이란 것도 너무나 잘 알고 있었다.

"네. 괜찮아요. 내일 뵐게요. 제가 어디로 가면 되나요?"

"내일 학교에 가야 할 일이 있어서 아마 거기서 바로 출발해야 할 것 같구나. 중간에서 만나던가 아니면 내가 다시 연구실로 가도 괜찮아. 네가 편한 데서 보자꾸나."

"그럼, 내일 일 끝나시면 다시 연락 주세요. 시간이 되면 제가 학교로 가도 되니까요."

"그러자꾸나. 내가 내일 다시 연락하마. 이만 끊을 테니 하던 일을 마저 하고 어서 자거라. 사람은 잠을 좀 푹 자 줘야 해. 그래야 내일의 활기도 생기는 거란다."

연하를 걱정하는 박사님의 말투엔 아버지 같은 친밀함이 들어 있어 항상 그녀를 울컥이게 했다.

"박사님도 어서 주무세요. 밤이 많이 늦었어요."

연하의 목소리는 어느새 잦아들어 은근해졌다. 그녀는 전화를 끊고 나서도 한동안 목소리의 나긋함 속에 멍하니 앉아 있었다.

그녀는 읽으려던 자료들을 침대 옆으로 치웠다. 그러곤 이불을 목까지 끌어 올리고는 침대 속에 파묻혔다. 감기지 않는 눈을 애써 감으며 연하는 오늘은 이만 자야겠다고 생각했다. 그래야 내일의 활기도 생기는 법이니까.


눈부신 햇살에 눈을 뜨자마자 연하는 핸드폰 액정의 시계를 확인했다. 이런 식의 자연스런 눈 뜸은 언제나 지각을 동반하곤 했다. 아침이란 늘 휴대폰 알람과 기타 두세 가지 다른 알람 소리와 함께 짜증 섞인 피곤함으로 시작되곤 했기 때문이다.

"알람을 못 들었어."

연하는 반사적으로 몸을 일으키며 예고된 지각 앞에 서둘러 나갈 준비를 했다. 옷장을 열어 고민할 필요도 없이 검은 원피스를 꺼내 입은 연하는 그 위에 하늘색 재킷을 껴입었다. 연하는 익숙한 손놀림으로 가방 속에 노트북과 수첩, 그리고 오늘 안으로 봐야 하는 자료들을 챙겨 넣었다.

"안녕, 다녀올게."

그녀의 목소리에 대답해 주는 누군가는 여전히 그 공간 안에 없었지만 연하는 큰 소리로 인사했다. 연하는 그 인사를 하루도 걸러 본 적이 없었다.


밖으로 나온 연하의 빠른 발걸음에서 그녀의 구두가 내는 '또각' 소리가 경쾌하게 퍼졌다. 연하는 늘 향하는 집 앞 지하철역으로 걸어가다 길모퉁이에서 방향을 틀어 택시를 잡기 위해 차도로 내려왔다. 아침이라 거리에는 빈 택시가 많지 않았다. 연하는 그 자리에서 택시를 세 대나 보낸 뒤에야 빈 차를 만나 택시에 오를 수 있었다. 그래도 지하철을 타고 출근을 하는 것보다는 더 일찍 병원에 도착할 수 있을 것이다.

그녀는 일주일에 두 번 병원에 출근해서 환자들을 만났다. 그리고 하루는 학교에 나가 학생들을 상대로 교양 강의를 했고 나머지 시간들은 모두 그녀의 연구실에서 책을 읽고 글을 쓰는데 시간을 보내곤 했다.

병원에서의 그녀의 직함은 '신경정신과 전문의'로 주로 하는 일은 정신 질환 환자들을 대하는 일이었다. 그녀는 뇌 과학을 좀 더 공부하고 싶어서 대학원에 진학했고 석사 학위를 따기 위해 공부하면서 연구실에 자리를 얻었다. 때문에 의사로서의 그녀의 직업은 이제 학자로의 변환에 더 많은 시간을 투자하고 있었다.

"제가 좀 늦었죠. 죄송해요."

택시에서 내리자마자 정문에서부터 뛰었던 그녀가 3층 신경정신과 병동으로 들어오면서 간호사에게 인사했다. 숨을 헐떡이며 미안함이 얼굴 가득 얼룩져 있는 것을 본 간호사가 여유롭게 대꾸했다.

"오늘은 운이 좋으시네요. 예약한 환자분이 아직 오지 않으셨어요. 기다리는 환자분도 방금 도착했거든요."

연하는 연신 고개 숙여 인사하며 대기석에 앉아 있는 여학생과 그녀의 어머니처럼 보이는 부인에게 멋쩍게 웃어 보였다.

"같이 들어가시죠. 진료 바로 시작하니까요."

앉아 있던 모녀가 자리에서 일어나 연하의 뒤를 따라왔다. 연하는 진료실의 문을 열고 그들이 들어오길 기다렸다가 문을 닫고 책상 앞에 앉았다.

"안녕하세요. 유연하입니다. 예약한 것도 아닌데 아침부터 병원에 오셨네요. 처음 오신 건가요?"

연하는 그들의 부지런함을 칭찬하려다가 그만두었다. 왠지 자신의 게으른 아침을 변명하는 것처럼 보일 것 같았기 때문이다. 어머니처럼 보이는 여자가 대답했다.

"제 딸이 지금이 아니면 병원에 올 수가 없거든요. 밤에 일어나니까. 낮 시간엔 다시 잠이 듭니다. 고작해야 아침 시간에나 일상적인 생활이 가능하죠."

"낮과 밤이 바뀐 모양이군요. 그럼 많이 힘들 텐데, 힘들더라도 밤에 잠이 들도록 노력하는 게 생활하기에는 편해요. 근데 왜 낮과 밤이 바뀌었죠?"

연하는 눈을 내리깐 채 바닥만 보고 있는 여학생을 찬찬히 살펴보

왔다. 핏기 없는 얼굴은 하얗다 못해 투명했고 머리카락은 힘없이 늘어뜨려져 있었다. 영양이 부족한 사춘기 소녀들에게서 보이는 빈혈의 징후들이 보였다.

"낮과 밤이 바뀐 게 아니에요. 낮과 밤에 상관없이 소와는 너무 많이 자는 게 문제입니다. 하루 중 깨어 있는 시간이 5시간도 되지 않습니다. 그마저 점점 짧아지고 있어요."

연하는 머릿속으로 숫자들을 계산했다. 24시간 중에 5시간 깨어 있으려면 잠을 자는 시간은 19시간, 평균적으로 사람들이 7시간에서 8시간을 자는 것을 볼 때 이 아이는 다른 사람들의 두 배 이상 자고 있는 것이었다.

"음, 앓고 있는 질환이라든가, 병이 있나요?"

연하는 학생을 바라보면서 어머니에게 물었다. 아이는 아무래도 입을 열 생각이 없는 것처럼 보였기 때문이다.

"아니요. 검사를 많이 받아 봤는데, 몸에는 별다른 이상이 없다고 했어요. 의사 선생님들은 다만 습관의 문제라고, 또는 의지의 문제라고만 했죠. 하지만 제가 보기에 그런 이유만은 아닌 것 같았어요. 그래서 혹시 뇌에 문제가 있는 것은 아닌지, 걱정이 돼서 데려온 겁니다."

잠을 자는 소녀라, 연하는 문득 어렸을 적에 읽은 잠자는 숲속의 공주가 생각나며 사악한 마녀에게 마법이라도 걸린 게 아닐까 하는 공상에 사로잡혔다.

연하는 자신이 뇌 과학을 전공한 사람이라는 사실을 알면서도 자주 환상의 나래 속에서 헤매곤 하는 자신의 상상적 기질을 막지 못했다. 그래서 연하는 때때로 극단적인 두 세계 사이에서 노니는 자신을 발견하곤 했다.

논리 정연하며 합리적인 실제적 세계와, 신비하고 불가사의한 일들이 일어나는 환상적 세계. 그녀는 두 세계의 포개짐은 결단코 이루어질 수 없을 거라고 생각했지만 두 세계의 존재 방식은 세상에 만연하게 펼쳐져 있다고 믿었다. 그래서 놀랍고 다양한 세상.

연하는 마법에 걸린 소녀를 바라보며 자신이 그 마법을 풀어 줄 왕자님인 건가 하고 생각했다. 쓸데없는 생각들.

"언제부터 다른 사람들보다 더 오래 자기 시작했나요? 사실 잠이 드는 것 자체로는 별다른 이상 징후가 없어요. 우리는 모두 잠을 자니까. 다만 그게 일상생활을 불가능하게 할 정도로 오래 지속되는 증상이라면 심리적인 요인이 작용했을 수 있으니까 더 자세히 말씀해 주시는 게 좋겠어요. 괜찮다면 직접 얘기를 듣고 싶은데, 따님 이름이, 소와? 소와라고 했나요?"

아이는 자신의 이름이 호명됨과 동시에 고개를 들어 연하를 쳐다봤다. 깊은 눈, 연하는 무언가 호소하는 검은 눈 속에서 문득 어두운 밤 달빛에 빛나는 흰모래사막을 보고 있다는 착각이 들었다. 깊이를 알 수 없는 눈. 심연으로 숨은 바닥. 연하는 긴장감에 침을 삼켰다.

"어, 그래. 소와구나. 네 이름이 그게 맞나 보구나. 몇 살이지? 소와는?"

연하는 아이에게 말하면서도 대답이 돌아오지 않을 경우 차선의 대답을 아이의 어머니에게서 듣고 싶다는 듯이 어머니를 한번 쳐다보았다.

"열여덟이에요. 올해."

연하와 시선을 마주친 어머니가 대답했다.

"열여덟?"

연하는 자신도 모르게 여자의 말을 되풀이했다. 연하가 보기에 아이는 기껏해야 열둘 최대한으로 많이 봐야 열다섯 정도의 소녀로 밖엔 보이지 않았던 것이다.

연하는 곧 자신의 놀란 음성이 실수라는 것을 알아챘다. 연하는 목소리를 가다듬고 말했다.

"제가 너무 소와를 어리게 봤군요. 죄송해요. 제가 원래 사람들 나이를 가늠하는 것에 서툽니다."

"아니에요. 다들 나이를 말하면 놀라곤 해요. 제가 봐도 딸이 아직 한참 아기 같아 보이니까요. 괜찮습니다."

이 아이는 그냥 아기 같아 보이는 게 아니야, 진짜 아이인 거지. 자라지 않은 거야. 마치 피터 팬같이. 연하는 이 아이의 증상이 아이에게 미친 신체적 영향들을 알아챘다. 오래전부터 성장이 멈췄다면 아이의 증상도 오래된 일이 분명했다.

"어렸을 땐 잘 몰랐어요. 아이들이란 원래 많이 자는 게 맞잖아요. 근데 초등학교에 입학하고 수업이 끝나자마자 집에 와서는 잠이 들어 아침에 깨는 거예요. 학교를 간신히 갈 수 있는 정도였죠. 중학교는 출석이 반도 되지 않습니다. 소와는 너무 오래 잠이 들어 있었거든요. 정말 곤히 잠들었죠. 깨워도 일어나지 않아요. 고등학교는 입학조차 하지 못했어요. 깨어 있는 시간 동안 병원에 데리고 가기 바빴죠. 끼니도 제때 먹지 못했어요. 지금은 하루에 한 끼를 챙겨 먹이기도 힘듭니다. 도대체 이유가 뭔지 모르겠어요."

소와의 어머니는 눈시울이 붉어졌다. 부모의 입장에서 아이의 알 수 없는 증상들은 마치 자신들의 탓인 마냥 죄책감이 드는 것이다. 그들의 삶은 환자인 아이들보다 더 힘겨운 것이었다. 연하는 그 사실이 항상 마음 아팠다.

"일단 검사를 받아 보기로 하죠. 만약 정말 뇌에 이상이 있는 거라면 검사로 알아낼 수 있으니까요. 그러나 심리적 요인이 원인이라면 그건 본인이 직접 원인으로 짐작되는 부분들 말해 주지 않으면 의사들도 절대 알아내지 못합니다."

연하는 컴퓨터에 진료서를 작성해 간호사에게 보냈다.

"나가시면 간호사가 안내해 드릴 겁니다. CT 결과는 금방 나오니까요. 갔다가 오세요. 결과가 나오면 다시 얘기하도록 하죠."

어머니가 자리에서 일어나자 소와도 엄마를 따라 일어났다. 그들이 문을 열고 나가는 것을 지켜본 연하는 자리에서 일어나 환자들의 진료파일을 뒤적였다. 연하는 자료들 속에서 소와와 비슷한 증상을 앓았던 환자가 있는지 찬찬히 살펴보았다.

정신은 신체와 달리 상처가 나도 보이지 않기 때문에 치료를 받기 힘들고, 치료를 받지 못한 상처들은 오래 곪아 터져 버려서 상처들을 더 넓게 전이시키곤 했다. 연하는 그 사실이 안타까웠다. 상처를 입는 것은 언제나 자의가 아닌 타의에 의한 게 대부분이기 때문에, 또한 그것은 원하지 않아도 어느 순간 맞닥뜨리게 되는 삶의 갑작스런 출현에 의한 것이었기 때문에, 우리는 모두 상처를 받아들일 준비가 되어 있지 않은 사람들이었다.

누군가에게 새겨진 상처는 다른 누군가도 언젠가 베일 수 있는 홈집이었다. 운 좋게 피해 갈 수 있었던 사람도 운이 좋지 않아 감내할 수밖에 없는 사람도 매한가지로 연약한 인간일 뿐이었다. 연약한 존재들이다. 모두 피해 갈 수 없는 연약함. 그래서 연하는 모든 인간에게 인류애적인 애잔함을 가지고 있었다. 물론 그녀 자신에게도.

그녀가 진료카드를 다시 정리해서 넣으려는데 카드 한 장이 바닥에 떨어졌다. 연하는 서류철을 자리에 꽂은 후에 허리를 굽혀 바닥에 떨어진 카드를 주었다.

{**성명**: 최 진 욱 **나이**: 43

**날짜**: 2007년 8월 23일 ~ 2008년 4월 3일

**증상**: 현실과 환상을 구분하는 데 어려움을 느낌.

사건의 순차적 순서를 인지하지 못함. 기억의 혼합 상태.}

연하는 카드 속의 환자를 기억해 냈다. 반년 정도 자신에게 찾아와 정신 상담을 받은 40대 남성. 그는 호탕한 성격에 밝고 열정적이었지만 간간히 찾아오는 정신착란 상태로 불편함을 호소하곤 했다.

그는 주변 사람들이 자신의 증상을 알아채기 전에 자신의 증상이 사라지길 바랐고 때문에 치료 과정도 적극적이었다. 그는 도움이 될 만한 자신의 증상들을 빠짐없이 연하에게 말해 주려 애썼고 따라서 그와의 상담은 항상 그가 말하고 연하가 들어 주는 형태로 진행되었다.

"어느 날은 말이지. 아침을 먹자마자 배가 아프기 시작했어. 갑자기 너무너무 아팠지. 평소에 소화가 안 되거나 배탈이 났을 때 배가 쓰라린 것과는 다르게 뭔가 배 속이 뒤틀리는 것처럼 아픈 거야. 나는 장이 꼬인다는 상태가 이런 걸까 문득 생각하게 되었고 그와 동시에 한 번도 본 적 없는, 또 볼 일 없는 나의 장을 떠올리게 되었는데, 그 장면들이 모두 언젠가 영화 속에서 봤던 해부학 수업들의 모습이었어. 내가 그때 그 장면을 보면서 참 곱창 같다,라고 생각하며 얼굴을 찌푸리던 게 생각이 났지. 그러곤 내 장을 내가 볼 수 있는 방법은 없는 건가. 장이 밖으로 나올 수는 없나. 이런 말도 안 되는 생각을 하고는 곧바로 떠올린 글자가 '탈장'이었어. 사실 말이 되건 안 되건 내가 왜 그 생각을 하고

있는 건지 모르겠어도 생각이 마구 이어지잖아? 막을 방도도 없고 말이야. 어쨌든 '탈장'이라는 의학적 용어를 어디선가 본 게 기억나지 않겠어? 그리고 그 상태가 어찌되었건, 그게 사실이건 아니건 내가 생각한 건 항문으로 장이 빠져나오는 상태였어. 그리고 그 상황을 해결하려면 의사들이 깨끗이 소독된 장갑을 끼고 항문으로 손을 넣어 장을 집어넣어야 한다는 것도 순식간에 내가 직접 보고 있는 것처럼 떠오른 거야. 항문으로 손을 집어넣다니 정말 끔찍하지? 그러자 바로 어떤 유명한 스타들의 동성애 루머가 떠올랐는데 그 루머는 이런 거였어. 남자 배우 한 명이 한밤중에 응급실에 실려 왔는데 그 원인이 항문 파열이었고 같이 온 보호자 역시 유명한 남자 배우였다는 이야기였지. 그러고는 나는 배가 아픈 걸 도저히 참을 수 없어서 거실 소파에 누워서 배를 움켜잡고 있었어. 나는 고통 때문에 머릿속이 하얘져서 한참을 끙끙거리다가 나도 모르게 잠이 들었는데, 그때 잠깐 자고 일어나면서 꾼 꿈이 굉장히 성적인 내용이었어. 장소는 내가 잘 아는 익숙한 곳이었는데 어딘지 모르게 어색한 거야. 한참 생각한 후에야 이유를 알게 됐지. 그 장소는 웬일인지 좌우가 바뀌어 있었어. 거울처럼 말이야. 그러고 나니 내가 소파에 누워서 잠들기 바로 직전에 소파 등받이 쪽으로 몸을 완전히 돌아누운 게 생각나더라고. 그러니까 나는 오른쪽을 보고 누워 있다가 정확히 왼쪽으로 돌아누운 거지."

연하는 언젠가 그가 열성적으로 말하던 의식의 흐름에 대한 대화를 기억해 냈다. 꼬리에 꼬리를 물듯이 이어지는 생각들, 그리고 꿈에까지 영향을 미치는 그의 생각들. 연하는 그의 말을 들으면서 그토록 자세히 순간의 의식을 기억해 내는 그에게 놀라움을 느꼈다. 그는 의식이란 한순간도 멈춤 없이 방향을 예측하지 못한 채 흘러간다는 사실을 증명해 주는 사람이었다.

　대부분의 사람들이 그냥 무심코 흘려보내는 의식의 순간들을 모두 잡아내는 그는, 그런 무수히 많은 생각들이 그의 머릿속에 꽉 들어차 있어 때때로 공간 이동을 하듯 자신이 자신의 머릿속으로 자리를 옮기기 때문에, 일상의 시간들에 자주 틈이 생긴다고 호소하곤 했다.

　"그 틈을 막을 길이 없어. 내가 뭘 하든 시간은 흐르잖아. 한번 생각을 하기 시작하면 그게 도저히 끊어지지가 않아서 나는 무슨 일을 하던 집중하기가 힘든 거야. 이러다간 회사에서 무능력자로 찍힐지도 몰라. 그럼 난 정리 해고 되겠지. 하지만 난 왜 다른 사람들은 나처럼 생각에 휩쓸리지 않는 건지 이해가 안 돼. 다들 생각은 하고 살 거 아니야. 뭐든 보이고 들리는 것들은 다 생각으로 이어지기 마련이잖아. 그런데 왜 나만 살아가는 데 집중을 할 수 없는 건지 모르겠어. 역시 이건 병인 거겠지? 하지만 난 아직도 왜 이게 병적인 상태인건지 모르겠단 말이야."

　그는 연하와의 상담 기간 동안 자신의 근원적인 상태로 회귀하는 데 성공했다. 그의 파도 같은 의식의 흐름이 언제부터 시작된 것인지를 알아냈던 것이다.

　"어렸을 때, 아주 어렸을 때, 내가 초등학교에 입학하기도 전에 나는 내 형이 다니는 초등학교에 찾아간 적이 있었어. 혼자 말이야. 그 초등학교는 나중에 내가 다니는 학교가 되었지만, 어쨌든 그전에, 그 학교가 내 학교가 되기 전에 나는 거길 찾아갔단 말이야. 하늘이 굉장히 파랬던 날이었는데, 내가 왜 혼자 길거리를 돌아다니게 되었는지도 기억이 나질 않네. 하지만 아무튼 나는 지금까지도 혼자 길거리를 쏘다니길 좋아하니까 말이야. 아마도 그건 내 성향이지 않을까 싶어. 나는 초등학교 교문에 도착해서 학교 안에 들어갔어. 그땐 내가 워낙 작아서 그랬는지 운동장이 태평양만큼 커 보이더란 말이야. 사실 운동장은 내 로 망이었어. 드넓은 모래 바닥이 꼭 동네 골목과는 다르게 대단히 굉장해 보였거든. 하지만 운동장은 항상 체육 수업을 받는 형들과 누나들로 가 득했기 때문에 난 운동장을 담 옆에서 지켜보기만 했었어. 그런데 말이 야. 그날은, 교문에 들어선 순간 정말 깜짝 놀랐는데, 세상에, 운동장에 아무도 없는 거야. 정글짐에서 노는 아이 하나가 없는 거야. 그 넓은 운 동장에. 나는 놀라서 운동장으로 걸어갔지. 마음이 벅차오르기 시작했 어. 운동장에 나 혼자뿐이라니. 마치 그 운동장이 내 것이 된 것만 같은 그런 기분이 들었지. 나는 운동장 한가운데로 걸어갔어. 가면서도 몇 번이나 뒤를 돌아봤지. 누군가 운동장에 들어오지 않을까 해서. 하지만 아무도 오지 않았어. 나를 위해 모두가 자리를 피해 준 것처럼, 오직 나 만 운동장에 덩그러니 서 있었던 거야. 그러곤 내가 어떻게 했는지 알 아? 운동장 한가운데서 두어 바퀴 빙글 돌다가 운동장에 누워 버렸어. 대자로 누워 버렸지. 그러곤 흘러가는 구름을 보면서 얼마간 그대로 있 었어. 나는 정말, 정말이지 세상이 내 것이 된 것처럼 가슴이 두근거렸 어. 그때 그 기분은 정말 말로 설명이 안 될 정도였거든. 아무도 없는 운 동장에 혼자 누워 본 적 있어? 그건 안 해 본 사람은 모르는 거야. 그 뒤 로 나는 그전의 내가 아니게 되었어. 비밀이 생겨 버린 거야. 꿈만 같은 비밀. 그날 내가 운동장 한가운데 누워서 구름을 보고 있었다는 사실은 나 아닌 다른 사람들은 아무도 모르는 일이었지. 난 가족들에게도 말하 지 않았어. 나만 간직하고 싶었지. 난 그 나이에 이미 비밀을 가져 버린 거야. 그 후로 나는 비밀 수집가가 된 것 같아. 난 수많은 비밀을 만들어 냈거든, 그리고 혼자 간직했어. 그건 정말 신나는 일이었거든."

연하는 그의 비밀 이야기를 들으면서 같이 즐거워했다. 비밀을 하나씩 생각해 낼 때마다 반짝이던 그의 눈빛이 너무도 기뻐 보였기 때문이다. 그는 모험가였다. 그러나 모두가 알지 못하는 모험가. 그는 비밀을 수집하는 모험가였고 그 비밀들은 그의 삶을 누구보다 풍성하게 만들어 주었다.

그가 자신의 어린 시절 이야기를 할 때면 연하는 40대의 그에게서 늘 꼬마아이를 보곤 했다. 그는 그 시절로 돌아가 그날의 풍경, 그날의 기분, 그날의 생각들을 생생히 표현했다. 그건 마치 오래된 기억이 아니라 그 시간으로 떠나는 시간 여행인 것처럼.

그가 나이를 먹어 가면서 만들어 냈던 비밀들은 때론 아주 사소한 일상의 한부분이기도 했고 누가 들어도 깜짝 놀랄 만큼 거대한 모험이기도 했다. 그러나 사람들 사이에 있을 때 그는 늘 조용하고 사려 깊은 사람이었기 때문에 누구도 그에게 그만이 알고 있는 삶의 비밀들이 있다는 사실을 눈치채지 못했다.

"가끔은 털어놓고 싶다는 생각 안 해 봤어요? 비밀을 간직한다는 건, 그것도 하나도 아니고 수없이 많은 비밀을 품고 있는 건 왠지 숨이 벅찰 것만 같은데, 안 그래요?"

연하가 물었다.

"다른 사람에 대한 비밀을 내가 알아냈다면 그건 입이 근질거렸겠지. 하지만 의사 양반, 생각해 봐. 내 비밀을 사람들한테 이리저리 풀어 놓고 싶은 사람이 어디 있어? 그건 꼭꼭 감춰야 하는 거야. 비밀은 나만 알 때만 비밀인 거라고, 그리고 말한들 사람들은 이해도 못해."

그의 눈빛이 고요해졌다. 그는 자신만의 비밀을 지키며 사느라 외로웠을까? 연하는 그를 이해하고 싶었다.

"의사 양반, 내가 너무 과거에 사는 것 같지? 나도 이제 조금은 내

상태를 알 것 같아. 난 한 번도 미래를 상상해 본 적이 없거든, 내 생각은 모조리 과거 회상뿐이란 말이지. 현재에 있어도 생각은 과거에 머무니까. 나는 시간이 어떻게 흐르는지 잘 모르는 거야. 그렇지? 이러다간 보이고 들리는 모든 현재가 과거의 것으로 재생될지도 몰라. 그럼 난 과거에 갇히게 되는 걸까? 그럼 난 살 수 없으려나?"

연하는 대답을 주저했다. 그것은 연하가 짐작하는 결론이었으나 그녀가 결코 원치 않는 결론이기도 했다. 연하는 그에게 부정적인 진단을 내리고 싶지 않았다. 그는 너무도 잘 해내고 있었던 것이다. 진료든 치료든 상담이든지 간에.

그러나 그 적극성이 오히려 그를 자신의 한계에 더 빨리 다가서게 하는 것 같았다. 생각은 결국 답을 내놓기 마련이다.

"모든 기억은 망각 위에 세워진 탑 같은 거예요. 결국 기억은 잊히기 마련이죠. 만약 당신의 기억이 너무 방대해서 당신이 과거에 머물 수밖에 없다면, 그건 기억 자체의 양이라기보다 당신이 기억을 현재로 불러내서 또 다른 기억으로 만들어 내고 있기 때문이에요. 원본의 기억이란 게 있다면 끊임없이 사본의 기억을 만들고 있는 거죠. 기억을 복사해서 기억의 자리를 마련하는 거예요. 그러니까 과거가 아니라 늘 현재란 얘기예요. 당신이 하는 모든 생각은."

"왜 불러 나올까? 기억이?"

"당신이 원하니까? 그건 의지의 영역 아닐까요?"

"왜 난 원할까? 과거를 기억하는 것을?"

"행복하니까? 마음이 편해지니까? 감정의 경험을 원해서일까요?"

"나한테 묻는 거야? 의사 양반? 답은 그쪽이 내려 줘야지, 당신이 의사고 난 환자잖아."

"환자의 상태를 가장 잘 아는 건 의사가 아니라 환자 자신이죠. 사실 이미 답을 알고 있지 않아요? 당신이 뭘 원하고 또 왜 원하는지?"

그는 아무 말도 하지 않고 자신의 손끝을 바라보았다. 한동안 침묵이 흐르고 그는 그날의 진료를 마치자는 말과 함께 자리에서 일어났다.

"오늘도 다시 과거가 될 테지만 내가 의사 양반 생각을 하면 그건 아마도 기억이기보다는 현재로 당신을 데리고 오는 거겠군. 언제고 불러낼 수 있으니 그것 참 기뻐할 수도 슬퍼할 수도 없는 노릇이야. 당신은 불려 나오기 싫을 수도 있잖아. 그래. 그럴 수도 있겠어. 과거는 현재로 불려 나오기가 싫을 수도 있겠어. 그 생각을 못했군. 한 번도 말이야."

연하는 바로 옆에서 그가 말하는 듯한 그의 목소리를 들었다. 연하는 진료카드를 책상 서랍 안에 잘 넣어 두었다.

그는 그날 이후 연하를 찾아오지 않았다. 그것은 환자가 더 이상 의사를 필요로 하지 않는다는 증세의 호전을 의미하기도 했고, 환자의 상태를 더 이상 살필 수 없는 관계의 중지이기도 했다. 보고 싶어도 볼 수가 없는 떠난 연인을 향한 그리움처럼. 그를 만났던 반년 간의 날들이 한순간 그녀의 진료실에 모두 나타나 펼쳐진 것 같았다. 그녀는 그를 그런 식으로 다시 오늘 이 자리에 불러냈던 것이다.

또 하나의 기억. 그를 기억하는 오늘의 기억. 기억의 기억. 사본의 사본. 그러나 그녀의 기억은 의지라기보단 우연한 만남과도 같은 돌발적인 파편이었다. 마치 길을 가다 우연히 오래된 친구를 만나 놀랍고도 반가운 그 느낌처럼.

연하는 의자에 깊숙이 몸을 기대고 눈을 감았다. 그는 이제 괜찮은 걸까. 일상을 살아가는 데 있어 더 이상 외롭지 않은 걸까.

# 7.

"만약 이야기에 책무를 느낀다면 그건 이야기가 나를 책임지고 있기 때문이다." — 4월 15일 5시 23분 〈상기자의 자리〉

주안은 박사님의 권유에 따라 박사님의 집으로 왔다. 오늘은 집으로 돌아가는 대신 박사님의 집에서 하루 밤을 보내고 박사님의 표현대로라면 지친 영혼을 위한 사모님의 특제 닭볶음탕을 먹으며 안정을 취하기 위해서였다.

"다른 건 몰라도 닭볶음탕은 정말 최고지. 모든 시름을 잊게 한다니까. 뭘 넣는진 몰라도 그건 정말 치유제 같아. 집사람이 그거 하난 기가 막히게 제조할 줄 알거든. 아마도 나 같은 남편과 평생을 사느라 자신을 위해 개발한 것 같기도 해."

박사님은 열성적으로 사모님의 특제 요리에 칭찬을 쏟아 냈다. 사모님은 그 얘기들을 들으며 그저 빙그레 웃고만 계셨다.

"그 정도는 아니지만, 주안 군을 위해서 오늘은 더 열심히 만들어 봐야겠네. 잘 왔어요. 얘기는 많이 들었는데 이렇게 만난 건 처음이네요. 사실 나도 콘서트에 몇 번인가 갔었거든요. 고백하자면 나는 주안 군의 팬입니다. 주안 군의 음악을 좋아해요. 다음 콘서트를 기다리고 있는데 지금은 작곡을 잠시 쉬고 있다죠? 아마도 다시 음악을 만들겠지만 그게 언제든 제가 기다리고 있다는 거 아마도 다른 많은 주안 군 팬들도 기다리고 있다는 걸 알아 줬으면 좋겠네요."

주안은 수줍게 웃었다. 팬이라니.

"그럼. 주안은 언제든 다시 음악을 만들 거라고. 이 아인 만들고 싶지 않아도 들리는 모든 소리에서 음률을 발견해 내는 아이거든. 놀라운 재능이야. 아티스트지."

박사님은 흐뭇하게 주안을 바라보았다. 마치 자신이 그를 키워 낸 스승인 것처럼. 혹은 가족인 것처럼. 그의 존재는 박사님에게 자부심과도 같은 어떤 감정들을 불러내게 하는 것이었다.

"박사님, 아드님은 아직 집에 안 왔나 봐요? 보이지 않는 것 같은데."

주안은 자신에게 집중된 화제의 전환을 위해 말했다. 조용한 집에는 지금 그들 셋 이외에는 그 누군가의 존재도 있을 수 없는 것처럼 느껴졌기 때문이다.

"우리 아들은 오늘 친구 집에서 자고 온대요. 요새 그 아이 학교 과제 때문에 저 사람보다 바쁘거든. 매일 열두 시가 다 돼서 들어오더니 오늘은 아예 밤을 새면서 끝마칠 게 있다네요. 그렇게 공부하기 싫어하더니 대학 가서는 자기가 하고 싶은 공부를 해서 그러는지, 아주 열심이에요. 좋은 거죠?"

주안은 웃으며 고개를 끄덕였다.

"좋을 때네요. 즐거울 거예요. 밤을 새서 지친 몸도 아마 친구들과 맥주 한잔하면 씻은 듯 사라질걸요?"

"뭘 그렇게 부러운 듯 말해. 내가 보기엔 너도 한창 좋을 때인데. 모두가 자신의 좋은 시절은 인지하질 못하지. 하지만 분명 반짝거리는 시절인데 말이야. 어떤 방황도 어떤 고민도 반짝거리지 않는 게 없어. 사실 그건 시절이 아닐지도 모르지. 그건 마음의 상태 같은 걸 거야. 나는 나도 여전히 좋은 시절을 보내고 있다고 생각한단다. 이 나이에 이 늙은 몸으로도 말이야. 나는 아직 말랑하거든."

박사님이 호탕하게 웃었다. 주안은 박사님의 말들이 진실임을 알

왔다. 그러나 자신이 따라가기엔 어려운 진실인 것도. 주안은 어두워지는 자신의 표정을 들키지 않으려 자리에서 일어나 거실 가득 책들로 들어찬 책꽂이 앞에 가서 섰다. 어림잡아도 수백 권은 있을 것 같은 책들. 그 방대함에 놀라면서도 책들이 주는 안식 같은 평화에 주안은 마음이 놓였다.

"박사님, 여기 있는 책들 다 읽으신 거예요?"

"읽은 것도 있고 안 읽은 것도 있지. 사실 책만 보면 사고 싶어서 안달이 나. 그래서 계속 사 두곤 하지만, 사실 난 내가 산 책들은 별로 읽질 않아. 어디서 빌려 온 책들, 누군가가 빌려준 책들, 곧 내 손을 떠날 책들을 주로 읽지. 조바심에 읽곤 해. 하지만 내 집에 있는 내 책들은 왠지 언제고 읽으면 된다고 생각하니 더 읽지 못하는 것 같아. 어쨌든 거기 있는 책들 중엔 새 책이 아주 많단다. 제 역할을 다하지 못하고 장식품처럼 꽂혀 있어서 그 책들은 아마 불만이 아주 많을 거야. 그러니 맘에 드는 책은 가지고 가서 네가 좀 읽어 주렴. 그게 바로 책에 대한 예의지."

주안은 책의 제목들을 빠르게 읽어 나갔다. 다양한 분야의 책들, 교양서적, 전문서적, 소설 그리고 아동서적까지. 한자리에 모이기엔 연관성 없는 책들이 묘하게 서로 어우러져 사이좋게 서 있었다.

박사님이 자신의 연구를 위해 모은 책들은 그 두께부터가 주안을 긴장시킬 만큼 두꺼웠다. '이런 책을 읽는 사람이 있단 말이지.' 주안은 그들에게 감탄해야 한다고 생각했다. 그런 두께의 책을 쓴 저자 그리고 그런 두께의 책을 읽는 독자 모두가 셀 수 없는 시간을 들여 책에게 예의를 표하고 있었다.

글자들의 향연, 주안은 그 글자들 속에서 자신이 알고 있는 책이 있는지 찾아보았다. 그리고 마침내 주안이 그에게 생소하지 않은 《비극의 탄생》을 발견했을 때 그는 세연의 방에서 본 똑같은 책을 기억해 냈다.

세연, 그녀의 꽃향기 가득한 방. 철학책들. 물기 어린 세연의 머리카락. 아카시아 향. 주안은 머리가 아파 왔다. 잠시 잊고 있던 오늘의 기억. 그는 자신이 지금 어디에 와 있는 건지 잊어버렸다. 아니 잃어버렸다.

"박사님. 이 책 내용이 뭐죠?"

"니체? 비극의 탄생? 그의 초기작이지. 그의 철학의 시작점이기도 하고. 왜 주안이 관심 있는 책인 거니? 읽어 두면 좋을 거야. 니체의 사상은 음악을 하는 사람들에게도 아주 도움이 되지."

박사님이 친절하게 주안에게 니체에 대해 설명하기 시작했다.

"니체도 훌륭한 음악가에게 반한 적이 있는데, 이름이 뭐더라. 그래, 리하르트 바그너. 사실 이 책의 본래 제목은 《음악정신으로부터의 비극의 탄생》이야. 니체는 책의 서문을 바그너에게 바치고 있지. 그는 예술이 인생 최고의 과제이자 인생 본래의 형이상학적인 활동이라고 생각했거든. 나도 그 생각엔 동의하는 바야. 우리 삶이란 모두 예술에게 향하는 여정이 맞는 거거든, 주안 너 같은 이미 예술가인 사람들은 어떤 의미에선 선구자적 존재들이지. 그러니 넌 너 자신에게 좀 더 자부심을 가져도 좋단다. 해야 할 일들이 많은 사람인거지."

주안은 제목에서 기대한 내용이 아닌 전혀 의외의 설명을 듣고 책에 대해 호기심이 생겼다. 그는 연극에 있어 희극과 비극의 대립을 떠올리고 있었던 것이다. 아마도 셰익스피어의 비극 작품 같은 것들에 대한 책이 아닐까 생각했던 주안은 음악정신으로부터의 비극의 탄생이라는 말에 곧바로 책장에서 책을 꺼내 들었다.

"이 책, 제가 빌려 가도 될까요? 좀 자세히 읽어 보고 싶은데."

박사님은 당연한 걸 묻는다는 듯이 그에게 손짓을 해 보였다.

"가져도 된다. 내가 선물하마. 그 편이 아마 그 책에게도 더 좋을 듯싶구나. 냉대받으며 우리 집에 있기보단."

주안은 책을 조심스럽게 탁자 위에 올려 두었다. 편한 마음으로 책을 읽을 여력이 되면 찬찬히 이 책을 모두 읽어 봐야겠다고 생각했다.


"두 분, 이리 와서 저녁 드세요."

주안과 박사님은 저녁 식사를 알리는 사모님의 부름에 착하게 식탁으로 가 자리를 잡았다. 어느새 모락모락 김이 오르는 닭볶음탕이 넘치듯 그릇에 담겨 있었고 눈처럼 흰 쌀밥이 마치 설탕이라도 뿌려 논 것처럼 조명 아래서 반짝였다. 갖가지 반찬들과 색이 예쁜 봄나물들, 행복한 밥상이었다. 그저 바라보고만 있어도.

"주안 군 많이 먹어요. 오늘 저녁은 주안 군을 위한 거니까."

주안은 활짝 웃으며 밥을 크게 한 숟갈 떠서 입에 가져갔다. 따스함과 포근함, 정이 담긴 흰 쌀밥에 주안은 감동받아 코끝이 찡해졌다. 영혼을 위한 닭볶음탕은 실로 너무 맛있어서 먹는다는 것의 기쁨, 그 원초적 즐거움을 주기에 충분했다.

"사모님. 이건 정말 너무 맛있는데요. 가게를 여셔도 되겠어요. 정말이에요."

박사님이 장난스럽게 대꾸했다.

"우리 노후 자금이 될 거란다. 나 은퇴하고 나면 나는 주방 보조로 집사람 도와서 음식점을 열 거니까. 지금 많이 투자해 둬야 해. 그때

가서 쓸모없는 늙은이라고 날 고용 안 하면 안 되니까."

박사님의 너스레에 사모님이 즐겁게 웃음을 터뜨렸다.

"그 정도는 아니에요. 그냥 가족들이랑 지인들에게 대접할 정도지. 사실, 다른 음식은 별로 자신 없거든. 저 사람. 그냥 하는 소리예요."

주안은 손사래를 치며 말했다.

"아니에요, 이건 노후 자금을 만들고도 남겠어요. 행복하게 하는 음식이네요."

사모님은 주안의 밥그릇이 비자마자 밥을 한가득 다시 채워 줬고 주안은 그 모든 걸 감사히 자신의 배 속에 넣었다. 오래도록 행복할 자신의 배를 격려하며, 이런 저녁이 얼마나 오랜만인 건가 생각했다.

저녁을 먹고 그들은 거실에 모여 앉아 차를 마셨다. TV가 없는 박사님의 집에는 대신 커다란 오디오가 거실 한가운데 자리를 차지하고 있었는데 그 오디오는 주안도 갖고 싶었던 굉장히 좋은 성능의 음향 기기였다. 그들은 포근한 음률에 몸을 맡기고 조용히 각자의 차를 마셨다. 말이 필요 없는 완벽한 풍경의 그림. 주안은 자신이 액자 속에 들어와 있는 듯한 느낌이 들었다. 어떤 화가가 상상했을 거실의 풍경. 그가 음악을 그릴 수 있다면 그는 분명 이 음악까지도 색으로 표현했을 것이다. 주황과 노랑이 혼합된 색. 노을 같은 색. 찬란한 색. 액자 속 그림은 어느 장소에 두어도 어울릴 묘한 어우러짐을 가진 그림이 되었을 것이다. 누가 공간이며 누가 장소인지도 알아챌 수 없는 그런 그림. 주안은 그런 그림을 그리고 있었다. 자신이 속한 이 풍경 안에서.

"참. 연하에게 전화를 걸어야 하는 걸 깜박했군. 내 핸드폰이 어디에 있지?"

박사님이 불현듯 생각이 난 듯 자리에서 일어나 핸드폰을 찾았다.

"왜요? 연하 씨에게 할 말이 있어요?"

사모님이 말했다.

"응. 내가 말했잖아. 새로 맡은 프로젝트, 그 프로젝트에 참여할 연구진을 모아야 하는데 연하도 함께했으면 해서. 내일 만나 얘기를 좀 해 보려고. 잠시만 음악을 꺼 주겠어?"

박사님은 핸드폰을 찾아 다시 거실로 돌아왔다. 그러곤 빠르게 번호를 누르고 통화 버튼을 눌렀다.

"근데 지금 몇 시지?"

통화음이 들리자 박사님이 물었다.

"10시가 다 되었는데, 우리가 저녁을 너무 늦게 먹었나 봐요."

사모님이 시계를 확인하고 대답했다.

"여보세요?"

핸드폰 안의 목소리가 조용해진 거실에도 들렸다.

"아직 안 자니? 내가 깨운 건 아닌지 모르겠다. 전화를 걸고 보니 지금이 몇 신지 생각나는 거야. 나도 참. 예의가 아니게. 하하하."

박사님이 미안한 듯 멋쩍게 웃었다. 주안 역시 시간이 그토록 오래 지났는지 알지 못했다. 때론 무섭도록 빠르게 흐르는 시간들, 그게 더욱 소중한 시간이면 시간일수록 시계는 더 조급히 움직이는 것 같았다.

"박사님. 아니에요. 아직 안 자고 있었어요. 뭐 좀 읽느라고요."

핸드폰 속 목소리는 밝고 어린 여학생을 떠올리게 했다. 어린 목소리.

"응 그래. 내가 오래 방해하면 안 되겠구나. 본론만 말하고 금방 끊으마. 내일 저녁에 시간이 있니?"

박사님은 되도록 빨리 전화를 끊으려는 듯 말하는 데 속도를 냈다.

"네. 괜찮아요. 박사님. 무슨 일이신데요?"

"응. 내가 너랑 상의할 일이 있어서 말이야. 만나서 자세히 얘기하 겠지만, 내가 연구실 전체가 참여하는 새로운 프로젝트를 하나 맡았단 다. 그 얘길 좀 하고 싶어서. 내일 시간이 되면 같이 저녁이라도 먹으려 고 하는데 괜찮니?"

"네. 괜찮아요. 내일 뵐게요. 제가 어디로 가면 되나요?"

"내일 학교에 가야 할 일이 있어서 아마 거기서 바로 출발해야 할 것 같구나. 중간에서 만나던가 아니면 내가 다시 연구실로 가도 괜찮 아. 네가 편한 데서 보자꾸나."

주안은 박사님이 내일 학교에 갈 일이란 게 〈고통과 나눔의 모임〉 에 참석하는 일이란 걸 알고는 낮게 한숨을 쉬었다. 아마도 그 역시 그 자리에 가게 될 것이다. 그는 이미 마음을 정했기 때문에. 그러나 그는 자발적 의지인 그 마음을 번복하고 싶은 충동에 사로잡혔다. 설명할 수 없는 두려움, 그 묘한 떨림이 주안으로 하여금 내일이 오는 것을 막고 싶었다.

"그럼, 내일 일 끝나시면 다시 연락 주세요. 시간이 되면 제가 학교 로 가도 되니까요."

"그러자꾸나. 내가 내일 다시 연락하마. 이만 끊을 테니 하던 일을 마저 하고 어서 자거라. 사람은 잠을 좀 푹 자 줘야 해. 그래야 내일의 활기도 생기는 거란다."

박사님은 짧게 말하고 전화를 끊었다. 주안이 좋아하는 그의 편안 한 음성에는 전화 속 여인을 걱정하는 진심 어림이 담겨 있어 주안으로 하여금 질투에 가까운 감정을 불러일으켰다. 마치 딸을 걱정하는 아버지에게 섭섭함을 느끼는 아들의 심정이랄까. 주안은 그런 심정들이 우스운 것이라는 것을 알고 있었다. '나는 박사님의 아들인 것도 아니야. 어쩌면 그걸 바라고 있는지도 모르지만.'

주안은 자신의 아버지를 생각했다. 그가 음악의 길을 가는 것을 부단히 반대했던 아버지. 음악의 세계와는 거리가 먼 아버지의 삶에는 아들인 자신이 들어갈 자리가 없어 보였다. 수많은 이들의 인정과 사랑을 받아 온 그였지만 주안은 단 한 사람. 그가 절실히 열망하는 존재인 아버지의 인정을 받지 못해 항상 자신이 부족한 사람이라고 생각했다.

아버지의 빈자리를 채워 준 것은 주안을 마음으로 응원하고 사랑해 준 박사님의 존재였다. 그는 그 사실에 늘 넘치는 감사함을 가지고 있었지만 감사한 마음만큼이나 자신의 아버지에게 느끼는 서운함을 가지고 있었다. 그에게 가족이란 세상 누구보다도 견고한 것이었다. 바라고 원망하는 그런 존재. 주안은 한 번도 그 사실을 외면해 본 적이 없었다. 그래서 주안은 아버지 앞에서 그토록 정처 없이 흔들렸다.

"무슨 프로젝트죠? 이번에 하시려는 작업은?"

주안이 박사님께 조심스럽게 물었다. 그의 일을 묻는 일은 항상 조심스러웠다. 박사님은 언제나 비밀 같은 일들을 계획하는 사람임을 알고 있기 때문이었다. 그것이 박사님의 직업에 관련된 것이든, 삶에 관련된 것이든, 사람에 관련된 것이든 그 비밀 같은 계획은 이루어지기 전에 미리 발설되는 경우가 없었다. 마치 말하는 순간 박사님의 곁을 떠나 사라질 것처럼 박사님은 자신의 계획들을 소중하게 꼭꼭 싸매어 두곤 했다.

"주크. 지금 말할 수 있는 건 그것밖에 없구나. 나는 이번 프로젝트의 이름을 주크라고 지었지. 프로젝트에 걸맞은 이름을 생각하는 데 나는 꽤나 골몰했는데 머릿속에 언제나 있던 그 말이 불현듯 튀어나오지 뭐냐. 주크는 정확히 이번 프로젝트와 어울리는 이름이야. 늘 있었으나 발견되지 않았던 그런 물건처럼."

"주크? 그게 뭐죠?"

"어둠 속에서 빛이 나오는 그 과정을 한 단어로 표현하면 그게 아마 주크일 거다. 바로 그 순간이 주크지."

둘의 대화를 듣고 있던 사모님이 흘러내린 머리를 쓸어 넘기며 말했다.

"또 뭔가 꾸미고 있군요. 그렇게 추상적으로 설명하면 뭐가 뭔지 잘 모르잖아요. 안 그래요? 당신은 그런 걸 너무 좋아해서 탈이에요. 그런 설명엔 힌트조차 없잖아요? 주안 군, 저 사람은 원래 그러니, 그러려니 해요. 아마 프로젝트가 끝날 쯤에야 모두가 알아듣게 설명해 줄 거예요. 지금은 물어봤자 스무고개를 하는 것밖엔 안 돼요."

사모님은 익숙한 풍경인 듯 대수롭지 않게 말했다. 오래된 편안함. 그 어떤 당혹스러움까지 편하게 만드는 익숙함. 그런 것이 오래도록 시간을 함께한 사람들 사이에 새겨진 표식 같은 것이었다.

"자. 밤이 늦었으니 모두 들어가 이만 자는 게 어때요. 내일도 아침부터 할 일들이 많잖아요? 잠을 자야 내일의 활기도 생기는 법이죠."

사모님은 박사님의 말을 따라하며 비워진 찻잔들을 챙겨 주방으로 들어갔다. 박사님은 즐거운 놀이가 사모님의 방해로 끊긴 듯한 섭섭한 표정을 지으며 주안에게 다시 힌트 어린 말들을 쏟아 냈다.

"주크는 기억과 관련되어 있어. 모두의 기억과 연관되어 있지. 이 프로젝트는 말이야. 결국 기억을 불러일으키는 과정에 대한 연구가 될 거야. 정말 흥미진진하겠지? 그렇지 않니?"

주안은 박사님에게 미소 지었다. '주크' 멋진 이름이야. 주안은 생각했다. 그러나 더 이상의 호기심은 자제하기로 했다. 그에게 주어진 모든 호기심은 지금 주안의 상황에 더욱 절박하게 향하고 있었기 때문이다.

주안은 사모님의 권유에 따라 박사님의 아들이 사용하는 침대에서 잠을 청하기로 했다. 침대에 눕자마자 주안은 잊었던 피곤함을 여실히 온몸으로 느꼈다.

내일은 세연을 만나러 가야 한다. 주안은 거기서부터 헝클어진 어제와 오늘을 바로잡아 가야 한다고 생각했다. 세연은 그에게 남은 마지막 열쇠였다. 사실 마지막이라고 할 것도 없는 오직 하나의 열쇠. 그는 그 열쇠를 찾아야만 할 것이고 그 열쇠로 잠긴 비밀의 문을 열고 들어가야 할 것이다. 비밀이라고밖엔 표현할 수 없는 그에게 벌어진 사건들. 그 사건들의 목록을 정리하면서 그의 하루가 그렇게 부서져 가고 있었다. 재처럼 흩어지는 하루들, 오늘도 다른 날과 다를 바 없이 부서지는 시간 속에서 주안은 자신이 지금 어디에 있는가를 상기하려 애썼다. 그것마저 부서진다면 그는 자기 자신이 한없이 투명해져 사라져 버릴지도 모른다고 생각했다.

## 8.

"시간의 형식을 없애려고 했는데 잘되지 않았다. 시간의 형식을 없애기 위해서는 나는 우선 쓰는 것을 멈춰야 했기 때문이다." — 4월 17일 2시 13분 〈상기자의 자리〉

희조는 집 앞에 와서 가방에 있는 열쇠를 꺼내는 대신 초인종을 눌렀다. 문은 금세 열렸고 희조는 열린 문 사이로 자신의 몸을 밀어 넣었다. 그녀는 엘리베이터를 타고 5층에서 내렸다. 그녀의 집. 희조는 현관문의 비밀번호를 누르고 집에 들어갔다.

"어, 너 왜 이렇게 빨리 왔어? 아직 올 시간이 아니잖아?"

희조의 엄마가 집으로 들어오는 희조를 보며 물었다.

"조퇴했어, 엄마. 몸이 좀 안 좋아서."

희조는 그렇게 말하고 자신의 방으로 들어갔다.

"어디가 아파? 약 사다 줄까?"

방 안으로 희조를 따라 들어온 엄마가 걱정스럽게 말했다.

"아니야. 그냥 좀 쉬면 될 것 같아. 근데 집에 화상연고 있어, 엄마?"

"어디 다쳤니? 데였어? 어디 좀 봐."

엄마는 한층 격앙된 목소리로 희조에게 말했다. 그러나 희조는 너무 피곤한 몸 탓에 엄마의 걱정이 귀찮아졌다.

"별거 아니야. 없으면 됐어, 엄마. 난 좀 자야겠어."

희조는 옷도 갈아입지 않고 침대에 누웠다. 그런 희조를 잠자코 지켜보던 엄마는 방의 불을 끄고 희조의 방문을 닫아 주었다.

엄마가 나가자 희조는 감은 눈을 떴다. 그녀의 천장 벽지가 눈에 들어왔다. 하늘색과 노란색의 줄무늬 벽지는 희조가 이 집으로 이사 올 때 그녀가 직접 고른 벽지였다. 하늘색은 희조가 좋아하는 파란 하늘을 연상시켜서 좋았고 노란색은 보송보송한 병아리 솜털 같은 느낌을 떠올리게 해서 희조가 가장 좋아하는 색깔이었다. 파란 하늘과 노란 병아리. 그녀의 벽지는 하늘 위를 나는 병아리를 상상하게 만들었다. 그런 상상은 언제나 희조를 기분 좋게 했다.

희조는 데인 가슴에 바람이 닿을 수 있도록 셔츠의 단추를 풀었다. 어느새 말라 있는 희조의 하얀 속옷엔 갈색 커피물이 들어 있었다. 속옷을 갈아입어야 할 텐데, 생각하면서도 희조는 쉽게 자신의 몸을 일으키지 못했다. 희조는 그대로 조금이라도 자고 싶었다. 피곤한 오늘을 보낸 몸과 마음이 다시 생기를 찾을 때까지 희조는 그녀 자신에게 휴식을 선물하고 싶었다. 그러나 희조는 잠이 오지 않았다. 수많은 생각들이 이어지면서 희조의 정신은 더욱 또렷해졌다. '생각 중지', 희조는 자신에게 말했다. 넌 잠을 자야해. 희조는 다시 눈을 감았다.

얼마간을 그렇게 눈을 감고 누워 있었을까. 희조는 아무래도 자신이 잠들 것 같지 않아서 몸을 일으켜 침대에 앉았다. 잊고 싶진 않았지만 더 이상 생각하고 싶지 않은 오늘을 머릿속에서 몰아내기 위해 희조는 자신이 몰두할 다른 것을 찾아야 한다고 생각했다.

그녀는 침대에 앉아 있어도 손이 닿는 책상의 서랍을 열었다. 그녀의 서랍엔 깔끔하게 정리된 그녀의 수첩들이 가득 들어 있었다. 모두 희조가 중학생일 적부터 모아 온 희조의 수첩들이었다. 희조는 갖가지 수첩들 속에서 희조가 제일 처음 쓰기 시작한 가장 오래된 수첩을 꺼내들었다. 중학교 2학년 때 그녀가 가지고 다녔던 수첩이었다.

희조는 색이 바랜 표지를 넘겨 그 안에 적힌 내용들을 읽기 시작했다. 자신이 썼지만 이젠 모든 것이 새로운 어린 날의 기록들이 희조로 하여금 그 시절에 가까이 다가가게 했다.


{목요일 5교시 한문시간 숙제: 3과 한자들 모두 외워 오기.
쪽지 시험. 준비물: 하드보드지, 칼, 목공용 풀, 색지.
자른 머리가 형편없다. 자르지 말걸. 또 실패. 언제나 실패.}

지금 그녀의 글씨체와 너무 다른 삐뚤빼뚤한 글자들이 희조는 귀여웠다. 어린 희조를 귀여워하는 지금의 희조. 그녀는 시간의 흐름 속에 자신이 분절되어 다양한 발로로 존재함을 믿었다. 그 시절에 머물며 아침이면 등교 준비를 할 어린 희조는 아마도 여전히 늦잠을 자서 지각을 하고 있을 거라고.

목요일 5교시 한문시간. 5교시는 언제나 졸음과 싸우는 시간이었다. 점심시간이 지나고 마치 집으로 돌아가야 할 것 같은 나른함 속에 다시 시작되는 수업.

남자아이들은 점심시간이면 운동장에 나가 축구를 했다. 그 시절 아이들은 축구에 정신이 모두 팔린 남자아이들과 그 남자아이들에게 온 정신이 팔린 여자아이들뿐이었다. '왜 축구 말고 우리에게 관심을 가지지 않지?' 여자아이들은 점심시간 비어 버린 교실에 삼삼오오 앉아 남자아이들에 대한 얘기를 했다.

점심시간이 끝나기 5분 전에 온몸이 흠뻑 젖은 남자아이들에게선 뜨거운 땀 냄새가 났다. 비릿한 냄새. 그러나 묘하게 눈길을 끄는 페르몬.

한문 선생님은 중년의 여선생님이었다. 작고 마른 체구, 하이 톤의 목소리, 앵앵대는 말투들은 권위의 선생님이라기보단 어느 정도 만만한 장난치고 싶은 선생님이었다.

희조는 목요일 한문시간을 기억해 냈다.

봄에서 여름으로 넘어가는 그 시기. 또다시 축구에 빠져 온몸이 땀으로 뒤덮인 남자아이들 틈에서 체격이 좋고 목소리가 커다랗던 아이, 상윤이는 그날 반바지를 입었었는데 두 번째 분단 세 번째 줄에 앉아 아직 다 식지 않은 몸을 가쁜 숨으로 말리며 다리 한쪽을 책상 옆으로 펼쳐 놓았었다. 한문 선생님이 교실에 들어와 우리는 다 같이 '차렷'과 '경례'를 하고 미처 외우지 못한 한자들을 정신없이 공책에 썼다. 그때 선생님이 상윤이한테 했던 말이 뭐였지? '황상윤 너무 야해. 다리 좀 집어넣어라. 허벅지가 너무 하얗다.' 그러자 상윤이는 살짝 얼굴이 빨개졌던가. '아, 왜 이러세요. 저한테.' 라고 바로 대꾸했던가? '뭘 왜 이래. 너야말로 왜 이래. 야한 생각나서 수업을 못 하겠잖아.' 한문 선생님은 귀여운 구석이 있었다. 장난치는 표정은 한없이 명랑했다. '날 희롱하지 마세요.' 한문 선생님의 말버릇, '희롱은 선생님이 하고 있잖아요.' 겁 없는 학생의 말장난. 희조는 그날의 단편 같은 사건을 떠올렸다.

벌써 10년도 더 된 이야기. 그러나 떠올린 순간 너무도 생생하게 울려 퍼지는 대화들. 그녀는 한문 선생님의 시선이 되어 상윤이의 반바지 아래로 훤히 들어난 하얀 허벅지를 볼 수 있었다. 열다섯? 어린 남자아이의 튼튼한 그리고 젊은 다리, 하얀 속살. 뽀얀 살결. 손에 닿을 것 같은 다리가 그리워졌다.

희조는 어느새 자신이 중학교 교실 안에 앉아 있음을 깨달았다. 그 시절의 느낌, 감정, 사건, 떨림. 모든 것이 완벽하게 재생되는 그 순간 희조는 온전히 자신의 정신이 그녀의 과거로 향해 있음을 느낄 수 있었다. 조금만 더, 기억해 봐. 즐거운 시간이잖아.

이름이 기억나지 않는 키가 작은 남자아이. 그 아이는 희조의 짝꿍이었다. 수줍고 조용하고 한없이 착해서 그 시절의 희조가 남동생 같다고 생각했던 아이. 대체 이름이 뭐야. 희조는 자신의 머리를 손으로 톡톡 건드렸다. 왠지 모를 미안함. 나는 너를 이렇게 기억하고 있는데도.

그 아이는 제비뽑기 자리에서 세 번이나 희조와 같은 짝이 되었는데, 희조는 그 아이와 짝꿍이 되는 것을 좋아했다. 희조는 짝꿍과 수업 시간에 몰래 장난치는 것을 좋아했는데 그 시절의 장난들은 이런 것. 괜히 팔을 한번 꼬집고 모른 척하던 것. 괜히 짝의 노트에 '바보'라고 써 놓는 것. 착한 아이는 화 한 번 낸 적 없이 웃음으로 장난들을 넘기곤 했다.

희조가 기억하기에 그 아이는 굉장히 약하고 예민한 아이여서 급식으로 나온 음식이 조금만 이상해도 온몸에 두드러기가 돋았다. 그리고 연약한 피부는 손톱에 살짝 긁히기만 해도 빨갛게 부풀어 올라 사라지지 않았다. 한번은 희조가 그런 피부가 너무 신기해서 아이의 손등에 손톱으로 글씨를 쓴 적이 있는데 잠시 뒤 그 아이의 손등에는 마치 칼로 새긴 듯한 선명한 생채기의 글자들이 새겨져 없어지지 않았다.

그 연약한 손에 내가 대체 무슨 짓을 했던 거야. 희조는 그 손을 기억했다. 너무 보드라워 감히 자신의 피부와 같은 종류의 것이라고 믿기 힘들었던 말랑함. 희조는 자신이 새긴 생채기가 미안해서 아이의 손등에 차가운 자신의 손을 얹어 열을 식혀 주었었다. 그래도 웃고만 있던 순한 아이. 이름이 뭐더라.

희조는 진심으로 그 아이에게 미안해졌다. 그러나 나는 너를 기억해. 그 감촉마저 잊지 않았어. 희조는 자신에게 다짐하듯 되뇌었다. 희조는 빛바랜 수첩을 몇 장 더 뒤로 넘겼다.

{아름다운, 아름다움, 아름…… 다운……}

이건 뭐지? 희조는 한 페이지 가득 쓰인 똑같은 글자를 두고 머리를 한번 갸우뚱했다. 아름다운? 아름다움? 다운?

"아!"

희조는 자기도 모르게 소리 내어 외쳤다.

"신다운!"

희조는 그 글자가 아름다움을 뜻하는 단어가 아닌 오직 한 사람을 위해 쓰인 글임을 알아챘다. 신 다 운. 이름이 예쁜, 하지만 그 이름과는 너무 어울리지 않았던 남자아이. 키도 희조의 머리 두 개 만큼 더 컸고 그을린 피부에 짧은 머리카락. 고등학생이라고 해도 믿을 수 있을 것만 같은 강인한 얼굴, 변성기를 완전히 끝낸 굵은 목소리. 남자아이들 틈에서 그저 남자 같았던 다운. 희조는 다운을 단번에 생각해 냈다. 그는 그 시절의 희조를 잠 못 이루게 한 단 한 명의 남자였으므로. 열다섯 희조의 남자.

처음에 희조는 다운을 찌푸린 눈으로 바라봤었다. 힘 센 아이들의 우월감. 성장이 빠른 아이들의 거드름. 그런 것들이 희조의 눈엔 보였기 때문이다.

"쟨 대체 뭐야. 기분 나빠."

그렇게 말하는 희조는 다운을 조금은 두려워했다. 희조는 그에 비해 너무 작고 약해 보였으므로.

그들이 처음 말이란 걸 하게 된 것도 같은 반이 된 지 3개월이 다 지나서였다. 다운은 제비뽑기로 희조의 짝꿍이 되었다. 희조는 그녀가 손등을 식혀 주었던 착한 아이와 인사하고 다운의 옆으로 책상을 옮겨 왔다. 토요일의 자리바꿈 뒤의 일요일은 희조에겐 정말이지 온갖 짜증의 연속이었고 다가오는 월요일, 희조는 어떻게 하면 짝꿍을 담임 선생님 몰래 다른 친구와 바꿀 수 있는지 고민하면서 학교에 왔다. 그러나 도착한 교실의 교탁 위에 이미 프린트된 좌석표가 붙어 있는 것을 보고 희조는 절망했다. '2주. 2주 동안 꼼짝없이 짝이야.' 희조는 터덜거리며 책가방을 책상에 떨어트렸다. 그러곤 책상 위에 그대로 엎드려 누웠다.

　둘의 시간은 아무런 말도 없이 조용히 흘러갔다. 가끔 지우개를 빌리는 다운과 말없이 지우개를 건네주는 희조 사이에 그냥 한 번 팔을 꼬집는 장난 같은 건 벌어지지 않았다. 그리고 그렇게 시간이 흘러 수요일 국어시간이 되었다.

　"저번 주에 본 중간고사 서술형 답지 확인할 거니까. 번호 순서대로 한 사람씩 나와."

　서술형 답지는 기계 채점이 아닌 선생님들의 채점으로 이루어졌으므로 그들의 채점이 정확한지 확인하는 일은 언제나 학생들의 몫이었다. 때론 어설픈 항의로 점수가 올라가는 일도, 잘못 채점된 점수가 정정되어 성적이 내려가기도 했다. 한 사람씩 확인하는 작업이다 보니, 서술형 답지를 선생님이 들고 올 때면 그날의 수업은 이미 없는 것과도 같았다.

　앞 번호의 희조는 일찌감치 답지 확인을 끝내고 자리에 돌아와서는 몸을 돌려 뒷자리에 앉은 친구와 장난을 쳤다. 종이의 낙서 같은 것들도 혼자 하는 것보단 둘이 하는 것이 훨씬 재미있었으니까.

　희조는 다운에게 등을 돌리고 의자에 옆으로 앉아 친구와 수다를 떨었다. 그리 크지 않은 목소리. 반 전체 아이들이 떠드는 그 정도의 목소리로.

　"나 오늘 종로 갈 건데 너 안 갈래? 너 가면 넷이 가는 거야. 은지 선물 안 샀으면 너도 오늘 가서 같이 사."

　희조는 내일이 생일인 친구의 선물로 무엇을 살 것인지 토론했다.

　"인형은 아니지 않냐? 차라리 가방을 사겠다."

　날씨가 봄보다 더운 날들로 가고 있었기 때문에 희조는 춘추복을 벗고 하복을 입고 등교했다. 그 주는 춘추복과 하복을 혼용해서 입어도 되는 기간이었다. 반 아이들 중 절반 정도는 희조와 같이 하복을 입고 있었다.

다운 역시 그날 처음 하복을 꺼내 입었다. 여학생들은 반팔의 블라우스 안에 선생님이 아무리 주의를 주어도 속옷 하나밖엔 입지 않았다. 그마저 남학생들은 맨살 위에 그대로 교복을 입었다.

"난 음반 살려고 했는데? 저번에 사고 싶은 거 있다고 했는데. 뭐지 그게?"

희조가 친구의 말에 괜찮은 생각이라고 동의를 표하려는 바로 그 순간 희조는 자신의 등 뒤에 별안간 따뜻하고 단단한 것이 와 닿는 감촉을 느꼈다.

희조는 머리끝이 곤두서는 느낌을 받았다. 심장이 빠르게 뛰었다. 얼굴도 화끈거리기 시작했다. 뒤돌아보지 않아도 희조는 자신의 등 뒤에 닿은 것이 무엇인지 알 수 있었다. 그것은 다운의 등이었다.

다운은 희조처럼 희조에게 뒤돌아 앉아 희조가 얘기하고 있던 친구의 짝꿍에게 말을 걸었다. 시시콜콜한 이야기들.

"이따 점심시간에 골키퍼 상진이가 한대? 넌 오늘 수비한다며."

다운은 아무렇지도 않은 목소리로 차분하게 얘기했다. 그러나 희조는 목소리가 떨릴까 봐 더 이상 아무런 말도 하지 못했다.

"왜, 음반 사는 거 별로야?"

희조는 고개를 저었다. 희조는 그대로 얼음처럼 굳어서 움직이지 못했다. 다운의 등이 아주 편하게 희조의 등에 기대어 왔다. 몸의 체중이 온전히 희조의 등에 전해졌다. 희조는 앞으로 몸이 쏠리지 않으려 허리에 힘을 줘야 했다. 그대로 그들은 등을 맞댄 채 한동안 움직이지 않았다.

다운은 계속 뒷자리의 아이와 얘기했고 희조는 급히 교과서를 무릎에 펼치고 중요한 부분을 읽는 척했다. 희조는 자신의 귀가 빨개지는 뜨거움에 고개를 숙여 머리를 아래로 떨어뜨렸다. 그러나 희조는 자세를 고쳐서 앞을 보고 앉을 생각을 하지 못했다. 아니 앞을 보고 앉을 수 없었다.

당황스러운 그러나 너무 뜨거운 다운의 등이 희조의 얇은 블라우스 안에 그대로 전해지자 그녀는 말보다 진한 어떤 대화가 그들 사이에 이루어지고 있음을 느낄 수 있었기 때문이었다. 다른 아이들이 보기에 그 둘은 그저 등을 돌려 앉은 것처럼 보였지만, 서로는 지금 아무런 관계도 맺고 있지 않을 만큼 무관심한 것처럼 보였지만, 희조는 다운 역시 그녀를 온몸으로 느끼고 있다는 것을 알 수 있었다. 다운은 의미 없는 잡담 속에 대화가 끊기지 않기 위해 계속해서 새로운 화제를 던졌고 그런 그는 결코 자세를 바로잡아 앉으려 하지 않았다. 다운은 희조의 등에서 자신의 등을 뗄 생각이 없는 것 같았다. 그는 점점 더 희조에게 기대어 왔고 그가 그러면 그럴수록 희조는 그녀의 등 더 많은 부분에서 그를 느꼈다. 희조는 온몸이 타들어 갈 것 같았다. 다운이 뜨거워지자 희조 역시 뜨겁게 달아올랐고 마침내 그들은 그들의 타는 듯한 열기가 자신의 것인지 상대의 것인지 구분할 수 없는 순간까지 왔다. 희조는 굳은 몸 그대로 울음이 터질 것 같았다. 슬픈 것도 기쁜 것도 아닌 당혹스러움의 눈물. 난생처음 느껴 보는 감정에의 오열.

그때 선생님이 다운의 이름을 불렀다.

"신다운. 네 번호가 되면 재깍재깍 나와야지, 뭐 하고 있어."

다운은 천천히 희조에게서 떨어졌다. 희조는 순간 차가워진 그녀의 등 뒤에 식은땀이 단번에 식혀지는 오소소함을 느꼈다.

그녀는 마법에서 풀린 듯 멍한 표정으로 자세를 바로잡아 앞을 보고 앉았다. 희조는 교탁 앞에 서 있는 키가 큰 남자아이를 바라보았다. 그의 얇은 셔츠가 땀에 젖어 그의 등에 딱 달라붙어 있었다.

희조는 손에 들고 있던 수첩을 닫아 서랍에 던지듯 넣었다. 그녀의 등이 땀으로 조금 축축해진 것 같아 희조는 입고 있던 하늘색 셔츠를 아예 벗어서 땅바닥에 내려놓았다. 데인 가슴이 다시 쓰라려 왔다.

"역시 화상연고를 발라야겠어."

희조는 약국에 가서 연고를 사 와야겠다고 생각했다. 그녀는 몸을 완전히 일으켜 옷장으로 갔다. 제일 아래의 서랍을 열어 그녀는 분홍색 속옷을 꺼냈다. 그러곤 손을 등 뒤로 돌려 입고 있던 속옷의 후크를 풀었다. 커피 향이 희미하게 풍겨 왔다.

희조는 흰색 속옷을 벗고는 방금 꺼낸 새 속옷으로 갈아입었다. 그녀는 잠시 거울 앞에 서서 자신의 몸을 바라봤다. 붉어진 상처가 분홍색 속옷 색깔과 잘 구분되지 않았다. 투명한 흰 살결의 희조는 문득 그 상처가 볼이 상기되었을 때 보이는 예쁜 홍조처럼 보인다고 생각했다.

"이대로 조금만 그냥 둘까?"

희조는 옷을 챙겨 입고 약국에 가려던 생각을 접고 다시 침대로 되돌아왔다. 그녀는 이불 위에 그대로 누웠다. 이불의 감촉이 등 뒤에 닿자 희조는 서글픈 마음이 들었다. 온기도 떨림도 없는 이불. 지금 그녀를 바치는 오직 하나의 이불.

희조는 문득 그리워졌다. 글쎄. 무엇이?

"그 시절일까? 그 아이일까? 다운? 아니면, 그냥…… 그 감촉인가."

희조는 눈을 감았다. 그녀는 어쩌면 자신이 그대로 잠이 들 수 있을지도 모른다고 생각했다. 그러자 그녀를 서글프게 했던 빛바랜 감정들이 조금은 정화되는 듯한 느낌이 들었다.

# 9.

**"잘 보면 수많은 틈이 존재한다. 지금은 비록 드러나지 않을지라도 다시 돌아왔을 때는 분명 발견할 수 있을 것이다."** – 4월 22일 1시 43분 〈상기자의 자리〉

연하는 컴퓨터의 '딩동' 하는 소리를 듣고 모니터를 자신의 앞으로 끌어당겼다. 소와의 CT 결과가 나온 것이다. 결과는 곧 바로 연하의 컴퓨터에 전송되어 왔으므로 연하는 클릭 한 번으로 아이의 검사 결과를 볼 수 있었다.

"어디 한번 봅시다. 아가씨."

연하는 소와의 머릿속 사진을 찬찬히 살펴보았다. 이상 없고, 이상 없고, 그녀는 가벼운 마음으로 촬영 사진들을 확인했다. 별다른 이상 징후가 보이지 않던 것이다. 다행이군, 안도의 마음을 가지려는데 그때 연하의 눈에 사진 가장자리에 찍힌 작은 얼룩이 보였다. 이건 뭐지. 연하는 모니터를 손으로 닦았다. 혹시나 그녀의 모니터에 묻은 먼지 같은 것일지 모른다는 생각에서였다. 그러나 그녀가 모니터를 닦아 낸 후에도 그 작은 얼룩은 사라지지 않았다.

연하는 그 얼룩이 촬영된 사진 속 물체라는 것을 깨달았다. 그녀는 소와의 CT 촬영에서 작은 구멍 하나를 발견해 낸 것이다. 비어 있는 공간, 이 밀집된 뇌 속에 비어 있는 공간? 연하는 사진들을 빠르게 넘겨 보았다. 여기도 또 여기도. 병변의 모양은 아니었다. 작은 혹이 아니라 이건 뇌 속의 작은 구멍 같아 보였다.

"이 아가씨, 문제가 있긴 있나 본데."

연하는 입술을 잘근잘근 씹기 시작했다. 그녀도 모르게 긴장할 때마다 나오는 그녀의 버릇. 연하는 그 버릇이 언제부터 시작된 건지 알지 못했다. 다만 아주 오래전부터, 연하의 기억 속 자신은 줄곧 입술을 깨물어 대는 아이였던 것이다. 정우는 말했었다.

"애정 결핍이지, 뭐. 그런 버릇은 대개 다 애정 결핍에서 비롯된 거야. 관심을 받지 못해 안달하는 아이들은 불안 증세를 보이고 그게 구강기 집착으로 나타나거든. 손을 빤다던가. 너처럼 입술을 깨문다던가. 귀를 만지는 아이들도 있고, 손톱을 물어뜯는 아이들도 있지. 다 비슷한 증상들이야."

연하는 그때, 자신이 애정 결핍일 이유가 하나도 없다며 정우에게 반박했었다.

"난 외동딸이야, 엄마 아빠의 관심은 오로지 나에게 향해 있었다고, 오히려 애정 과다면 과다였지 결핍은 있을 수가 없어. 내 어린 시절을 안다면 너도 그런 소리 못할걸?"

그렇게 말하는 연하에게 정우는 어깨를 한번 으쓱해 보였을 뿐이었다. 가끔은 그렇게 얄미운 구석이 있었다.

"가끔이 아닐지도 모르지."

연하는 정우를 떠올리자마자 어제 저녁 정우 때문에 복받치는 화를 억눌러야 했던 자신을 떠올렸다.

"그리고 보니, 오늘 박사님을 만나기로 했구나."

연하는 시계를 한번 확인했다. 아직 열 시도 안됐는데, 방금 출근한 그녀로서는 퇴근 시간을 기다리고 있다는 것이 조금 죄스러운 마음이 들었다. '네 시까진 진료하는 의사로서 네 본분을 다하시길, 아줌마.' 연하는 속으로 중얼거리고 다시 컴퓨터의 모니터로 시선을 돌렸다. 그때 연하의 진료실의 노크 소리가 들렸다.

"들어오세요."

연하의 진료실에 들어온 사람은 소와와 그녀의 어머니였다.

"아, 오셨어요. 아침이라 촬영실에도 사람이 별로 없었죠? 금방 CT 촬영을 하신 걸 보니."

어머니가 종이처럼 웃으며 자리에 앉았다. 뒤따라온 소와는 자리에 앉지 않고 연하의 진료실 벽의 책들 앞에 서 있었다.

"왜 책들이 뒤집어 꽂혀 있죠?"

낮게 깔리는 목소리. 연하는 소와가 처음으로 말하는 것을 듣고 반가운 마음이 들었다.

"어, 좀 이상하지? 내 강박증 때문에 그래. 저도 정신병이라면 정신병을 앓고 있죠. 책 제목이 보이는 걸 싫어하거든요."

연하는 경쾌하게 웃으며 소와에게 대답하고 그녀의 어머니께 말했다.

가끔 그녀의 진료실에 들어오는 환자들이 그녀의 책장에 관심을 가질 때면 연하는 스스럼없이 자신의 강박증에 대해 얘기했고, 그럼 환자들은 일종의 동질감 같은 친밀함으로 그녀에게 더 쉽게 마음을 열곤 했다. 함께 가는 이들의 동지애랄까? 물론 정우는 그녀의 이런 태도에 자주 불만을 표하곤 했다.

"너 의사가 환자한테 '나도 병이 있소.'라고 말하는 게 얼마나 위험한 일인 줄 알아? 너라면 그런 의사한테 진료를 받을 수 있겠어? '당신병이나 먼저 고치세요.' 하지? 이건 의사의 권위를 무너뜨리는 데다가 신뢰감도 제로로 만드는 꼴이라고, 넌 참 기본이 안 돼 있다."

"기본 따위, 필요 없어. 그리고 강박증은 병도 아니지 뭘 그래, 사람들은 누구나 그 정도의 장애는 가지고 있다고. 난 환자 앞에 솔직한 의사이고 싶은데. 의사가 신인 것도 아니고 다 똑같은 불완전한 인간인데 뭘 그렇게 가식을 떨어야 해? 의학적 지식을 가진 사람이지 의학의 신이 아니잖아? 장애는 병이 아니야, 그냥 좀 불편한 거지. 사실 병도 고치고 싶지 않다면 병이 아니니까. 매한가지, 서로 다른 사람들일뿐이야."

"잘났다, 유연하. 분명, 후회할 날이 올 거다. 그런 식으로 환자 봤다간 내가 병원에 다 일러바치는 수가 있어. 대학병원이 너 때문에 손실을 보길 원치 않거든."

연하는 정우가 자신을 걱정하는 진심 어린 맘으로 충고한다는 것을 잘 알고 있었다. 친구이자 같은 의사로서의 동료애로 그것은 연하를 약 올리려는 가벼운 말이 아닌 무거운 책무 같은 말들이라는 것도.

그래도 연하는 자신의 행동이 잘못되었다고 생각하지 않았다. 환자와 의사는 동등하게 서로를 비판할 수도 있어야 한다고, 또한 의사가 환자를 안다고 생각하는 만큼 환자에게도 의사를 판단할 여지를 주어야 한다고 그녀는 생각했기 때문이다.

"강박증은 병이 아닌가 보죠? 의사 선생님이신데, 고치치 않고 그대로 계신 걸 보면."

소와의 어머니가 조심스럽게 물었다. 그런 의아함은 늘 항상 그녀가 받아 오던 것이었기 때문에 연하는 되풀이되는 그녀의 변명 같은 믿음을 다시 한번 어머니께 설명해야 했다.

"때론, 병은요 어머니, 그 사람이 가진 고유한 성격으로 고착되는 경우가 있습니다. 특히 정신 질환들은, 사실 저는 질환이라고 부르는 걸 좋아하지 않지만, 어쨌든 그 정신적 특수성들이 그 사람의 정체성이 되기도 해요. 예민한 사람, 까칠한 사람, 우유부단한 사람, 뭐 이런 분류들도 의학적으로 설명하자면 성격의 극단에 가 있는 성격장애로 설명되는 경우가 많거든요. 강박증은 때론 습관처럼 불리기도 해요. 결벽증같이 청결에 집착하는 사람들처럼, 강박증은 어떤 한 대상이나 행동에 집착을 보이는 건데, 심각하게 일상에 지장을 줄 정도가 아니면 병이라고 진단 내리지 않아요. 그리고 일상에 지장을 주는 범위도 개인의 판단에 따라 틀려서 사실, 정신에 관련된 모든 증상들은 정상과 비정상의 구분으로는 나누기가 힘든 게 많습니다. 저는 제 강박증이 살아가는 데 꼭 필요해서요. 그래서 고칠 생각도 고칠 필요도 없어서 그냥 이렇게 살고 있습니다."

연하는 차분하게 그리고 진지하게 말했다. 진심으로 받아들여지지 않으면 한낱 변명에 지나지 않을 말이었기 때문에. 소와의 어머니는 깊이 고개를 끄덕였다. 그녀는 생각이 많아진 듯한 표정으로 눈을 천천히 감았다 떴다.

"어떤 강박증이 책을 이렇게 꽂게 만들죠?"

깊은 울림의 목소리. 소와는 여전히 책장에서 눈을 떼지 못하고 있었다. 연하의 강박증이 아이에게 하여금 어떤 호기심을 발동시킨 것 같아 연하는 무슨 대답이 아이를 만족시킬 수 있을까 고민했다. 그들의 대화가 앞으로도 계속 이어지기 위해 연하는 이 순간을 잘 넘겨야 한다고 생각했다. 아이의 입이 다시 닫히면 또 언제 열릴지 가늠할 수 없었기 때문이다.

"음. 나는 말이지. 글자들에게 약간의 피해 의식을 가지고 있어. 글자들이 눈에 들어오는 순간 머릿속에 이미지들이 떠올라서, 도무지 다른 일에 집중을 할 수가 없거든. 그래서 책 제목들이 안 보이게 꽂아 놓은 거야. 필요할 때만 읽기 위해서지. 책 제목들은 긴 글 같지 않고, 앞뒤 문맥 그런 것 없이 추상적인 단어들이 많다 보니까 책 체목이 여러 권 보이면 아주 많은 이미지들이 동시에 떠오르거든. 거기다 난 보이는 글자들은 모두 다 읽어 버리는 습관이 있어서. 이건 대학 다닐 때 생긴 버릇인데, 그 뒤로는 정말 책들이 감당이 안 되더라고. 한 번에 책 한 권만 읽어야 하는 그런 사람이 된 거지. 그래서 지금 네가 보는 책들이 다 네게서 뒤돌아 있는 거야. 등 돌린 책들이지."

연하는 중간중간 웃음을 섞어 가며 말했다. 사실 등 돌린 책들은 연하로 하여금 언제나 알 수 없는 유쾌함을 들게 하는 것이었는데, 그건 때론 책들이 연하에게 맘이 상해 자발적으로 그녀에게 등을 돌린 것처럼 느껴졌기 때문이다. 해서 그녀는 책장에서 책을 빼낼 때마다 그들을 달래 가며 조심스럽게 손을 움직이곤 했다. 책들에게의 예의. 그녀는 예의 바른 아줌마였으므로.

"이미지. 어떤 이미지. 세상에 있는 그런 이미지? 아니면 세상에 없는 꿈같은 이미지?"

소와가 연하를 바라보고 똑바로 섰다. 아이의 어투가 사뭇 진지하여 연하는 웃을 수가 없었다.

"글쎄. 세상에 있는 이미지. 그런 게 아닐까? 이미지란 게 어차피 보이는 것들이 섞여 만들어지는 거니까. 그게 상상을 한 것이든 기억을 한 것이든, 어차피 다 세상에 있는 이미지가 아닐까 하는데. 꿈속 이미지, 그것도 결국 세상에 있는 이미지가 아닌가? 잘 모르겠네. 네 생각은 어떠니?"

연하는 소와에게 물었다.

"꿈의 기억이 어떻게 이 세상의 것일 수 있죠? 세상이 아닌 거기서 부터가 꿈의 시작인데."

'하, 세상이 아닌 거기서부터라. 복잡해지겠군 그래.' 연하는 이 잠 자는 숲속의 공주님의 꿈속 이야기를 좀 더 듣고 싶었다. 다른 사람보다 두 배 더 긴 시간 동안 잠드는 아이의 꿈은 더 휘황찬란할까?

"음. 그런가? 사실 나는 꿈을 잘 꾸지 않아서. 기억이 별로 없거든. 소와는 꿈을 자주 꾸는 편이니?"

아이가 그녀의 어머니 옆자리에 다가와 조용히 앉았다.

"꿈꾸지 않으면 왜 잠을 자죠?"

흠. 연하는 대답을 망설였다. 인간이 잠을 자는 이유에 대한 의학 적 설명을 이 아이에게 해야 하는 것인가, 아니면 이 아이는, 다른 어떤 대답을 기다리고 있는 건가.

"우리가 밥을 먹는 것처럼, 우리는 잠을 자야 살 수 있으니까. 다들 자는 것 아닐까? 배고프면 먹고 졸리면 자고. 이건 너무 동물적인가?"

하지만 우리도 동물이니까. 연하는 이 말을 뒤에 붙이려다가 그만 두었다. 아무래도 이런 대답은 소와가 듣고 싶어 한 말이 아닌 것 같았 기 때문이다. 아이의 표정은 아이가 무슨 생각을 하는지 전혀 알 수 없 을 만큼 묘한 향기가 났다.

소와는 연하에게 향했던 시선을 거두고 진료실 바닥으로 눈을 돌 렸다. 그리고 소와는 더 이상 대답하지 않았다. 아무래도 내 대답이 틀 린 모양이군. 연하는 보일락 말락 하는 한숨을 쉬며 '참 어렵네.'라고 생 각했다. 연하는 아이의 어머니께 말하기 시작했다.

"CT 촬영 결과가 나왔는데요. 어머니. 흠. 소와에게 다른 이상 징

후는 발견되지 않아요. 근데……."

연하는 말끝을 흐렸다. 소와의 촬영 사진에서 그녀가 보았던 하얀 구멍을 어떻게 설명해야 할지 알 수 없었기 때문이다.

"근데, 뭐죠? 선생님?"

소와의 어머니가 불안한 눈을 감추지 못하고 연하에게 말했다. 연하는 대답을 주저하며 고개를 몇 번 갸우뚱하다 이내 마른침을 삼키고 말을 이었다.

"여기, 사진 왼쪽 편 보이세요? 여기 하얀 점 같은 게 하나 있어요. 이건 병변의 증상은 아닌데, 다른 환자들의 사진 속에서도 발견되지 않은 부분이거든요. 솔직히 말하면, 저도 이런 건 처음 봅니다. 아무래도 검사를 몇 가지 더 해 봐야 정확히 말씀드릴 수 있을 것 같은데, 사실 저도 이 사진만으로는 어떤 진단도 내릴 수가 없는 상황이에요."

소와의 어머니는 눈을 크게 뜨고 사진을 뚫어져라 바라봤다. 그러나 소와는 이 와중에도 바닥을 향해 내리깐 눈을 움직이지 않았다.

"뭔가 심각한, 그런 건 아니겠지요? 암이라든가 종양이라든가, 뭐 그런 건, 아니죠? 선생님?"

어머니의 목소리가 떨렸다. 연하는 고개를 확고하게 저었다. 그녀는 환자의 어머니를 걱정하게 만들고 싶지 않았다. 이런 불확실한 설명밖에 할 수 없는 자신이 답답해질수록 더욱 연하는 단호하게 말했다.

"아니에요. 어머님. 말씀드렸지만 이건 병의 증상이 아닙니다. 종양 같은 혹이 아니에요. 그건 걱정하실 필요가 없으실 것 같아요. 다만 이건 뭔가 생겨난 게 아니라 오히려 비어 있는 것 같은 사진인데. 지금 이렇다 저렇다 말씀드릴 수가 없고요. 아무래도 MRI를 찍어 봐야겠어요. MRI는 좀 비싼 편이라 웬만해선 잘 권하지 않는데, 아무래도 소와는 그 검사가 필요할 것 같습니다. 괜찮으시겠어요?"

소와의 어머니는 대답 대신 그런 건 아무래도 상관없다는 듯이 고개를 끄덕였다.

"찍어야죠. 그럼요. 필요하면 어떤 검사도 다 할 수 있습니다. 그런 건 문제가 되지 않아요."

연하는 진료서를 작성했다. 연하는 되도록 친절한 웃음을 지어 보이려고 애썼다. 그러나 그녀의 표정은 그녀의 착잡해진 심정을 모두 감추기엔 너무 솔직했다.

"간호사에게 가시면 안내해 드릴 거예요. 아마 오늘은 바로 검사가 힘들지도 몰라요. 촬영이 많이 밀려 있어서요. 오늘이 아니면 가장 빠른 시일 내로 검사 받을 수 있도록 얘기해 놓겠습니다. 그리고 음, 이건 단순한 피검사인데요. 소와가 아무래도 빈혈기가 있는 것 같아서 그 검사도 한번 받아 봤으면 해요. 빈혈이 있으면 성장에 문제가 생기기도 하거든요. 피검사는 간단한 거니까 함께 받아 보세요. 이건 내과로 제가 돌려 드릴 테니까, 검사 결과 나오면 그쪽으로 가시면 될 거예요."

소와의 어머니는 앉아 있는 딸의 손을 잡고 자리에서 일어났다. 어머니는 연신 연하에게 고개 숙여 인사했지만 연하는 그런 인사를 받기에는 자신이 그들 모녀에게 너무나 형편없는 의사라고 생각했다. 내가 해 준 거라곤, 걱정거리를 하나 더 안겨 준 것밖엔 없는데.

연하는 자리에서 일어나 모녀를 배웅했다. 그 정도의 친절만이 의사가 아닌 유연하로서 이들에게 베풀 수 있는 마음인 것이 그녀는 못내 서글펐다.

# 10.

"음악은 사람들을 울리지만, 글은 사람들을 멈추게 한다. 음악은 감동을 주지만, 글은 잠식하게 한다." – 5월 1일 3시 49분 〈상기자의 자리〉

주안은 박사님을 따라 〈고통과 나눔의 모임〉 두 번째 만남에 참석했다. 그러나 첫 번째 모임에서와는 달리 주안은 그들과 멀찍이 떨어진 창가 쪽 자리가 아니라 둥글게 놓인 가운데 탁자 자리에 앉았다.

이성도 의지도 아닌 괴물 같은 이끌림에 주안은 자신이 의도하지 않았지만 꼬박꼬박 모임에 참석하는 중이었다. 이미 처음을 넘어선 두 번째 만남이란, 중반으로 가는 길이었으므로.

주안과 박사님이 도착했을 때는 아직 사람들이 모두 모이지 않아서 세 사람만이 자리에 앉아 있었다. 박사님은 그들에게 다정하게 인사했다.

"아직 모두 오시지 않았으니까, 조금 기다렸다가 시작하기로 할까요? 커피 한 잔씩 하시겠어요?"

박사님의 말에 지난번 중년 부인에게 질문했던 40대 남자가 자리에서 일어나면서 말했다.

"제가 뽑아 오겠습니다. 모두 밀크커피면 되겠습니까?"

여전히 거친 목소리의 남자는 우직하면서도 강인한 삶의 무게를 짊어진 남성처럼 보였다. 주안은 자리에 앉자마자 일어서는 남자를 따라 곧바로 다시 일어났다.

"제가 도와 드릴게요."

무언의 눈짓 속에 커피를 뽑으러 가는 그들의 동행이 시작되었다. 커피 자판기는 복도 끝에 위치하고 있었다. 밤이라 어두워진 창밖은 거울처럼 그들을 반사시키며 비치게 했다. 말없이 한두 걸음 걷던 그들은 남자의 거친 음성으로 서로의 어색한 침묵을 깼다.

"저번에도 왔었지? 자네. 그땐 일찍 간 것 같던데."

주안은 박사님께 느꼈던 미안함을 이 40대 남자에게도 똑같이 느꼈다.

"네. 일찍 일어났었어요. 죄송합니다."

"아니, 죄송할 건 없지. 안 그런가."

남자는 박사님과 입을 맞춘 듯 똑같은 말을 했다. '그래 죄송할 건 없을지 모르지, 하지만 죄송하단 말이 나오게 만들고 있으면서…….' 주안은 속으로 중얼거렸다.

그의 자책은 상대방의 태도에서 나오는 반사적인 반응 같은 것이었다. 그들은 주안을 자책하게 만들면서도 그것이 미안할 일은 아니라고 말한다. 주안은 자주 그런 상황들을 맞닥뜨리곤 했다.

복도는 그리 길지 않아 그들은 금세 커피 자판기 앞에 도착했다. 남자는 주머니 속에서 동전들을 꺼내 자판기에 넣었다. 무심코 그의 행동을 지켜보던 주안은 동전을 넣는 남자의 손을 보고 깜짝 놀랐다.

남자에겐 왼손의 검지손가락이 없었다. 흠칫 놀라며 시선을 고정시킨 주안을 의식했는지 남자가 뒤돌아 주안을 바라보고 말했다.

"사고였어. 일을 하다 기계에 손가락이 날아갔지. 기계랑 하는 일은 언제나 위험하거든. 벌써 4년 전이라 이젠 상처가 다 아물어서 아프지도 않아."

주안은 자신의 시선이 실례가 된 건 아닌가 싶어 재빨리 자판기 커피로 눈을 옮겼다. 첫 번째 커피가 나오자 주안은 자판기에 손을 넣어 커피를 꺼냈다. 무슨 말을 해야 할지 몰라 안절부절못하며 자판기만 뚫어져라 바라보는 주안을 남자가 가볍게 툭 치며 말을 이었다.

　"괜찮아. 난 아무렇지 않거든. 사실 일하기엔 더 편해졌어. 덕분에 거추장거리는 손가락 하나가 없어서 일 처리 속도가 제일 빨라. 내 작업장에서 말이야."

　남자가 헛헛하게 웃었다. 주안은 조심스럽게 남자의 손을 다시 쳐다봤다. 둥글게 아문 손가락이 있어야 할 자리에는 바늘로 꿰맨 자국만이 선명하게 보였다. 주안은 자신도 모르게 인상을 썼다. 손가락이 없어질 때의 그 고통이 얼마나 큰 것일까를 상상했기 때문이다.

　"많이 아프셨겠어요."

　주안은 자신도 모르게 그의 아픔에 대해 말하고는 곧바로 후회했다. 말로 표현할 수 없는 아픔이었을 게 분명한데 그런 가벼운 말로 위로하려고 한 자신이 어리석게 느껴졌기 때문이다.

　"아프다기보단, 너무 갑자기 일어난 일이라. 생각도 잘 안 나. 아팠겠지, 뼈가 날아갔는데. 그냥 살이 베인 것도 아니고."

　남자는 마치 다른 사람의 일인 것처럼 말했다.

　"사실 난 안타까운 마음에 정말 손가락을 이대로 영영 잃는 건가, 그 걱정을 하고 있었거든. 손 전체가 피투성이에 입고 있던 작업복이 온통 피로 물들었는데도 나는 내 손에서 떨어져 간 손가락을 찾는 데 더 열중했어. 사람들이 달려와서 구급차를 부르고 손에 수건을 감아 주는데도 나는 기어 다니면서 손가락만 찾았지. 그걸 찾아야 다시 붙일 수 있다는 생각밖엔 안 나더라고."

　주안은 마른침을 삼켰다. 남자의 말에 따라 그 순간이 주안의 머릿속에 바로바로 그려졌기 때문이었다.

　"결국 나는 손가락을 못 찾고 병원에 실려 왔지. 다른 인부가 내 손가락을 찾아서 병원에 뒤따라오긴 했는데 봉합하기엔 이미 늦었다고 하더라고. 그래서 그냥 상처를 꿰맸다는데, 나야 마취 주사 때문에 기억이 없어. 내가 정신이 있었으면 어떻게든 붙여 달라고 했겠지만 뭐, 늦은 거지.”

그는 두 번째 나온 커피를 꺼내 손에 들고는 다시 자판기 버튼을 눌렀다.

“처음에야 상심이 컸지만, 이젠 괜찮아. 아, 그렇지! 그때 박사님을 만난 거야. 내가 사고를 당하고 도무지 아무 일도 손에 잡히지 않아서 3개월을 그냥 집에 있었거든. 보다 못해 아내가 나를 데리고 정신과 상담을 받으러 갔는데, 그때 아내가 찾아간 의사 선생님이 박사님이었던 거지.”

주안은 남자의 손에서 커피를 받아 들었다. 주안은 두 손에 하나씩 종이컵을 들고는 대꾸할 말을 찾지 못한 채 남자의 없어진 손가락을 하염없이 생각하고 있었다.

“손가락들은 사실 내게 조금 특별했거든. 나는 굉장히 손이 예민해서 어떤 물건을 보면 그 생김새가 아니라 촉감으로 그 물건이 뭔지 기억해 내곤 했거든. 나는 종이의 면들도 다 기억할 수가 있었어. 종이라고 해서 다 같은 종이가 아니야. 각 종이마다 질감이 제각각이라니까. 그러다 보니 난, 보이고 들리고 냄새 맡고 이런 것보다 내 손의 감각을 더 믿고 살아 왔는데, 그런 내가 손가락 하나를 잃어버린 거야. 어떻게 상심하지 않을 수 있었겠어.”

‘종이의 질감이 모두 다르다.’ 주안은 그 말을 듣는 순간, 소리의 다른 파동들을 모두 인지할 수 있는 자신의 귀를 떠올렸다. 내게 귀가 한쪽 없어진다면, 그래서 소리를 구분할 수 있는 능력이 사라진다면 나는 살 수 있을까.

주안은 고개를 흔들었다. 들을 수 있는 소리의 바다에서 음악을 건져 올리는 그에게 청각의 상실이란 자신을 이루는 본질의 상실과도 같은 것이었다. 생각이 거기까지 미치자 주안은 남자의 잃어버린 손가락에 더 큰 안쓰러움을 느꼈다. 그 상실을 어떻게 대면할 수 있었던 걸까.

"어떻게 극복하셨나요. 정말 힘든 순간들이었을 것 같은데."

주안은 차마 그 심정을 이해할 수 있을 것 같다는 말을 하지 못한 채 남자에게 물었다.

"여전히 내겐 아홉 개의 손가락이 남아 있었고, 또 내 왼쪽 검지손가락이 모아 놨던 기억을 내가 불러낼 수 있었거든. 그 사실을 깨닫기까지 꽤 오래 박사님과 상담해야 했지만 결국 깨달은 거지. 잃었지만 잃지 않은 것들을."

"검지손가락이 모아 놨던 기억이요?"

주안이 되물었다.

"맞아. 내가 살아오면서 검지손가락으로 느꼈던 그 감촉들, 그 촉감들을 잊지 않았거든. 새로운 감촉은 추가할 수 없어도 그동안 느껴 왔던 그 촉감들은 기억할 수 있으니까. 검지손가락의 기억이지. 결국 그것도 내 기억의 일부이지 않겠어? 기억해 내면 그 순간은 내게 있는 거나 마찬가지지. 손가락이 있었던 순간을 기억해 내는 거니까."

주안은 복잡한 심경이 되어 남자를 바라봤다. 남자가 그런 주안의 표정을 보며 말을 이어 나갔다.

"손가락 하나를 잃었다고 내가 나이지 않은 건 아니야. 손가락이 내 몸에서 떨어져 나갔어도 나는 손가락에 대한 기억을 가지고 있고 손가락들이 느꼈던 촉감들을 생각해 낼 수 있어. 우린 우리의 몸에서 무엇을 잃어야 그제야 그 몸이 내가 아니라고 믿게 될까? 뇌? 심장? 다리? 그것들도 매한가지의 그저 신체이지 않나? 우리는 뇌라는 놈이 있어서 우리 신체의 모든 감각 작용을 한곳에 모으지만 뇌 아닌 다른 신체들은 다른 감각들을, 하물며 다른 신체의 부분들을 인지하지 못한다고. 자네, 앉아서 손을 뻗어 발끝에 닿게 할 수 있나? 유연한 사람들은 곧잘 하던데 나는 영 몸이 굳어서 그런지 허리가 굽혀지질 않아. 그런 내 몸이 평생을 살아도 이마와 허벅지를 만나게 할 수 있겠나? 기인이 아니고서야 발바닥이 가슴께를 만나 볼 일 있겠어? 등은, 등은 또 어떻고. 등은 다른 신체 어떤 곳과도 만나지 못해. 나의 등은, 다른 신체가 있는 줄도 모를 거야. 결국 내가 소유권을 주장하고 있는 나의 몸 역시 다 세분화시키고 보면 서로 알 수 있는 부분이 없다는 얘기지. 통합된 기억이 있을 뿐이지 신체의 통합은 없단 말이야. 나의 뇌가 나의 발가락을 기억해 주지 않는다면 나는 내게 발가락이 있다는 사실조차 모를 거야. 그래서 내겐 지금 잃어버린 손가락에 대한 기억이 절실한 거지. 그 기억이 사라지면 나는 어느 누구에게도, 나의 신체에게까지도 내 손가락이 있었다는 사실을 증명할 수가 없어. 하지만 내가 기억한다면 내 손가락은 여전히 그 자리에 있는 거야. 내가 계속 그 기억에 영향을 받으니까. 사실 손가락을 잃기 전보다 지금 나는 손가락에 더 지대한 영향을 받고 있어. 알겠나? 기억이 중요한 거야. 기억하는 게 정말 중요한 거지. 결코 잊어버리려고 노력해선 안 돼. 상실을 인지하고 싶지 않아서 기억을 몰살시키는 것만큼 진정한 의미의 상실은 없는 거니까. 기억 속에선 난 여전히 완벽한 손가락들을 가진 사람이야."

'진정한 의미의 상실, 상실을 인정하고 싶지 않아서 기억을 몰살시키다?' 주안은 마음속으로 남자의 말을 되풀이했다. 정확히 이해로 나아가지 않는 남자의 말속에서 주안은 기억이 어떻게 실제 손가락을 만들어 낸다는 것인지 알아들을 수 없었다. 그의 말은 어렵고도 복잡했다. 그러나 주안은 그를 이해하고 싶었다. 그것은 주안에겐 흔치 않은 간절함이었다.

남자는 마지막 커피를 뽑아 손에 들었다. 그의 양손에는 합이 세 잔인 커피가 들려 있었다. 주안이 재빨리 한 잔을 그에게서 가져오려 하는데 남자가 만류했다.

"괜찮아, 내가 들 수 있어. 내 손은 예민한 데다 내 팔다리 중 가장 유연하거든. 커피 세 잔 정도야 거뜬해."

남자는 다시 복도를 걸어가기 시작했다. 주안도 그를 따라 걸음을 재촉했다. 주안은 남자의 뒷모습에서 슬쩍슬쩍 보이는 왼손에서 어떤 존경 어린 마음이 샘솟는 것을 느꼈다. 마치 중년 부인의 말을 들으며 그녀에게 존경 어린 눈빛을 보냈던 모임의 사람들처럼. 주안은 어느새 연대감이 촉촉이 묻어나는 그들의 눈빛을 닮아 가고 있었다.

## 2장

# 이야기의 이야기

『이야기를 만들어 내려는 사람은 어쩔 수 없이 자신의 기억들을 재료 삼아 마치 요리를 하듯 기억을 잘 반죽하고 섞어 하나로 엮어 내야만 한다.

어디선가 보았던 것 어디선가 들었던 것 자신이 경험했던 것 혹은 누군가가 대신 경험한 것. 현실의 기억 상상의 기억 꿈의 기억 모든 것이 서로에게 침투하여 결국 한자리에서 만나 새로운 이야기로 탄생한다.

이야기의 재료인 기억은, 서로 따로인 것처럼 존재한다고 믿었던 세상과 타인, 그리고 나를 하나로 이어 버린다. 기억 속에서 우리는 언제나 덩어리인 것처럼 뭉쳐 있고 뒤죽박죽 섞여 있다. 그리고 그 기억이 이야기가 되어 다시 세상으로 내보내질 때, 우리는 진실로 구분할 수 없는 하나의 전체가 되어 서로에게서 떨어지지 못한다. 마치 우리의 서로 다른 감각기관들이 하나의 신체로 연결되어 있는 것처럼, 서로 다른 기억은 하나의 이야기 속에 응축되어 연결된다.

이야기는 기억의 재조합이자 재배치이고, 기억은 세상과 타인 그리고 나의 뒤섞임이기 때문에, 따라서 이야기는 어떤 식으로든 세계의 재현과 세계의 존재 방식을 그리게 된다.

이야기의 무서움은 바로 그곳에 있다. 이야기는 모든 것이 가능해지는 무한함의 영역이고, 이야기는 하나의 실체로 세상 안에 존재하기 때문에, 닫혀 있다고 생각한 이 현실 안에는 언제나 열려 있는 가능성의 공간이 숨어 있게 된다.

현실 안에 뚫리는 이야기의 구멍은 소리처럼, 향기처럼 실체의 몸을 가지고 세상을 떠돈다. 그리고 그 이야기는 의심할 여지도 없이 당신의 기억으로부터 나온다.

그래서 이야기들이란 언제나 세상을 향한 어느 정도의 반란을 품고 있는 법이다. 당신의 기억이 지금 이 현실의 것이며 당신이 살아오면서 마주친 세상의 목격 그 이상도 그 이하도 아니라는 사실은 당신의 이야기가 왜 무서운 것이 될 수밖에 없는지를 잘 말해 준다.

그것은 이야기의 소재나 줄거리, 인물의 사건이나 대사들과는 전혀 무관한 종류의 두려움이다.』

# 1.

**"이해할 수 없는 지점들이 발생한다는 사실이 중요하다. 거기서 모든 사건이 시작된다." – 4월 24일 6시 19분 〈상기자의 자리〉**

"아름다움은 만들어지는 거야. 그냥 주어지는 게 아니라니까?"

이수의 목소리가 커졌다. 그러나 세연은 여전히 뚱한 표정으로 대꾸했다.

"공통적인 미는 어쩌면 세상에 없을 수도 있겠지만, 사람마다 아름다움을 인지하는 건, 그 사람에겐 그냥 주어지는 거야. 한순간에 느껴지는 감정들을 어떻게 다 만들어 내."

이수는 크게 한숨을 쉬면서 말했다.

"이제까지 내 말을 다 뭐로 들은 거야. 모든 감정은 제조 가능해. 레시피를 가지고 있다고. 그건 음식 같은 거야. 짠맛, 단맛, 신맛을 절묘하게 섞어서 우리 입맛에 딱 맞는 멋진 음식으로 만들어 내는 거랑 똑같이, 감정은 복잡하고 다양해도 다 레시피에 따라서 만들어지는 거야. 한줌 햇살? 맘에 드는 선율, 불어오는 바람. 그런 게 한순간에 모두 맞아떨어지는 그런 순간이 올 때 우리는 '아름답다.'라고 생각하게 되는 거야. 단 한 가지라도 충족되지 않으면 그 감정은 절대 느껴지지 않아. 슬픔, 외로움, 기쁨, 다 마찬가지로 그 감정만의 레시피가 있는 거라고. 우리가 먹는 음식에 다 저마다의 레시피가 있는 것처럼 감정은 맛의 조합 같은 거야."

세연은 여전히 코웃음을 쳤고 이수는 그런 세연을 보면서 점점 목에 핏대를 세웠다. 학교에서 조리과학을 공부하고 있는 이수는 자주 음식을 만드는 방법과 세상을 살아가는 사람들의 관계 간의 유사점을 주장하곤 했다.

　"서로 떨어져 있는 재료들을 이어서 하나의 음식으로 만드는 건 어떻게 보면 서로 따로 떨어져 있는 사람들을 한데 이어 관계를 만드는 것과 비슷해. 저마다의 재료들은 자신만의 고유한 맛을 가지고 있지만 한데 모아 음식으로 만들면 다른 새로운 맛으로 변해 버리거든. 그건 사람들 각자의 고유한 색채들이 모여 공동체라던가 집단을 만들었을 때 생기는 새로운 색깔과도 같은 거야. 관계에 의해서 생기는 사람들의 새로운 색깔은 요리 과정을 거쳐 만들어지는 새로운 맛과 같은 거지."

　세연은 그런 이수의 주장에 대부분 흥미롭다는 듯이 고개를 끄덕여 주곤 했지만 지금, 음식마다 고유한 레시피가 있는 것처럼 사람들에겐 저마다 감정을 만들어 내는 레시피가 있다는 말에는 단번에 수긍해 줄 수 없었다. 이수는 탐탁지 않아 하는 세연의 얼굴을 보고 다시 한번 말했다.

　"네가 아무리 안 믿어도 그건 사실이라고. 증명할 수 있는 문제란 거지."

　"어떻게 증명할 건데."

　그제야 세연이 웃음기 없는 표정으로 진지하게 이수를 바라봤다.

　"찾아낼 거야. 레시피."

　대단한 결심이라도 한 듯 확고히 말하는 이수를 보고 세연이 다시 웃었다.

　"찾는다, 내가. 찾아내고야 만다."

　이수는 '흥' 하며 과도한 몸짓으로 고개를 저었다. 세연은 그런 이수가 귀엽다는 듯이 미소를 띠우고 그녀를 바라봤다.

　"알았어, 알았어, 찾아내. 찾아내서 나한테도 좀 알려 주라고."

세연은 커피를 한 모금 마시고는 창밖으로 시선을 던졌다. 파란 나뭇잎들이 바람에 흔들리고 있었다. 완연한 봄이다. 아직 뜨거운 커피잔에서 새 나오는 커피 향이 세연의 마음을 잔잔히 적셔 왔다. 바람결에 불어오는 봄날의 따스한 향기에 커피 향의 진한 흙냄새가 낮게 깔리며 꽃들이 가득한 봄의 너른 들판을 생각나게 했다. 세연은 계절마다 다르게 불어오는 바람의 향기를 좋아했다. 그녀는 향기만으로도 바뀌는 계절들을 알아챌 수 있을 만큼 세상의 냄새들에 민감했다.

"어젠 뭐 했어. 연락도 안 되고. 밤에 전화했었는데. 노트 달라고."

이수가 세연에게 물었다. 다정하게 말하는 이수는 그새 작은 그녀들의 실랑이를 잊은 듯이 세연을 걱정하는 표정을 하고 있었다.

"어제? 집에 와서 잤는데? 내가 일찍 잠들었나 봐. 전화 온지 몰랐어."

"몇 시에 잤는데? 난 꽤 일찍 전화했던 것 같은데."

"글쎄. 아홉 시? 열 시쯤? 그때 잠들었나. 나도 몰라. 아무튼 꽤 오래 잤어."

이수는 눈을 가늘게 뜨고 말했다.

"또 꿈꿨구나. 그래, 어젠 어떻게 끝나디? 네 꿈."

세연은 고개를 약간 옆으로 갸우뚱했다.

"잘, 기억이 안나. 늘 같은 꿈, 그 꿈을 꾼 것 같긴 한데. 몰라, 웬일인지 잘 기억이 안 나. 그냥 일어나 보니, 수업이 지각이라서 바쁘게 나왔는데. 기억할 틈도 없었어."

"기억하나 마나지. 또 그 사람 꿈 아니야. 맞지? 이름이 준아인가 준하인가."

"주안."

"맞아, 주안. 너 솔직히 그 사람 짝사랑하지. 상사병 걸려서 그런 거 아냐?"

세연은 긍정도 부정도 아닌 표정으로 말했다.

"아니, 글쎄. 내가 그 사람을 좋아했나? 자꾸 보니까 보고 싶긴 하더라. 근데 난 그 사람 좋아하지 않았거든, 그냥 호감이 가는 사람들 중 하나였지. 근데 왜 난 매일 그 사람 꿈을 꾸지?"

이수는 답답하다는 듯이 말했다.

"이건 뭐, 무의식적으로 완전 꽂힌 건가 보지. 그렇지 않고서야 어떻게 한 사람 꿈을 그렇게 많이 꾸니. 안 그래?"

세연은 '글쎄' 하면서 다시 커피 잔을 손에 들었다. 어제 그녀는 도서관에서 책을 빌리고 나와 집으로 갔다. 그리고 피곤함을 느끼며 바로 잠이 들어선 오늘 아침까지 한 번도 깨지 않고 꼬박 열두 시간을 잠들었던 것이다.

이제는 기억하지 않아도 생생히 지각되는 꿈, 늘 똑같은 꿈속에서 그녀는 매번 한 남자를 만난다. 주안.

그는 그녀가 대학교 1학년 때 만난 같은 과 선배였고 약간의 친분은 있었지만 그다지 가까운 사이라고는 말할 수 없는 정도의 사람이었다. 그러나 세연은 얼마 전부터 그가 나오는 꿈을 매일 꾸고 있었다. 그런 자신을 세연도 이해할 수 없었다.

"분명 싫은 감정은 아니지만, 어딘가 묘해. 늘 같은 꿈을 꾼다고 생각했는데 어딘가 모르게 조금씩 달라지는 것 같기도 하고 내용이 조금씩 바뀌는 것도 같고 한단 말이야. 이것도 어디 문제가 있는 걸까? 같은 꿈을 꾸는 것 말이야."

세연은 걱정스러운 말투로 말했다. 이수는 그런 세연 곁으로 의자를 바짝 끌어 앉으며 말했다.

"상담 한번 받아 봐. 내면의 네가 알지 못하는 은폐된 기억이 있는 거야. 그거 파헤쳐야 꿈도 끝나지 않겠어? 말이 매번 같은 꿈이지. 이건 뭐. 지치겠다. 잠드는 것도 편치 않고."

그러나 세연은 한 번도 그 꿈들 속에서 자신이 지쳐 간다는 생각을 하지 않았다. 오히려 한 번씩 꿈꾸지 않고 푹 잠이 들고 깰 때면 밝아 오는 아침에 아쉬운 마음까지 드는 것이었다.

"내가 그 사람을 좋아하지 않았다 하더라도, 꿈을 꾸다 보니 나는 그 사람을 좋아하게 될 것도 같단 말이지. 아니, 아마 그런 것 같아. 꿈을 꾸다 보니 진짜 그 사람이 보고 싶어지고 그래."

이수는 세연을 보며 혀를 끌끌 찼다.

"병이지, 병이야. 정 그러면 진짜 한번 만나 보든가. 그렇게 상상 속에서 멋진 사람 만들지 말고. 만나 보면 영 아니다 싶어서 다신 그 꿈 안 꿀지 모르잖아. 어쨌든 꿈은 현실의 또 다른 발로니까 말이야."

이수는 자신이 한 말이 맘에 드는지 '으흠' 소리를 내며 뿌듯한 표정을 지었다.

"만나고 싶어도 만날 수가 없어. 선배는 졸업한 지 오래고 연락처도 없고 알아낼 길도 없다고."

"답답하구나. 네가 절실하면 어떻게든 연락처를 알아낼 수 있을걸, 이름을 모르는 것도 아니고 얼굴까지 알면서 대체 그게 뭐가 어렵니. 네의지가 부족한 거지. 너 그냥 그 사람을 네 환상 속에서 완벽한 사람으로 만들어 놓고 혼자 즐기고 있는 거 아니야? 현실에 없는 그런 이상형처럼? 사진 보니 그렇게 잘생긴 것도 아니더만."

세연은 아무 말도 하지 않았다. 사실 어쩌면 이수의 이야기가 맞는 것도 같다고 생각했기 때문이다. 그녀가 작정하고 그의 행방을 찾았다면 만나지 못할 리도 없었다.

이수에게 보여 준 사진 속엔 5년 전 함께 학교를 다닐 때의 주안과 세연이 나란히 웃으며 들어 있었다. 주안은 이미 졸업한 지 오래였지만 아직 학교에 남아 있는 선배들에게 묻는다면 주안의 연락처 정도는 어렵지 않게 알아낼 수 있을 것 같았다. 그러나 세연은 그런 수고를 하고 싶지 않았다.

"만나야 할 사람이면, 언젠가 만나겠지."

"웬 인연설이니. 이제 보니 완전 로맨스 소설을 쓰고 있구나. 이세연 안되겠네."

이수가 손사래를 쳤다. 그러나 세연은 이수에게 그녀의 꿈에 대해 털어놓지 않은 사실이 있었다. 그녀의 꿈은 꿈이라기엔 너무 생생해서 그녀는 매일 밤 실제로 그를 만나 즐겁게 얘기하고 웃을 수 있다는 것. 그것은 현실과 다른 점이 아무것도 없다는 것을, 세연은 이수에게 어떻게 설명해야 할지 알지 못했다. 말해 봤자 이해도 못할 그녀만의 기억을. 세연은 비밀 같은 그 사실을 누구에게도 털어놓은 적이 없었다.

"아무튼 됐고, 나 너한테 줄 거 있어. 너도 나한테 줄 거 있잖아. 노트. 빨리 내놔. 시험 공부해야 돼."

세연은 이수에게서 빌려 갔던 수업 노트를 탁자에 꺼내 놓았다.

"나한테 줄 건 뭔데?"

이수가 노트를 챙겨 가방에 넣으며 말했다.

"선물."

"웬 선물? 무슨 날이야?"

"무슨 날이어서 선물하니? 촌스럽게."

세연이 눈을 살짝 흘기며 이수를 바라봤다. 그러나 이내 초롱거리는 눈을 되찾으며 호기심의 시선을 그녀에게 던졌다.

"선물이 뭔데?"

이수는 잠시 틈을 두고 머뭇거리다, 이내 결심한 듯 말했다.

"이건 내게 아주 의미 있는 물건이야."

이수는 가방에 손을 넣어 부스럭대며 무언가를 찾았다. 그러곤 종이 뭉치에 여러 겹 대충 쌓은 물건을 꺼냈다. 그녀가 한 장 한 장 종이들을 벗기자 눈부시게 투명한 유리로 만들어진 스노우볼이 나왔다.

"와, 예쁘다."

자연스럽게 탄성을 내지른 세연이 반짝이는 눈으로 이수를 바라봤다.

"그거, 설마 나 줄 거야?"

"그전에, 비밀 하나 알려 줄게. 비밀을 지켜야 한다는 약속 같은 건 필요 없지만 이 얘기를 하는 건 네가 처음이란 것만 알아 둬."

"그게 협박보다 더 무서운데?"

세연이 작게 웃었다. 이수는 눈 내리는 작은 마을이 조각된 스노우볼을 살짝 집어 들더니 사뭇 진지하게 깊은 눈 속에 잠겼다.

"보자마자, 아니 발견하자마자 알아봤어. 이건 내 거구나. 내게 아주 소중한 물건이 되겠구나. 직감 같은 거 있잖아. 난 그 단어로밖엔 설명을 못 하겠어. 아무튼 묘한 감정이었어. 잘 기억은 안 나지만 비싸지 않았어. 아마 만 원이 조금 넘었을 거야."

그녀는 기분 좋게 미소 지었다. 마치 그 장소에 다시금 그녀로 돌아간 듯이.

"훔쳤어. 그냥 들고 나왔지. 돈을 내고 살 수가 없었어. 이건 돈과 교환할 수 있는 의미가 아니었거든. 심장이 뛰더라고, 아주 빨리. 손에 들고는 아무도 보지 않고 고개를 빳빳이 들고 자연스럽게 그냥 가게 문을 열고 나왔어. 누구도 의심할 수 없도록 마치 그냥 내 물건인 것처럼. 그렇게 가지고 나왔지."

세연은 눈을 동그랗게 뜨고 그녀의 다음 말을 기다렸다.

"알아? 세상에는 그런 게 있어. 교환할 수 없는 가치. 사회가 이미 정해 놓은 돈이나 화폐들로는 도무지 맞바꿀 수 없는 의미. 그런 건 교환되는 순간 교환한 것의 가치만큼 떨어지기 때문에 그 가치를 지키고 싶다면 위험도 감수해야 해. 만약 들켰을 때 감내해야 할 법적 처벌이라든가 내 사회적 이미지 같은 거? 모험이지. 위험을 감수한다는 건 모험이야. 난 기꺼이 모험을 했고 그 결과, 지금 이게 우리 앞에 있는 거야."

이수는 스노우볼을 흔들어 보이며 말했다. 그녀의 표정에는 음모를 꾸미는 듯한 아이의 장난기 어린 몸짓이 들어 있었다. 살금살금 발을 들어 조용히 빠져나가려는 듯한 움직임.

"내겐 아주 의미 있는 물건이야. 그리고 지금은 너에게 필요할 것 같아서 잠시 양도하는 거야. 그러니 소중히 다루라고 부디."

세연은 어떤 공모가 이 자리에서 벌어지고 있음을 눈치챘다. 내용도 결과도 알 수 없으나 이미 벌어진 사건에 대한 공모. 세연은 이수와 한 배를 타고 어디론가 떠내려갈 것임을 예감했다. 그것은 어쩌면 잔잔한 호수에 돌 하나가 던져진 작은 파장일지도 아니면 거대한 바다에 밀려오는 풍랑일지도 모른다고 생각했다. 세연은 돌덩이 같은 유리 장식품을 손으로 쓸어내렸다.

"왜 이게 지금 나한테 필요하다는 거야?"

이수가 의미심장한 미소를 지었다.

"가만히 들여다보고 있으면 깜짝 놀랄 만한 게 보이거든."

"그게 뭔데?"

"나야 모르지. 그거야 네가 봐야 아는 거지."

세연은 이마를 찌푸리며 스노우볼의 반짝이는 유리 안을 들여다보았다. 한참을 이리저리 살펴봐도 유리 안은 눈이 내리는 것 같은 작은 종이들만이 이리저리 움직일 뿐이었다. 세연은 찌푸린 얼굴을 펴지 않은 채 알 수 없다는 듯이 이수를 쳐다봤다. 그러나 이수는 그저 어깨를 한번 으쓱하며 이 상황이 무척이나 재미있다 듯이 미소 지을 뿐이었다.

"나 수업 가야 돼. 넌 어디 가? 도서관 갈 거야?"

이수가 가방을 챙기며 말했다.

"난 종로3가에 갈 거야. 살 책이 있어. 난 오늘 수업 끝났거든."

세연이 마신 커피 잔들을 정리했다.

"무슨 책? 넌 꼭 시험 기간만 되면 책 산다고 하더라. 그것도 병 아니야? 그러고는 산 책 읽느라 공부 하나도 안 하잖아."

세연이 '싱긋' 웃으며 대답했다.

"어허, 언니는 알아서 공부한다고, 너나 잘하시지. 꼭 사고 싶은 책이 있어서 말이야."

"무슨 책인데?"

세연은 의미심장하게 웃었다.

"그거야 서점에 가 봐야 알지."

이수는 '거봐' 하는 표정으로 혀를 작게 쯧쯧거렸다.

"넌 수업이나 가라고. 이 좋은 봄날에 강의실 안에 틀어박혀서 수업 듣기 아주 좋겠다."

세연이 이수를 약 올렸다. 이수는 '쳇쳇'거렸지만 핸드폰 액정의 시계를 한번 확인하고는 빠르게 자리에서 일어났다. 그녀들은 학교 안 카페에서 나와 자신들의 갈 길을 재촉했다.

"나 먼저 간다. 뛰지 않으면 늦겠어. 학교 안에 있으면서도 수업에 지각하는 건 정말이지 억울하다고. 책 사 가지고 바로 와서 공부해. 또 거리를 헤매지 말고."

이수는 세연에게 말하고 손을 흔들며 뛰어갔다. 세연은 그런 이수의 뒷모습을 잠시 바라보고 있다가 몸을 돌려 학교 밖으로 걸어가기 시작했다.

바람에 섞여 어디선가 방금 구운 와플 냄새가 났다. 그 냄새 위에는 방금 지나친 꽃집에서 흩날리던 프리지아 향기가 그리고 그 향기 언저리에는 그녀가 방금 마셨던 커피 향이 묻어 나왔다.

세상은 온통 향기로 가득했다. 오직 봄이어서 그런 것만은 아니지만, 봄은 따뜻한 바람을 몰고 와 좀 더 향기에 민감하게끔 만드는 계절이니까. 그래서 세연은 어김없이 돌아오는 계절 중에 살랑대는 봄을 가장 좋아했다. 바람만으로 모든 세상을 안정적으로 바꿔 버리는 마술. 그건 봄만이 부릴 수 있는 마법이었다.

"날씨, 좋오타!"

세연이 기지개를 펴며 말하자 지나가는 학생 몇몇이 그녀를 보고 웃었다. 그러나 그녀는 그런 것에 개의치 않았다. '웃는 건 좋은 거니까.' 세연은 그렇게 생각하며 한없이 명랑해진 마음으로 경쾌하게 걷기 시작했다.

학교와 그리 멀지 않은 지하철역에 도착한 그녀는 역 안 의자에 앉아 지하철이 오길 기다렸다. 그녀는 그렇게 어딘가에 혼자 앉아 지나가는 사람들을 구경하기를 좋아했다. 그들의 목소리, 그들의 표정, 그들의

생김새를 바라보고 있노라면 '어쩜 이렇게 다양하고 신기할까, 사람들
은?'이라는 다채로운 생각에 살아감의 재미를 발견할 수 있었기 때문이
었다.

《따르릉, 지금 인천행 열차가 들어오고 있습니다. 안전선 밖으로
한걸음 물러나 주세요.》

역 안에 퍼지는 안내 음성에 세연은 자리에서 일어나 열차가 도착
하는 곳으로 걸어갔다. 도착한 열차 안으로 들어가자마자 빈자리 하나
를 발견한 세연은 여유롭게 그 자리에 가서 앉았다. 세연은 지하철역 수
를 세어 가며 자신이 내려야 할 역을 지나치지 않기 위해 신경을 곤두세
웠다.

"이번 역은 종로3가, 종로3가역입니다."

안내 음성이 나오자 세연은 일찌감치 자리에서 일어나 문 앞에 가
서 섰다. 창문 밖은 어두운 터널이라 문에는 세연의 모습이 거울처럼 비
쳤다. 허리까지 내려오는 긴 생머리, 조금은 앳돼 보이는 동그란 얼굴,
웃으면 눈이 반달처럼 변하는 그녀는 자신의 얼굴을 좋아했다.

굳이 예쁘거나 귀여워서의 이유가 아니라, 그저 자신과 함께 세상
을 헤쳐 가는 얼굴이기 때문에, 얼굴 위로 드리우는 어두운 그림자가 없
기를 바랐다. 그녀는 다른 누구보다도 자신에게 더 많이 웃어 주고 친절
해지려고 애썼다. 세상 누구보다도 나는 나와 친해져야 하니까. 세연은
자신에게 관대해지기 위해 늘 노력하는 사람이었다.

열차가 멈추고 문이 열렸다. 어두운 터널을 뚫고 도착한 환한 빛
앞에는 새로운 풍경, 새로운 사람들이 그녀를 기다리고 있었다.

"종로는 낮인데도 사람들이 많구나."

세연은 사람들 사이를 빠져나와 지하철역 계단을 올라갔다. 모든 역에는 제각각의 향기가 있는데 그건 그 역 안의 사람들 때문에 바뀌기도 하고 그 역 안의 풍경 때문에 바뀌기도 했다. 그녀가 종로3가의 냄새를 좋아하는 건 늘 변화하는 향기가 그녀에게 호기심을 불러일으키기 때문이었다.

계단을 올라가는데 방금 그녀를 스쳐 내려가는 남자에게서 그녀가 좋아하는 향수 냄새가 났다. 그녀는 그 향수 냄새를 어디서든지 구별해 낼 수 있었다. 그건 그녀의 민감한 후각의 탓이기도 했지만 그녀는 자신이 좋아하는 향기들을 마음 깊숙이 저장해서 언제고 생각날 때마다 불러일으키는 법을 알고 있었다.

인간의 가장 예민한 감각인 후각과 세상의 가장 예민한 존재들인 향기. 언제나 섞이며 언제나 흩어지는 향기의 존재들은 어느 순간 누구와 섞이는지에 따라 전혀 다른 향기로 재탄생되곤 했다. 그녀는 언젠가 자신이 좋아하는 향기들을 모아 자신만의 향수를 만들겠다는 꿈을 가지고 있었다. 만약, 아가의 보송함과 바람의 청아함, 여름날의 열기를 모두 향기로 붙잡을 수만 있다면.

"가만 보자, 교보문고로 나가는 출구가 몇 번이지?"

세연은 역 안의 지도 앞에서 걸음을 멈췄다. 늘 찾지만 올 때마다 확인해야 하는 출구들 속에서 그녀는 '분명 출구들은 매번 바뀌는 거야. 그래서 내가 헷갈리는 거지.' 하고 말하곤 했다. 이상한 나라의 앨리스가 빠져 버린 토끼 굴처럼. 지하철의 복잡한 구조도는 세연에게로 하여금 토끼 굴을 연상케 할 정도로 새로웠다. 그것도 늘 매한가지의 새로움으로.

"새로움이 매한가지일 수 있다니 그것도 참 문제다."

세연은 자신이 가야 할 출구가 3번이라는 것을 확인하고 주위를 두리번거렸다. 그런 그녀의 눈에 문득 들어온 역 안 옷 가게에서 세연은 자신이 전부터 사고 싶었던 하늘색 셔츠가 진열되어 있는 것을 발견했다. 그녀는 환호성을 지르며 잠시 자신이 가야 할 길을 제쳐 두고 망설임 없이 가게 안으로 들어갔다.

"어서 오세요. 들어와서 구경하세요."

데스크에 앉아 있던 30대의 여성이 세연을 보고 인사했다. 세연은 곧장 자신이 찾아온 하늘색 셔츠를 찾기 위해 가게를 둘러보았다. 거울을 보고 있던 젊은 아가씨가 목에 두른 노란 스카프를 진열대에 내려놓고 세연에게 다가왔다.

"안녕하세요. 이쪽이 이번에 들어온 봄 신상품이에요. 뭐 찾으시는 거라도 있으세요?"

세연은 자신에게 다가오는 여자가 방금 둘렀던 스카프를 보고 단번에 마음을 빼앗겼다. 세연은 자신이 하늘색 셔츠를 사기 위해 가게에 들어왔다는 사실을 잊은 채 노란 스카프를 갖고 싶다는 생각에 사로잡혔다. '물어볼까? 점원 같은데, 자기 스카프를 풀러 놓은 건가. 아니면 그냥 한번 해 본 걸까.' 세연은 마음속으로 스카프의 주인에 대한 오만 가지 생각에 사로잡혔다.

그녀에게 왔던 여자는 가게 안 다른 옷들을 정리하고 있었다. 여자가 좀 더 자신의 옆에 머물렀다면 그냥 물어봤을 텐데, 너무 바쁜 듯이 일하는 모습을 보니 세연은 그녀에게 말을 걸 수가 없었다. 세연은 엉거주춤 의미 없이 옷가지를 뒤적거렸다. 생각은 온통 노란 스카프에게 향한 채로. 세연이 한참을 옷가지 속에서 헤매자, 일을 하던 여자가 세연

가까이로 와서 다른 옷들을 정리하기 시작했다.

세연은 드디어 노란 스카프가 놓인 진열대 앞으로 갔다. 그러곤 마치 여자가 자신을 저지할까 조바심을 내며 빠르게 스카프를 데스크로 가지고 갔다. 아무 말 없이 데스크에서 계산을 해 주자 세연은 그제야 마음이 놓였다.

세연은 계산을 마치고 뒤돌아 가게 문으로 향했고, 여자는 그런 세연 대신 문을 열어 주며 그녀에게 친절하게 인사했다. 세연은 사뿐사뿐 걸어서 3번 출입구로 향했다.

"이런 바보, 그냥 물어보면 될 것을. 소심하긴."

그녀는 자주 한 번에 그녀의 마음을 잡아끄는 물건들, 사람들, 장소들을 사랑했다. 그것들은 모두가 하나같이 예기치 않은 기쁨, 예기치 않은 감정, 예기치 않은 행복을 그녀에게 가져다주었고, 그런 갑작스러움은 인위적이지 않고 날것 같이 생생해 세연을 전율케 했다.

자주 충동적이라고 타박을 받는 그녀였지만 그 충동적인 행동들이 세연의 정체성이자 자신의 근본임을 그녀는 잘 알고 있었다. 우연히 자신에게 오는 모든 것을 사랑할 준비가 되어 있는 그녀는 인생의 많은 부분들이 그렇게 오늘처럼 우연히 자신을 향해 오고 있음을 믿고 있었다.

"노란 스카프가 그런 순간들의 증명이지."

세연은 명랑하게 웃으며 지하철역을 나와 교보문고를 향해 걸어갔다.


## 2.

**"그러나 사건이 시작되어야만 이야기가 시작되는 것은 아니다. 이야**

기는 이미 존재하는 어떤 것이고 사건은 오직 이야기를 통해서만 사건이 될 수 있는 가능성을 갖는다." – 5월 8일 2시 3분 〈상기자의 자리〉

소와는 작은방에 앉아 창밖의 환함을 바라보았다. 그러나 이내 곧 자리에서 일어나 창가 쪽으로 걸어갔다. 두꺼운 커튼은 사계절 내내 바뀌는 법이 없었다. 봄에도 여름에도 그리고 가을에도 짙은 회색의 겨울용 커튼은 소와의 방에 비추는 낮의 햇살을 가리기에 언제나 안성맞춤이었다. 소와는 묶인 커튼을 풀어 창을 가렸다. 낮이어서 환했던 그녀의 방이 저녁 어스름처럼 어두워졌다.

소와는 침대에 누워 감겨 오는 눈을 조금이라도 뜨기 위해 노력했다. 하지만 찾아오는 졸음이란 반항한다고 해서 그녀를 비켜 가는 것이 아니었다. 소와는 자신을 찾아오는 잠의 오로라를 눈 감은 채 지켜보고 있었다. 그녀는 곧 잠이 들 테고 그럼 소와는 어둠 속에 한 줄기 빛처럼 그녀의 발밑으로 깔리는 꿈의 길목에 서 있게 될 것이다. 그녀에게 꿈은 항상 그 길목을 걸어가는 일이었다. 움직여야만 도달할 수 있는 그 길 위에서 소와는 한 번도 망설이거나 주춤해 본 적이 없었다. 그녀는 묵묵히 걸어갔고 그럼 그 길 끝엔 언제나 소와를 기다리는 그녀의 세상이 있었다.

어둠이라고 생각했던 풍경이 차츰 자신의 색을 찾아갔다. 울창한 숲속은 붉은 색채로 일렁였다. 고개를 들어 한참을 위로 올라가야만 보이는 나무의 끝에는 소와의 키만큼이나 큰 잎사귀들이 가득했다. 보라색으로 물든 나뭇잎, 그리고 와인색의 나뭇가지들. 숲은 울창했고 소와는 그 숲속에서 개미만큼이나 작았다. 그녀가 쉬지 않고 걸어가도 나무 하나를 지나치기 위해선 한참의 시간이 걸렸다. 그러나 그 세상에서 그녀는 피로하거나 지치지 않았기 때문에 그녀는 원한다면 언제까지나 쉬지 않고 걸을 수 있었다. 더 멀리 나아가고 싶을 때, 더 많은 것을 보고 싶을 때, 그녀는 그럴 때면 시간에 쫓기듯 달리기 시작했다. 길은 끝날 리 없으므로. 그러나 늘 숲속에서부터 시작되는 그녀의 세상에서 소와는 그녀가 가장 좋아하는 붉은 바다를 보러 가기 위해서 한참을 달려야 했다.

바닷물이 발끝에 닿자 소와의 발은 촉촉이 젖었지만 소와는 그 축축함을 느낄 수 없었다. 감촉이란 전해지는 것이 아니라 다만 보이기 때문에 알 수 있는 것이었다. 그녀의 세상에서 바라봄으로 온전해질 수 있는 소와는 잠에서 깬 세상의 민감함에 언제나 흠칫 놀라야 했다. 원치 않아도 느껴지는 사물의 감촉, 맡을 수 있는 향기, 들려오는 소리는 가시처럼 뾰족하게 그녀에게 와 박혔다. 그것은 잔인한 것, 때론 소와는 소리에 베이고 향기에 너덜너덜해졌다. 가장 안전한 것은 보이는 세계였다. 거리가 보이고 그 거리에서 떨어질 수 있는 빈 공간이 보이는 세계. 보이는 것만으로 정신을 잃을 수 있는 곳은 없었다. 언제나의 시선은 거리를 전제해야만 눈 안에 담기는 것이었으므로. 무뎌지는 연습. 소와는 그녀의 세계에서 좀 더 무뎌지기 위해 달렸다.

소와는 모래사장을 따라 걸으며 그녀의 배를 찾았다. 그녀가 나뭇가지들을 모아 만든 그녀의 와인색 배. 오랜 시간이 걸렸지만 그녀에게 시간은 많았다. 지치지 않는 세계, 위태롭지 않은 세계. 배를 만드는 일은 즐거웠다. 완성된 배를 타고 바다 위를 달릴 수 있다면 더 먼 곳까지 그녀는 나아갈 수 있을 것 같았다. 배를 타고 그녀가 첫 항해를 떠났을 때 그녀는 바다의 파도에만 의지하며 떠내려가는 물살에 몸을 맡겼다. 그러다 그날은 바다의 망망대해 위에서 하릴없이 누워 하늘만 보다 잠에서 깨어났다.

두 번째 항해에서 그녀는 튼튼한 나뭇가지를 잘 다듬어 노를 두 개 만들었는데 덕분에 그녀는 자신이 원하는 방향으로 조금씩 배를 저어 갈 수 있었다. 그러나 그날도 보이는 것이라곤 수평선뿐인 바다 위에서 이리저리 노를 젓다 잠에서 깼다.

소와는 더 빨리 나아갈 수 있는 배를 원했고 잠에서 깬 후에 곧바로 도서관에 달려가 배에 대한 공부를 했다. 모터보트, 선박 그리고 돛단배. 모터를 만들 만한 재료란 그녀의 세계엔 없었기 때문에, 그녀는 할 수만 있다면 모터를 가지고 잠이 들 수 있었으면 좋겠다고 생각했다. 하지만 잠이 든 그 순간 그녀는 빈손으로 꿈의 길목에 서 있곤 했다.

두 세계는 섞이지 않는다. 서로 다른 세계의 물건도 결코 서로를 만날 수 없다. 그녀는 그녀의 키만큼이나 큰 나뭇잎 하나를 끌고 와 그녀의 작은 배에 돛을 달았다. 와인색 배에 달린 보라색 돛이 바람에 팔랑거렸다.

그녀의 세 번째 항해는 돛과 노 두 개와 함께였다. 소와는 좀 더 빨리 흘러가는 배 위에서 열심히 노를 저어 정가운데의 바다를 향해 나아갔다. '조금만 더 조금만 더 가고 싶어.' 소와는 바다 위를 달렸다. 그리고 얼마간은 늘 바다 위에서 잠이 깼다. 소와가 그녀의 노 젓는 방법에 익숙해질 때쯤, 바람에 실려 가는 돛의 방향을 자유롭게 다룰 수 있을 때쯤, 그녀는 어제보다 더 멀리 나아가고 있는 오늘에 감사했는데, 그런 소소한 익숙함과 단조로운 행동들은 그녀에게 충만한 행복감을 가져다

주었다. 내일은 오늘보다 더 나은 삶이 펼쳐질 것임을 확신할 수 있는 세계, 그녀의 세계는 그런 확신들이 모여 이루어진 곳인 것처럼 하루하루 앞으로 더 나아갔다. 천천히 물살을 가르는 그녀의 항해처럼.

그녀는 어제 바다 위에 떠 있는 은빛 섬을 발견하면서 잠에서 깼다. 환희와 함께 눈 뜬 소와는 밝아 오는 현실의 한낮을 아쉬워했다. 조금만 더 앞으로 나아갔더라면 그녀는 은색으로 반짝이는 섬에 다가갈 수 있었을 것이다.

잠에서 깨는 순간 하루는 끝이 난다. 다시 잠이 들 때까지 그녀는 내일의 시작을 기다려야만 했다. 잠들지 않으면 시작되지 않는 하루, 소와에겐 현실의 시간이란 아무런 의미도 없었다.

한 시간을 60분으로 나누고 또 그 하나를 60초로 나누는 째깍이는 시간들은 하루의 끝과 시작을 나눠 주는 실질적인 시간이 되지 못했다. 조각난 시간, 움직이는 생명을 깨진 유리 조각처럼 잘게 쪼개는 눈금. 그런 시간들은 환상이었다. 시간의 환상. 시계의 눈금이 움직이면 현실의 시간도 따라 움직일 것이라는 환상. 그런 헛된 믿음으로 가득한 현실은 따라서 모든 것이 허상처럼 돌아갔다. 약속 시간에 늦었다고 뛰어가는 사람들, 학교에 지각해서 벌을 받는 학생들, 그들은 모두 시간의 환상 놀음에 빠져 조작된 삶의 규칙에 얽매인다.

"그건 사람들 사이에 합의된 약속이 아니야. 규율도 아니며 법도 아니야. 다만 놀아나는 것뿐이지. 시간에게, 아니 그저 쓸모없이 돌아가는 것밖엔 할 줄 모르는 멍청한 기계에게."

세상이 환상 위에 세워진 이유는 사람들이 시간의 분할을 확신했기 때문이다. 쪼갬으로서 아주 작은 시간을 만들어 내, 그걸 가질 수 있다고 믿은 사람들의 어리석음. 그들은 시간을 지배했다고 믿고 시간을 소유했다고 믿었다. 그리고 그 믿음으로 인해 지금 그들은 모두 시간에게 놀아나고 있는 것이었다. 그것도 다만 그들만의 시간에게.

협소한 그네들의 시야에 보이지 않는 진짜의 시간은 모든 살아 있는 것들이 새겨지는 흰 도화지 같은 것이었다. 바탕으로서의 시간, 그리고 그 바탕 안에서 제각기 다르게 그려지고 있는 시간 선. 모두의 시간 선이 다른 속도로 그려져 그 선들은 만났다 헤어지고 엉켰다 풀리기를 반복했다.

"시간 약속을 한다고 만날 수 있는 게 아니야. 어차피 그 약속도 다른 속도로 비켜 가다 어느 순간에야 비로소 만나게 되니까. 그리고 곧바로 다시 헤어지고 말지. 함께 갈 수 있는 시간은 사실 별로 없으니까."

소와는 침대에서 일어나 닫힌 방문을 열었다. 그녀의 문이 열리는 소리에 소와의 어머니가 거실에 앉아 책을 읽다 곧바로 자리에서 일어났다.

"소와, 일어났니?"

소와는 자신을 기다리며 거실에 앉아 있었을 어머니에게 다가갔다.

"배는 고프지 않니? 뭘 좀 먹어야지."

걱정과 애정이 함께 묻어나는 표정으로 소와의 어머니가 그녀의 하나뿐인 딸에게 말했다.

"우유 한 잔 줘. 엄마."

아이같이 작은 표정으로 소와가 말했다. 그녀의 여린 팔 다리는 부서질 것처럼 약해 보였다.

"응, 그래, 따뜻하게 데워 줄게, 여기 잠깐만 앉아 있어."

소와의 어머니가 빠른 걸음으로 주방으로 들어갔다. 그 뒷모습을 가만히 지켜보던 소와는 조금 슬퍼졌다. 그녀는 왜 나의 어머니가 되어 이런 인내와 고통을 감내하고 사는 걸까.

소와에게 현실의 세계란 별다른 의미가 없었다. 단 하나 그녀가 잠에서 깨어나는 이유라면, 그녀의 어머니를 보기 위해서였다. 그 존재가 현실의 모든 의미가 되는 그런 사람. 소와에게 어머니는 그런 유일한 사람이었고, 그래서 더욱 슬픈 존재였다.

"자 여기."

어머니가 건네 준 우유는 '호호' 불어서 마셔야 할 정도로 뜨거웠다. 배 속 깊숙이 전해지는 뜨거움에 소와는 금세 그녀의 배가 차오르는 것을 느꼈다. 그녀의 곁에 앉아 소와가 마지막 한 모금의 우유까지 마시는 것을 조용히 바라보던 그녀의 어머니가 조심스럽게 말했다.

"소와야, 엄마랑 병원에 가야 하는데, 지금 씻고 준비해서 나가면 어떻겠니? 돌아오는 길에 맛있는 것도 사 먹고."

소와가 맑은 눈망울로 엄마를 바라봤다.

"무슨 병원, 엄마?"

"있지, 저번에 갔었던 신경정신과 말이야. 오늘 검사를 받을 수 있다고 연락이 와서."

소와는 '응' 대답하며 탁자 위에 다 마신 우유 잔을 내려놓았다. 잔에는 아직 우유의 온기가 남아 있어 따뜻했다.

"가자, 우리 딸, 무서우면 엄마가 옆에서 손잡아 줄게."

'엄마, 나는 무섭지 않아. 그런 건 하나도.' 소와가 말 대신 깊은 눈으로 대답했다.

"응, 가. 엄마. 금방 세수하고 옷 갈아입을게."

엄마의 얼굴에 밝은 미소가 번지자 소와 역시 기쁜 마음이 들었다. 엄마를 기쁘게 할 수 있다면 그녀는 어떤 수고도 군말 없이 해낼 수 있다고 생각했다. 그녀는 할 수만 있다면 현실의 세계를 사는 것보다 꿈의 세계에 머물고 싶었지만 그 마음을 내색하지 않는 것은 모두 엄마를 위해서였다.

소와에겐 잠에서 깨는 일이 졸음을 견디는 것보다 더 힘든 일이라는 것을 그녀는 어머니에게 말한 적이 없었다. 그 정도는 엄마를 위해 그녀가 감내해야 하는 인내며 고통이라는 것을 그녀는 잘 알고 있었기 때문이었다. 소와가 그녀의 어머니의 딸로 현실에서 눈을 떴을 때부터 정해진 그녀의 고통.

하지만 그 고통은 그녀의 어머니가 그녀의 어머니이기 때문에 감내해야만 했던 고통과는 비교도 되지 않을 정도로 가벼운 것이라는 것도 소와는 너무나 잘 알고 있었다.

## 3.

**"모자이크 같은 것이고 퍼즐 같은 것이다. 그러나 결국엔 하나의 그림일 뿐이다." – 5월 10일 2시 28분 〈상기자의 자리〉**

"엄마, 나 나갔다 올게."

아침 일찍 눈을 뜬 희조는 바쁘게 나갈 준비를 했다. 그녀는 일하던 옷 가게에 일을 그만둔다고 말하고 다른 일자리를 찾아볼 생각이었다. 그녀에게 더 이상 역 안 옷 가게는 일하고 싶은 장소가 아니었다.

장소가 가지고 있는 기억들은 원치 않아도 그 장소에 있는 동안 끊임없이 그리고 불현듯 우리에게 되돌아온다. 그 장소에서 했던 말, 그 장소에서 했던 행동, 그 장소에서 보았던 모든 것이 영화처럼 눈앞에 펼쳐지는 순간은 원치 않는다고 해서 막아지는 것이 아니었다. 어딘가에 꼭꼭 숨어 있는 기억들은 언제나 모래성을 휩쓸고 가는 파도처럼 한순간에 밀려와 무방비상태인 우리를 무너지게 한다.

희조는 자신이 그런 파도 앞에서도 굳건히 서 있을 수 있을 만큼 강한 사람이 아니라는 것을 알고 있었다. 아직 단단해지지 않은 과거의 기억들에게서 자신을 보호하려면 한동안은 도망쳐 있어야 한다는 것도. 그녀는 마음먹은 것을 곧장 행동에 옮기는 사람이었다. 한번 찾아온 마음이 바뀔 리 없음을 아는 그녀는 후회 없는 오늘을 살기 위해 자신의 확고한 맘에 어울리는 행동들을 숙제처럼 해내곤 했다.

희조는 집을 나와 근처 버스 정류장으로 향했다. 도착한 버스에 실려 희조는 종로3가까지 단숨에 달려갔다. 차가 막히지 않는 아침 시간, 출근길이 끝난 아침 시간의 버스는 막힌 가슴을 뚫어 줄 정도로 시원하게 도로를 달렸다.

희조는 귀에 이어폰을 꽂은 채 음악을 가장 크게 틀어 놓았다. 그녀가 좋아하는 엄선된 음악으로 30곡 가까이 들어 있는 그녀의 핸드폰은 그녀가 홀로 길을 나설 때면 언제나 그녀의 가장 좋은 길동무가 되어 주었다. 희조의 귀에 익숙한 멜로디가 흘러들었다. 그녀는 가사가 있는 노래들보다 피아노 선율만이 가득한 음악, 클래식 음반들을 좋아했다. 그중에서도 그녀가 가장 좋아하는 음악은, JU라는 젊은 음악가가 만든 연주곡들이었다. 희조는 그의 '사계'에 들어 있는 봄의 노래를 재생했다.

"이 봄날과 참 잘 어울리는 음악이야."

'사계'라는 앨범에는 총 다섯 곡의 연주곡이 들어 있었는데, 봄의 노래, 여름의 음율, 가을의 파장, 겨울의 소동. 그리고 4중주 미뉴에트라는 16분의 긴 교향곡이 있었다. 4중주 미뉴에트는 사계절을 테마로 작곡한 앞의 음원을 하나씩 늘어트려 한 곡으로 합쳐 놓은 곡이었다. 봄의 노래에 여름의 음률이 들어가 있고 가을의 파장 사이사이 겨울의 소동이 연주되었다. 따로이면서 그리고 또 같이, 네 곡의 음원은 하나하나 다르게 각자의 계절을 그리면서 하나로 합쳐져 또 다른 하모니의 음악이 되었다. 템포로 달라지는 음들 사이에 놀랍도록 어우러지는 이질적 음률들이 서로 포개졌다 흩어졌다.

희조는 그 놀라운 음악의 세계에 감동했다. 음악으로 그려지는 계절은 너무도 아름다워서 희조는 늘 눈을 감고 이 현실보다 더 아름다운 세계를 상상하곤 했다. 음악의 세계는 더 아름다운 계절을 맞고 있을까. 장소이지 않은 세계는 정말 존재할까. 모든 것이 음악으로 이루어진 그런 세계. 희조는 만약 그런 세계가 정말 존재한다면, 나 자신이 하나의 음률이 되어 그 세계에 발 디디고 싶다고 생각했다.

"내가 음악이 된다면, 나는 어떤 멜로디를 가진 존재가 될까."

희조는 자주 자신에게 물어보곤 했다. 그리고 언젠가 인생의 황혼 녘에 자신을 테마로 한 노래 한 곡을 만들고 싶다는 생각도 그녀가 꿈꾸는 미래 중에 하나였다.

"우리가 음악이 된다면, 혹은 우리가 색깔이 된다면, 향기 혹은 감촉이 된다면, 그럼 누가 우리를 듣고 보고 냄새 맡고 만질 수 있을까?"

희조는 자신이 연기처럼 사라지는 공상에 빠졌다. 느끼는 존재가 아닌 느껴지는 존재가 된다면 누가 우릴 느낄 수 있을까. 희조는 자신이 그녀의 방 벽지가 되는 미래를 떠올렸다. '내가 만약 색이라면 나는 노랑과 하늘색을 섞은 그런 색이었으면 좋겠어, 보송하고 말랑해 보이도록.' 그녀는 색으로 이루어진 세상에선 우리는 직접적으로 섞여 새로운 색을 창조할 수도 있지 않을까 생각했다. 지금 이 세상엔 없는 그런 색. 어쩌면 현실 속의 모든 색감은 색의 세상에서 만들어져 이 세계로 흘러 들어 오는 건지도 모른다고.

"난 그럼 정말 폭닥거리고 하늘거리는 색을 만들고 싶어. 그런 색은, 무슨 색이라고 불릴까. 음, 희조 색?"

그녀는 홀로 말하며 웃었다. 희조 색, 좋다. 희조 소리는? 그것도 좋다. 희조 향기, 희조 맛, 희조 감촉도 좋다. 그녀로 가득한 세상. 희조는 그 세상을 상상하며 즐거워했다. 나로 이루어진 세상에는 누가 와서 살게 될까. 나 아닌 누군가를 내 안으로 들이는 일은 어려울까.

그녀는 교감하는 세계를 상상했다. 나와 네가 아닌 나로 이루어진 세계와 너로 이루어진 세계가 서로 교감하며 살 수 있는 세계. 포개졌다가 다시 흩어지는 그런 세계. 4중주 미뉴에트처럼. 희조는 역시 '사계'는 놀라운 음악이라고 생각했다.

"어쩌면 다른 세계로 향하는 문 같지? 이런 생각들을 흩뿌리는 언어 아닌 언어같이. 모두가 이 노래를 듣고 나와 같이 상상할 수 있다면 그건 말보다 더 근사하고, 효과적인 대화가 될 수도 있지 않겠어? 이 사람은, 그런 생각까지 의도하고 작곡을 한 건 아니겠지만, 어쩌면, 어쩌면, 이 모든 게 의도된 것일 수도 있잖아."

희조는 '사계'의 작곡가와 만나 대화해 보고 싶다는 생각을 했다. 간간히 열렸던 그의 콘서트에 한 번도 가 보지 못했지만 언제고 그를 직접 만나 보고 싶다는 생각은 늘 가지고 있던 희조였다. 하지만 요 근래 그가 콘서트를 연다는 소식을 들은 적이 없어 내심 안타까워하고 있었다. 그러고 보니, 새 앨범이 나올 때가 훨씬 지났는데도 앨범 소식 또한 들리지 않았다.

"앨범 나오면 바로 사려고 했는데, 새 앨범을 안내시네. 우리 작곡가님. 무슨 일이 있나."

희조는 잘 알고 지내는 친구를 생각하는 마음처럼 그를 걱정했다.

《이번 정류장은 종로3가입니다. 다음 정류장은 종로2가입니다.》

버스의 안내 방송을 들은 희조가 귀에 꽂았던 이어폰을 빼서 가방에 넣었다. 버스가 멈추자 희조는 빠르고 익숙한 발걸음으로 차에서 내려 종로3가역으로 걸어갔다. 버스에서 내리자마자 지하철역으로 들어가는 희조는 마치 다른 장소로 자리를 옮기려는 사람처럼 바빠 보였다.

지하철역으로 내려가는 계단 위에서 희조는 잠시 멈춰 어제의 하루를 떠올렸다. 긴장해서 걸음을 옮기던 어제의 숨 막히는 추격전은 누구도 기억해 주지 않겠지만 오직 이 계단들만큼은 간직하고 있을 것 같았다. 그녀의 발걸음과 그녀가 뒤쫓았던 남자의 발걸음을 간직하고 있을 이 계단의 차가운 시멘트가 희조는 조금 두려웠다. 망각하지 않는 물질적 존재들. 그들도 기억을 망각 속으로 돌려보낼 수 있을까. 자신의 몸 위에 새겨지는 흔적들을 지울 수 있을까. 희조는 고개를 절레절레 흔들었다. 그들은 그럴 수 없을 것만 같았기 때문이다. 이 계단은 평생의 기억을, 자신을 오르락내리락하는 사람들의 흔적을 모두 간직한 채 살아갈 것이다.

"우린 사라져도 돌은 남아 있지."

희조는 다시 걸음을 떼 계단을 내려갔다. 반년 동안 늘 같은 곳을 향했던 그녀의 두 다리가 자연스럽게 역 안 옷 가게로 그녀를 데리고 갔다.

"사장님, 저 왔어요."

희조가 가게 문을 열고 들어가며 사장에게 웃으며 인사했다.

"어, 너 왜 이렇게 일찍 왔어. 두 시간이나 빨리 왔네?"

영수증들을 정리하던 사장이 희조의 등장에 의아해하며 물었다.

"음. 사장님. 제가 할 말이 있어서요."

희조는 사장이 앉아 있는 데스크 곁으로 가 의자를 끌어와 앉았다.

"무슨 할 말?"

희조는 망설이지 말아야 한다고 생각했다. 막상 사장님의 얼굴을 보니 그녀의 결단이 미안해졌지만, 한번 든 마음은 바뀔 리가 없기 때문에, 그녀는 머뭇거리지 않고 말했다.

"제가 이제 일을 그만둬야 할 것 같아서요. 복학할 준비도 해야 하고요. 밀린 공부도 좀 해야 해서 시간이 부족해요. 갑자기 말씀드려서 정말 죄송하지만, 내일부터 가게에 못 나올 것 같아서 오늘 좀 일찍 왔어요."

사장님의 놀란 얼굴을 애써 외면하면서 희조는 한껏 공손하게 말하기 위해 애썼다.

"갑자기 일을 그만두면 어떡해. 다음 사람 구할 때까진 일을 해 줘야지. 이러면 내가 곤란해."

"죄송해요. 근데 제가 다음 사람 구할 때까진 일을 못할 것 같아요. 하지만 금세 올 거예요. 제 후임이."

희조가 웃으며 조심스럽게 말했다.

"오늘까진 제가 일을 할게요. 제가 가게 문에 사람 구한다고 써서 붙일게요. 죄송해요. 제가 사정이 좀 그렇게 되었어요." 사장은 팔짱을 낀 채 심기가 불편한 표정을 지었다. 그러나 희조는 더욱 환하게 웃으며 책상 서랍에서 종이를 꺼내 사람을 구한다는 글을 쓰기 시작했다.

"대청소 한번 할까요? 제가 오늘 일 많이 하고 갈게요. 사장님."

희조는 붙임성 있게 말하며, 대답도 듣기 전에 청소 도구함을 꺼내 바닥을 쓸기 시작했다. 반년 넘게 희조와 일해 온 사장은 그녀가 한번 마음을 먹은 일을 번복하지 않는다는 것을 잘 알고 있었다. 사장은 단호히 말하는 그녀를 보고 더 이상의 대화는 소모전일 뿐이란 걸 예감했다. 그래서 사장은 다시 영수증을 정리하며 어느 정도의 포기를 담은 채 그녀에게 말했다.

"깨끗이 해, 청소. 너만 한 직원도 없었는데 아쉽다."

희조는 자신을 보지도 않고 말하는 사장의 목소리에, '싱긋' 미소 지었다.

"그럼요. 저만 한 직원이 없죠. 하지만 제 후임도 잘할 거예요. 걱정 마세요."

사장은 희조에게 밉지 않은 눈을 흘겼다.

"됐어 얘, 청소나 해."

'예예' 희조가 크게 대답하며 다시 빗자루 질을 했다. 이걸로 꽤 괜찮게 그녀의 직장에게 마지막을 고했음을 그녀는 알 수 있었다. 망설이지만 않는다면 언제나 걱정했던 것보다 괜찮은 세상. 수많은 경험으로 그 사실을 깨달았음에도 불구하고 또다시 알 수 없는 내일을 망설이는 우리는 인간적인, 너무나 인간적인 존재들이다.

# 4.

"마지막에 갔을 땐 삶 역시 하나의 이야기에 지나지 않을 것이기 때문에, 결국 내가 쓰고 싶은 것은 내 삶이다." – 5월 14일 5시 7분 〈상기자의 자리〉

주안은 강의실로 돌아와 책상 위에 커피 잔을 내려놨다. 뒤따라 들어온 남자가 그동안 도착한 사람들에게 친근하게 인사했다.

"오셨어요. 어쩌죠, 커피가 모자라겠는데요."

젊은 여자가 웃으며 비닐봉지에서 음료수를 꺼냈다.

"제가 사 왔어요. 마실 거리는 넉넉하겠는데요."

여자가 강의실 안 사람들에게 음료수를 나눠 줬다.

"이제 다들 오셨고, 음. 한 분만 더 오시면 되겠는데, 우리끼리 먼저 시작할까요? 우리가 다 기다리고 있으면 마지막에 오신 분이 더 미안해할 것 같으니, 부담도 덜어 드릴 겸, 시작해도 될 것 같은데요."

박사님이 모인 사람들의 얼굴을 찬찬히 둘러보며 입을 열었다. 동의의 고갯짓을 일일이 확인한 박사님은 주안이 가져다준 커피를 한 모금 마시고는 말을 이었다.

"저번 시간에 어디까지 얘기를 나누었죠? 부인께서 고맙게도 자신의 얘기를 스스럼없이 해 주셔서 거기에 대해 많은 생각을 공유했었죠. 많이 도움이 되셨어요?"

중년 부인이 미소로 화답했다.

"그보다 먼저 우리는 모두 통성명을 했는데 여기 젊은 친구가 참여하질 못했네요. 소개를 듣고 싶은데, 괜찮을까요?"

손가락의 상실을 주안에게 말해 준 거친 목소리의 남자가 조심스럽게 말을 꺼냈다. 이곳에 모인 모든 사람들이 약속이라도 한 듯 따라하는 조심스러움은, 마치 그들 모두가 깨지기 쉬운 유리 상자를 하나씩 머리에 이고 있는 듯, 서로의 유리를 걱정하는 것처럼 느껴졌다. 아기처럼 다루지 않으면 모두가 한 번에 와장창 깨져 버릴 것 같은 유리알들. 그들은 그래서 한없이 조심스러웠으며, 주안을 대할 때에도 그 모습은 유지되었다.

주안은 자신도 그들처럼 머리 위에 유리 상자를 얹은 사람이 되어야 할 것 같다는 생각에 사로잡혔다. 그들의 세계에선 그것이 예의가 아닐까. 다르지 않다는 공통의 전제로서, 한없이 여리고 깨지기 쉬운 마음을 억지로라도 불러일으켜야 할 것 같은 중압감. 주안은 자신의 얼굴이 한없이 창백하고 흐릿해 보이길 바라며 자신의 소개를 했다.

"주안입니다. 나이는 이제 서른이고, 음악을 하는 사람입니다. 소개가 늦어서 죄송합니다. 지난번 모임에 일찍 자리를 떠나서 아마 기회를 잃었나 봅니다."

어떤 기회를 잃었을까. 나를 소개하는 기회, 모두가 자신을 소개하는 시간에 똑같이 보조를 맞춰 나를 내보일 기회, 만약 그런 기회를 잃은 거라면 주안은 다시는 그 기회가 자신을 찾아오지 않을 거라고 생각했다. 나는 이미 한발 늦었고, 그것을 미안해해야겠지. 언제나 도망쳐서 놓치는 그 기회들에게.

주안은 어제 자신이 종로 한복판에 버리고 온 여자를 생각했다. 주안은 그 순간에서 도망쳤고 다시는 그 여자를 만날 수 없을 것이다. 주안은 다시 한번 모임의 사람들에게 미안하다는 사과를 했다. 그것은 그가 자기 자신에게 하는 사과였으며 그의 삶 속에 그가 놓쳐 버린 수많은 기회들에게 하는 사과이기도 했다.

그는 위안받고 싶었다. 누구에게라도, 괜찮다고 그건 미안한 일이 아니라고. 주안은 모임의 사람들이 그런 위안을 해 줄 수 있을지도 모른다고 생각했다. 지금은 그런 위안이라도 받지 않고선 몸 전체를 감싸 오는 죄책감에 두 발로 서 있는 것도 힘든 주안이었다.

"괜찮아요. 이렇게 다시 만난 것으로 된 거죠. 소개야 언제하든 늦지 않아요."

젊은 여자가 주안을 위로했다. 그 위로가 지금 주안에게 얼마나 커다란 정화를 일구어 내는지 그녀는 알고 있을까.

"음악을 한다니, 젊은 친구는 예술가였군 그래."

거친 목소리의 남자가 가득 찬 호의로 말했다.

"나는 예술가들을 좋아한다네. 아무나 할 수 없는 예술의 세계에 발 디디고 있는 사람들을 보면 놀라운 감정이 들어. 자네는 축복받은 삶이군 그래."

주안은 그의 말에 자신의 삶이 축복이었나를 생각했다. 늘 도망치듯 쫓기는 삶에서 들리는 소리 없인 한 발짝도 앞으로 나아갈 수 없었던 나날들, 주안은 그 시간들 속에서 음악이라는 소리로 가득한 자신의 세계를 창조했다. 그리고 다치고 베이는 날들에 언제나 그곳으로 도망쳐 음악 이외의 모든 것을 잊기 위해 노력했다.

그것은 유아기적 행동이었다. 엄마에게 혼나 장난감 집 안에 숨어 나오지 않는 아이처럼. 세상이 그에게 두렵게 다가올 때면 그는 자신의 세상 안으로 들어가 안에서 문을 잠가 버렸다. 누구도 들어올 수 없는 안전한 세계. 그는 자신이 아이의 감성 속에서 자신을 지켜 내 왔다는 사실을 잘 알고 있었다. 자라지 않았다는 설익은 인식이 언제나 그를 채찍질하며 자책하게 했다. 늘 뒤쳐져 있는 사람. 세상의 시간에 발맞춰 가지 못한 어리숙함. 주안은 자신이 그런 사람이라고 생각했다.

"저는 제가 예술이라는 거창한 걸 한다고 생각하지 않아요. 그저 그것밖에 할 줄 아는 게 없어서 살기 위해 하는 노동일뿐이에요."

주안은 노동이라고 표현되는 자신의 작업들이 한없이 부끄러웠다. 그 정도의 표현으로밖엔 포장되지 않는 그의 음악은 어쩌면 그 자신에게 세상 가장 낮은 평가를 받고 있는지도 몰랐다. 주안으로 하여금 음악에 대한 그의 자신감 없는 태도들은 질책받아 마땅한 것이었다. 내가 만든 음악에게조차 부끄러운 인간. 나는 그런 사람이야. 주안은 말없이 고개를 숙였다.

"그렇지 않아요. 주안은 훌륭한 음악가예요. JU란 이름으로 이미 여러 장의 앨범도 냈는걸요? 제가 주안을 처음 만난 것도 주안의 콘서트에서였답니다. 주안의 음악에는 힘이 있어요. 마음에 다가서는 힘. 주안은 겸손하죠. 하지만 그 겸손이 너무 강해서 사실 이 아인 그 겸손의 병을 고치기 위해 절 만나고 있답니다. 물론 이 사실을 주안은 몰라요."

박사님이 마치 그 자리에 주안이 없는 것처럼 사람들에게 비밀스럽게 말했다. 박사님의 비밀스런 손짓에 사람들은 웃어 버렸다.

"난 JU의 팬이에요! 당신이 정말 그 사람이라고요? 정말? 나는 정말 JU의 음악을 좋아하는데. 오늘 아침에 집에서 나오기 전에도 나는 JU의 앨범을 듣고 나왔어요. 세상에, 이렇게 만나다니 너무 반갑네요!"

주안을 위로했던 젊은 여자가 환호하며 소리쳤다. 그러나 주안은 고개를 들어 그녀를 바라보지 못했다. 부끄러워, 무엇이? 주안은 자신의 죄지은 과거가 폭로되는 듯한 기분에 빠져 박사님을 원망했다. 그의 음악은 그가 폭로된 그 순간에 작곡가의 비루한 존재만큼 동급으로 떨어졌을 것이다. 사람들은 실망하겠지. 작곡가가 이렇게 흐릿한 사람인

걸 알고. 주안은 자신과 자신의 음악이 따로 떨어져 존재하길, 따로 떨어져 평가받길 원했다. 우린 따로 존재해야 내가 나의 음악에게 해를 입히지 않아. 주안과 JU는 전혀 다른 존재의 사람이었다. 적어도 그들의 주인인 주안에게 있어서는.

"그런데 요새는 작곡을 하지 않으세요? 앨범을 낸 지가 꽤 되었는데도 새 앨범이 나온다는 소식이 없어서 기다리고 있었어요."

고개 숙인 주안에게 여전히 환희의 표정을 지우지 않은 채로 그녀가 물었다. 주안은 들릴락 말락 하는 숨소리처럼 대답했다.

"작곡을 멈춘 지 꽤 되었어요. 지금이라면 언제 다음 앨범이 나올지 모르겠어요. 어쩌면 다음 앨범을 내지 못할 거란 생각도 하고 있어요."

'아니 왜?' 여자가 큰 소리로 되물으려던 찰나에 박사님이 끼어들어 그들의 대화를 가로챘다.

"주안을 다시 음악의 세계에 '풍덩' 빠뜨리는 것도 이 모임의 중요한 숙제죠. 주안은 다시 소리의 세계로 돌려보내져야 하거든요. 나는 우리가 주안을 도울 수 있을 거라고 생각해요. 시간이 걸리겠지만, 주안 역시 자신의 이야기를 하게 되겠죠. 나도 아직 듣지 못한 얘기들을. 준비가 되면, 언젠가 주안이 이 모임의 놀라운 치유력을 믿게 된다면 이 아이는 모든 것을 얘기해 줄 겁니다."

주안은 드디어 박사님이 자신을 그토록 모임에 참석하게 하고 싶어 했던 이유를 듣게 됐다. 둘 중 누구도 먼저 입 밖으로 꺼내지 않았지만 사실 둘 다 가장 집중하고 싶었던 그 사실, 주안은 음악의 세계로부터 떠나왔고 박사님은 그 이유를 알고 싶어 한다는 것. 그건 주안을 위하는 박사님의 애정 어린 마음에서 생긴 걱정이었지만, 박사님은 한 번도 제대로 그 이유를 물어 온 적이 없었다. 그는 언제고 기다리는 사람이었으니까.

　　주안은 그가 자신을 돕고 싶어 한다는 것과, 그 방법으로 이 모임에의 참여를 떠올렸다는 것을 알 수 있었다. 고마운 마음과 미운 마음과 배신당했다는 오묘한 감정이 한데 어우러져 주안을 괴롭혔다. 박사님의 눈에 주안은 여기 모인 사람들과 다름없이 치유해야 할 병이 있는 사람, 정신의 병을 가진 사람이었다는 것을 깨달았기 때문이다.

　　"이거, 제가 너무 늦었습니다. 정말 죄송합니다. 이놈의 게으름은 도무지 약속 시간에 맞춰 저를 어딘가에 데려다주질 못하네요. 정말 미안한 마음뿐입니다. 벌써 시작들 하신 거죠?"

　　강의실의 문이 벌컥 열리며 한 남자가 뛰어 들어왔다. 주안은 순간 거대한 산맥 하나가 강의실 안으로 펼쳐진 것 같은 느낌을 받았다. 뭘까. 저 웅장함. 엄습하는 무게와 덮쳐 오는 중압감. 사람에게서 저런 폭풍우 같은 느낌을 받아 본 게 얼마만일까. 주안은 분명 그 감정을 경험했던 적이 있었다. 잊고 있었으나 사라지진 않은 기억. 떠올릴 수 있는 기회가 없어 홀로 떨어져 존재하던 기억. 주안은 몰아치는 감정의 동요에서 오래된 낯선 파동 하나를 기억해 냈다. 그건 주안이 아주 어렸을 적, 자신이 생각하기에 그의 최초의 기억 속에 숨겨져 있던 파동이었다.

　　그는 기억 속에서 그의 처음을 함께한 누군가를 떠올리기 위해 애썼다. 얼굴도 목소리도 희미하지만 떨려 오는 존재감 하나만으로 주안을 뒤흔들어 놓았던 한 사람. 주안은 어렸고, 자그마한 꼬마였다. 누구나 거쳐 가는 자그마함. 세상이 거대해 보였지만 그만큼 단조로웠던 그 시간 그 자리에, 주안은 길을 잃고 노을이 지는 생소한 골목길에서 울며 엄마를 찾고 있었다.

"오늘은 안 돼, 오늘은 형 거 사러 온다고 했잖아. 주안, 떼쓰지 않기로 약속했잖아. 이럴 거면 엄마가 집에 있으랬지."

주안은 복잡한 시장 틈새에서 엄마에게 투정을 부리고 있었다.

"저거 갖고 싶어, 저거 사 줘. 형만 사 주면 나는 어떡해."

"안 된다고 했지, 너는 어제 샀잖아. 오늘은 형 거 사러 온다고 분명히 말했다."

엄마는 엄한 얼굴로 주안을 꾸짖었다. 그래도 주안은 진열장에 놓여 있던 장난감 바이올린이 너무 갖고 싶었다. 엄마가 분명히 주안에게 말했어도, 집을 나서기 전 엄마와 떼쓰지 않기로 똑똑히 약속했어도, 주안은 지금 당장 저 바이올린을 갖지 않으면 안 된다고 생각했다.

"계속 그럴 거면 넌 들어오지 마. 엄마는 형만 데리고 들어갈 테니까. 넌 여기 있어."

엄마는 매몰차게, 주안이 생각하기에 자신에게 그러면 안 될 정도로 단호하게 말하고 형을 데리고 가게로 들어갔다. 주안은 가게 밖에서 형이 엄마와 장난감을 사는 걸 지켜보고 있다가 서운하고 화가 나고 안달 나는 마음에 뒤돌아 시장 길을 혼자 걸어 나왔다.

주안은 씩씩거리며 화를 내다 제풀에 울음을 터뜨렸다. 소리 내어 울면서 자신이 어디로 가고 있는 줄도 모른 채 발이 가는 대로 향하던 꼬마 주안은 문득, 정신을 차렸을 때 자신이 난생처음 보는 길 한가운데에 서 있는 것을 알아차렸다. 이미 시장을 벗어나 얼마나 걸었는지, 보이는 것은 집들뿐인 한적한 골목길.

주안은 그 순간, 알 수 없는 두려움, 그건 화가 난 상태도 서운한 감정도 아닌, 무서움이라는 낯선 감정 앞에 경악했다. 누구도 내게 말 걸어 주지 않고, 누구도 나를 보호해 주지 않고, 누구도 나를 돌아보지 않는 세계에 도착한 느낌. 언어가 달라, 소리쳐도 들리지 않을 것이며, 내 편이 없어 모두가 적으로 변해 나를 공격해 오리라는 불안감. 주안의 눈에서 방금 흘린 눈물과는 다른 새로운 눈물이 펑펑 솟구쳤다. 눈 안 가득 고인 눈물 때문에 세상이 흐릿해 잘 보이지도 않았다. 주안은 목 놓아 엄마를 불렀다.

꼬마 주안은 한 발짝도 더 이상 나아갈 수 없는 상태에 자신이 직면했다는 것을 알아차렸다. 이대로 나는 엄마도 형도 보지 못할 것이라는 상실감. 다시는 나의 집에 돌아가 낮잠을 자고, TV를 볼 수 없을 거라는 좌절감. 안정적이었던 7년 간의 삶이 송두리째 날아가 버리고 말았다는 무력감. 주안은 파도가 그를 휩쓸고 지나간 듯 다리에 힘이 풀려 그대로 땅바닥에 주저앉아 버렸다. 이곳은 어디일까. 나는 어떻게 살아가야만 하는 것인가. 구름이 주안의 머리 위로 그림자를 드리워 그의 세상을 빛 없는 음지로 만들었다. 빛나는 저쪽 세상은 이제 나의 세상이 아니야. 주안은 울먹이며 떠나는 빛을 안타깝게 바라봤다.

그때, 누군가 땅에 주저앉아 울고 있는 주안을 뒤에서 번쩍 안아 올렸다. 주안은 소스라치게 놀라 울음을 뚝 그치고 그대로 얼어 버렸다. 생각보다 더 빠르게 진전되는 삶. 적의 습격이 이미 시작된 걸까. 나는 이대로 사라지는 것인가. 고작 장난감 바이올린 때문에? 주안은 그제야 자신이 어떤 욕심을 부리고 어떤 죄를 지었는지, 그리고 그 죗값이 얼마나 큰 것인지를 깨달았다. 인간의 원죄는 욕심인 걸까. 나는 그동안 지은 나의 죗값을 이렇게 치르게 되는구나. 주안의 머릿속에 삶의 다양했던 부분들이 화살처럼 빠르게 스쳐 지나갔다.

형과 장난감 하나를 두고 다툰 일, 엄마 몰래 불량 식품을 사 먹은 일. 떼를 쓰고 밤늦게까지 TV를 봤던 일. 모든 것이 그의 원죄인 욕심에서 불거진 것들이었다. 주안은 담담히 자신에게 일어난 죄의 심판을 받아야 한다고 생각했다. 다시 한번 삶이 내게 주어진다면 나는 그토록 사소한 것에 고집을 부리고 떼를 쓰고 욕심 부리며 살지 않을 텐데. 주안은 점점 고요해졌다. 모든 것을 겸허히 받아들이는 것만이 자신이 선택할 수 있는 마지막인 것처럼 느껴졌다.

"꼬마야, 왜 울고 있어. 엄마는 어디 있니? 길을 잃었어?"

한없이 잦아들어진 주안을 다시 세상 안으로 불러들인 것은 아주 나지막한 목소리였다. 그 목소리는 주안을 번쩍 들어 자신의 한쪽 팔에 안아 들고 주안을 달래듯 가만가만 주안의 몸을 흔들었다. 우는 아이를 달래는 어른의 움직임.

주안이 고개를 들어 목소리의 대상을 보려는 순간 주안 위로 드리워졌던 구름이 빠르게 그를 벗어나 다시 햇살이 그의 머리 위로 내리쬐었다. 주안은 밝은 햇빛에 눈이 부셔서 눈살을 찌푸렸다. 주안을 안아 든 누군가의 얼굴이 빛에 반사되어 잘 보이지 않았다. 그러나 그가 미소 짓고 있음을, 바로 자신을 향해서. 보이지 않아도 그 미소가 주안에게 전해졌다. 목소리는 다시 한번 주안에게 물었다.

"꼬마야. 길을 잃었어? 집이 어디니?"

주안은 엄마의 품속보다 더 포근하고 따뜻한 그 누군가의 넓은 품속을 파고들었다. 그건 주안도 이해할 수 없는 행동이었다. 꼬마 주안은 놀라움과 묘한 안도감에 취해 그에게 온몸을 의지해 기대 버렸다. 아직 그치지 않은 눈물이 훌쩍임이 되어 주안의 어깨를 들썩이게 하고 있었다. 목소리가 천천히 걸음을 떼기 시작했다. 나지막한 음성이 여전히 울먹이는 주안을 달래고 있었다.

"울지 마. 엄마를 찾아보자. 길을 잃을 수도 있지. 나도 어릴 땐 매일같이 길을 잃었는걸. 길을 잃는 것보단 다시 집을 찾는 게 더 중요한 거니까. 자아. 집에 가자."

주안은 자그마했고 산처럼 거대한 목소리의 주인공은 놀랍도록 커다랬기 때문에 주안은 그 위엄과 웅장함에 감동받았다. 산맥 같은 음성과 세상 같은 목소리. 주안은 그의 품에 안겨 성큼성큼 앞으로 나아갔다. 그것은 주안에겐 놀라운 경험이었다. 주안은 완전한 평안 속에 잠겼다. 세상이 그의 발밑으로 고개 숙여 깔리고 있는 느낌. 바람도 비도 햇살도 지금 이 완벽한 우리의 결합을 피해 갈 것 같은 확신. '그래, 우리.' 지금 주안을 감싸는 이 감정은 완전히 포개질 수 있는 나와 타인의 존재에게서만 느껴질 수 있는 환희와 탄성이었다. 주안은 자신을 안아 올린 단단한 팔을 붙잡았다. 그러곤 눈을 감고 자신의 모든 것을 그 팔에 내맡겼다. 정직한 신뢰, 진실한 믿음이 주안을 끝없이 편안하게 만들었다.

"주안, 세상에 우리 아들."

주안이 익숙한 엄마의 소리에 눈을 떴을 땐 그는 어느새 시장 안으로 다시 돌아온 뒤였다. 누군가의 품에 안겨 시장 골목 어귀에서 나오는 그를 발견한 주안의 엄마가 정신없이 그에게 달려왔다. 울먹임으로 가득한 목소리. 엄마의 목소리에는 성난 파도의 울렁임이 묻어 나왔다. 그러나 그를 발견한 순간 하얗게 부서져 버린 파도. 엄마는 주안을 안아 올려 꼭 껴안았다.

순식간에 평안한 결속에서 풀려난 주안은 그토록 찾아 헤매던 엄마를 발견했음에도 곧바로 고개를 돌려 그의 존재를 확인해야 했다. 우리가 우리였던 시간. 그 짧은 시간이 이토록 **빠르게** 그 끝을 드러냈음을 인정하는 것은 어려운 일이었다. 주안의 엄마가 고개 숙여 그에게 인사를 했다.

"고맙습니다. 정말 고맙습니다. 애를 잃어버린 줄 알았어요. 정말 감사합니다."

"아닙니다. 아이가 많이 놀란 것 같아요. 시장에서 길을 잃는 아이들이 많거든요. 그래서 혹시나 해서 이리로 걸어왔는데 잘 찾아왔네요."

나지막한 음성이 주안의 엄마를 위로했다. 그러나 주안은 위로받아야 할 사람은 자신이라고 생각했다. 헤어짐을 위로받을 사람은 나인데. 상실을 경험할 사람은 이제 나인데. 우리는 이렇게 헤어지고 말 텐데. 주안은 나지막한 목소리를 빤히 쳐다보았다.

커다란 손이 주안의 **뺨**을 가볍게 만지며 "안녕"이라고 말하자 주안은 다시 울고 싶은 충동에 휩싸였다. 이번엔 또 다른 종류의 눈물. 가장 농도가 짙을 것 같은 눈물. 그는 몸을 돌려 주안과 그가 하나가 되어 걸어왔던 그 길로 다시 걸어갔다.

엄마는 주안을 다시 꼭 안았다. 엄마 옆에 서 있던 형의 손에는 주안이 갖고 싶다고 떼를 썼던 장난감 바이올린이 들려 있었다. 그러나 주안은 더 이상 장난감 바이올린이 갖고 싶지 않았다.


"시작한 지 얼마 되지 않았어요. 우리 모임의 젊은 음악가를 소개하고 있던 참이었죠. 어서 앉으세요."

박사님이 문 앞에 서 있는 그를 손짓해 자신의 옆자리에 불러 앉혔다. 주안은 그 남자를 멍하니 바라보았다.

"젊은 음악가라뇨. 혹시 이 청년 말씀이세요? 지난번 모임에도 왔던 친군데. 오늘 소개를 했나 보군요. 반가워요. 젊은 친구. 내 이름은 이정훈입니다. 나는 글을 써요. 뭔가 비슷한 일을 하고 있는 것 같아서 더 반갑군요. 뭔가를 만들어 내는 건 우리 둘 다 매한가지일 테니까, 창작의 고통을 잘 이해하겠군요."

거대한 산맥이 주안에게 손을 내밀었다. 주안은 잠시 그 손을 보며 자신의 뺨을 스친 어린 날의 감촉을 떠올렸다. 움직이지 않는 주안과 손을 내민 남자의 어색한 침묵이 중년 부인의 한마디로 깨져 버렸다.

"아무래도 악수를 청한 것 같은데요?"

주안은 화들짝 놀라 멀어져 가는 정신 속에서 헤매던 자신을 황급히 다시 강의실로 불러들였다. 주안은 그의 손을 잡고 세차게 흔들었다.

"안녕하세요. 주안이라고 합니다. 인사가 늦어서 죄송합니다."

그가 맘 좋게 허허 웃으며 주안의 손을 힘 있게 잡았다 놨다.

"아니, 그럼 저 빼고 모두 소개가 끝난 건가요?"

그가 사람들을 돌아보며 말했다.

"아니요. 제일 먼저 하셨는데요? 제일 늦게 오셨으면서 제일 빨리 자기소개를 하셨어요."

젊은 여자가 친근하게 말하며 배턴을 받아 자신을 소개했다.

"제 이름은 이연이고요. 아직 학생입니다."

붙임성 있는 그녀의 말투에 사람들이 차례대로 자신의 간단한 소개를 시작했다.

"어차피 한 번 듣고는 이름을 모두 외우기가 힘들 거예요. 그러니 외우는 건 천천히 해요. 사실 우리도 다 이름을 못 외웠어. 아니 나만 그런가? 나는 김정분이라고 해요."

"부인 말씀이 맞으세요. 한 번에 다 외우는 건 무리지. 내 이름은 송유철이라고 하네. 하는 일은 아까 말했다시피 거친 일이지."

중년 부인이 말하자 그 옆에 있던 왼쪽 손가락을 잃은 남자가 말했다. 주안은 그에게 고개 숙여 인사했다. 마지막으로 온화한 얼굴의 멋진 노신사가 자신을 소개했다. 이렇게.

"어쩌면 자네는 자네가 왜 이런 모임에 참석해야 하는지 모르겠다고 생각하고 있을지도 모르겠네. 다른 이들이 봤을 때 우리는 모두 정신질환을 가진 약간은 비정상적인 사람들로 보일지 모르니까 말이야. 사실 그렇게 보는 것이 맞을지도 모르지. 자신이 정상의 범주에 들어간다고 믿는 사람들의 눈에는 세상이 두 가지 종류의 사람들로밖엔 보이지 않으니까. 자신과 같은 정상인 대다수의 사람들. 우리와 같은 비정상의 소수인 사람들. 세상이 다양함으로 가득 차 있는 것은 보지를 못하고 스스로 자신의 발목에 족쇄를 채우는 사람들. 세상은 그런 사람들이 가득하니까."

노신사분의 이야기에 주안은 감히 숨소리도 내지 못하고 온 신경이 곤두섰다. 마치 자신의 속내를 모두 들킨 것 같은 기분. 여기 모인 사람들에게 죄를 지은 것만 같은 기분에 주안은 마음 깊은 곳에서부터 미안한 마음이 들었다. 말도 행동도 옮기지 않았는데 그저 머릿속에 떠올린 생각만으로도 사죄하게 만드는 사람들. 이 〈고통과 나눔의 모임〉은 생각조차 조심스럽게 하게 만드는 곳이었다. 들키지 않는다고 죄가, 죄가 아닌 것은 아니듯이. 행하지 않는다고 나쁜 의지가 착한 의지로 바뀌는 것은 아니듯이. 주안의 근본을 파고드는 사람들은 주안이 마치 그들의 손바닥 위에 올려진 장난감인 것처럼 그를 정신없이 흔들어 댔다.

"선생님, 이건 너무 무거운 이야기인데요. 저것 봐요. 주안 씨 잔뜩 얼었잖아요. 주안 씨가 맘에 드셨군요? 그런 얘기하시는 걸 보면."

중년 부인이 노신사에게 말했다. 공기를 중재하는 바람의 일렁임처럼, 강의실의 낮게 가라앉은 분위기가 다시 제자리로 돌아가는 게 느껴졌다.

"맞아요. 선생님. 그런 얘긴 나중에, 천천히 해요. 주안 씨가 이러다 다음 모임부터 안 올지도 몰라요."

이연이라고 자신을 소개한 젊은 여자가 주안의 표정을 살피며 웃음 섞인 말을 던졌다. 그녀의 얼굴이 주안에게 괜찮죠? 물어 오고 있었기 때문에 주안은 억지로라도 미소 지으며 그녀를 향해 고개를 끄덕여야 했다.

"자, 그러지 말고. 오늘은 제 얘기 한번 들어 보시죠. 말 만드는 게 직업인지라 어쩌나 입이 근질거리는지. 저는 하고 싶은 얘기를 한가득 가지고 오늘 모임을 기다렸답니다. 그런데도 이렇게 지각하다니 저도 참 어쩔 수 없네요."

이정훈, 그가 거대한 울림을 공간에 흩뿌렸다. 주안은 그의 목소리에 잠시 자신을 이루고 있는 상황, 공간, 처지를 잊고 그의 말에 귀 기울였다. 가슴이 두근두근 뛰어오자 주안은 한 손으로 자신의 심장을 가만히 눌렀다. 살아 있다는 정확한 표식, 심장이 반응하는 목소리라……. 정말 오랜만인 것 같아. 주안은 기대감에 휩싸였다. 묘한 기대. 알 수 없는 기대. 무언가 변화하리란 기대.

"제 모든 글의 소재는 꿈에서 나옵니다. 저는 꿈을 아주 잘 기억하거든요. 사람들은 잠에서 깨면 지난밤 꿨던 꿈을 잊어버리지만, 전 잠에서 깨어난 후에도 생생히 제 꿈을 기억해요. 그저 현실 속 다양한 경험처럼. 그저 꿈을 경험하는 겁니다. 연습한다면 누구나 꿈을 기억할 수 있는데, 사람들은 잘 그러질 않죠. 그럴 필요도 느끼지 않고요. 하지만 제게 꿈이란 굉장히 절실하게 다가오는 삶의 한 부분이기 때문에 어릴 적부터 집착했던 것 같아요. 오늘은 어떤 꿈을 꾸게 될까. 신나는 꿈일까. 놀라운 꿈일까. 잠들기 전 저는 항상 기대에 젖어 눈을 감죠. 일어나면 제일 먼저 종이와 펜을 듭니다. 꿈이 가장 생생히 기억될 때 모두 적어 두기 위해서요. 그렇게 적어 온 꿈 노트가 열 권도 넘죠. 그리고 제가 글을 쓸 땐 일단 그 꿈 노트들을 펼쳐서 읽습니다. 혹자는 제 글이 너무 환상적이라던가. 현실감이 떨어진다던가. 허무맹랑하다는 평을 내놓습니다만, 그건 정말 제 글을 오인하는 거죠. 저는 한 번도 상상에 의지해서 글을 쓴 적이 없습니다. 모든 것은 기억에 의해서 써지죠. 꿈의 기억, 환상적인 것은 제 글이 아니라 제 꿈의 경험일 뿐입니다.”

“꿈이 그렇게 다양한 경험을 하게 하나요? 제 꿈들은 모두 그날 있었던 일들이 뒤죽박죽으로 일어나거나 과거에 의존하는 경우가 많던데. 그래서 그런지 제 꿈은 너무 단조롭고 별로 재미도 없어요.”

“꿈은 어떤 식으로든지 무의식에 잠재된 소망 충족이라던데, 그게 맞을까요?”

“어떤 무의식인지에 따라 다르지 않을까? 소망 충족인 것은 맞을 수도 있겠지만, 어떤 식으로 충족되는지는 아무도 모르는 거지.”

“그래서? 정훈 씨의 꿈은 어떤 식으로 진행되죠? 무엇이 그렇게 기다려지는 경험인가요?”

모두가 한마디씩을 정훈에게 던졌다. 그리고 정훈은 드디어 자신이 하고 싶던 말을 할 준비가 되었다는 듯 자신만만하게 웃으며 말했다.

“저는 제가 원하는 꿈을 꿀 수 있어요. 저는 ‘꿈통제자’입니다.”

꿈통제자? 어떻게 꿈이 원하는 대로 펼쳐질 수 있지? 주안은 자신의 꿈들을 떠올리기 위해 애썼다. 누군가에게 쫓기거나, 절벽에서 떨어지는 꿈, 옛 연인을 만나 다시 사랑에 빠지는 꿈, 그가 기억하는 꿈들은 감정적으로 크게 동요될 만한 사건들뿐이었다. 그마저 일어나면 두려움에 떨면서 다시 잠들지 않기 위해 방 안 불을 켜거나 다시 그 꿈을 꾸기 위해 뒤척이던 경험뿐이었다. 그런데 이 사람은 어떻게 꿈을 통제할 수 있다는 거지.

"처음부터 그런 것은 아니에요. 언젠가 터득하게 된 거죠. 그날은 제게 너무나도 슬프고 우울한 날이었습니다. 세상 모두에게 거절당한 그런 날. 좌절에 좌절이 거듭되어 한방의 강력한 펀치에 '와르륵' 무너진 날이었죠. 저는 오래 만난 연인에게 일방적인 이별 통보를 받은 지 얼마 되지 않았고, 출판사에 보낸 원고들은 모두 되돌아왔죠. 설상가상으로 모아 놓은 돈은 이제 바닥을 찍었고 저는 담배 한 갑을 살 돈도 가지고 있지 않았어요. 나는 세상에 필요 없는 존재. 없어도 될 그런 쓸모없는 존재라고 생각하고 있었죠. 자아가 바닥까지 내려간 거예요. 누구에게나 그런 날은 있죠. 세상천지 나만이 불행한 것 같은 그런 외로운 날. 한 치 앞도 보이지 않는 어두운 내일. 그런 날은 정말 숨 쉬는 것도 고통스럽죠. 저는 잠을 자기 위해 애썼어요. 그냥 잠시 현실에서 등 돌리고 싶었죠. 세상이 내게 등 돌리기 전에 내가 먼저 돌리고 싶었어요. 저는 자야 한다고 생각했습니다. '이정훈, 넌 지금 자야 해. 잠을 자야 해.' 그것밖엔 할 수 있는 일이 없었어요. 그대로 두면 제가 제 자신에게 무슨 짓을 할지도 알 수 없는 상태였거든요. 전 엉망진창이었죠. 전 방문을 걸어 잠그고 누웠어요. 자야 한다, 자야 한다. 잠아 와라. 제발 자게 해 줘, 이렇게 되뇌면서 감은 눈을 뜨지 않았어요. 그렇게 얼마간을 눈물이 범벅이 되어 누워 있다가 저는 저도 모르게 잠이 들었죠."

사람들은 그의 다음 말을 기다렸다. 누구도 그에게 질문하지 않았다. 얘기의 흐름을 깨고 싶지 않았던 것이다.

"똑똑히 기억해요. 저는 그리스 신전 같이 높고 하얀 대리석 기둥들이 즐비한 곳에 서 있었어요. 저 멀리 신전 앞에 사람들이 가득 모여 있는데 기둥들에 가려 그 사람들이 누군지 무슨 얘길 저렇게 하는지 들리지가 않는 거예요. 나는 그들이 보고 싶었어요. 얼굴이 보고 싶어. 저 가려진 얼굴들이. 그렇게 말했어요. 혼잣말로 중얼거리자 그 마음이 더 간절해졌죠. 그 순간 제 몸이 신전을 가로질렀어요. 그 느낌은 마치 높은 곳에서 자유낙하를 하는 그런 아찔함이었는데 순식간에 저는 수많은 기둥들을 통과해서 신전 앞에 도착했어요. 그리고 사람들이 저에게 자신들의 얼굴을 보여 주기 위해 몸을 돌렸죠. 저는 당황했어요. 지금 내가 무슨 일을 한 거지. 어떻게 내가 그들을 움직인 거지. 공간도 사람도 모두 내가 원하는 대로 움직인 것 같은 그런 스산한 감정이 일순간에 제 머리를 쳤거든요. 그 생생한 감정이 두려워서 저는 그 신전에서 도망치고 싶었어요. 사람들이 모여서 무슨 얘기를 하는지 궁금했던 마음은 온데간데없이 사라지고 저는 그저 거길 벗어나고 싶었죠. 어디로 벗어나지? 저는 다른 곳, 여기가 아닌 다른 곳이 있어야겠다는 생각을 했어요. 그러자 꿈속의 내가 뒤를 돌았죠. 생각하고 의지하고 갈망하는 모든 것이 현실의 이성 그대로였어요. 뒤를 돌자 제 눈앞엔 녹색 숲들이 보였죠. 여기서 벗어나 숲으로 도망쳐야 한다고 생각했어요. 그러자 놀랍게도 저는 다시 한번 공간을 가르는 아찔한 감촉과 함께 숲에 서 있었어요. 하늘을 나는 느낌. 공간을 이동한 느낌. 그런 게 바로 이런 아찔함일까. 저는 꿈속에서 계속 생각했죠. 숲속에 도착하자 보이는 거라곤 나무들뿐, 저는 누군가와 대화해야 한다고 생각했어요. 지금 나의 상황을 말해 주고 어떤 대답을 듣고 싶었거든요. 그래, 누군가가 필요해. 나와 대화를 나눌 누군가가. 그 생각을 하자마자 나무 뒤에서 사람이 손짓하는 게 보이는 겁니다. 그 손짓을 따라갔더니, 제 오래전 친구 한 명이 나를 기다리고 있었어요. 제가 지금 무슨 얘길 하고 있는지 아시겠어요? 제가 원하는 대로 꿈이 변해 갔던 거예요. 꿈속에서는 일반적인 꿈속에서는, 나는 그 꿈의 주인공도 아닌데다 꿈을 선택할 수도 없어서 마치 처음 보는 영화를 관람하듯 내가 나를 바라보죠. 감정도 지각도 생생할 수는 있지만 나는 꿈속의 내가 어떤 행동을 할지 어떤 말을 할지도 감히 짐작하지 못해요. 그저 지켜보는 거죠. 꿈속에선 저조차도 관찰자일 뿐입니다. 그저 일어나는 일을 기억하거나 해석하거나 받아들일 뿐이죠. 그런데 저는 제가 원하는 대로 나를 움직이고 세계를 움직일 수 있는 어떤 새로운 종류의 꿈을 꾸게 된 겁니다. 새로운 종류의 꿈, 그전의 꿈과는 분명히 다른 그런 시스템의 꿈. 저는 그 꿈속에서 생각만 하면 이루어지는, 말 그대로 꿈의 세상을 봤어요. 그 놀라운 경험, 그 새로운 감정을 어떤 말로 표현할 수 있을지 모르겠어요. 아무리 설명해도 완벽히 전달될 순 없을 겁니다. 그 강렬함은 현실의 어떤 경험도 제게 줄수 없는 거였죠. 그대로 꿈속에 머문다면 전 하나의 세계를 내가 원하는 대로 창조할 수도 있을 거라고 생각했습니다. 그 세계에서 신의 지위를 부여받은 채로요."

정훈은 목이 타는지 앞에 놓인 음료수 캔을 따 벌컥벌컥 마셨다.

"꿈에서 깬 제가 어땠을지 상상되세요? 전 하루 종일 꿈만 생각했죠. 다시 잠들 순간만을 생각하게 된 거예요. 생각해 보세요. 꿈통제자. 꿈속에서 자신이 원하는 모든 것을 감행할 수 있는 자. 예기치 않은 인생에 질질 끌려가는 일상이 아닌 꿈속에서 꿈의 모든 사건을 관장하며 조연이 아닌 연출자가 되는 자. 그런 사람이 된다는 것은, 그 짜릿한 경

험은 마약과 같이 저를 점점 더 빠져들게 하고 집착하게 하며 몰두하게
만들었죠. 오직 그 새로운 경험만이 심장을 뛰게 하고 환희에 젖게 하
고 행복감을 안겨 준다는 걸 알았으니까요. 통제할 수 있는 권력, 현실
만큼 생생한 감정, 느낌, 지각. 그런 세계가 어떻게 꿈일 뿐이라고 말할
수 있겠습니까. 저는 더 오래 잠들어 있어야 한다고 생각했죠. 세계를
창조하고 싶었습니다. 저만의 세계를. 문제는 다시 잠들면 늘 리셋되는
세상에서 시간이 부족했어요. 꿈은 이어지질 않는다는 것이 유일한 문
제였죠. 어제 만든 세상이 먼지처럼 사라질 거란 생각에 저는 깨고 나서
도 안절부절못했어요. 깨고 싶지 않았죠. 여러분이라면 어떤 선택을 하
시겠어요. 이런 지긋지긋한 현실과 환상으로 가득한 꿈의 세상 중 어떤
세상을 택하시겠어요. 전 생각하고 말고 할 것 없이 꿈속에서 살아갈 저
를 선택했습니다. 이젠 어떻게 하면 더 오래 잠들 수 있는가,만이 문제
였죠. 어떻게 하면 깨지 않을 수 있는가. 그때부터 사 모은 수면제가 아
마 시중에 나온 제조사들을 포괄하고도 남을 거예요. 한 알씩 수면제를
먹다가 그것도 모자라서 점점 더 개수가 늘어났죠. 다섯 알씩 털어 넣은
적도 있었고 열 개 모두 먹어 본 적도 있어요. 그래 봤자 이틀 내리 자고
나면 다시 잠에서 깨더란 말입니다. 그건 마약 이상이었어요. 더 이상
현실의 세상은 제게 의미가 없었죠. 저는 수면제에 중독되든 말든 제 몸
이 망가지든 말든 잠을 자기 위해 모든 방법을 동원했습니다. 다른 사람
들이 봤을 때는 미친 거죠. 죽기 위해 안달하는 사람의 모습이었을 거예
요. 하지만 전 간절하게 꿈의 세상에서 살고 싶었습니다. 멈추지 못했
죠. 그러다 어느 날은 수면제를 너무 많이 먹었는지, 일어나 보니 병원
응급실이더군요. 연락이 안 되는 저를 걱정한 친구 녀석이 제집에 왔다
가 약통에 둘러싸여 잠든 저를 병원에 들쳐 업고 왔던 거죠. 제가 그 상

태로 일주일 넘게 깨어나지 않았던 모양이에요. 깨어난 저는 병원에 2주 정도 더 있으면서 영양실조라는 판정을 받고 치료를 받았어요. 의사가 무슨 약을 썼는지 잠이 들면 너무 깊은 수면에 빠져드는 바람에 꿈도 꾸지 않고 죽은 듯이 자다가 깨어났죠. 그땐 정말 미치는 줄 알았습니다. 저는 빨리 병원에서 나가 나의 집으로, 내게 도움이 되는 수면제가 가득한 나의 방으로 돌아가기만을 바랬죠. 이런 저의 안절부절못함을 보고 병원에서 정신과 상담을 연결시켜 줬는데 그때 박사님을 만났죠. 그게 우리의 처음이군요. 박사님. 새삼스레 처음을 기억하려니 시간의 흐름이 더 확 와닿네요."

주안은 살아오면서 자신이 그래도 꽤나 다양한 종류의 인간형을 만나 보았다고 생각했다. 그러나 그 다양함 속에서는 주안이 지금 목격하는 삶의 극단성은 들어 있지 않았다. 언제나 사람들은 미적지근함 속에 정도의 차이로 다양해 보였으며 미묘한 다름으로 구분될 뿐이었다. 그러나 지금 주안이 마주한 극단성은 마치 다양함의 범위의 가장 위이거나 가장 아래에 놓여 있을 것 같은 어떤 위치적 느낌처럼 다가왔는데, 그것은 마치 장소를 점유할 수 있는 실체 같았다.

"아직도 당신은 꿈을 통제할 수 있습니까?"

거친 목소리의 남자가 물었다.

"그럼요. 저는 꿈통제자라고 말씀드렸잖아요. 이미 잃어버린 능력이라면 꿈통제자인 적이 있었다고 말했겠죠. 저는 여전히 꿈꾸는 것이 기대되는 사람입니다."

"그럼 아직도 수면제를 드시는 거예요? 좀 더 오래 잠들어 있기 위해?"

중년 부인이 걱정되는 목소리로 물었다. 그의 건강을 걱정하는 진

실한 눈빛에는 이미 그의 말 전부를 이해하고 받아들인 믿음이 들어 있
었다. 이들은 무슨 말을 하든 놀라지 않는구나.

"정훈 씨는 이제 수면제 같은 건 먹지 않습니다. 그렇죠. 정훈 씨?"
박사님이 중년 부인의 걱정에 대신 대답해 줬다.

"네. 지금은 남들처럼 밤에 자고 아침에 일어납니다. 적당한 타협
선을 찾았거든요. 일종의 포기가 들어 있긴 하지만 저는 현실의 나 또한
충실히 살아가야 한다는 걸 깨달았죠. 알고 보면 이 현실도 한번 살아
볼 만한 곳 아니겠습니까. 이렇게 여러분들처럼 좋은 인연을 만나는 기
쁨도 있고."

"타협 선이라면, 어떤 타협이죠? 꿈도 현실도 모두 살아가기로 한
뭐 그런 건가요?"

잠자코 그의 얘기에 취해 있던 주안이 입을 열었다. 정훈은 주안을
깊은 눈으로 바라보며 대답했다.

"말했지만 그건 일종의 포기. 손에서 놔 버린 그런 욕심이야. 내가
감행한 포기는 나만의 세상을 만들고 싶다는 꿈속의 욕망을 그저 다채
로운 경험으로 여기기로 한 것. 사실 불가능하다는 걸 깨닫기도 했고.
영원히 잠들 수 없다면 만들어 놓은 세계는 정말 꿈처럼 사라져 버리고
마니까. 매일 반복되는 세계의 상실을 감내하기도 쉬운 일이 아니고.
하지만 제일 크게 작용한 힘은 내가 이런 나의 경험을 글로 쓰고 싶다
는 생각을 하게 된 것에 있어. 나는 원래 글을 쓰는 사람이었지만 무언
가 절실하게 쓰고 싶은 대상이 있던 적은 없었거든. 그저 아무거나 쓰기
만 하면 되었던 거지. 그런데 박사님과 상담을 하면서, 또 차츰 시간이
지나면서 격렬했던 꿈의 욕망을 조금 멀리 떨어져서 바라볼 수 있게 되
자, 나는 쓰고 싶어진 거야. 내 꿈의 이야기를 쓰고 싶어졌지. 지금은 그

게 현실의 나의 욕망이 되었지만. 그래서 나는 어느 정도 정도를 유지하
며 일상을 살아갈 수 있게 되었지. 지금은 꽤나 안정적이야. 잠에서 깨
면 글을 쓰고 밤이 되면 또 소재거리들을 찾아 꿈의 세계를 만들어 가는
게 하나의 사이클이 되었어."

정훈의 대답에 모임의 사람들이 하나둘 고개를 끄덕였다.

"쓰고 계세요, 글? 얼마큼 쓰신 거죠? 궁금해지네요. 어떤 이야기
로 풀어냈을지, 꿈 얘기가 정말 듣고 싶어요. 책으로도 나오는 건가요?"

이연, 그녀가 주안에게 보냈던 환희의 표정으로 정훈을 향해 미소
지었다. 호기심 많은 아가씨. 이 아가씨는 또 어떤 놀라운 얘기를 주안
앞에 풀어놓을까. 주안은 이제 이 모임에 모인 사람들의 이야기가 모두
듣고 싶어졌다. 첫 모임 때 박사님이 말했던 '모두 놀라운 사람들'이라는
말이, 아직 자신의 얘기를 꺼내 놓지 않은 사람들이 더 많다는 사실 때
문에 숨 막히는 긴장으로 다가왔다. 주안은 이제부터 자신의 귀로 흘러
들어 올 어떤 이야기에도 놀라지 말아야 한다고 생각했다. 내게 벌어진
어제의 기억은 이들이 살아가는 세상에 비하면 정말 아무것도 아닌 일
인지도 몰라.

주안은 자신에게 벌어졌던 사건을 이들 앞에 모두 털어놓고 싶다
는 충동에 휩싸였다. 이들을 어쩌면 나의 상황을 나보다 더 잘 이해할
수도 있어. 그렇다면 이들은 내게 말해 줄 수도 있지 않을까. 세연을 만
나서부터 복잡하게 얽혀 버린 지난밤의 일을 내가 어떻게 풀어 나가야
하는지.

주안은 숨을 크게 들이마셨다. 주안은 이들 앞에서 자신의 문제를
모두 고백하고 대답을 듣고 싶었다. 주안은 눈을 감고 세연의 방을 떠올
렸다. 분홍색 벽지, 아카시아 향, 봄날의 청초한 일렁임. 거기서부터 이

야기는 다시 시작되어야 한다.

## 5.

**"끝까지 살아 낸 나의 삶이 누군가를 멈추게 할 이야기가 되어 있다면 그것으로 충분하지 않을까?" – 5월 20일 5시 45분 〈상기자의 자리〉**

핸드폰의 시계를 확인한 연하는 약속 시간까지 적어도 한 시간의 여유가 남아 있음을 깨닫고 대형 서점으로 발길을 돌렸다. 병원에서 그리 멀지 않은 대형 서점은 걸어서도 갈 수 있는 거리였기 때문에 연하는 바람도 쐴 겸 거리를 걷는 편이 좋겠다고 생각했다.

사실 그녀는 요즘 쓰기 시작한 논문 때문에 가방 안에 읽어야 할 자료들을 가득 넣어 가지고 다녔지만 오늘은 답답한 진료실에 틀어박혀 글자들을 바라보며 시간을 보내고 싶지 않았다.

그녀는 오늘 하루 종일 아침에 진료했던 아이에 대한 생각으로 머릿속이 복잡했다. 연하는 입술을 잘근거리며 천천히 거리를 걸었다.

거리는 노을이 지는 태양에 완벽히 포함되어 모두 자신의 색에 붉은 빛을 덮어쓰고 있었다. 붉어진 하늘, 그 하늘이 비치는 붉은 건물의 유리창들, 도시가 황금의 섬이 된 듯 금색으로 반짝였다.

연하는 어릴 적, 할머니 댁 옥상에 올라가, 지는 해를 바라보다 처음으로 아름다움이라는 글자에 걸맞은 이미지를 발견했다. 그동안은 사람들이 말하는 아름다움이 대체 무엇을 뜻하는지 이해할 수가 없어서 낱말이 주는 생소한 느낌에 늘 뚱한 표정으로 일관했던 그녀였다. 그러나 그날, 연하가 무심코 올라간 옥상에서 가장 가까이의 태양이 눈앞에서 타오르는 하늘의 장관을 목격했을 때, 연하는 그 순간 자신을 이루는 이 세상 모든 풍경이 아름다움을 부르짖고 있다는 것을 깨달았다. 사람들이 말하는 아름다움 역시 분명 이런 순간들을 말하는 걸 거라고.

어린 연하는 가슴속에 지금 눈으로 보고 있는 세상을 사진처럼 찍어 두었다. 언제고 그녀가 아름다움이 뭘까 생각했을 때, 이 순간이 한 장의 이미지처럼 떠오를 수 있도록. 그녀에겐 감히 지는 노을이 현실에서 가능한 이미지라고 생각되지 않았다. 그것은 놀라운 신비로움을 그녀 앞에 흩뿌렸다.

그녀는 그때 자신이 어떤 말을 홀로 중얼거렸는지를 기억해 냈다. '이건 꿈일까? 꿈속에서나 가능한 순간일거야.' 그녀는 자신이 맞닥뜨린 아름다움 앞에서 꿈의 환상적인 순간들을 떠올렸다. 현실에선 불가능할지 모르는 가슴 시린 이미지. 그것이 그녀가 제일 처음 아름다움이라는 말 앞에 부여한 이미지였다.

"그리고 보니, 그 아이, 내게 세상에 없는 꿈같은 이미지가 떠오르냐고 했었는데."

연하는 소와가 그녀의 진료실에서 등 돌린 책에 대해 물었던 것을 생각했다. 아이는 분명 이 세계가 아닌 그곳부터가 꿈의 시작이라고 했다.

"소와에게 노을에 대한 얘기를 해 줬으면 더 맘에 들어 했을지도 몰라. 왜 그 생각이 아까는 나지 않았을까."

연하는 안타까운 마음으로 다시 하늘을 한번 쳐다보았다. 그러나 노을에 관한 단상은 노을 없이 떠올리기란 어려운 일이었으므로, 노을 지지 않는 아침의 진료실은 또다시 그 순간이 반복될지라도 그렇게밖엔 흘러가지 않았을 거라고 그녀는 생각했다.

　　사소한 어느 것 하나도 그것에 연관된 매개 없이 바로 그것을 떠올
릴 수 있는 것은 없었다. 언젠가 그녀는 그 불변하는 사실에 대해 정우
와 긴 토론을 한 적이 있었다.

　　"바로 '그것'을 떠올리기란 쉬운 일이 아니지. 연결고리 없이 단번
에 닿을 수 있는 길이란 게 존재하지 않거든."

　　연하는 정우에게 우리의 경험은 과거가 되어 기억의 자리를 획득
하는 순간에, 전체 기억의 분류 방식에 따라 나누어 저장된다고 말했다.
그것은 각자의 특수한 분류 체계이므로 보편적인 분류군으로 설명될
순 없지만, 우리는 모두 기억을 저장하는 방법에 있어서 서류철을 정리
하는 것처럼 체계를 가지고 있다고. 해서 우리가 어떤 사물이나 대상을
맞닥뜨렸을 때 그 기억과 연관되어 있는 나머지 기억들이 줄줄이 사탕
처럼 우리 앞에 끌려 나오는 것이라고 그녀는 주장했다.

　　"상상력이란 얼마나 기억을 다양하게 분류할 수 있느냐의 문제야.
때론 감정들로 분류되고, 때론 감각으로 분류되고, 또는 둘 다이기도 하
지. 같은 것을 보고도 모두 다른 것을 떠올리는 이유는 모두 그에 연관
되어 있는 기억을 다르게 저장하고 있기 때문이야. 우린 모두 달라. 같
을 수가 없는 게 우리의 기억 저장 방식은 모두 다르거든. 그리고 그 기
억들이 만들어 내는 우리의 사고방식도 달라지는 거야. 결국 과거의 경
험이 현재의 우리를 만들고 그 현재가 다시 기억이 되는 그런 순환인거
지. 너에 대해 말하라고 한다면 결국 너는 너의 기억에 대해 설명하는
것밖엔 할 수 없을걸?"

　　정우는 꽤 오랫동안 그녀의 설명에서 이해가 가지 않는 부분들을
고심하느라 팔짱을 끼고 생각에 잠겨야 했다. 기억의 분류 방식이라.
감각과 감정은 사건에 딱 달라붙어 떨어지지 않는다. 그러나 기억은 사

건을 이루었던 하나의 감각이나 감정만으로 사건 전체를 불러일으키기도 한다.

"기억들의 연결을 하나의 감각이나 감정들로 묶을 수는 있지만 하나의 기억이 묶이는 방법은 언제나 다를 수 있어. 마치 강의실에 모여 있는 학생들을 성별로 분류하고 나이로 분류하고 전공으로 분류해도 결국 강의실에 앉아 있는 학생의 수는 변함이 없는 것처럼. 하나의 기억도 다양한 연결과 발로로 재생되는 거지. 기억들의 분류와 연결은 결코 기억들의 차이를 부정하는 것이 아니야. 그건 오히려 갖가지 다른 기억을 생산할 수 있도록 풀어놓는 구조인 거지. 차이들을 묶었다가 다시 풀어내는 과정. 더 많은 분류를 만들어 낼 수 있다는 것은 그만큼 강의실의 학생도 우리의 기억도 다양함 위에 새겨져 있다는 뜻이니까."

연하는 자신의 생각이 더 잘 받아들여졌으면 하고 바랄 때 늘 그러는 것처럼 최대한 친절하고 자세하게 말을 이어 가려고 애썼지만 그것은 언제나 노력한 만큼 성공적으로 이루어지진 않았다.

"기억을 분류 저장하는 무의식적 활동 속에 우리는 이미 공통성을 추구하는 본질을 내재하고 있는 거야. 공통적 요인을 찾아 분류하는 것, 연결고리를 만들어 이어 버리는 것, 그게 기억이 하고 있는 일이니까. 우리가 하나의 개념 아래 모든 차이들을 묶으려 하는 것은 여기서 기인해. 그건 무의식적 본성이야. 가르쳐 주지 않아도 이미 몸이 알고 있는 사실. 우리는 전혀 달라 보이는 경험들 속에서도 그것들을 하나로 이을 수 있는 공통적인 것을 찾아내지. 재밌지 않아? 우리가 무의식적으로 모두 언어의 성립 법칙을 되풀이하고 있다는 게?"

"언어의 성립 법칙이라니?"

정우는 연하에게 되물었다.

"언어는 결국 분류니까. 하나의 단어 아래 연관 없는 다양한 것들을 묶어 버리는 것. 그게 하나의 언어적 개념이 탄생하는 법칙이지. 세상에 존재하는 모든 것들이 언어와 일대일로 대응할 순 없어. 그것들은 어느 정도 분류되어 덩어리처럼 생각되지. 우리는 동물이라는 단어 하나로 네 발 달린 생명체를 모두 지칭할 수 있고 식물이라는 단어 하나로 땅에 뿌리내리고 사는 생명들을 모두 설명하지. 생명이란 말로 그 둘을 통합시키기도 하고 물질이란 말로 생명이 아닌 나머지 모두를 묶기도 해. 결국 어떤 연관성으로 말미암아 분류될 수 있는 종목들을 만들어 언어의 대상으로 삼는 거지. 실제 우리가 마주하는 대상은 그런 커다란 분류들로는 설명될 수 없는 복잡한 거지만, 언어 속에서는 묶음 표현이 가능한 거야. 그들은 묶였다가 풀려나지. 우리의 기억이 그러는 것처럼. 기억은 언어처럼 우리의 편의대로 분류되어 전체 기억 속에 단순한 구조를 만들어 내. 그래야 그 숱한 경험들을 우리는 기억해 낼 수 있지. 어떤 연관성, 그것이 상상이든, 현실이든, 우리는 그것 없이는 이 복잡한 세상 속의 삶을 처리해 나갈 수가 없는 거야. 언어와 기억의 관계, 아주 비슷하게 흐르는 그 구조가 재밌지 않아?"

정우는 연하에게 하여금 즐거운 유희로 풀이되는 언어와 기억의 관계가 어렵게 느껴졌다. 어려운 것, 우리는 설명할 수 없는 것들, 이해할 수 없는 것들에게 어려움이란 단어를 사용한다. '어려워, 그렇지 않니? 알 수 없어서 알쏭달쏭해. 그런 게 참 어려워.' 그러나 연하는 살아가면서 참 어려운 사람, 참 어려운 문제, 참 어려운 생각들을 만날 때, 그 알쏭달쏭함에 마음이 끌리는 자신을 발견하곤 했다. 알고 싶어서, 이해하고 싶어서, 더욱 마음 쓰이는 것들.

연하에게 참으로 오랜만에 어렵다,라는 말을 내뱉게 한 진료실의 작은 아이 소와는 그래서 어쩌면 그녀의 마음을 더 쓰이게 하는지도 몰랐다. 알고 싶은 마음이 생소해 하는 마음을 이겨 버릴 때 우리는 좀 더 그 대상에게 가까이 다가선다.

연하의 걸음이 어느새 대형 서점 앞에 멈춰 섰다. 연하는 한 번 더 지는 해를 바라본 뒤 등 돌려 인위적인 빛 속으로 들어갔다.

연하는 대형 서점 안으로 들어와 신간코너를 한 바퀴 돌았다. 종류별로 구분된 책들 속에서 소설과 비소설, 전문 서적과 어학 서적의 푯말을 보며 연하는 언어와 기억의 관계를 떠올렸다. 장르를 나누는 기준은 누가 세운 걸까. 단어의 탄생은 누구의 입에서 흘러나왔을까. 연하는 단어의 기원적 어머니를 찾아낸다면 우리의 언어가 본질을 찾아갈 수 있을까를 생각했다. 나의 존재는 내 부모님의 존재를 증명하는 것처럼, 별의 움직임은 별의 궤도를 증명하는 것처럼. 단어의 사용은 맨 처음 그 단어를 만들어 낸 어떤 사람을 증명하고 있는 것은 아닐까. 그렇다면 우리의 모든 언어는 누군가가 세상에 존재했다는 증명이 되지 않을까. 아니 어쩌면 언어는 우리의 존재를 증명하기 위해 생겨난 것일 수도 있지.

연하는 생각의 막을 수 없는 이어짐을 따라 발걸음을 옮기다 철학 서적이 있는 곳에 다다랐다. 언어철학을 전공했던 사상가는 답을 알고 있을까. 연하는 학부 시절 읽었던 언어철학가가 누구였는지 생각해 내려 이마를 찌푸렸다. 기억들을 헤집고 다녀도 잘 떠오르지 않는 그 이름.

"여기 어딘가에 그 사람의 책이 있을 텐데."

연하는 결국 자신이 찾고 싶은 기억의 매개체를 찾아내려 철학 책들의 제목을 읽어 나갔다. 제목들은 항상 그녀에게 글자로 인식되기 이전에 하나의 이미지로 떠오른다. 그녀는 그 이미지들 속에서 그녀가 찾는 철학자의 얼굴이 나타나길 바라며 머릿속에 떠오르는 이미지를 사진처럼 한 장 한 장 넘겨 갔다.

"아야."

연하는 높은 서가의 책들을 바라보다 발에 챈 뭔가에 중심을 잃고 쓰러질 뻔한 자신을 추슬렀다. 동시에 누군가의 작은 비명에 연하는 고개를 돌려 그 사람을 쳐다봤다.

연하의 바로 앞에는 바닥에 앉아 책을 읽던 한 여학생이 갑자기 자신을 공격해 온 연하를 책망하듯 올려다보고 있었다.

"죄송합니다. 제가 미처 사람이 있는 걸 보지 못했네요."

"아니에요, 괜찮아요."

연하의 사과에 금세 얼굴에 미소를 띠운 여학생은 다시 읽던 책으로 눈길을 돌려 책장을 넘겼다. 긴 생머리의 동그란 얼굴, 앳돼 보이는 학생의 목에 둘려 있는 노란 스카프가 봄의 정취를 느끼게 해 주었다. 연하는 그 학생에게 말을 걸고 싶은 충동에 휩싸였다.

"무슨 책을 그렇게 열심히 읽어요? 앉은 자리가 불편할 텐데. 용케 절반까지 읽었네요?"

학생은 갑작스런 연하의 물음에 잠시 당황하는 것 같았지만 이내 즐거운 표정으로 자신이 읽고 있던 책을 연하에게 들어 보여 주며 말했다.

"니체, 《비극의 탄생》이요. 사 가려고 들었는데, 내용이 흥미진진해서 그냥 앉아서 읽고 있어요."

연하는 자기도 모르게 무척이나 흐뭇한 미소를 학생에게 지어 보였다. 학생은 그런 연하의 표정에 짐짓 쑥스러워 하며 작게 말했다.

"제가 철학과 학생이어서, 전공 서적으로 읽어야 하거든요. 읽기 싫어도 언젠가는 읽어야 하니까 그래서 먼저 읽는 거예요."

연하는 자신의 출현이 학생의 독서를 방해한 건 아닌지 걱정스런 마음이 들었지만 그녀와의 대화를 좀 더 이어 가고 싶다는 생각에 학생 옆에 자리를 잡고 앉았다.

"나 학생 시절일 때 생각이 나서 말 걸어 봤어요. 나도 오랜만에 앉아서 책 좀 읽어 봐야겠다. 옆에 앉아도 되죠?"

학생은 놀란 표정이 되었지만 '그럼요.' 하고 말하며 연하의 자리를 만들어 주려고 자신의 가방을 반대편으로 옮겨 주었다.

"자꾸 말시켜서 미안하네. 그 책, 뭐가 그렇게 재밌어요? 나도 읽었던 것 같은데 잘 기억이 안 나네요. 아주 오래전에 읽어서. 그래도 나는 니체의 책을 읽을 때마다 머리가 아파서 힘들어 했었던 것 같은데."

연하의 말에 학생이 빙그레 웃으며 대답했다.

"인간은 이제 예술가가 아니래요. 우리는 이미 예술품이 되고 말았대요. 이해가 쉬운 것은 아니지만, 어려워서 더 흥미진진한 것 같아요. 알고 싶어지잖아요."

학생은 연하에게 예쁘게 웃어 주었다. 예쁘구나. 그 어떤 외면적인 예쁨을 넘어선 인간 자체의 예쁨. 연하는 학생을 가만히 바라보다 자신도 앞에 있는 책 한 권을 꺼내 읽기 시작했다. 책에 빠져 살았던 그 시절의 나도 그냥 저렇게 예쁘게 보였을까. 연하는 자신도 그랬으면 좋겠다고 생각했다. 지난 과거지만 그날의 내가 예쁜 사람이었다는 것을 알게 되었을 때 밀려오는 따뜻한 느낌. 빛바랜 추억에 향기를 만들어 주는 현재의 자각. 현재를 알기 위해선 과거를 불러들여야 하지. 연하는 그 사실을 누구보다 여실히 자각하고 있는 사람이었다. 지난 과거에도 새로운 색을 입힐 수 있어. 지금처럼. 그렇다면 과거는 다시 새로운 과거의 자리를 획득하여 새로운 기억으로 저장될 것이다. 또 다른 분류군, 현재와 맞닿은 그 자리로 장소를 옮긴, 늘 다양하게 열려 있는 기억의 가능성. 연하는 그 가능성의 향기가 기억을 달콤한 것으로 만들어 주는 마법 같은 순간이라는 것을 알고 있었다.

"노란 스카프가 참 잘 어울리네요."

한참을 책을 읽던 그녀들은 연하의 뜬금없는 말 한마디에 얼굴을 마주 보고 웃음을 교환했다. 그녀들의 웃음으로 서점 안의 밝음이 한층 더 환해지는 것처럼 보였다.

생각보다 늦게 끝난 모임 때문에 박사님은 서둘러서 강의실을 나와야 했다. 박사님은 학교를 나와 정문 앞에서 택시를 잡아타고 종로로 향했다.

종로의 서점에서 책을 읽고 있다며 천천히 오셔도 된다는 연하의 말에 박사님은 홀로 자신을 기다리고 있을 그녀가 걱정되었다. 걱정. 마음으로 아끼는 사람에 대한 애정에서 생겨나는 감정. 박사님은 늘 연하를 걱정하는 사람이었다.

"교수에게 제자가 없다는 건 죽음을 뜻해. 전해 줄 유전자가 없다는 거니까. 그에겐 그 이후에 아무것도 없는 거야. 사람들은 그의 이론을 가져다 쓰겠지만 그들 중 누구도 그의 이름을 불러 주지 않는 거지."

박사님은 연하가 자신의 제자가 되기를 바랐다. 10여 년 전 강의실에서 연하를 처음 만났을 때부터. 박사님은 언젠가 자신이 이 세상을 떠나야 하는 그런 순간이 올 때, 나의 모든 것이라고 부를 수 있는 경험, 사고, 감정, 느낌, 모든 것을 자신의 제자에게 물려주고 싶었다.

그러나 연하는 언제나 수줍은 웃음 속에 늘 어느 정도의 선을 그어 그들의 사이를 둘로 나눠 놓았다. 그것은 스승과 제자가 아닌 학생과 선생님의 자리였다.

"누구지? 막스베버만큼 훌륭한 독일의 사회학자. 이름이, 뭐더라. 사회현상을 설명하는데 문화라는 도구를 처음 들고 나온 사람이…… 그래. 짐 멜! 짐 멜은 학파를 형성하지 못했어. 제자가 없었거든. 그는 자신이 죽은 다음에 모든 학문이 자신의 이론 위에 세워질 것을 예견했지만 누구도 자신의 이름을 이어 줄 것이라고 생각하지 않았지. 하지만 그의 예상은 빗나갔어. 그가 죽은 뒤에 짐 멜은 학자들 사이에서 재발견되었거든. 그를 만나 보지도 못한 젊은 사상가들이 그의 학파임을 자청하기 시작했어. 참 아이러니하지 않니? 우리는 짐 멜에게 많은 것을 빚지고 있지만 정작 그의 후손은 없단다. 진실하게는 말이야."

박사님은 연하에게 말했고 연하는 조용히 고개를 끄덕였다. 그녀의 표정은 한 치의 달라짐이 없었지만 쉴 새 없이 물어뜯는 입술과 움직이는 눈동자는 그녀가 어떤 불안 속에 홀로 동요하고 있음을 짐작하게 했다. 박사님은 그 불안의 정체가 대체 무엇인지 알아내기 위해 애썼으나 연하는 '아니에요. 그런 거 없어요.' 늘 손사래를 치며 화제를 딴 곳으로 돌렸고 박사님은 그녀가 원하는 대로 그녀를 자신의 손에서 놓아 주어야 했다.

연하에게 주어야 할 것이 너무 많았음에도, 순수하게 그녀에게 주고자 하는 박사님의 마음을 그녀는 언제나 사양했다. 박사님은 그 사실이 안타까웠다. 그리고 그런 그녀가 걱정되었다. 시간이 늘 우리를 위해 기다려 주는 것은 아닌데, 언젠가 나는 많은 것을 주기엔 너무 늙어 버릴지도 모르는데. 그녀는 시간이 그들을 위해 자신을 축적하고 있는 듯 늘 머뭇거렸다. 너무 늦을지도 몰라. 아니 이미 많이 늦었는지도 몰

라. 박사님은 택시에서 내려 대형 서점 안으로 뛰어 들어갔다. '늦었다면 내가 뛰어가야겠지. 아직은 나의 제자를 포기하고 싶지 않으니까.' 박사님이 서점의 닫힌 문을 힘껏 밀었다. 그는 언제고 자신이 숨이 차도록 뛰어가야 하는 사람이어도 좋다고 생각했다. 등 돌려 걸어가는 그녀를 잡아끌어 자신에게로 오게 할 수만 있다면.

박사님은 철학코너에서 자리에 앉아 책에 빠져 있는 연하를 발견하곤 잠시 그 자리에 멈춰서 그녀를 내려다보았다. 이제는 어린 학생이 아닌 어엿한 정신과 의사가 되었지만 여전히 그날의 표정과 눈빛, 얼굴을 간직하고 있는 멈추어 있는 연하를. 그는 연하에게 의학의 길이 아닌 예술의 길목에 들어서길 권유했었다.

"대부분의 사람들의 경우엔, 말은 생각을 표현하는 수단이라서, 생각이 있고 난 다음 그걸 말로 내뱉지. 이 경우에 말은 결코 생각을 앞지르거나 생각 전체를 표현하거나 혹은 떠오르는 생각의 속도보다 빠를 수 없어. 하지만 일부의 사람들에게 있어서 말은 순수하게 소리로 인식되기 때문에 내가 뱉은 단어가 청각의 형태로 그때그때 내게 되돌아오는 거야. 그들에게 말은 내뱉는 순간 허공에 흩어져 사라지는 것이 아니라 되풀이 되는 순환이지. 내가 말하고 또 내가 듣는 거란다. 마치 우리가 어떤 노래를 듣거나 소리를 들었을 때 떠오르는 사람, 장소, 사건들처럼, 말은 그 말이 가지고 있는 의미보다 먼저, 즉각적인 이미지로 받아들여지는 거지. 그들은 따라서 말을 하면서 동시에 그 말을 듣고 생각하게 된단다. 말을 하고, 그 말을 듣고, 그 말이 어떠한 생각을 촉발시키는 과정이 동시에 이루어지는 거야. 그들의 경우에, 아니 그들은 '생각이 말을 따라잡지 못한다.'는 경험을 아주 잘 이해해. 그들에겐 말이 생각을 표현하는 수단이 아니라 생각을 불러일으키는 청각 상태의 지각이 되기 때문에 때때로 그들과의 대화가 논점을 벗어나거나 그들이 횡설수설하는 것처럼 느껴지는 것도 이해가 되는 거야. 그들은 말을 하기로 결심한 처음의 생각과, 말을 하면서 동시에 떠오르는 생각들을 겹치고 섞으면서 생각의 무한한 확장을 우리에게 들려준단다. 그것은 극도로 예민한 감각이자 지각의 진화된 능력이야.”

박사님은 바로 연하가 그런 진화된 지각의 능력을 가지고 있음을 알았다. 그녀는 의미보다 먼저 언어를 소리로 들을 줄 알고, 바라본 글자에서 새로운 이미지들을 볼 수 있었다. 연하의 사고 과정은 때론 새처럼 하늘을 날아다녔으며 무섭도록 깊숙이 침잠해 들었고 그 과정에서 전혀 새로운 세상에 없던 낯선 의미들을 발견하곤 했다. 그녀는 언어의 세계에서 예술가의 지위를 부여받은 사람이었고 박사님은 그런 연하가 좀 더 진지하게 그녀의 능력을 생각하게 되길 바랐다.

그러나 연하는 자신이 할 수 있는 것들에 관심을 갖기보단 안전하게 자신이 정해 놓은 보호된 공간 속에 숨어 있었다. 그리고 이 고집 세고 굳건히 닫혀 버린 제자는 박사님의 숱한 권유와 확신에도 불구하고 결국 의사가 되는 길을 택했다. 그나마 그녀가 정신과 의사가 된 것은 차마 박사님의 말들을 흘려버릴 수 없었던 그녀가 최소한으로 그를 믿은 결과였다. 정 네가 의사가 되겠다면 사람들의 마음, 생각, 삶을 들여다볼 수 있는 정신과 의사가 되라고 체념하듯 그는 연하에게 말했던 것이다.

“어, 박사님? 언제 오셨어요?”

인기척을 느낀 연하가 책에서 눈을 떼고 고개를 들어 박사님을 바라봤다. 연하는 반갑게 웃으며 자리에서 일어나 가방을 챙겼다. 그녀의 움직임에 이제 《비극의 탄생》의 중반부를 읽고 있던 학생이 연하와 그 옆의 지긋한 중년의 남자를 번갈아 쳐다보았다.

"안녕, 책마저 읽고 잘 가요. 만나서 반가웠어요."

연하는 뒤돌아 학생에게 인사의 말을 건네는 것을 잊지 않았다. 학생도 연하를 보며 고개를 숙여 인사했다. 그녀들의 만남은 언제고 이 장소를 찾을 때마다 문득문득 떠오를 추억이 될 것이었다. 이미 과거가 되어 버린, 그녀들의 만남. 그 만남을 뒤로하고 연하는 박사님과 함께 서점의 문을 향해 걸어갔다.

"미안하구나. 일이 생각보다 늦게 끝났지 뭐니, 기다리게 할 생각은 아니었는데 말이다."

박사님이 연하에게 진심으로 미안해하자 연하는 손사래를 치며 대답했다.

"아니에요. 교수님. 오랜만에 책도 읽고 좋았어요. 전 정말 괜찮아요."

그들의 사이가 좀 더 진실하게 느껴질 때, 그들의 감정이 좀 더 농도가 짙어 올 때면 연하는 자신도 모르게 박사님을 교수님이라고 불렀다. 학부 시절 그녀가 박사님을 처음 만났을 때, 그를 불렀던 호칭 그대로.

그런 순간이 올 때면 그들은 어김없이 그 시절의 교수와 학생으로 되돌아가 같은 감성과 같은 말투로 얘기를 나누곤 했다. 시간이 그 말속에 숨어 있다가 건드릴 때마다 자신을 그들 앞에 풀어놓는 것처럼.

"저녁 먹어야지. 뭐 먹고 싶니? 맛있는 걸 사 줘야겠구나."

"전 아무거나 괜찮아요. 교수님 드시고 싶으신 거 없으세요?"

"세상에서 아무거나 만큼 어려운 음식도 없다는 거 아니? 항상 날 고민하게 만드는구나. 너는."

박사님이 웃으며 말하자 연하도 그를 따라 웃었다. 그들은 그렇게 닮은 웃음을 지으며 서점 앞 가까운 일식집에 들어갔다. 벌써 어두워져 깜깜한 거리에 종로의 황홀한 빛들이 얽혀져 한낮의 밝음을 따라 하고 있었다.

"하실 말씀이 뭐예요? 교수님?"

배가 고픈 게 이제야 느껴졌다는 듯 빠르게 식사를 마친 연하가 입을 열었다. 그녀의 물음에 물을 마시던 박사님이 컵을 내려놓고 그녀의 대화 요청에 응답해 주었다.

"얘기를 벌써 들었는지 모르겠다. 공동 프로젝트에 대한 얘기. 이번에 연구원들 여럿이 참여해서 프로젝트를 수행하라는 얘기가 있었어. 어쩌다 보니 내가 책임자가 되었구나. 주제도 연구도 모두 정해진 게 없어. 그래서 이번엔 내가 하고 싶었던 연구를 해 보려고 해. 세 명 정도 함께할 연구진이 필요한데, 괜찮다면 너도 합류해 줬으면 해서."

"주제가 뭐죠? 저는 임상심리를 전공하지 않아서 도움이 될지 모르겠어요."

연하는 주저하는 마음을 담아 진지하게 말했다. 그런 그녀의 주저함을 박사님이 예상하지 못한 것은 아니었다. 그녀는 항상 그를 대할 때면 그것이 무엇이든 먼저 주저하곤 했으니까. 여전히 변함이 없는 그들의 사이는, 결코 좁혀질 수 없는 일말의 거리를 전제하고 있는 것 같았다. 그러나 박사님은 이번 프로젝트에 무슨 일이 있어도 그녀를 합류하게 만들겠다는 결심을 하고 온 터라 목소리에 힘을 주어 말했다.

"네가 큰 도움이 될 거다. 어쩌면 너 없인 시작될 수 없는 연구일수도 있겠구나. 그리고 어쩌면 너 때문에 시작한 연구이기도 하단다."

연하는 숨을 죽였다. 박사님의 입에서 어떤 얘기가 튀어나올지 겁이 났기 때문이었다. 이미 겁먹은 그녀로 하여금 내용이 중요하지 않은 이야기. 둘 사이에 결코 끝나지 않을 이야기가 다시 시작될 것만 같았다.

"주크. 이번 프로젝트의 이름은 주크란다."

"주크?"

연하는 한순간에 머릿속이 하얘졌다. 단어가 주는 이질적 느낌 속에 연하는 그 단어와 정확히 맞아떨어지는 이미지를 떠올릴 수 있었던 것이다. '그 단어의 기원은 나야. 주크는 내가 만든 말이니까.' 연하는 오래전 과제로 썼던 리포트 종이들을 기억해 냈다. 그녀는 기억에 관한 짧은 의견 보고서를 써야만 했고 오랜 시간 고심하여 써 내려가기 시작한 그녀의 리포트 첫머리는 이렇게 시작되었다.

{{주크. 그것은 어둠 속에서 빛이 솟아나는 과정을 한마디로 표현한 것이다. 그것은 우리의 정신 속에 하나의 기억이 뛰쳐나오는 순간을 지칭하는 표현이기도 하다. 우리는 깜깜한 어둠 속에서 빛보다 빠른 섬광의 출현처럼 기억을 기억한다. 우리는 기억이 잠자고 있는 장소가 아닌 세계를 모두 '주크'라는 하나의 단어로 설명할 수 있다. 그것은 새로운 세계. 기억으로 이루어진 세계를 일컫는 말이다.}}

연하는 박사님의 입에서 주크라는 말이 나오는 순간 그 단어를 바닥에 떨어뜨리지 않기 위해 애써야 했다. 왜, 왜 하필, 주크인가. 박사님은 왜 그 빛바랜 단어를 수면 위로 띄우는 걸까.

"왜요, 교수님. 왜 하필 주크죠? 무슨 연구를 하시려고요."

"우리는 모두 기억에 의지해 살아가는 사람들이란다. 기억을 잃는 건 나를 잃는 것과 마찬가지지. 기억상실증에 걸린 환자들을 많이 만나 보지 않았니? 그들이 얼마나 절박하게 자신의 기억을 찾고 싶어 하는지."

"그들은 당연히 그래야 하죠. 자신의 인생이 통째로 없어진 듯한 상실감 앞에서 어느 누가 기억을 되찾고 싶어 하지 않을 수 있겠어요."

"그래, 맞아. 그들은 되찾고 싶어 하지. 그러나 꼭 기억상실증에 걸린 사람이 아니더라도 우린 모두 기억의 상실을 경험하고 그 기억에 안달하며 산단다. 우리는 모두 기억이라는 치명적 약점을 가진 사람들이야."

기억이 왜 치명적일까. 그리고 기억이 어째서 약점이 될 수 있다는 걸까. 연하는 그 말뜻을 자신이 제대로 이해하지 못하는 건지, 아니면 그 생각에 동의할 수 없는 건지를 고민했다.

"어째서 약점이죠. 오히려 우리의 강점은 기억할 수 있다는 것, 그래서 지나간 모든 것을 사라지지 않게 할 수 있다는 것 아니었나요? 그래서 이어지는 하루들, 어제를 기억하니까 오늘이 있을 수 있죠. 결코 분절되지 않는 전체의 나를 갖게 된다는 것은 모두 우리가 기억할 수 있는 생명이기 때문이잖아요."

"맞아, 그래서 우리는 우리를 지킬 수 있지. 우리의 기억이 우리를 보호해 주니까. 그래서 약점이 되는 거란다. 분절되지 않아서 우리가 이어진 존재로 살아가는 게. 우린 기억이 있는 한 나 아닌 다른 누군가가 될 수 없단다."

나 아닌 다른 누군가. 내가 다른 누군가가 되어야 하는 이유를, 필요를 우리는 가지고 있던가.

"프로젝트는 하나의 의심이다. 누군가 의심하기 시작하지. 내가 전체가 아닐지 모른다는 의심, 나는 누군가의 일부일지 모른다는 하나의 의심. 주크는 우리의 기억이 은폐하고 있는 진실을 밝히고자 하는 시도

란다. 그리고 그 의심이 맨 처음 누구의 것이었는지 넌 알고 있어."

　연하는 눈을 감았다. 하나의 의심, 거기에서 모든 것이 시작된다. 나는 전체가 아닐지 모른다는 의심. 나는 부분으로서 아니 우리는 부분으로서 전체를 이루는 아주 작은 일부로 살아가고 있는지도 모른다는 의심.

　그 의심 끝에서 연하는 주크를 생각했다. 모든 기억이 모이는 장소. 어쩌면 우리는 우주든, 전체든, 신이든, 무엇이라고 불리던 간에 단 하나로 존재하는 근원적 존재의 일부분으로, 그의 기억을 모으는 감각 기관으로 살고 있을지도 모른다는 생각.

　그녀는 리포트에 주크의 세상에 대해 썼다. 그러나 연하는 그 수업에서 낙제점을 받았다. 리포트는 쓰레기통에 버려졌다. 그리고 연하는 주크를 잊었다.

　"교수님, 그건, 그냥, 제 상상이고 제 공상이고 허무맹랑한 소리였어요. 그런 건 누구도 믿을 리 없는 잡생각이었다고요. 저조차 잊어버렸던 그 얘기를 어째서 끄집어내시는 거예요. 그런 건 연구 주제가 될 수 없어요. 아시잖아요. 그건 아무것도 아닌 거였어요. 꿈같은 얘기라는 거 잘 아시잖아요."

　연하는 그 리포트를 박사님에게 보여 드린 적이 없었다. 그 수업의 담당 교수를 빼곤 그 글을 읽어 본 사람은 아무도 없었다. 그런데 어째서 그 리포트를 박사님이 알고 있는 건지 연하는 이해할 수 없었다.

　"그건 허무맹랑한 소리가 아니다. 직감처럼 한순간에 나아가는 진실에 있어서는 누구도 그걸 단번에 믿긴 힘들지만 그것은 어쩌면 이성이 다가서지 못하는 진실된 부분의 세계란다. 나는 수도 없이 보았다. 그 세계의 증명이 되는 사람들을. 그리고 이젠 그들을 하나의 연구 성과

물로 이어 세상에 보여 주고 싶다. 아주 오래전부터 준비한 일이란다."

연하는 머리가 아파 옴을 느꼈다. 이건 말도 안 되는 일이야.

"박사님. 저는 그 프로젝트에 참여할 수 없어요. 아니 그 프로젝트 자체가 성립될 수 없어요. 잘 아시잖아요. 그런 건 소설로나 쓸 수 있을 소재거리에 지나지 않는다는 것을."

"내가 알고 있는 건, 누군가는 진실에 다가설 수 있고, 그 누군가는 우리가 될 거라는 거란다. 프로젝트는 이미 시작되었어. 십여 년 전 네가 이미 시작해 놓았지."

연하의 호칭이 다시 박사님으로 바뀌자 그는 낮게 한숨을 쉬었다. 그들은 다시 현재의 그들로 되돌아왔고, 연하는 더욱 견고하게 주저하고 불안해하고 있었다. 박사님은 오늘은 이 정도로만, 그녀에게 그가 시작하려는 프로젝트를 설명하는 것으로만 그들의 얘기를 끝마쳐야 한다는 것을 예감했다. 그녀가 더 물러서지 않도록, 뒤돌아 도망치지 않도록.

"자, 시간이 늦었구나. 집에 가서 쉬어야지. 그래야 내일을 다시 맞을 수 있지 않겠니. 슬슬 일어나자꾸나."

박사님은 먼저 말하고 자리에서 일어났다. 그러나 연하는 잠시 그대로 의자에 앉아 있었다. 보낼 수 없는 오늘, 끝나지 않은 이야기. 이야기는 여기서 끝나야 한다. 그 어떤 여지도 남겨 두지 않기 위해 오늘을 오늘로서 마무리해야만 하는 것이다.

그러나 연하는 일어서는 박사님을 잡지 못했다. 그녀는 아무것도 선택할 수 없는 무기력해진 자신을 느꼈다. '나는 아무것도 할 수 없어. 지금 이 순간을 이루는 모든 것에서. 그래서 나는 늘 기다리는 사람밖엔 될 수 없지.' 연하는 그림처럼 앉아 있었다. 세상이 갑자기 현실의 영롱

한 색감을 모두 잃고 무채색의 잿빛으로 변해 가는 것 같았다. 흑백사진
같이. 누군가 지금을 '찰칵' 하고 찍어 버린 듯이.

연하는 눈을 감고 귀를 막았다. 밀려드는 세상으로부터 자신을 보
호해야 한다는 생각만이 그녀를 감싸 오고 있었다.


# 6.

**"지각에게 인격이 부여된다면, 그들은 어떤 모습으로 살아가게 될**
**까." – 5월 28일 3시 54분 〈상기자의 자리〉**


한창 몰두해서 책을 읽던 세연은 손목에 찬 시계를 흘끔 쳐다보았
다. '여덟 시? 벌써 여덟 시란 말이야?' 세연은 가방을 챙겨 자리에서 일
어났다. 그때까지 세연의 곁에서 책을 읽고 있던 여성이 세연의 움직임
에 그녀를 돌아봤다.

"아, 학교로 돌아가야 하는데, 시간이 벌써 이렇게 되었는지 몰랐
네요."

세연의 말에 그녀도 핸드폰 액정으로 시간을 확인했다.

"그러네, 벌써 여덟 시네요."

세연은 작게 고개를 숙이고 여자에게 인사했다. 그녀들의 만남이
이별을 고하는 시점. 세연은 가방을 메고, 읽던 책을 손에 든 채 계산대
로 가기 위해 앉아 있는 여자를 지나쳤다. 뒤돌아 떠나는 세연을 못내
아쉽다는 표정으로 바라보던 여성이 그 마음을 목소리에 가득 담아 말
했다.

"노란 스카프가 참 잘 어울려요."

세연은 갑작스런 칭찬에 뒤돌아 환하게 웃으며 고맙다는 인사를 했다. 서점의 출입구 쪽에 위치한 계산대로 나아가는 세연의 발걸음이 한없이 가벼워졌다.

세연은 줄을 서서 자신의 차례를 기다리다 방금 서점의 문을 열고 뛰어 들어온 지긋한 중년 남성을 쳐다보았다. 마치 무언가 중요한 것을 잊어버리고 있다가 급히 찾으러 온 사람처럼, 남자는 다급한 표정으로 서점을 가로질러 빠르게 걸어갔다.

가만히 그의 뒷모습을 지켜보던 세연이 자신의 차례가 되었다는 것을 깨닫고 계산대에 책을 올려놓았다. 이것으로 완전히 그녀의 소유가 된 《비극의 탄생》. 그 책의 소유권을 주장할 수 있다는 생각에 세연은 즐거워졌다.

세연은 지하철역으로 발걸음을 옮겼다. 들어온 그대로 나가는 길을 찾아가는 그녀의 움직임은 아까의 두리번거리는 시선을 거두고 익숙한 발걸음을 흉내 내고 있었다.

"학교에 도착하면 아홉 시는 되겠는데……."

어느새 지하철 개찰구까지 걸어간 세연이 가방을 열어 교통카드를 찾기 위해 잠시 그 자리에 멈춰 섰다. 가방에 손을 넣어 이리저리 지갑을 찾고 있는데, 소란스런 지하철역 안에서 일순간 허공을 찌르는 누군가의 비명이 울려 퍼졌다.

세연은 놀라 주위를 둘러보았다. 지나가던 사람들 역시 놀란 표정으로 사방을 두리번거렸다. 그때 지하철 계단을 뛰어 올라오던 청년 하나가 다급하게 소리쳤다.

"경찰, 아니 119 좀 불러 주세요! 사람이 떨어졌어요!"

세연은 그 말을 듣는 순간 핸드폰을 꺼내서 처음 눌러 보는 버튼을 빠르게 눌렀다. 그녀의 목소리가 사시나무처럼 떨려 왔다.

"119죠? 여기는 종로3가역인데요. 여기 사람이 떨어졌대요. 네. 빨리 와 주세요. 빨리요."

전화를 끊은 세연이 개찰구에 카드를 찍고 지하철역 계단으로 뛰어 내려갔다. 이미 혼비백산한 사람들을 헤치고 그녀는 도착한 열차 앞으로 달려 나갔다.

"누가 떨어졌어요? 어디 있어요? 119에 전화했어요. 곧 도착할 거예요."

세연은 몰려 있는 사람들에게 다급한 목소리로 물었다. 그러나 누구 하나 대답해 주는 이 없이 모두 얼빠진 표정으로 열차와 승강장 사이의 작은 틈새만을 내려다보고 있었다. 세연은 떨어진 사람이 바로 이 열차 아래에, 이 승강장 아래에 있다는 것을 알아챘다.

세연은 사람들을 밀치고 핸드폰 액정 불빛으로 승강장 아래를 비췄다. 열차가 도착했지만, 사람이 떨어졌다지만, 승강장 아래에는 그래도 일말의 틈이 있으니까. 세연은 침이 마르며 목이 바싹 타들어 감에도 불구하고 갈라진 음성으로 소리쳤다.

"거기요. 누구 없어요? 괜찮아요? 있으면 소리라도 좀 쳐 주세요."

기관사가 열차에서 내려 사람들이 모인 곳으로 뛰어오며 외쳤다.

"치이지는 않았어요. 열차 앞쪽에는 아무도 없어요. 다친 흔적도 없어요. 사람이 정말 떨어졌나요? 올라오지 않았어요? 그렇다면 아직 아래에 있는 거예요. 앞에도 뒤에도 안 보여요."

기관사의 말에 모여 있던 사람들이 너나 할 것 없이 핸드폰 액정을 승강장 사이로 들이밀었다. 누군가는 산악 행 손전등을 그것도 없는 누군가는 라이터까지 켜 들었다. 역 안에 모인 사람들이 모두 승강장 앞에 무릎을 꿇고 목 놓아 누군가를 불렀다. 마치 엄마를 잃은 아이의 간절함처럼. 연인을 떠나보낸 이의 애절함처럼. 그러나 그들에게 되돌아오는 소리는 아무것도 없었다. 세연은 고개를 들어 호루라기를 불며 달려오는 119 구급대원들을 보았다.

"모두 비켜 주세요. 위험하니까 모두 물러서 주세요."

구급대원 한 명이 멈춰 있는 열차의 맨 앞까지 달려가 승강장 아래로 뛰어 내려갔다. 뒤따라온 경찰들이 사람들을 일으켜 세우곤 노란색 띠를 승강장 전체에 둘렀다.

"더 이상 접근하시면 안 됩니다. 어떻게 된 일인지. 아시는 분 있으면 설명 좀 해 주시죠. 누가 떨어진 겁니까."

경찰의 물음에 여기저기서 목격자의 증언이 쏟아지기 시작했다.

"어떤 남자가 걸어오다가 갑자기 승강장 아래로 떨어졌어요. 열차가 막 도착하려 하고 있었는데 젊은 남자가 떨어졌어요."

"어떤 아저씨가 갑자기 나타나서 그 사람을 따라 뛰어내렸어요. 그 아저씨가 그 남자를 아래에서 들어 올려서 우리가 위에서 끌어 올렸어요. 그 남자는 위로 올라왔는데, 아저씨를 끌어 올리려는 순간에 열차가 도착했어요."

어린 여학생이 울먹이며 말했다.

"그럼 사람을 구하려고 뛰어들었다는 말이에요? 그 사람은 지금 어디 있습니까. 승강장으로 끌어 올렸다는 사람."

어린 학생이 울먹이다 경찰의 말에 주위를 둘러보았다. 모여 있던 사람들도 그제야 그런 사람이 있었다는 것을 깨달은 듯, 남자를 찾아 이리저리 고개를 돌렸다.

"없어요. 없어졌어요."

"여기 없어요. 가 버렸나 봐요."

"어떻게 그럴 수 있지? 자기를 구하려고 사람이 뛰어들었는데 어떻게 그냥 가."

처음부터 지금까지 지켜봤던 몇몇의 사람들이 울분을 참지 못하고 화를 냈다. 그중에는 사라진 남자를 승강장 위로 들어 올린 사람들도 섞여 있었다. 중년 부인 한 명이 경찰에게 다가가 설명하기 시작했다.

"그분, 우리가 젊은 청년을 끌어 올리고 나서, 빨리 그분 손을 다시 잡았어요. 열차 불빛이 보였거든요. 우리가 다 같이 그분 양팔을 잡고 끌어 올리려는데, 그러느라 우리 몸이 거의 절반은 승강장 밖으로 나가 있었거든요. 그분이 열차가 오는 걸 보고 우리를 한번 보더니 갑자기 손을 뿌리쳤어요. 그러곤 정말 눈 깜짝할 사이에 열차가 들어온 거예요."

중년 부인이 아직 손에 남자의 감촉이 남아 있는 듯 두 손을 보며 흐느끼기 시작했다.

"어떻게 할 수가 없었어요. 너무 시간이 없었어요. 그분을 끌어 올리려고 했는데."

중년 부인이 두 손으로 얼굴을 가리고 흐느끼자, 함께 중년 남자를 구하려 했던 사람들이 부인의 어깨를 감싸고 위로의 말을 건넸다.

"부인 잘못이 아니에요. 우리 잘못이 아니에요. 처음 떨어진 그 사람이 잘못인 거예요. 그 청년이 떨어지지 않았어도 그분이 이렇게……."

남자는 말을 잇지 못했다. 모여 있는 사람들은 차마 입에 올리기 힘든 최악의 상황을 상상하고 있었다. 그들의 발아래에 그가 있을 것이다. 끝내 올라오지 못하고 온몸으로 열차를 맞았을 그가.

세연은 이 모든 상황이 혼란스러웠다. 누군가 열차가 오는 승강장 아래로 뛰어들었고 누군가 그를 구하기 위해 뒤따라 승강장 아래로 뛰어내렸으며 그래서, 처음의 누군가는 살았고 나중의 누군가는 생사를 알 길이 없다. 그리고 그 누군가는 혼란을 틈 타 역에서 사라졌으며, 그를 위해 희생을 감수한 누군가는 어둠 속에서 그 모습이 보이지도 않는다. 이 무슨 말도 안 되는 상황이란 말인가. 세연은 지금 이 순간 자신이 할 수 있는 일이 아무것도 없다는 것을 알고 조용히 걸어서 지하철역을 나왔다.

밤이 된 종로 거리에는 사람들이 많았다. 멍하니 걸음을 옮기며 사람들 사이에 섞여 들어간 세연은 지금 자신을 스쳐가는 사람들의 행복한 표정이 참 비현실적이라고 생각했다. 그녀가 떠나온 아래 세상에는 경찰들이 모여 있고 사람들이 슬프게 울고 있는데, 그녀가 서 있는 위의 세상에는 아무 일도 없다는 듯이 모든 사람들이 즐겁게 웃으며 거리를 걷고 있었다. 그 사실이 그녀에겐 너무도 낯설고 기이했다.

그때 세연의 가방 안에서 익숙한 전화벨 소리가 울렸다. 세연은 그 벨 소리의 주인공이 이수라는 것을 알고 잠시 망설였다. 아무렇지도 않은, 아무 일도 일어나지 않은 이수가 보내고 있는 시간은 아마도 핸드폰 너머에서 멈춤 없이 흐르고 있을 것이다.

"이세연. 너 어디야? 너 아직 종로야?"

전화를 받자마자 세연의 이름을 외친 이수의 목소리는 어딘가 다급하게 느껴졌다.

"응. 아직 종로야. 이제 학교에 돌아갈 거야."

"뉴스 봤어? 어제 뉴스 봤냐고?"

다짜고짜 어제 뉴스에 대해 묻는 이수의 말에 세연은 오늘을 살기에도 벅찬 날들에 어제까지 챙기는 건 너무 가혹하다는 생각이 들었다.

"아니, 못 봤지. 도서관에 있었으니까."

"나도, 나도 지금 봤어. 어제 낮에 종로3가역에서 사고가 났었는데 누가 지하철역에 떨어진 사람을 구하고 열차에 치였어."

세연은 순간 자신의 귀를 의심했다.

"젊은 남자가 승강장에 뛰어들었고 중년의 남성이 그 사람을 구하기 위해 승강장에 뛰어 내려갔어. 젊은 남자는 사람들이 끌어 올렸지만 중년 남성은 올라오지 못했어."

세연은 몽롱한 정신 속에 방금 전 지하철역에서 들은 말을 되풀이했다.

"뉴스도 안 보고 어떻게 알아? 아니, 그게 문제가 아니야. 지하철 CCTV에 그 장면이 잡혔는데, 구해진 남자, 그러니까 맨 처음에 떨어진 그 남자, 주안이야. 세연아 내 말 들어? 그 사람이라고. 매일 밤 네 꿈속에 나온다는 그 사람."

세연은 팔에 힘이 빠져 핸드폰을 들고 있던 손을 아래로 내려뜨렸다.

"세연아? 듣고 있어? 야, 이세연?"

핸드폰 속 목소리가 희미하게 세연을 부르고 있었다. 세연은 그 자리에 멈춰 섰다. '방금 전 벌어진 일은? 내가 119를 불렀는데, 바로 내가 전화를 걸었는데.' 세연은 전화를 끊어 버렸다. 세연은 자신이 나온 지하철역을 향해 뛰어가기 시작했다.

세연은 미친 사람처럼 계단을 내려가다 발을 헛디뎌 넘어질 뻔했다. 옆에 있던 여자가 세연에게 괜찮으냐고 물었지만 세연은 그녀를 두고 다시 뛰기 시작했다. 세연은 개찰구에 카드를 찍을 겨를도 없이 뛰어지나가 승강장으로 달렸다. '사람들이 아직 모여 있을 거야. 경찰도 구급대원도, 흐느끼던 중년 부인도 아직 자리를 떠나지 않았을 거야.' 세연은 숨이 가빠 왔다. 그러나 가쁜 숨 때문이 아닌 알 수 없는 불안감으로 심장이 뛰고 있었다. 터질 것 같아.

그녀는 폭발할 것 같은 심장을 움켜쥐고 승강장에 다다라 숨을 몰아쉬었다. 승강장 앞에 모여 있던 사람들이 그런 세연을 의아하게 바라보았다. 세연은 그 순간 자신의 눈 안에 들어온 역 안 풍경을 보고 다리에 힘이 풀려 자리에 주저앉아 버렸다.

열차를 기다리는 사람들의 평범한 움직임. 어떤 일말의 사건도 벌어지지 않았음을 짐작하게 하는 그들의 일상적인 눈빛에 세연은 그녀 자신만이 가쁜 숨을 쉬고 있음을 알아챘다.


# 7.

**"한계는 없다. 이곳은 언어의 세계인 것이다. 모든 것을 무너뜨리고도 다시 시작할 수 있는 세계." – 5월 24일 4시 5분 〈상기자의 자리〉**


소와는 엄마가 운전하는 차 뒷좌석에 올라탔다. 이렇게 낮 시간에 모녀가 밖으로 나올 수 있는 순간은 흔치 않았기 때문에 둘이 함께 맞는 아침이면 소와의 엄마는 잠에서 깬 딸을 달래 가며 빠르게 나갈 준비를 끝내곤 했다.

"소와, 덥진 않니? 창문을 열어 줄까?"

소와의 엄마는 거울로 뒷좌석에 앉아 있는 딸을 확인하며 물었다. 소와는 덥지 않았지만 부는 바람을 얼굴로 맞고 싶어 "응, 엄마." 하고 대답했다. 창문이 열리자 달리는 차 안으로 바람이 몰려들었다. 봄의 한복판인 거리의 날들 속에 바람에도 봄꽃들의 향기가 묻어났다.

"엄마, 봄이 지나면 곧 여름도 오겠지?"

엄마는 딸의 꿈꾸는 듯한 목소리에 가슴이 아파 왔다. '여름이 오면 함께 바다에도 가고, 산에도 가고, 하고 싶은 일들이 많은데. 우리 딸, 그렇게 잠들지만 말고, 엄마랑도 좀 놀아 주지.' 목 끝까지 올라온 그 말을 엄마는 이내 다시 안으로 되돌려 보냈다. 점점 더 길어지는 소와의 수면 시간은 엄마로 하여금 자신의 딸이 아주 천천히 이 세상을 떠나려 한다고 느끼게 했다. 언젠간 잠이 들어 결코 깨지 않을지 모른다고.

"소와야, 사랑한다."

"응, 엄마 나도, 나도 많이 사랑해."

모녀는 시간이 있을 때마다 사랑한다는 말을 주고받았다. 언젠간 하고 싶어도 그 말을 할 수 없는 순간이 올 것처럼, 그때 울면서 후회하지 않기 위해. 엄마는 소와가 깨어 있는 순간이 삶의 마지막 날인 것처럼 딸아이와 많은 것들을 하기 위해 분주하게 움직였다. 그리고 다시 소와가 잠들면, 또 다른 삶의 탄생을 기다리듯이 의자에 앉아 딸의 잠든 방을 지켜 왔다.

"깨어날 거야. 그치? 그리고 이번엔 아주 오랫동안 잠들지 않을 거야. 그렇지? 아가?"

소와의 엄마는 잠든 딸아이의 얼굴을 보며 되뇌었다. 눈을 감고 하는 기도와 같은 음성으로. 소와는 잠들기 바로 직전 꿈과 현실의 중간에서 늘 연기처럼 흩어지는 엄마의 그 목소리를 들었다. '응 엄마. 엄마를 만나러, 다시 올 거야.' 잠결에 홀로 속삭이며 소와는 그렇게 깊은 꿈속으로 빠져들었다.

꿈의 길목에 도착한 순간 현실의 시간들은 거짓말처럼 소와의 머릿속에서 잊혀져 갔다. 이곳이 그녀가 사는 유일한 세계인 듯이, 소와는 꿈의 세계에서의 자신을 기억해 냈다.

"나 어제, 바다 위에 은빛 섬을 봤었어."

소와가 어제의 항해를 기억해 내는 순간 그녀는 망설임 없이 붉은 숲을 가로질러 뛰었다. 붉은 바다에 다다르면 그곳엔 소와만을 위한 그녀의 와인색 배가 있을 것이다. 소와는 배를 힘껏 밀어 바다 위에 띄웠다. 그러곤 익숙하게 배 위로 뛰어 올라가 노를 잡았다. 그녀는 눈부시지 않은 푸른 태양을 향해 정면으로 노를 저었다.

소와는 뒤돌아 붉은 숲이 보이지 않을 만큼 그녀가 노 저어 왔다는 것을 확인했다. 조금만 더 앞으로 가면 그녀는 은빛 섬을 발견할 수 있을 것이다. 소와는 마음 깊숙이 설레는 감정을 느꼈다. 기대로 가득 찬 그녀의 눈이 파도처럼 일렁였다.

소와는 한참을 바다 한가운데로 노 저어 갔다. 조금만 더 가고 싶어. 그렇게 얼마를 그 넓은 바다 한가운데 점처럼 떠 있었을까. 저 멀리 반짝이는 무언가를 발견하곤 소와는 환호성을 내질렀다.

"저기야. 분명 저기에 그 섬이 있어."

소와는 와인색 배를 반짝이는 빛 쪽으로 돌렸다. 그리고 힘차게 물살을 가로질렀다. 바람도 그녀의 등을 떠밀며 작은 배가 더 쉽게 앞으로 갈 수 있도록 도와주었다. 은빛 섬이 조금씩 자신의 모습을 드러내고 있었다.

"크다. 생각했던 것보다 더 커."

가까이 갈수록 더욱 커다래지는 섬의 크기에 소와는 입을 다물지 못했다. 그리고 마침내 그녀의 배가 은빛 섬의 끝자락 흰모래알해변에 도착했다. 그녀는 배를 모래알 위로 올려놓기 위해 배에서 훌쩍 뛰어내렸다. 붉은 바다가 소와의 허리쯤에서 찰랑였다. 그녀는 자신의 작은 배 뒤로 가서 배를 힘껏 밀었다. 바다에 그녀의 배가 홀로 떠내려가지 않도록. 그녀의 배가 흰 모래알에 갇혀 더 이상 움직이지 않자 그녀는 배 앞으로 걸어갔다.

소와는 고개를 들어 찬란히 빛나는 섬 전체를 황홀한 눈으로 바라봤다. 흰 모래알이 끝없이 펼쳐진 섬은 마치 사막에 도착한 듯 너무도 광활했다.

"바다에서 봤을 때, 이렇게 큰지 몰랐는데. 붉은 바다가 이런 섬을 숨기고 있었다니, 정말 놀라워."

소와는 모래사장을 천천히 걸어 섬 안쪽으로 들어갔다. 흰 모래 사장엔 그늘을 만들어 줄 나무 하나, 풀 한 포기조차 없었지만, 그 넓은 모래알들은 결코 황량해 보이지 않았다. 오히려 눈이 내린 들판처럼 포근해 보였다. 소와는 한참을 앞으로 걸어가다 문득 뒤돌아, 보이는 것이 바다보다 모래알이 더 많다는 것을 깨달았다. 그러고는 멈춰 서서 그 자리에 누워 버렸다. 젖은 그녀의 옷자락을 말리려, 그리고 잠시 쉬어 가려, 그녀는 하늘을 바라보고 누웠다. 푸른 태양, 붉은 바다. 소와는 눈을 감았다. 세상의 중심에 홀로 존재하는 것만 같은 경이로움 속에 어쩌면 자신이 이대로 잠들어 버릴지도 모른다고 생각했다. 그 나른함, 그 포근함, 그 따스함이 소와로 하여금 몸속에 남은 일말의 긴장 하나까지 모두 풀어 버리게 만들었다. 그렇게 그녀는 오래도록 눈을 감고 누워 있었다.

소와는 감은 눈 위로 밀려드는 빛을 보고 있었다. 눈을 감아도 보이는 세상, 그건 색으로 이루어진 세계가 아닌 빛만으로 온전한 세계였기 때문에. 눈을 감아도 보이는 빛은 결코 지워지지 않는 색이었다. 피할 수 없는 색, 언제나의 빛.

소와는 그 빛을 제대로 보고 싶어 눈 뜨지 않고 보는 법을 연습하고 있었다. 자꾸만 떠지려 하는 눈을 억지로 감고 있던 그녀의 위로 별안간 빛의 색을 사라지게 한 그늘이 드리워졌다. 소와는 눈을 떴다. 구름 한 점 없는 하늘에 그늘이라니. 하늘이 보이길 기대하고 눈을 뜬 소와의 눈에 들어온 것은 누군가의 그림자였다.

"안녕?"

소와가 나른한 목소리로 그녀를 가린 그림자에게 인사했다.

"여긴 어디에요? 당신의 섬이에요?"

소와는 여전히 그 자리에 누운 채로 보이는 것이라곤 그림자뿐인 누군가에게 말했다.

"넌 되돌아가지 못한 기억이니? 내가 돌려보내지 않았니? 왜 넌 증발하지 않았어?"

그림자가 웅장한 목소리로 그녀에게 말했다. 그 울림이 그녀의 내부에서 울려 퍼진 건지 그녀의 외부에서 들려오고 있는 건지 소와는 알 수 없다고 생각했다. 소와는 대답 대신 예쁘게 웃어 보였다.

"예쁘구나."

그림자가 말했다. 소와는 다시 눈을 감았다. 그녀는 그대로 자신이 잠이 들 거라고 생각했다.


{{그는 이따금 흰 모래알이 날리는 사막 위에 서 있었다. 그러나 그는 그 사실을 알지 못했다. 그는 이따금 하늘 위의 바다를 헤엄쳤다. 그

러나 그는 그 사실을 알지 못했다. 그는 자주 서성이거나 가만히 앉아 쉬었고 빠르게 뛰어올랐으나 바로 '그가 있던 자리'로 다시 되돌아왔다.

　그는 대부분의 시간을 바다를 섞는 일로 보냈고, 바다에 흠뻑 젖어 흰모래사막으로 내려와 바다를 증발시켜 다시 바다로 돌려보냈다. 그러나 그는 그 사실을 알지 못했다. 그래서 그는 기다렸다. 그가 할 수 있는 일이라곤 그것밖에 없는 것처럼. 그는 절박한 기다림의 끝에서 자주 서성이거나 가만히 앉아 쉬었고 빠르게 뛰어올랐으나 '그가 있던 그 자리로' 다시 되돌아왔다.

　그는 자신이 영원한 시간 속에 있다는 것을 알지 못했다. 빛조차 따라올 수 없는 시간. 너무 빠르거나 혹은 너무 느리게 흘러, 움직이는 것이 그 혼자뿐이라는 자각. 그런 자각 속에서 그는 고독했다.

　그래서 그는 고독한 자신과 친해지는 법을 배우려 애썼다. 그는 여전히 '그가 있던 그 자리'로 다시 되돌아왔지만 순수한 배움의 과정에서 잠깐씩 웃어 보일 수 있었다. 자신의 고독에게, 자신을 감싸고 있는 영원한 시간에게.

　그는 하늘 위의 바다로 뛰어들었다. 그는 오래도록 기억의 바다를 헤엄치다 다시 흰모래사막으로 내려왔다. 그에게 흠뻑 묻어 있는 기억은 증발되어 다시 바다로 되돌아갈 것이며 그에게 머무른 기억 모두 그에게서 떠나갈 것이다.

　그는 기억의 바다를 붙잡는 법을 알지 못했다. 그는 언제나 기다리는 사람이었다. 기억이 증발되어 다시 바다로 돌아가기를 기다리는 사람.

　그는 흰모래사막에 서서 젖은 자신을 말렸다. 되돌아가야 할 기억

하나가 그의 옆에 누워 있었다. '안녕?' 아이가 그에게 말을 걸었다. 기억은 결코 그에게 말 걸 수 없는 것임에 불구하고, 아이는 예쁘게 웃어 보였다. 그는 아이를 내려다보며 그대로 서 있었다. '너는 왜 바다로 돌아가지 않아?' 그는 물었고 아이는 눈을 감았다. 아이의 얼굴에는 예쁜 미소가 사라지지 않았다. 그래서 그는 아이에게 웃어 보였다.

그가 오랫동안 연습했던 순수한 배움의 시간, 그 속에서 잠깐씩 웃어 보일 수 있었던 그가 바로 오늘을 위해 그 고독을 홀로 지나왔음을 말하고 있는 것처럼. 그는 웃었고 아이는 여전히 그의 옆에 누워 있었다.]]

"소와야, 다 왔어. 병원이야."

엄마는 주차장에 차를 세우곤 뒷좌석의 아이를 뒤돌아봤다. 소와는 어느샌가 잠이 들어 있었다. 엄마의 눈에 작은 이슬 같은 눈물이 맺혔다.

"소와야, 다 왔는데, 그새 잠이 들었니?"

엄마는 자신의 어깨에 두르고 있던 숄을 풀어 잠이 든 아이 위에 덮어 주었다. 엄마는 차의 시동을 끄고 뒷좌석으로 가서 잠든 아이의 머리에 자신의 무릎을 받쳐 주었다. 엄마는 소와의 머리를 쓰다듬었다.

"아무래도 오늘은 우리, 병원에 가지 못할 것 같네. 아가. 좋은 꿈 꾸거라."

엄마는 가만히 앉아 있었다. 엄마의 무릎을 베고 잠이 든 소와는 기분 좋은 꿈이라도 꾸는지 잠결에 미소를 짓고 있었다. 그대로 모녀는 오랜 시간, 해가 져서 밖이 어둑어둑해질 때까지 그렇게 차 안에 앉아 있었다.

"현재란 순간의 감흥을 붙잡는 것. 지각하는 것. 느끼는 것. 머리로만 하는 사색 따위에게 내주는 시간이 아닌 세상을 보고 듣고 느끼고 동요하는 거예요. 그래서 현재에 사는 사람이 많지 않아요. 과거에게 붙잡히거나 미래에게 불려 다니죠. 걱정과 한숨뿐인 우리는 우리를 감싸는 세계와 교감하지 못해요."

소와는 눈 감아도 보이는 세상에게 말하기 시작했다.

"느지막이 나이를 들어 버린 사람들은 언제나 한낮의 청춘을 부러워해요. 자신에겐 이미 지나 버린 시간이라고 생각하기 때문에, 가졌었으나 이젠 내게 없는 그 상실감 속에서 추억에 잠기죠. 한가운데 있었을 때는 소중한 줄 모르죠. 그건 누구나 그래요. 우리는 그런 걸 알아챌 수 있을 만큼 현명한 존재들이 아니니까. 늘 떠나 버린 것들에게만 애정을 쏟죠. 노을 지는 하늘이 붉은 것은 그 붉음이 그리움의 색깔이기 때문이에요. 노을은 한낮의 태양이 그립거든요."

소와는 붉은색이 품고 있는 그리움의 감성들을 볼 수 있었다. 색은 모두 저마다의 감성 위에서 빛났지만 붉은색만큼 그녀를 쓸쓸하게 만드는 색은 없었다. 위로할 수 없고 또 위로받을 수 없는 색의 감정은, 그녀에게 고스란히 전이되었다. 전이, 교감을 넘어선 그대로의 전이란 사람을 얼마나 무력하게 만들며 위태롭게 만드는지, 그녀는 잘 알고 있었다.

세상은 온통 감정들로 가득 차 느끼지 않으면 볼 수도 없었다. 본다는 것은 느낄 수 있는 것, 영향 받는 것, 반응하게 되는 것으로서의 반사적 행동이었다. 눈 감으면 이 오색 빛깔 세상이 사라질까, 잠시 기다려 봐도, 눈 뜬 세상은 사라져 버리기엔 너무 다양하게 자신들의 존재를 부르짖었다. '나는 세상을 봐야 하는 존재로, 봐 주어야 하는 존재로 태어난 거야. 세상은 보여지지 않으면 아무런 의미도 없기 때문에, 세상에게 의미를 가져다주기 위해, 나는 이렇게 보고 있고 또 보게 될 거야.'

　"나는 내 이름이 뭔지 알아요."

　오래도록 그녀의 이야기를 들어 주던 그림자가 물었다.

　"너의 얘기를 해 줘. 내가 모르는 너의 이야기."

　"내 이야기……. 내 이야기는 아주 먼 옛날부터 시작되는 동화 같은 거예요. 그래서 가볍게 바람에 날아가는 꽃씨들만큼이나 가볍게. 그러다 보면 어느 하나 정도는 땅에 뿌리를 내리기도 하니까. 수많은 꽃씨들이 날려도 다음 봄에 피는 꽃은 고작 한 송이 두 송이일 뿐. 그래도 피는 게 어디예요. 생명력이란 참 대단한 것 같아요."

　소와는 자신이 꿈을 꾸고 있다고 생각했다. 은빛 섬에 도착해 흰 모래알들에 자신을 맡긴 채 누워 버린 그녀가 잠이 든 거라고. 그래서 그녀는 지금 섬의 꿈을 꾸고 있다고 생각했다.

　"깊은 바다 속 소라였던 나는 어느 날 한순간에 마주쳤던 은색 돌고래를 사랑하게 됐어요. 돌고래를 생각하고, 돌고래를 기억하고, 돌고래를 그리워하는 것만으로 지냈던 나는 어느새 돌고래의 영혼을 가진 소라가 되어 바다에서 떠돌았죠. 아주 오랫동안. 그렇게 돌고래도 소라도 아닌 나를, 돌고래이면서 또 소라였던 나를, 나의 어머니가 발견하고 불쌍한 마음에 땅으로 데려왔어요. 그래서 나는 세상에 태어났죠. 우리 모두는 내가 사랑한 이들로 인해 나의 세상에서 추방되고 나를 사랑한 이들로 인해 이 세상에 태어나요. 기억할 수만 있다면 이 사실은 언제나 변함이 없어요."

　소와는 잔잔하게 일렁이는 눈으로 말했다. 목소리는 한없이 낮아 깊은 바다로 가라앉을 것 같았고 표정은 가볍게 창공을 날았다. 새처럼 혹은 물고기처럼, 소와는 자신이 소라였다고 고백했다. 단단한 껍질 속에 여린 살을 숨기고 사는 소라. 돌고래를 사랑할 줄 알았던 소라, 돌고래의 영혼을 가진 소라. 그는 사랑스러운 아이가 너무 정겨워서 따뜻하게 미소 지었다. "당신의 얘기도 해 주세요. 내가 모르는 당신의 이야기."

소와가 물었다. 그림자는 한동안 아무 말도 없이 그녀 곁에 서 있었다.

"나는 바다를 헤엄치다 다시 내가 있던 그 자리로 돌아와, 바다를 말리지. 바다는 내가 없으면 섞이지 않아. 나는 바다를 섞고 바다를 말리고 바다를 다시 바다로 되돌려 보내. 그게 다야. 나의 이야기는."

그림자는 쓸쓸하게 말했다.

"나는 그 쓸쓸함의 색깔을 잘 알아요. 그 붉음은 그리움의 색깔이죠. 무언가 그리워하는군요."

"그럴지 몰라. 하지만 난 그리워 할 무언가가 없어."

그림자는 고요해졌다. 소와는 감은 눈을 뜨고 몸을 일으켜 앉았다.

"당신은 누구죠?"

"나는 누구도 아니야."

그의 그림자에서 벗어난 소와는 그녀의 옆에 서 있는 누군가를 볼 수 있었다. 맑은 얼굴, 아름다운 표정, 한없이 빛나는 모습으로 그가 말했다.

"나는 언제나 이 자리에 있어. 나는 어디에도 가지 않아."

소와는 고개를 갸우뚱했다.

"여기가 대체 어디죠?"

"모두의 기억이 모이는 곳. 결코 사라지지 않는 기억의 바다. 처음과 끝을 기억하는 사람들의 정신. 여긴 우주의 기억이야."


## 8.

**"끝에 대한 예감은 언제나 조금은 서글프다. 그래서 새로운 시작도 언제나 조금은 아련하다." — 5월 30일 1시 37분 〈상기자의 자리〉**


연하는 핸드폰을 만지작거리며 오래도록 망설였다. 그러나 자신이 할 수 있는 일이라곤 지금 정우에게 전화를 거는 일밖엔 없다는 것을 인정하자 연하는 빠르게 핸드폰에서 정우의 이름을 찾았다. 신호음이 어느 때보다 길고 지루하게 들렸다.

"여보세요?"

핸드폰 너머로 그녀의 오랜 친구인 정우의 목소리가 들렸다.

"나야."

연하는 힘없이 말했다.

"유연하 씨. 웬일이야. 이 밤에."

"어디야? 잠깐 만날까?"

연하의 목소리에 정우는 금세 그녀에게 무슨 일이 있다는 것을 알아챘다.

"무슨 일 있어?"

"아니."

연하는 아무 말도 하지 않고 오랫동안 핸드폰을 귀에 대고만 있었다.

"알았어. 어디야? 내가 갈게."

정우는 그녀가 자신을 만나야지만 얘기해 줄 것임을 예감했다. 그것이 무슨 일이던 간에. 그는 자려고 누웠던 몸을 일으켜 입고 있던 옷에 재킷 하나만을 걸쳐 입었다.

"지금 나갈게. 기다리고 있어."

정우는 짧게 말하고 전화를 끊었다. 연하는 끊긴 전화를 그대로 귀에 대고 있다 힘없이 손을 떨어뜨렸다. 그녀는 정우를 만나 얘기를 하고 싶다는 생각을 했다. 많은 시간 함께한 만큼 그들은 서로에게 익숙했으며 말하지 않아도 다양한 감정들을 전달할 수 있었다.

연하는 길가의 가로수에 몸을 기대고 정우를 기다렸다. '기다리는 것밖엔 할 수 있는 일이 없어. 나는 왜 언제나 이런 나밖엔 될 수 없을까.' 연하는 밀려드는 복잡한 감정의 소용돌이 속에서 자신을 붙잡고 있기가 힘겨웠다.

"무엇 때문에 그렇게 혼란스러워 해, 아줌마. 별거 아니야. 나는 그 프로젝트에 참여하지도 않을 거고, 내가 책임감을 느껴야 할 그 무엇도 내겐 없어. 그러니 진정해. 나답지 않게 왜 그래. 놔 버려, 그냥. 오늘이 그냥 오늘로 흘러갈 수 있게 손에서 놓으란 말이야."

연하는 그녀의 펼친 두 손을 내려다보았다. 그 속엔 아무것도 놓여 있지 않았지만 연하의 손끝은 떨려 오고 있었다. 무엇이 그토록 그녀를 두렵게 만드는지 그녀 자신도 알 수 없었다. 알 수 없어서 더 긴장되는 떨림이 그녀를 한없이 연약하게 만들었다.

"유연하."

갑자기 '툭' 하고 어깨를 치는 바람에, 무방비 상태인 그녀를 누군가 '유연하'라고 부르는 바람에, 그녀는 깜짝 놀라 소스라치며 뒤를 돌았다. 그러자 그녀의 몸짓에 따라 놀란 정우가 '왜 그래' 하며 그녀의 어깨를 두 손으로 감쌌다.

"하. 너였구나."

연하는 안도의 한숨을 내쉬었다. '무엇에 안도하는 걸까. 나는 지금.' 연하는 스스로에게 물었다.

"너 왜 그래, 진짜 무슨 일 있는 거야?"

한없이 커진 정우의 눈이 연하를 걱정했다. 연하는 힘없이 고개를 저었다. 정우를 보는 순간 풀려 버린 긴장에 연하는 노곤해진 자신의 몸을 느꼈다.

"피곤하다. 우리 어디 들어가자."

연하는 정우의 팔에 손을 얹고 그에게 반쯤 자신을 의지하며 걸음을 옮겼다. 마치 병자라도 된 듯한 맥없음에 연하 자신도 짜증이 밀려왔다. 그녀는 자신이 그럴 이유가 하나도 없는데도 불구하고 정처 없이 흔들리고 있다고 생각했다. 그런 이유 없는 흔들림이, 이유를 찾고 싶지 않아 흔들리는 마음이 그녀를 한없이 초조하게 만들었다.

정우가 전에 한 번 와 봤던 곳이라며 조용한 술집으로 그녀를 인도했다. 벌써 11시가 한참 넘은 시간. 그 둘이 이렇게 늦은 시간 만남을 갖는 경우는 의례적인 일이었다. 그들은 둘 다 소주 세 잔에 부서질 수 있는 술에 약한 사람들이었으므로. 그러나 이런 늦은 시간 그들이 편안히 들어갈 수 있는 곳이라곤 느지막한 시간까지 문을 닫지 않는 술집뿐이었기 때문에 그들은 가게에 들어와 탁자를 가운데 두고 마주 앉았다.

"이모, 여기 소주 한 병 주세요."

정우가 마시지도 못할 소주를 시켰다. 아마 한 병을 두고 세 시간은 버틸 수 있을 그들의 주량. 평소라면 그런 정우에게 장난 섞인 한 소리 던질 연하였지만 그녀는 아무 말도 하지 않았다. 정우는 한없이 진지하고 심각해진 연하를 바라보다 자신의 잔에 술을 따랐다.

"나도."

연하가 그녀 앞에 놓인 술잔을 정우에게 밀었다. 웬만하면 마셔야 할 술도 요리조리 잘 피해만 가던 연하가, 그것도 내일 학교에서 아침 강의를 맡아야 하는 그녀가 스스로 술잔을 내미는 건 흔치 않은 일이었다.

정우는 말없이 연하의 잔에 술을 채워 주었다. 그렇게 그들은 그들의 주량인 소주 세 잔을 말없이 차례대로 비워 갔다. 연하의 눈치를 살피던 정우는 어느샌가 그 불편한 침묵을 익숙하게 받아들이고 있었다.

"오늘 유연하 씨, 무슨 일이 있긴 하고만. 통 말이 없으니 내가 맞혀야 하는 건가? 지금 나보고 맞히라고 이러는 거지?"

정우는 이마를 찌푸리며 생각하는 척했다.

"그렇지만 난 맞히지 않겠어. 난 유연하가 말할 때까지 기다릴 거야. 정 말하기 싫으면 이렇게 술만 먹다 가도 좋아. 이모, 여기 소주 한 병 더요! 내가 내일 진료하는 날이라지만, 뭐 유연하랑 소주 한 잔 했다는데, 누가 뭐라겠어. 안 그래?"

정우가 적당히 취기 오른 말투로 말을 이어 갔다. 정직하게 취해 버리는 소주 세 잔. 세상일도 모두 이렇게 정직하게 결과가 나오면 좋으련만. 우리는 어떤 일들을 내 안으로 받아들일 때, 자신이 어떻게 변할 수 있는지 예측하지 못한다. 때론 술에 취해 튀어나오는 내 안의 괴물을 막아서려 술 한 잔 입안에 털어 넣는 것도 조마조마해 한다. 더 이상 내가 통제할 수 없는 나를, 세상 누구보다도 내가 너무도 두려워하는 것이다.

"두렵지 않니? 기억도 안 나. 내가 무슨 말을 했는지. 어떤 일을 저질렀는지. 난 기억도 못해. 술에 취해서 정신을 놓아 버린 거지. 아니 나를 그냥 놓아 버린 거지. 그게 나야? 마치 나 아닌 누군가가 내 가면을 쓰고 그냥 나인 척하는 것 같아. 연기하는 것 같다고. 내가 이해할 수 없어. 술에 취해 벌이는 내 행동을 술 깬 내가 도무지 이해할 수 없단 말이야. 그러고도 술을 마시는 게 두렵지 않아?"

"두려워? 그게? 재밌지 않아? 내가 감추고 있던 아니 숨기고 싶었던 모든 게 풀려나서 난 재밌던데. 하고 싶었던 말 하지만 차마 못했던 얘기들. 그런 게 탁 하고 나와 버리잖아. 얼마나 재밌어? 술 취한 사람들, 술 취한 세상이?"

"감당할 수 없는 진실은 숨기는 게 나아."

"감당 못할 건 또 뭐야. 유연하 씨. 항상 말하는 그 모토는 어디로 갔어? 인간이라면 그 어떤 일도 가능하다는 그 말. 그거 그냥 하는 말이었어? 멋진 척? 쿨한 척?"

"비겁해. 맨정신으론 감히 하기 힘든 그런 일들을 술 취한 몽롱한 정신이라고 모두 벌여 놓고 기억 못 한다고 내빼는 게 너무 비겁해."

"우린 원래 비겁한 존재들이야."

"난 그러기 싫어."

"그러기 싫어도 누구보다 넌 비겁하게 살아가잖아. 모순적이야. 너."

연하는 정우의 말에 발끈했다.

"내가 어째서 비겁하지?"

"언제나 몸 사리잖아. 미리 불안해하고 미리 차단하잖아. 그것도 맨정신으로 말이야."

연하는 앞에 있던 술잔을 한 번에 비웠다. '난 그렇지 않아.' 목 끝까지 나온 그 말을 연하는 차마 입 밖으로 내뱉지 못했다. 대신 그녀는 이렇게 말해 버렸다.

"그래, 어쩌면 그럴지도 모르지. 난 두려운 게 많은 사람이니까."

연하는 떨려 오는 심장에 손을 가져다 댔다. 두려운 오늘이 오늘로서 지나가기를 바라는 비겁한 마음. 마주할 용기 따윈 처음부터 없기에, 그저 숨죽여 지나가기만을 기다리는 비겁한 자신이 연하는 부끄러웠다.

"자, 이제 말해 봐. 지금 네가 그 쓴 소주를 물처럼 마셔 대는 이유. 뭐가 그렇게 널 힘들게 만들었어?"

'힘들다. 나는 지금 힘든 걸까? 하지만 무엇 때문에 내가 힘들어 하는 거지?' 연하는 스스로에게 묻고 싶었던 질문들이 정우의 입에서 흘러나옴에 그에게 대답해 주기 위해서라도 자신이 그 대답을 찾아야만 한다는 것을 깨달았다.

"박사님을 만났어. 저녁을 먹자고 하시더라고."

정우는 테이블에 턱을 괴고 연하를 물끄러미 바라보았다. 그의 눈에는 이제 좀 이해가 간다는 일종의 수긍이 들어 있었다.

"그렇게 보지 마. 맞아. 프로젝트 때문에 만났어. 박사님이 연구진으로 들어오라고 하셨어. 네 말대로, 그래 너희들 말대로 내가 제일 처음이지."

정우는 빙그레 웃어 보였다.

"누구도 뭐라 하지 않아. 네가 그 프로젝트에 들어간다고 해도, 누구도 불만 품지 않는다고. 넌 그럴 자격이 있잖아."

"무슨 자격?"

연하는 반사적으로 되물었다. 그녀의 목소리에 돋은 가시는 찔리면 피가 날 정도로 날카로웠다.

"이러지 마. 진심인 거 알잖아. 널 몰아세우려는 게 아니라. 넌 유능한 연구진이니까. 박사님이 아닌 다른 분의 프로젝트라 해도 네가 제일 먼저 제의를 받는 것에 누구도 의아해 하지 않을 거라는 그 말을 하고 있는 거야. 삐딱하게 보지 마."

정우의 만류 어린 설명에도 연하는 이미 자신이 똑바로 설 수 없을 정도로 삐딱해져 있다는 것을 알았다. 학부 시절의 그녀처럼 그녀의 삐딱함은 끝을 알 수 없을 만큼 세상을 기울게 만들었다. 누구도 바로 잡을 수 없는 기울기.

"나는 프로젝트팀에 합류하지 않을 거야. 박사님께도 확실히 말했어."

"그러지마. 박사님은 널 정말 필요로 할 거야. 힘이 되어 드리는 게 제자의 도리잖아."

"난 박사님의 제자가 아니야. 수많은 학생 중에 하나였을 뿐이야."

연하는 그렇게 말하는 자신에게 화가 났다. 누구보다 자신이 가장 잘 알고 있는 진실. 박사님은 언제나 그녀를 하나뿐인 제자로 생각하고 있다는 걸. 연하는 그 사실을 숨기고 싶었다. 모두가 알고 있어도 나만은 인정하고 싶지 않다는 비겁함. 그 비겁함 뒤로 연하는 자신의 몸을 완전히 숨겼다. 아니 숨겼다고 생각했다.

"유연하. 너 정말 못됐구나. 삐뚤어져도 완전히 삐뚤어졌어. 네가 무슨 사춘기 여고생도 아니고 나이 먹어 그러는 건 용서받지도 못해."

누가 날 용서할 것이며, 누구에게 빌 용서란 말인가. 연하는 빈 술잔에 술을 따랐다. 정우의 손이 그녀의 손을 잡았다.

"그만 마시지? 이미 네 주량 한참 전에 끝났어. 기어서 집에 들어가고 싶어?"

그러나 연하는 정우의 손을 뿌리치고 술잔의 술을 입안에 털어 넣었다. 쓰디쓴 소주가 아무 맛도 나지 않았다. 마치 온몸의 지각이 멈춰 버린 듯, 이 공간의 향기도 맛도 소리도 그녀에겐 느껴지지 않았다.

"주크……. 박사님이 하시려는 프로젝트가 주크래. 하. 이게 무슨 애들 장난도 아니고, 나를 놀리려는 것도 아니고. 박사님이 어떻게 그런 생각을 하는 건지 이해할 수 없어."

"주크. 기억보관함."

정우의 말에 연하는 화들짝 놀라 그를 쳐다봤다.

"어떻게 알지? 주크를?"

정우가 의자 뒤로 몸을 기대며 기지개를 폈다.

"어떻게 몰라? 그 난리의 주크를?"

그 난리라니, 대체 무슨 말이야. 연하는 아무 말도 하지 못한 채 정우를 멍하니 바라보기만 했다. 그녀는 순간 자신 앞에 앉아 있는 그가 누구인가를 생각했다. 내가 아는 사람이던가? 아니 처음 보는 사람이던가?

"네가 왜 그 수업에서 낙제점을 받았는데. 너만 빼곤 다 알지. 이 둔한 여자야."

"무슨 소리야. 제대로 말해 봐. 그게 대체 무슨 말이야."

연하는 정우를 다그쳤다.

"그 리포트. 복사본이 얼마나 많이 돌았는데, 아주 유명했지. 우린 네 리포트를 읽고 토론하고 발표도 해야 했어. 이신우 교수님의 수업에선 반 학기가 네 리포트의 얘기였지. 넌 교수님 수업을 안 들었으니까 모르겠지만. 확인되진 않았지만 교수님들이 의견 충돌로 거의 싸우다시피 했다는 일도 루머같이 돌았어. 난 물론 그게 사실이라고 생각해. 이신우 교수님이라면 그럴 만도 하지. 결국 이신우 교수님과 싸우고 화가 나서 널 낙제시켰다는 이야기도 꽤나 신빙성 있지. 그 교수가 꽤 감정적이었잖아."

연하는 처음 듣는 그의 이야기에 눈이 토끼만큼 커졌다.

"그게 대체, 나는 리포트를 쓰레기통에 넣었는데. 교수님은 수업에서 아무 말씀이 없었는데. 난 내가 낙제를 받을 만한 충분한 이유가 있다고 생각했어. 그런 말도 안 될 리포트를 냈으니까. 당연하잖아."

"두 교수님이 친한 사이였대. 네 리포트를 읽고 그 교수님이 이신우 교수님을 찾아갔다나 봐. 그냥 단순히 얘기를 하고 싶어서였겠지. 두 분 다 널 알고 있으니까. 같은 과 교수들이었으니까. 그 자리에서 네 리포트를 다 읽은 이신우 교수가 극찬을 했다지 아마? 그러곤 두 분이 네 글에 대해 토론을 벌이다가, 물론 이신우 교수는 이건 대단한 진실이라고 말했겠지. 우리 수업에서도 연신 그 말을 되풀이했으니까. 하지만 네 수업 담당 교수는 말이 안 되는 얘기라고, 상상력으로 쓴 글일 뿐이라고 그렇게 얘기를 한 모양이야. 결국 둘 다 맘이 상해서 한동안 얘기도 안 했다는 그런 유치한 루머, 하지만 난 그게 루머가 아니라고 생각해. 덕분에 이신우 교수님의 수업을 들었던 우리들은 학기 내내 네 리포트, 주크의 진실에 대한 토론으로 시간을 보냈다고. 생각해 봐. 우린 얼마나 마음이 그랬겠냐. 동급생이 쓴 리포트 하나로 수업을 모두 때웠으니. 거참. 괜히 너 싫어하고 눈 흘기고 그런 애들 많지 않았어? 나도 그때 네가 좀 아니꼬웠어. 하하하."

정우는 호탕하게 웃었지만, 연하는 도무지 그의 이야기가 웃기지 않았다.

"왜 얘기 안 했어? 왜 아무도 내게 그런 얘길 해 주지 않았지? 내게 제일 먼저 말해 줘야 하는 거 아니야?"

연하는 화가 치밀었다. 그녀 홀로 또다시 우리의 집단에서 벗어났다는 사실에 그녀는 짜증이 났다.

"야, 그건 자존심이야. 어떻게 말해. 우리가 네 리포트 하나로 공부하고 있다고."

"그 우리라는 말 좀 집어치울 수 없어?"

연하가 자기도 모르게 소리를 질렀다. 정우가 놀라 그녀를 쳐다봤다. 연하는 자신을 삭히느라 가쁜 숨을 내쉬었다.

"미안해. 지금 내가 나한테 화가 나서 그래. 멍청이. 유연하. 난 왜, 대체 왜 그럴까."

"뭐가 그렇게 화가 나. 네가 몰랐다는 거? 아니면 이제 와서 박사님이 주크에 대해 다시 말하는 거? 무엇이 그렇게 화가 나는 일이지? 감사해야 하는 거 아닌가? 다른 교수 같으면 학생이 쓴 그런 어설픈 글을 10년 넘게 간직하겠어? 널 존중하고 네 생각을 존중하니까 그런 거잖아. 살면서 그런 존중을 받을 수 있는 사람이 몇이나 돼."

"난 몰라. 잊었어. 주크가 뭔지. 박사님이 오늘 그 말을 꺼내기 전까진 한 번도 생각난 적 없이 모두 잊었단 말이야. 난 더 이상 학부 시절 그 유연하가 아니잖아. 내겐 의미 없어. 왜 이제 와서 과거의 나로 현재의 날 막아서는 건데! 나도 놓아 버린 나를, 대체 다른 누군가가 왜!"

정우는 연하를 물끄러미 바라보았다. 애잔함? 아니면 동정 어린 시선이던가? 연하는 정우의 눈빛에 담긴 많은 의미를 해석해 내고 싶어 안달했다. 그녀는 그가 그런 눈으로 자신을 보는 것이 두려웠다. 하지만 그것이 어떤 종류의 두려움인지 알 수 없었다.

"두려워? 무엇이? 변한 너? 정말 변하긴 했어? 뭐가 어떻게 변했는데? 과거의 너를 가지고 지금의 널 막아서면 안 된다고? 그건 막아서는 것도 아닌데다가. 설사 네가 그렇게 느껴도 그건 정말 별거 아니야. 왜 사람을 믿질 않아. 너를 믿는 사람들을 왜 불신해."

"그런 적 없어. 불신한 적도 없고 믿지 않은 적도 없어. 다만 그들의 오해가 싫을 뿐이야."

"저 빌어먹을 책임감. 유연하를 바보로 만드는 책임감."

정우는 다시 탁자에 손을 올리고 의자를 바짝 끌어당겨 앉았다. 간격. 사람이 사람에게 다가설 수 있는 그 최종의 간격.

"이봐, 잘 들어. 언제고 난 나를 배반할 준비가 되어 있는 사람이야. 변덕이 없다면 그게 인간인가? 모든 게 변하는데 어떻게 사람만이 변치 않을 수 있겠어. 난 굉장히 인간적인 캐릭터라고, 솔직하고 말이야. 너랑은 다르지."

"그래, 나랑은 다르지. 충동적이고 무책임하고 아직 어리지."

연하는 한숨처럼 말했다. 정우를 질책하고 싶은 마음은 없었지만 숨기지 않고 생각하는 그녀의 마음이 어쩌면 지금 연하를 삐딱하고 뾰족하게 만들었을 것이다.

"나는 내가 한 말에 책임감을 갖지 않아. 책임을 지려는 순간 과거에 붙들리기 때문에 나는 내일을 살 수 없거든. 내일은 변하는 거야. 살아가는 건 변하는 거지. 변화, 변신, 변심, 매한가지의 변덕일 뿐. 사랑에 빠지는 거? 누군가를 만나 사랑에 빠지는 것 역시 그 순간의 변심, 마음이 변해서 사랑하게 되는 것을 가지고, 나의 마음이 변할까 혹은 상대의 마음이 변할까 맘 졸이고 걱정하고 안타까워하는 것은 그 시작을 부정하는 것과도 같아. 변했기 때문에, 내가, 그리고 내 마음이, 그래서 우리는 사랑에 빠지는 건데, 또다시 변한 그 마음으로 사랑에서 벗어난대도, 그건 너무나 자연스러운 일인 거야. 모든 게 변하니까, 우리는 변함으로써 내일을 사는 거니까. 변화라는 건, 마음을 바꾸고 생각을 바꾸고 익숙한 것들과 결별하란 얘기야. 하지만 그건 다 매한가지 변심이고 변덕이란 말이야. 모두가 그렇게 살아가. 비겁하게 인정도 안 하면서 말이지. 그러니까 너도 책임질 필요 없어. 변하는 세상을, 변하는 사람들을 그리고 변하는 너를. 너는 그냥 살아가기만 하면 돼."

정우는 다시 빈 술잔에 술을 채웠다. 화수분같이 비워도, 비워도 채워지는 술잔이 연하는 공허했다. 왜 비워져야 하며 왜 다시 채워져야 하는지.

"자 그러니까 말해 봐, 솔직한 네 마음. 그냥 살아가는 유연하는, 아무런 책임감도 죄책감도 없이 살아가야만 하는 유연하는 주크에 왜 그렇게 민감한지. 왜 그렇게 박사님에게서 도망치려 하는지."

도망치지 않아. 다만 멀어져 가는 것뿐이야. 우리는 이미 지난 사람들이기 때문에. 연하가 느릿느릿 드문드문한 말을 이어 갔다.

"우리가 학부 2학년이었을 때, 우리가 한창 만나기만 하면 서로 싸워 대던 그때, 우리가 너무도 어렸던 그때. 나는 리포트 하나를 써야 했어. 그 수업을 들었던 모두가 과제로 제출해야 했던 리포트. 기억에 대한 각자의 생각을 적어 오라던 과제. 나는 며칠 동안이나 그 리포트에 대한 생각으로 고민했었어. 도무지 한 마디도 쓸 말이 없었거든. 결국 도서관에 가서 기억에 관련된 책들을 모두 검색해서 뒤적이기 시작했어. 책에서 본 내용들로 대충 과제를 끝내고 싶었거든."

"계속해. 너 하고 싶은 얘기 모두."

정우는 그렇게 말했지만 연하는 이제 이 이야기 모두가 자신이 하고 싶어 하는 얘기일수 없다는 걸 알고 있었다. 이야기는 스스로 그녀의 입에서 뛰어내렸다.

"도서관 구석에 있는 책상에 앉아 책들을 잔뜩 쌓아 두고 몇 시간

째 읽고만 있었어. 점점 짜증이 밀려오던 참이었지. 온통 뇌 과학에 대한 전문 서적들이었으니까. 그때 누가 내 바로 옆자리에 자리를 잡고 앉았어. 나처럼 책을 잔뜩 책상 위에 올려놓으면서 말이야."

중앙도서관의 천장은 아치형으로 둥글게 쌓아 올려져 도서관에 들어서는 순간 마치 작은 우주 속에 들어온 듯한 느낌을 들게 했다. 1층 서고와 2층 서고는 계단으로 오르게끔 만들어져 원형의 도서관 둘레를 책으로 가득 채웠지만 기다란 나무 책상들이 줄지어 놓여 있는 중앙 서가는 아무것도 막고 있는 것 없이 높은 천장을 향해 그대로 뚫려 있었다. 흰색 대리석으로 만들어진 서가의 커다란 기둥들은 높은 천장을 안정감 있게 받치고 있었고 하늘같은 천장에 박혀 있는 창문들에선 태양이 쏟아내는 빛이 그대로 바닥까지 내리꽂혔다. 그래서 한낮의 도서관은 전등불을 켜지 않아도 오직 태양빛 하나로 눈부시게 환했다.

연하는 어릴 적부터 도서관을 좋아했기 때문에 집 근처 도서관을 자주 다녔지만, 대학에 들어와 처음으로 들어갔던 대학 도서관에서 그녀가 받았던 웅장한 느낌은 이제껏 한 번도 경험하지 못한 종류의 놀라움이었다. 그녀는 항상 고개를 최대한 뒤로 젖혀야 볼 수 있는 높은 천장 아래에 쌓여 있는 오래된 책들에 대한 환상을 가지고 있었다. 그리고 연하는 처음 대학의 도서관을 방문했던 그날, 자신이 꿈꿨던 오래된 책들이 이곳에 모두 숨어 있을 거라는 생각을 했다. 오직 그 도서관 하나로 연하는 자신이 대학에 들어오기까지 보냈던 모든 시간을 다 보상받았다고 생각했다.

오전 수업이 끝난 연하는 점심을 먹으러 가자는 친구들의 권유에도 불구하고 혼자 도서관으로 가는 언덕을 올랐다. 당장 내일로 다가온 수업에 제출할 리포트를 아직 한 글자도 쓰지 못했던 것이다. 연하는 벌써 3일째, 도서관이 문을 닫는 시간까지 그 안에서 기억에 관련된 책들을 죄다 꺼내 읽고 있었다. 하지만 그녀는 여전히 그 추상적이고 산발적인 기억이 대체 무엇이라고 설명될 수 있는지 감을 잡을 수 없었다.

"기억이 그냥 기억이지. 거기에 뭘 더 추가할 수 있어?"

연하는 신경질적으로 서가에서 책들을 꺼내 와 도서관 구석 책상에 가방을 내려놓고 앉았다. 도서검색대에서 '기억'이라는 키워드로 검색된 책들은 소설에서 의학 서적, 정치 서적, 철학 서적까지 분야마저 제각각이었다. 연하는 낮게 한숨을 쉬며 노트를 펼쳐 책 속의 중요한 문장들을 종이에 옮겨 적었다.

한 시간쯤 그렇게 여섯 권을 책들을 차례로 뒤적이던 연하는 자신의 옆자리에 누군가 자리를 잡고 앉은 부스럭거림에 고개를 들어 비어 있는 앞좌석들을 눈으로 한번 훑어보았다. 점심시간이라 학생들이 그리 많지 않았던 도서관은 책상마다 빈자리가 가득했고 연하가 앉은 기다란 공동 책상에도 널찍이 앉을 수 있는 자리들이 많았다. 연하는 그 많은 좌석들을 놔둔 채 자신의 바로 옆자리에 앉은 사람 때문에 살짝 마음이 상했다. 그래서 그녀는 옆자리의 사람을 한번 쳐다보지도 않은 채 책상 위에 여유롭게 널브러져 있던 자신의 책들을 차곡차곡 쌓아 한쪽으로 몰아 놓았다.

"너도 아직 못 썼구나?"

다시 필기를 시작하려던 연하에게 옆자리의 누군가가 말을 걸어오자 그제야 연하는 그를 향해 고개를 돌렸다.

"네?"

연하는 자신을 바라보며 빙그레 웃고 있는 처음 보는 남학생에게
되물었다.

"리포트 말이야. 내일까진데 아직도 도서관에서 이러고 있는 걸 보
면 너도 아직 못 쓴 거냐고."

하얀 얼굴에 머리를 갈색으로 염색한 어딘가 장난기 가득한 남학
생이 연하에게 말했지만 연하는 그의 말에 대답하지 못한 채 그의 얼굴
만 뚫어져라 쳐다보고 있었다.

"뭐야. 너 나 몰라?"

남학생이 어이없다는 듯 물었다.

"절 아세요?"

"두 달 째 같은 수업을 듣고 있는데 내 얼굴도 모르는 거야?"

연하는 그제야 약간 미안한 마음이 들어 눈을 깜박이며 말했다.

"아, 미안. 내가 사람들 얼굴을 잘 못 외워."

연하는 변명 같은 말들을 내뱉으며 다시 한번 그의 얼굴을 찬찬히
들여다보았다.

"하긴 넌 맨날 제일 맨 앞줄에 앉아 있으니까 뒤에 앉은 애들이 보
일 리가 없지. 난 제일 뒷자리에 앉거든. 지각하는 날이 많아서 말이야."

그는 그렇게 말하며 서가에서 꺼내 온 책들의 제목을 한 권씩 확인
했다.

"이 좋은 날, 도서관에 앉아서 리포트나 써야 하다니 참 불합리하
다. 너 점심은 먹고 왔어?"

"어? 아니, 안 먹었어."

"밥은 먹고 과제를 해야지. 근데 하긴 나도 안 먹었다. 대충 리포트
써 버리고 같이 밥이나 먹으러 가자."

"응? 아, 그래."

연하는 그의 말에 얼떨결에 대답하곤 그가 뒤적이는 책들을 눈으로 빠르게 훑었다. 그러곤 곧바로 고개를 갸우뚱하며 물었다.

"기억에 대해 글을 써야 하는데, 왜 감각에 대한 책을 읽고 있어?"

그녀의 질문에 그가 당연하다는 듯 대답했다.

"기억은 결국 감각에 의한 결과니까."

연하는 그의 말에 잠시 이마를 찡그리며 생각했다. 감각에 의한 결과. 기억은 지각된 것들을 기억하는 거니까 감각의 결과가 맞는 건가? 하지만 기억은 생각이랑 감정, 그리고 상상 모든 정신적인 활동들도 기억하는데 감각만으로 설명이 가능한 건가?

"생각이랑 감정 그리고 상상. 그것도 감각에 의한 결과인 건가."

연하는 낮은 목소리로 혼자 중얼거리다 이내 다시 읽고 있던 책들에게로 시선을 돌렸다. 각자 자신들이 가져온 책들을 뒤적이는 그들 사이엔 한동안 종이 넘기는 소리와 노트에 글자를 적는 작은 소리밖엔 들리지 않았다.


"아, 진짜. 죽어 있는 글자들 읽는 거 너무 지루하다."

책을 읽던 그가 갑자기 기지개를 피며 말했다. 그러곤 그는 곧바로 자신의 머리를 연하의 어깨에 올리곤 연하에게 기대 버렸다. 그의 보드라운 머리카락이 연하의 볼에 닿는 순간 연하는 놀라 움찔했지만 아무 말도 하지 않은 채 그대로 멈춰 있었다. 연하는 그에게서 나는 로션 냄새인지 샴푸 냄새인지 모를 좋은 향기에 기분 좋게 피식 웃어 버렸다. 잠시 그렇게 연하에게 기대고 있던 그는 벌떡 일어나 연하의 귀에 속삭이며 말했다.

"잠깐 쉴래? 커피 마시자."

귀에 닿은 그의 숨결이 간지러워 연하는 자기도 모르게 고개를 끄덕이며 책과 노트를 덮었다. 그는 그런 연하를 보고 아이같이 웃었고 연하 역시 그의 웃음에 함께 따라 웃어 버렸다.

그들은 나란히 도서관을 나와 자판기에서 커피를 뽑아 들고 도서관 앞 벤치에 앉았다. 덥지도 춥지도 않은 날씨와 가을바람이 두 사람의 주변을 가득 메웠다. 연하는 말없이 앉아 있는 그와의 시간이 어색하지 않고 편안하다는 생각에 어쩌면 자신이 그를 이미 알고 있었을지도 모른다고 생각했다.

우리는 가끔 이렇게 도서관에서 책을 읽다 밖으로 나와서 함께 커피를 마시지 않았을까? 오래전부터 그래 왔던 걸 내가 잠시 기억하지 못하는 건 아닐까. 그렇지 않고서야 처음 보는 사람과의 침묵이 이렇게 평온할 수 있을까. 연하는 별로 좋아하지 않는 커피마저 오늘은 달달하니 맛있게 느껴진다는 것에 놀라며 자신의 옆에 팔이 스칠 만큼 가까이 앉아 있는 그의 모습을 가만히 지켜보았다.

속눈썹이 길게 그늘을 만들어 놓은 그의 눈동자는 촉촉이 물기를 머금은 듯이 깊어 보였다. 그리 높지 않은 코는 직선으로 쭉 뻗어 있어 시원해 보였고 입가에 살짝 들어가는 보조개는 어른스럽게 굵은 선을 가진 그의 얼굴을 어딘지 모르게 꼬마 아이처럼 보이게 만들었다. 그의 얼굴을 찬찬히 들여다볼수록 연하는 그가 자신이 아주 옛날부터 좋아하고 그리워했던 누군가의 얼굴을 닮았다고 생각했다. 누구인진 기억나지 않지만 오래 그리워했고 많이 좋아했으며 그래서 더없이 익숙하고 편안한 얼굴.

"이름이 뭐야?"

연하는 자기도 모르게 무심결에 내뱉은 질문에서 아직 자신이 그의 이름조차 모른다는 사실을 알아챘다. 마치 그녀의 말이 먼저 그녀가 무엇을 놓치고 있는지 알려 주려 입속에 튀어나온 듯이 연하는 질문하고 난 다음에야 자신이 왜 아직 그 질문을 하지 않았었는지 자신에게 되물었다.

"재미있는 이야기 하나 해 줄까?"

연하의 질문에 그녀를 향해 고개를 완벽하게 돌린 그가 연하의 눈을 똑바로 바라보며 대답 대신 이렇게 말했다.

"한번 상상해 봐. 어느 피곤한 날, 네가 지친 몸을 이끌고 집에 돌아와 네 방 의자에 앉아 쉬고 있는데 갑자기 누가 막 싸우는 소리가 들리는 거야. 방 안엔 너밖에 없었는데 말이야."

그는 비밀스런 이야기를 꺼내 놓는 듯이 은밀하게 그리고 장난스럽게 얘기했다. 그의 눈동자는 밝은 갈색에서 깊이를 알 수 없는 검은 심연처럼 검붉게 변하고 있었다. 연하는 그의 눈동자로 빨려 들어가듯이 그 변화하는 색체에 놀랍게 집중하기 시작했다.

"이상해서 가만히 들어 보니 싸우는 그들은 다른 게 아닌 너의 신체들이었던 거야. 그것도 네 감각기관들 말이지. 눈이 세상을 볼 수 있는 자기가 제일 우월하다고 말하자, 귀가 들리는 소리 없이는 살 수 없다며 자신이 최고라고 말했어. 그러자 코와 혀가 냄새와 느껴지는 맛 없인 생명 유지조차 안 될 거라고 소리를 질렀지. 그때 잠자코 있던 손이 내가 너흴 만져서 너희가 거기 있는 걸 확인해 주지 않으면 너넨 죄다 허상일 뿐이라고 하는 거야. 그때부터 네 몸에 달려 있던 눈이랑 귀랑 코랑 손이 난리 난리 생난리로 자기네들끼리 싸우기 시작했는데 의자에 가만히 앉아 있는 너로서는 도저히 그들을 말릴 수가 없는 거야. 보다 못해 네가 조용히 달래듯이 '싸우지 마.' 입으로 말했더니, '넌 빠져! 쓸모없는 입 주제에.' 그러는 거야. 나 참 어이가 없어서, 그 뒤로는 넌 그냥 팔짱을 끼고 두고 보는 거야. 싸워 봤자 헤어질 수도 없는 존재들이 사이가 나쁘면 자기들이 손해잖아. 3일 밤낮을 서로 자기가 잘났다고 싸우던 그들이 마침내 자기들끼리 합의를 보고 결정을 내리더니 네게 통보하는 거야. '우린 더 이상 함께 갈 수 없어. 우린 다 각자 살기로 했어.'라고 말이야. 깜짝 놀란 네가 '그게 대체 무슨 소리야.'라고 다 말하기도 전에 눈이 네 얼굴에서 뛰어내렸어. 곧바로 코가 떨어져 나갔고, 그다음 귀가 정확히 수직으로 양쪽 모두 베어지더니, 네 손이 뎅겅 너의 팔목에서 잘려 나갔지. 순식간에 너의 몸에서 떨어져 나간 네 감각기관들은 각자 자기의 길을 가기 시작했어. 너는 여전히 네 방 의자에 앉아 있는데 말이야."

"그게 대체 무슨 소리야."

갑자기 시작된 그의 뜬금없는 이야기에 연하는 그가 한 말을 따라 하듯이 되풀이해 말했다. 연하의 얼굴은 우습게 찌푸려졌지만 그는 아랑곳하지 않고 조금 더 그녀 가까이 다가앉으며 말을 이어 갔다.

"아직 안 끝났어. 들어 봐. 네 감각기관이 너의 몸에서 모두 떨어져 나갔는데도 희한하게 너는 모두 느낄 수가 있었던 거야. 홀로 세상 속을 굴러다니던 눈이 보는 것. 통통거리며 뛰어다니는 코가 맡은 냄새. 다른 방향으로 헤어진 두 귀가 들은 소리. 그리고 이것저것 만져 가며 돌아다니는 손이 느끼는 감촉 모두가 네게 전해지는 거야. 사실 그것들은 모두 네 것이었으니까. 하지만 너는 네 방 의자에서 여전히 팔짱을 낀 채 앉아만 있을 뿐인데도 보이고 들리고 만져지고 다 할 수 있다는 게 너무 신기했겠지? 너에게서 떨어져 나간 네 감각기관들은 그렇게 자기가 원하는 곳으로 흩어졌어. 눈은 다른 눈을 만나 눈을 낳고, 귀는 다른 귀를 만나 귀를 낳았지. 코는 다른 코를, 손은 다른 손을 만났어. 그렇게 그들은 계속해서 늘어간 거야."

들고 있던 커피를 한 모금 마신 그가 장난스러운 웃음을 지으며 연하의 팔에 자신의 손을 다정하게 올렸다.

"청각이 유난히 발달된 사람들이 있어. 그건 그들의 조상이 네 귀이기 때문이야. 후각이 유난히 뛰어난 사람들도 있지. 그건 그들의 조상이 네 코이기 때문이야. 눈도 손도 마찬가지로, 유난히 시각에 민감한 사람들, 유난히 촉감에 예민한 사람들, 그건 그들의 조상이 모두 다 너의 감각기관이기 때문이야."

연하는 자신의 팔에 올려진 그의 손을 바라보며 서서히 그의 이야기 속에 빠져들었다. 그가 한 이야기는 곧바로 그녀의 머릿속에서 각각의 이미지로 떠오르더니 그녀의 머릿속을 뛰쳐나와 그녀의 눈앞에서 자유롭게 움직이기 시작했다.

귀의 조상을 가진 한 청년이 세상 속으로 걸어갔다. 그러자 코의 조상을 가진 한 여자가 그의 뒤를 따라갔다. 손의 조상을 가진 여자는 그들의 반대 방향으로 뛰어갔고 눈의 조상을 가진 한 소녀는 그 자리에 그대로 가만히 서 있었다. 그리고 그들이 떠난 공란의 자리에 연하가 남았다.

"그럼 내 방 의자에 여전히 앉아 있는 난 뭐야?"

연하는 이미지들 속을 거닐며 그에게 물었다.

"눈 코 귀가 사라진 얼굴엔 입만 남았지. 하지만 그 입속엔 혀도 없어. 혀는 줏대 없이 코가 얼굴에서 떨어져 나갈 때 코를 따라나섰거든.

손 없는 팔과 나머지 신체만이 남아 있는 너는 팔짱끼고 앉아 있는 입이지. 입은 쉴 새 없이 나불거리며 말을 해. 하지만 그건 소리는 아니야. 혀가 뛰쳐나가 버린 뒤로는 입에선 소리가 나지 않았거든. 그건 글자도 아니야. 손이 잘려 버린 너는 쓰고 싶어도 글자를 쓸 수가 없거든. 소리 없이 써지는 것도 없이 말하는 입은 끊임없이 조잘대며 이야기를 만들어 내. 바로 이렇게."

그가 말을 마침과 동시에 연하의 팔에서 자신의 손을 떼자 연하는 잠에서 깨어난 듯 눈앞에 보이던 이미지들에게서 벗어나 다시 그의 얼굴을 볼 수 있었다. 나무와 벤치, 도서관도 여전히 그 자리에 그대로 놓여 있었다.

"너의 떨어진 신체들, 분열된 감각기관들이 너에게 일제히 자기 것을 전해 주고 있는 게 바로 기억이야. 넌 보면서 듣고 들으면서 만지고 만지면서 냄새 맡을 수 있지. 그건 하나의 신체인 네가 한 번에 그 모든 걸 해낼 수 있어서가 아니라 따로 떨어진 감각기관들이 각자가 모은 감각을 너에게 보내기 때문이야. 그래서 결국 기억은 감각에 의한 결과야. 그래서 결국 기억은 감각의 통합일 뿐이고, 그래서 결국 기억은 감각의 미래일 뿐이야."

"미래? 기억이 미래? 기억은 과거잖아. 기억은 지나간 것을 떠올리는 거잖아. 어떻게 기억이 미래가 돼. 그건 정말 말도 안 돼."

"감각이 있고, 그 감각이 한데 모여 기억이 된다면 감각이 먼저고 기억이 나중이지. 네가 감각된 것만을 기억할 수 있다면, 감각에게 기억은 언제나 자신이 있고 난 다음에 올 미래야."

"잠깐만, 잠깐만. 헷갈려. 천천히. 감각에게 기억이 언제나 미래라고? 하지만 나에겐 기억은 언제나 과거야. 그리고 감각은 나의 감각이잖아. 무슨 소리야, 이게?"

"감각을 현재라고 한다면, 현재인 감각 다음에 기억이 와. 다음에 오는 것은 미래. 그래서 기억은 미래. 그러나 기억은 곧바로 과거가 되지. 미래가 곧바로 과거가 된다는 뜻이야. 현재를 거치지 않고, 사실 현재는 시간이 아니라 감각이니까. 기억이 과거인 건 미래 역시 과거라는 얘기야. 시간 속에 미래 현재 과거의 구분은 없어. 미래는 환상이고 현재는 오해며 과거는 기억일 뿐. 그리고 기억의 덩어리는 과거가 아니라 감각들의 연합일 뿐이야. 따라서 시간이란 어제 오늘 내일이 아니라, 바로 감각할 수 있는 우리야."

연하는 자기도 모르게 자신의 입술을 깨물었다. 자신의 입에서 어떤 이야기가 튀어나올지 몰라 두려워졌기 때문이다. 쉴 새 없이 나불대며 이야기를 만들어 내는 입이 바로 그 이야기를 할 수 없게 하려면 입을 꼭 닫고 있는 수밖에 없었다. 왜냐하면 연하는 홀로 남은 입, 그 이상도 이하도 아니었기 때문이다.

"그래서 입은 끊임없이 이야기를 만들어 내야 해. 세상의 시작과 끝이 모두 이야기에서 비롯되는 거니까. 입은 그 이야기의 끝에 현실의 자리를 만들어야만 해. 그래야 또 다른 그들이 살아갈 수 있으니까. 세상을 떠돌면서 자기들끼리 신나게. 우리가 기억을 가진 존재인 건 우리가 이야기를 만들어 내는 존재이기 때문이야. 기억 없인 이야기도 없어. 이야기 없인 공간도 없고, 공간 없인 시간도 없지. 시간은 우리 자신이야. 어때? 이정도면 리포트를 쓸 수 있겠지?"

그는 연하의 어깨를 가볍게 토닥이며 마치 그녀를 격려하듯 연하를 향해 미소 지었다.

{{…… 누군가는 귀고, 누군가는 눈이며, 누군가는 코고, 누군가는 손이다. 그리고 우리 모두는 기억으로 흘러간다. 우리가 오감에 의한 지각으로 세상을 인식하고 기억하듯이 하나의 감각은 전체의 나를 상상조차 할 수 없는 부분이듯이 우리가 우주의 감각이라고 할 때 몇 십억 개의 감각기관을 갖는 우주는 우리 개개인의 기억을 전체의 기억으로 통합시켜 자신의 정체성을 확립한다.

우리는 우주의 기억으로 통합되는 우주의 감각기관이다. 우리는 우주의 현재적 지각이기 때문에 우리가 모두 사라지거나 멈추는 날엔 우주는 현재를 살지 못하고 기억 속에서만 살게 될 것이다.

우리는 우주의 기억이다. 생명 전체의 기억, 살아 있는 우리가 하나하나로 분절되어 존재하는 것이 아니라, 혼자인 우리가 태어나고 죽어도, 살아 있는 사람들이 여전히 존재하는 세상에서 생명 전체의 기억이 회상으로 공존한다. 한 번도 끊임없이. 이 세계에서 생명이 모두 사라질 때까지 끊어지지 않을 기억 속에서 우리는 살아가고 있는 것이다. 그러므로 우리는 흐르고 있는 기억 속에 던져지는 것이며 그 기억 외의 세계로 옮겨 갈 수 없이 속박되어 살아가는 것이다.

기억으로 가득한 세계, 기억이 만들어 낸 세계, 기억으로 끝나야 할 세계. 나는 부분이며 결코 전체가 될 수 없는 존재임을 자각하는 것이 이번 세계의 목적이자 결말. 의미는 의미이길 포기할 때 비로소 찾게 되는 유일무이한 형식. 세상의 의미가 되고자 몸부림치면 칠수록 우리는 나의 의미에서 떨어져 나간다. 선택은 자유일까. 자유가 선택일까. 혹은 선택하지 않는 것만이 진정한 자유의 모습일까. 〈주크 : 기억에 대한 단상 1.〉 유연하}}

# 9.

"그들의 어제와 오늘이 엉켜 버린 시간대. 시간이 잘못된 것이 아니라 기억이 잘못된 것뿐이다, 누구의 기억이? 바로 당신의 기억." — 6월 2일 7시 11분 〈상기자의 자리〉

희조는 늦게까지 가게에 남아 일을 했다. 마지막 예의로서 가게 안 구석구석을 깨끗이 쓸고 닦고 진열장의 옷들을 모두 새로 개어 놓았다. 아침부터 일한 그녀였지만 저녁 무렵까지 피곤하다는 생각이 들지 않았다. 마지막이라고 생각하니, 귀찮게만 느껴졌던 사소한 일들도 모두 소중해 보였다. 이젠 하고 싶어도 할 수 없는 노동들, 마지막을 고해야 하는 신체의 움직임.

"이봐, 희조 양. 됐으니까 그만 가 봐. 진작 그렇게 열심히 좀 일해 보지 그랬어. 얘가 갈 때 되니까 사람 마음 더 심란하게 열심이야, 열심인."

턱을 괴고 물끄러미 희조를 지켜보던 사장이 이내 작은 한숨을 내쉬며 말했다.

"마지막 날이니까요, 사장님. 다른 사람 언제 올지 모르는데, 그동안 청소는 누가 해요. 내가 하고 가야지."

"내가 하지 청소. 잊었나 본데, 너 오기 전까진 나도 혼자 가게 일을 했다고. 너 없인 이 가게가 굴러가지 않을 거라는 생각은 관두시지. 종업원."

사장이 웃음 섞어 말했다. 희조는 그런 사장에게 밝게 웃어 줬다.

"그럼 슬슬 정리하고 저 갈까요? 저 진짜 가요? 사장님? 내일부턴 저 못 볼 텐데?"

사장이 그녀에게 눈을 흘겼다.

"웃겨. 일개 종업원. 너 없이도 괜찮다고. 이제 그만 가 봐. 내가 마저 정리하고 문 닫을 거니까. 가끔 놀러 오겠지. 나 생각나면. 내가 그리 악덕 사장은 아니었잖아."

'맞아요.' 하며 희조가 가방을 챙기기 시작했다.

"사장님 놀러 올게요. 정 바쁜 날에는 연락하세요. 하루 정도 일개 종업원으로 돌아올게요."

"그러시든지."

사장이 '피식' 웃으며 희조를 문 앞까지 배웅했다. 그들은 어색한 인사를 주고받았다. 학교 잘 다니고 공부도 열심히 하고, 이런 사사로운 인사말. 사장님도 점심 꼭 챙겨 드시고 후임한텐 더 잘해 주시고요, 이런 낯간지러운 인사말.

"아, 이런 거 정말 못하겠다. 사장님. 저 진짜 가요. 잘 지내세요."

희조가 먼저 말하고 가게 문을 열었다. 그녀가 처음 이 가게 문을 열고 들어왔을 때처럼 그녀는 망설임 없이 문을 열고 나갔다.


8시가 조금 넘은 시간. 종로3가역은 퇴근 시간 후 밀려드는 사람들로 소란스럽고 분주했다. 희조는 그들을 요리조리 비켜 가며 출입구의 계단을 올랐다. 내려오는 사람들 그리고 희조와 같이 올라가는 사람들. 오르고 내리는 사람 중에 누구도 계단 위에 멈춰서 자신의 방향에 의문을 가지는 사람은 없었다. 내려오다 올라가는 사람, 혹은 올라가다 내려오는 사람. 급히 방향을 바꿀 이유는 우리에게 없으니까.

희조는 천천히 벽 쪽에 몸을 붙여 계단을 올랐다. 계단을 반쯤 올랐을 무렵 갑자기 계단 위에서 쫓기듯 뛰어 내려오던 여자 하나가 중심을 잃고 넘어지려 하는 걸 희조가 반사적으로 붙잡았다.

"괜찮아요?"

앞으로 고꾸라질 뻔한 여성이 희조의 부축을 받아 다시 계단 위에 중심을 잡고 섰다. 놀란 얼굴, 정신없는 표정, 그리고 두려움이 가득한 눈. 여자는 순식간에 희조의 손을 뿌리치고 다시 뛰어서 계단을 내려갔다.

"뭐가 그리 급해서. 저렇게."

희조는 의아함에 멀어져 가는 여자의 뒷모습을 멍하니 바라보다 깜짝 놀랐다.

"노란 머플러? 아, 저건 우리 가게에 있던 그 머플러인 것 같은데?"

희조는 목에 손을 가져다 댔다. 자신이 둘러 보았던 노란 스카프 감촉이 떠오르며 다시 그녀가 떠올랐다. 그녀가 그녀인가? 희조의 고개가 시계추 기울듯 갸우뚱 움직였다.

"어제 우리 가게에 왔던 그 손님이 맞는 것 같은데? 그치? 저 노란 머플러. 내가 가지려고 했던."

희조는 잠자코 멀어지는 여자를 보다가 몸을 돌려 다시 계단을 오르기 시작했다. 여자는 왜 저렇게 정신없이 뛰어가는 건지, 모두가 꼭 잡고 싶어 안달하는 자신을 한순간에 모두 놓아 버린 듯한 정처 없음이 희조를 지나쳐 간 여자에게서 느껴졌다. 그리고 저런 표정 저런 눈빛은, 마치 어제 희조가 이상한 남자를 쫓았을 때 짓고 있던 얼굴인 것만 같아 그녀는 머릿속이 더욱 복잡해졌다.

"나도 저렇게 넋이 나가 보였을까. 어딘가에 홀린 듯이 나도 그랬겠지. 어제 날 봤던 사람들은, 내가 이상해 보였을 거야."

희조는 밤의 거리로 흡수되어 가는 자신을 바라봤다.

"저 여자는 왜 또, 무엇 때문에 저렇게 달려가는 걸까. 누구를 잡으려, 무엇을 잡으려."

희조는 그녀를 생각하며 걸었다. 왠지 모르게 이해할 수 있을 것 같은 그녀의 움직임. 분명 그녀도 그녀가 원치 않은 것들을 마주했기에 저렇게 동요하는 거겠지. 그 어떤 동요에서 느껴지는 동료애가 희조는 이상했다. 같은 감정은 가능한가. 우리는 서로 다른 사건과 감정 속에 차단된 사람들이 분명한데도 눈물 흘리는 사람 앞에서 함께 슬프고 밝게 웃는 사람 앞에서 함께 즐거워한다.

"감정이 전해지거나, 감정이 모두와 연결되어 있는 무언가이거나. 그런 거겠지. 아무도 모르지만, 그럴 수도 있지."

희조는 앞으로 걸어갔다. 왠지 이대로 집에 가고 싶지 않은 마음에 희조는 청계천 거리로 발걸음을 돌렸다. 도시를 가로지르는 물은 굉장히 웃기는 존재라서, 어울리지 않는 흐름으로 사람들을 잡아끈다. '물은 뭔가 있어. 그렇지?' 희조는 하늘과 땅과는 전혀 다른 물이, 어쩌면 중간자적 공간으로 공간 위에 덮어씌워지는 거라고 생각했다.

"가만히 자리에 서서 하나씩 지워 가는 거야. 이 건물을 지우고, 이 나라를 지우고, 이 지구를 지워 버리면, 어떤 한계 없이 그대로의 우주 안에 서 있는 나를 발견하는 거지. 공간은 그 자리에 계속 덧씌워져 있는 거니까. 모두를 지우고 나면 바탕이 남지 않을까. 나는 한 발짝도 움직이지 않고 언제나 우주 위에 서 있었던 거야. 굳이 날아야 할 필요도 없이 말이야."

바탕으로의 우주 위에 지구가 존재한다면 지구 위에 그녀 역시 바탕 위에 새겨진 공간일 거라고 희조는 생각했다. 자신이 차지하고 있는 공간, 그녀의 신체가 차지하는 공간은 정말 미미하겠지만, 그래도 우주의 공간 중 하나라고.

"별과 다를 바 없어. 크기를 빼고 보면, 매한가지 공간을 점유하는 생명일 뿐. 안녕, 우주?"

희조는 하늘을 보고 소리쳤다. '누가 들을까? 우주에게 안녕? 하고 인사하면 정말 우주가 내 인사를 들어 줄까? 우주도 생명이라면, 전체의 생명이라면, 그럴 수도.' 희조는 청계천 산책로로 걸어 내려갔다. 바로 옆에서 희조가 외롭지 않게 함께 흘러 주고 있는 물이 희조는 괜히 고마웠다. 물도 생명이라면, 그들에게도 점유할 공간이 있다면, 물은 그녀의 인사를 받아 줄 것이다.

"안녕? 청계천."

희조는 홀로 인사를 건네고 키득키득 웃었다. 희조는 그런 자신을 지나는 사람 누구라도 보고 있는 것은 아닌지 두리번거렸다. 그러나 희조의 걱정과는 달리 사람들은 모두 제각각의 길을 가고 있을 뿐, 타인의 익살 따위엔 관심이 없어 보였다.

함께 가는 삶을 살아간다고 생각하는 우리는 언제나 타인의 세계에서 떨어져 나와 있는 존재다. 모두는 각자가 만들어 내고 지켜 가는 세계 속에서 자신의 일상을 살아가며 타인을 스쳐 지나쳐 갈 뿐 서로에게 완벽하게 분리되어 있는 존재들이다. 함께 시간을 보내고 함께 경험을 공유했다고 믿는 사람들 사이에도, 서로에게 닿지 않는 일말의 거리는 언제나 존재하기 때문에, 그들의 시간과 그들의 기억은 모두 제각기 다르게 적히고 다르게 사라진다.

젊은 연인 한 쌍이 바위에 앉아 발을 물에 담그고 이야기를 나누고 있었다. 그들의 손에 들린 맥주 캔을 보자 희조는 자신의 목마름을 자각했다.

"나도 맥주 먹고 싶다."

　　희조는 그들을 지나치며 한여름의 더위를 잊게 하는 시원한 맥주 한 잔을 생각했다.

　　"이 여름엔 맥주가 딱 이지."

　　자기도 모르게 그런 말을 내뱉고 희조는 걷던 걸음을 멈췄다. 그리고 뒤돌아 연인을 바라봤다.

　　"아직, 물에 발을 담그기엔 춥지 않아?"

　　그 순간 희조는 자신이 끝내 목격하고야 만 세상에 대해 경악했다. 얼굴을 스치며 불어오는 바람에서 말도 안 되는 더위의 텁텁함을 느낀 희조는 어안이 벙벙해졌다. '왜, 덥지? 왜 그들이 자연스럽지? 왜 여름날의 맥주가 생각나지?' 희조는 주위를 둘러봤다. 어제 벚꽃이 날리던 종로의 일대에 아무리 밤이 내렸다 한들, 저런 초록이, 한여름의 울창한 나무가 가능한 건가?

　　"왜, 지금이 여름 같지? 오늘이 무슨 요일이지?"

　　희조는 핸드폰을 꺼내서 요일을 확인했다. '수요일, 오늘은 수요일이야. 어제는 화요일이었으니까. 요일이 바뀔 리 없지. 시간은 일정하게 흐르니까.' 그렇게 생각한 희조는 하지만 어째서 화요일, 봄의 한복판이었던 종로가 수요일, 순식간에 자신의 눈앞에 여름처럼 보이는지 이해가 가지 않았다. 희조는 무심코 스쳐봤던 사람들을 자세히 관찰하기 시작했다. 반팔 티? 반바지? 민소매 원피스?

　　"맙소사."

　　희조는 소리쳤다. 긴 셔츠를 입은 봄의 복장은 그 거리 통틀어 그녀 혼자뿐이었다.

　　"말도 안 돼. 지금이 몇 월인데, 지금은 3월이잖아!"

　　그러나 희조는 순간 숨을 참고 생각했다. '3월이 아닌가? 그럼 4월인가?' 희조는 심장이 뛰었다. 또다시 이 거리의 모든 공기 입자가 자신을 향해 내달리고 있는 것 같은 불안한 공기의 떨림. 희조는 순식간에 모든 기억이 뒤엉켜 버린 것 같은 혼란 속에 휩싸였다. 어제와 연결되지 않는 오늘을 위해선, 어제를 부정해야 옳은지, 아니면 오늘을 부정해야 하는 건지 그녀는 도무지 알 수 없었다.

　　희조는 자신의 곁을 지나가는 학생 하나를 붙잡았다. 그녀의 몸짓은 너무도 다급해 보였다. 누구도 피해 갈 수 없는 다급함. 누구도 잡을 수 없는 다급함. 희조는 의아해하며 자신을 바라보는 학생에게 물었다.

　　"지금이 몇 월이죠?"

　　희조의 뜬금없는 질문에 학생은 뭐 이런 사람이 다 있냐는 듯 표정을 우습게 찡그렸다.

　　"6월이잖아요."

　　희조는 학생의 팔을 힘없이 놓았다. 그리고 가만히 그 자리에 얼어 버린 듯 멈춰 섰다. 학생은 그런 희조를 이상하다는 듯 한번 바라보고는 빠른 걸음으로 가던 길을 계속해 갔다. 희조는 그대로 한동안 서 있었다.

　　때론, 무섭도록 현실감이 사라지는 현실. 내가 어디에 있는 것인지, 나는 또 누구인지 잊게 하는 방향성. 그녀만 빼고 모두 평범한 일상을 살아가는 듯한 움직임 속에서 희조는 자신만이 길을 잃은 건지 아니면 모든 것이 잘못되어 버린 건지 알아낼 길이 없었다. 희조는 떨리는 몸 구석구석을 자신의 신체로서 자각했다. 그녀는 떨고 있었고 그녀의 신체 역시 그녀 때문에 떨고 있었다. 그러나 희조는 떨리는 자신의 신체를 진정시킬 수가 없었다. 그녀가 있기에 현실일 수밖엔 없는 장소, 그 장소들이 일관성을 잃고 한없이 추락해 가는 모습을 바라보며 희조는 자신을 잃지 않고 중심을 잡기 위해 애썼다.

"모르겠어. 머리가 아파. 너무 이상해. 너무나도 말이 안 돼. 하지만 뭐가 정말 말이 되는 일일까. 오늘이 여전히 3월이어야 한다는 거? 아니면 오늘이 6월이어야 한다는 거?"

희조는 자신이 뱉은 말을 속으로 곱씹었다. 그것은 마치 그녀가 아닌 누군가가 그녀에게 말 걸기 위해 일부러 읊조린 것만 같은 목소리처럼 들렸다. 말이 되지 않는다고 말하면서도 왜 문장은 만들어지는 건지. 그녀의 생각에 누군가 침입해 그녀에게 이 모든 상황을 설명해 주려는 것만 같은 낯선 감정을 느끼며 희조는 이대로 자신이 생각보다 빠르게 말들을 이어 가다 보면 그녀가 타인처럼 분리되어 자신에게 말을 걸어올지도 모른다고 생각했다.

하지만 어째서 그런 것들이 가능할 것처럼 느껴지는 걸까. 희조는 비틀거리는 걸음으로 벤치를 찾아가 앉았다. 우두커니 앉아 그녀는 자신의 떨고 있는 신체를 격려했다.

"괜찮아. 괜찮을 거야. 그렇게 떨지 않아도 나는 괜찮으니까."

희조는 눈을 감고 생각에 잠겼다. '정말 오늘이 6월의 한복판이라면, 사라진 4월과 5월은 어디에 있을까. 나는 그 시간을 어디에서 보낸 걸까.' 기억이 문제라면, 그녀는 찾아내면 된다고 생각했다. 어딘가엔 분명 존재할 기억들, 기억은 결코 사라지는 것이 아니니까. 희조는 자신의 기억을 더듬어 갔다. 시간을 잃고 여기저기 흩어져 있던 기억들이 희조의 지휘 아래 퍼즐처럼 맞춰져 갔다. 하지만 제대로 맞춰 가고 있다고 생각한 기억의 조각들이 드문드문 빈 조각들로 채워져 있는 것을 보곤 희조는 정신의 무기력함을 느꼈다.

힌트조차 주어져 있지 않은 일상의 반복되는 기억들을 어떻게 시간 순으로 배열할 수 있을까. 같은 장소에서 같은 일을 하며 비슷비슷하게 흘러가는 하루하루가 어떤 차이들로 어제와 오늘로 나뉠 수 있을까. 과거는 덩어리처럼 뭉쳐 있어 따로 떨어지지 않는 걸까. 긴 테이프처럼 늘어뜨릴 수 있는 과거란 정말 존재하긴 하는 걸까. 모든 오늘이 기억을 만들어 과거로 보내고 있다면 보내진 오늘의 기억은 자신의 자리를 제대로 찾아가고 있는 걸까. 어쩌면 자리란 건 처음부터 없었을까.

희조는 현실감을 찾고 싶었다. 많은 이가 말하는 현실감이라는 것, 그것은 이 하루가 아무 문제없이 흘러간다는 것의 안도라고. 하지만 우리는 어떤 문제 앞에서 현실감을 잃을 정도로 동요하는 걸까. 잃는 것은 현실감인가, 아니면 진짜 현실인가. 하지만 무엇이 또 우리의 현실이란 말인가.

그녀는 모든 것에 회의가 들기 시작했다. 그녀의 모든 것이 거짓인 것처럼 느껴졌다. 희조는 금방이라도 눈물이 날 것 같은 마음에 벤치에 몸을 기대고 몸을 웅크린 채 눈을 감았다.

"여기 있었어? 한참 찾았잖아."

자신의 어깨에 닿는 따뜻한 손의 감촉에 희조는 놀라 번쩍 눈을 떴다. 그녀의 놀란 몸짓에 덩달아 놀라 들고 있던 커피를 쏟을 뻔한 청년이 눈을 동그랗게 뜨고 희조를 바라봤다.

"왜 그래, 무슨 일 있어? 커피 사 오래서 사 왔더니."

익숙하고도 어딘지 모르게 그리운 얼굴. 맑은 목소리와 그녀를 내려다보는 시선에서 느껴지는 따스함 속에 희조는 마음속 한구석이 아련하게 아파 오는 것을 느꼈다. 희조는 얼떨결에 청년이 건네는 차가운 커피를 손을 내밀어 받았다. 그러나 희조의 시선은 자신 앞에 갑자기 나타난 청년의 얼굴에 고정되어 있었고 커피를 받아든 그녀의 손은 움직이지 않고 허공에 그대로 멈춰 있었다. 희조는 눈도 깜박이지 못한 채로 자신 앞에 나타난 청년을 뚫어져라 쳐다봤다.

한여름에 불어오는 더위 속의 저녁 바람이 희조의 머리카락을 스치며 지나갔다. 바람, 여름, 청계천의 흐르는 물, 그리고 차가운 커피. 희조는 천천히 자신의 주위로 펼쳐져 있는 풍경들로 다시 고개를 돌렸다. 완벽한 여름날. 더위를 식히려 얕은 물에서 물장구를 치는 아이들. 아이들이 다칠까 연신 걱정 어린 목소리로 외치는 어른들. 더운 저녁에도 팔짱을 끼고 맨살을 서로에게 닿고 있는 산책하는 연인들. 그들의 짧은 바지. 얇은 티셔츠. 시원해 보이는 샌들.

"진짜 어디 아픈 거야?"

멍하니 주위를 둘러보는 희조를 걱정스런 표정을 지켜보던 청년이 자신의 손을 희조의 이마에 가져다 댔다. 커피를 들고 있어 차가워진 청년의 손이 가만히 희조의 이마를 누르자 그의 손은 곧 그녀에게 기분 좋은 감촉으로 전해져 왔다.

체온이 변하면서 느껴지는 각양각색의 감촉들. 차가우면 차가운 대로 따뜻하면 따뜻한 대로 달라지는 살들의 느낌. 희조는 지금 이마에 닿은 이 손이 때론 부드럽고 때론 거칠어도 그녀에게 완벽하다고 생각되는 바로 그 촉감이라는 것을 깨달았다.

내가 아닌 누군가의 살을 느낀다는 것은 언제나 그녀로 하여금 인간의 신비로움을 자각하게 하는 일이었다. 그것은 나 아닌 누군가가 자신의 신체를 가지고 이 세상에 실체로 존재한다는 사실의 증명이었고 또한 그녀 자신도 나 아닌 누군가를 느낄 수 있는 신체의 소유자임을 상기시키는 경험이었다. 그의 손이 그녀의 이마에 닿는 순간 희조는 그 손의 감촉에서 정확히 단 한 번에 떠오르는 누군가의 이름을 기억해 냈다.

"신다운. 넌 다운이구나."

희조는 자신 앞에 서 있는 청년이 누군지 알아봤다. 열다섯 희조의 남자. 그 시절 희조의 가슴을 떨리게 했던 단 한 명의 남자. 키가 조금 더 크고, 머리가 조금 더 길고, 살이 조금 더 빠져 날렵해 보여도 다운은 여전히 열다섯의 소년 같은 얼굴을 가지고 있었다.

"그럼, 다운이지. 내가 다운이가 아니면 누구겠어. 열은 없는데 이 아가씨. 왜 이러지?"

다운이 장난스럽게 웃으며 희조의 이마에서 자신의 손을 뗐다. 희조는 중학교를 졸업한 뒤 한 번도 본 적 없던 다운을, 어쩌면 오랫동안 너무도 보고 싶어 했을지 모르는 다운을 이렇게 눈앞에서 보고 있다는 사실에 기쁨과 놀라움을 동시에 느꼈다. 여실히 느껴지는 반가움, 그리고 설레임의 감정들은 잠시 희조가 자신에게 닥친 상황을 잊게 하기에 충분했다.

"어떻게 된 거야? 우리가 어떻게 만난 거야? 아니, 그보다 잘 지냈니?"

희조의 작은 입이 빠르게 질문들을 쏟아 냈다. 그런 희조를 보고 어깨를 한번 으쓱한 다운이 희조의 손을 잡고 그녀를 벤치에서 일으키며 말했다.

"방금 전에 봐 놓곤 뭘 잘 지내? 장난은 이 정도로 됐고. 희조야. 우리 이제 가야 돼. 이러다 늦겠어."

"어딜 가?"

다운이 이끄는 대로 멍하니 움직이던 희조가 말하자 다운이 경쾌한 목소리로 대답했다.

"어디긴. 콘서트지. 8시 시작인데, 이제 20분 남았단 말이야. 너 찾아다니느라 시간이 너무 많이 지났잖아.”

　다운은 희조의 손을 잡고 청계천을 빠른 보폭으로 걷기 시작했다. 희조는 7년 만에 만난 다운이 하는 알 수 없는 이야기에 눈만 깜박거리며 다운에게 이끌려 걸어갔다.

　“콘서트?”

　희조가 다급히 묻자 다운이 갑자기 생각난 듯 희조를 돌아보며 되물었다.

　“맞다. 티켓. 너한테 있지? 아까 저녁 먹고 네가 챙겼지?”

　“티켓?”

　희조가 앵무새처럼 자신의 말만 되풀이하자 다운이 걸음을 멈추고 희조를 마주 보고 섰다.

　“이 아가씨, 진짜 이상한데. 티켓 두고 온 거 아니야? 찾아봐. 희조야.”

　다운이 희조가 한 손에 들고 있던 커피를 대신 들며 말했다. 희조는 다운의 고갯짓을 보곤 얼떨결에 메고 있던 자신의 가방을 열었다. 책한 권과, 작은 수첩, 화장품이 들어 있는 오래된 파우치와 익숙한 희조의 지갑 사이로 티켓 두 장이 끼워져 있는 걸 발견한 희조가 놀라움에 입을 다물지 못한 채로 가방에서 티켓을 꺼냈다.

　“JU 세 번째 콘서트, 계절을 담은 음악 ‘사계’”

　희조가 뭔가에 홀린 듯 티켓에 적혀 있는 글자들을 그림처럼 소리 내어 읽었다.

　“그걸 또 왜 친절히 읽고 있어. 다행히 티켓은 있네. 가자, 그럼.”

　익숙하게 희조의 손을 잡고 다시 걷기 시작한 다운은 즐거운 듯 얕게 노래를 흥얼거리며 그녀를 데리고 청계천 밖으로 나가는 계단을 올랐다. 아무렇지도 않은 듯 신이 난 다운 옆에서 희조는 연신 고개를 갸

웃거리며 생각했다. 'JU의 세 번째 콘서트는 사계를 발표한 그해에 열렸
는데. 3년 전, 아니 2년 전인가?' 희조는 JU가 요 근래 몇 년간 새로운 음
반을 발표하지 않았다는 것을 알고 있었다. 사계는 그가 발표한 가장 최
근의 앨범이었지만 이미 몇 년 전에 나온 음악이었던 것이다. 그리고 희
조는 언제나 JU의 콘서트에 가고 싶어 했지만 그럴 기회가 없었다는 것
에 아쉬운 마음을 가지고 있었다. 분명 오늘 아침에도 희조는 그런 생각
을 하며 JU의 음반을 들었던 것이다.

"너도 JU의 음악을 좋아해?"

희조는 다운에게 물었다.

"당연하지. 너 나 때문에 JU가 누군지 알았잖아, 왜 이래? 내가 너
보다 훨씬 전부터 팬이었다고. 세 번째 앨범이 너무 기대돼. 계절을 가
지고 음악을 만들다니 너무 좋을 것 같지 않아?"

"네가 나한테 JU를 알려 줬다고?"

희조는 다운과 함께 청계천에서 종로3가의 거리로 나오는 건널목
을 건너며 불과 조금 전 자신이 걸어 왔던 거리가 이상하게 흐릿해 보인
다는 것을 깨달았다.

"우리 다시 만난 날, 내가 너 집에 데려다주면서 버스에서 같이 들
었잖아. 네가 노래가 너무 좋다고 누가 만든 음악인지 물어서 내가 그다
음 날 음반 선물했잖아. JU 첫 번째 앨범이랑 두 번째 앨범 모두. 설마
벌써 잊었어?"

희조는 자신의 집 책꽂이 한편에 놓여 있는 JU의 앨범들을 생각했
다. 첫 번째 앨범과 두 번째 앨범 모두 오래전부터 그녀의 책꽂이에 올
려져 있었지만 문득 그녀는 언제부터 앨범이 거기에 있었는지, 누가 그
녀에게 앨범을 선물했는지 기억이 나지 않는다는 것을 깨달았다. 기억

이 한순간에 자신의 자리를 모두 잃고 사라져 버린 것처럼 희조는 자신의 기억을 나 아닌 누군가에게 물어야만 하는 지금 이 순간이 너무도 불합리하고 우습다고 생각했다.

그녀는 지금 다운이 하는 이야기들이 전혀 이해가 가지 않았던 것이다. 이해가 가지 않는다. 그것은 기억이 나지 않는다와 같은 말이었던가. 희조는 점점 멀미가 나는 것처럼 어지럽고 속이 메스꺼워 왔다.

"우리가 언제 다시 만났다고?"

희조가 입안 가득 고인 침을 삼키며 말했다.

"반년쯤 됐잖아. 수능 끝나고 겨울에 중학교 동창회에서 만났으니까."

희조는 생각했다. 수능이 끝난 겨울에 중학교 동창회를 했었던가. 그때 다운을 다시 만났던가. 다운이 JU를 알려 준 사람인가. 앨범을 선물한 건 다운이었나. 그래서 JU의 앨범이 내게 있는 건가. 그래서 JU의 음악을 좋아하게 된 건가. 다만 기억나지 않을 뿐인 건가.

"수능이 끝나고 겨울, 그러니까 우리가 2년 전에 만났다는 거지."

아파 오는 머리 때문에 얼굴을 찡그린 희조가 힘겹게 한마디를 더 물었다.

"2년 전이라니, 동창회는 올해 겨울이었는데. 아직 반년도 채 안 됐는데. 희조야. 왜 그래."

다운의 대답에 희조는 종로의 거리 한복판에 우뚝 멈춰 섰다. 멈춘 그녀를 따라 그 자리에 서서 희조를 마주 보고 선 다운은 희조보다 더 놀란 얼굴이 되어 그녀를 바라봤다. 다운의 표정에는 걱정과 당혹스러움이 가득했다.

"사계를 아직 안 들어 봤어?"

"콘서트 가서 처음 들으려고 미리 듣지 않기로 했잖아. 너 설마 먼저 들은 거야?"

희조의 목소리는 이제 누군가에게 화를 내듯 높게 부르짖기 시작했다.

"2년도 전에 나온 앨범이잖아!"

"무슨 소리야. 희조야. 나온 지 2주도 안됐어. 우리가 보러 가는 게 앨범 발매 콘서트잖아. 대체 왜 그래. 너."

다운의 대답을 듣자마자 희조는 잡고 있던 다운의 손을 탁 하고 뿌리쳤다. 그녀의 얼굴은 이제 새하얗게 질려 금방이라도 옆으로 쓰러질 것처럼 보였다. 심장이 미친 듯이 뛰기 시작해 숨이 가빠 오던 희조가 다운을 마주 본 채로 뒷걸음질 치기 시작했다. 그녀의 덜덜 떨리는 목소리가 다운에게 말했다.

"2주가 아니야, 2년도 더 지났단 말이야!"

자신도 모르게 한걸음씩 뒷걸음질 치던 희조는 점점 찻길 쪽으로 밀려 나고 있었다.

"희조야, 찻길이야. 위험해!"

다운이 황급히 말하며 희조를 향해 손을 뻗었다. 다운의 손이 희조의 팔 끝을 스치자 소스라치게 놀란 희조가 인도를 넘어 찻길 위로 넘어졌다. 그 순간 희조를 향해 달려오던 자동차의 운전자가 그녀를 보고 순간적으로 핸들을 꺾어 인도 위로 내달렸다. 희조의 찢어지는 비명이 종로의 거리를 가득 메웠다.

자동차는 그대로 나무와 철제 컨테이너 박스인 노점상을 들이받았다. 자동차의 창문에서 깨진 유리 파편이 사방으로 튀었고 운전자는 깨진 유리창으로 몸이 절반가량 튕겨져 나왔다. 컨테이너 박스 노점상은 깡통처럼 절반이 찌그러졌고, 사람들은 소리를 지르며 그 안에 있던 노점상 주인을 끌어내기 위해 몰려들었다. 뒤따라오던 차들이 하나둘 멈춰서 밖으로 뛰쳐나왔고, 거리에 있던 사람들이 너나 할 것 없이 전화를 들어 경찰과 구급차를 부르기 시작했다. 순식간에 평온한 일상을 지나고 있던 종로 일대가 사람들의 비명으로 얼룩진 혼란의 장소로 변해 버렸다.

　노점상을 들이받은 자동차 운전자의 몸에선 새빨간 피가 흘러나와 멈춘 차 아래로 뚝뚝 떨어졌다.

　그리고 그 피가 떨어진 자동차 아래로는 훨씬 더 흥건한 피가 자동차 바퀴에 깔린 다운의 팔 주위로 흐르고 있었다.

## 10.

**"그들이 어떻게 눈치챘지? 종이에 깃든 계절을. 현실의 시간을." – 6월 13일 5시 8분 〈상기자의 자리〉**

　주안은 흐릿한 기억을 더듬어 가며 세연의 집을 찾았다. 큰길에서 오른쪽으로 들어가는 모퉁이까지는 제대로 찾아왔지만 여러 갈래로 갈라지는 작은 골목길 앞에서 주안은 더 이상 어디로 걸어가야 하는지 알 수 없었다. 길은 모두 비슷해 보여서 도무지 새벽 무렵 세연과 함께 걷던 그 길을 찾을 수 없었다.

　"전화번호라도 알아 났어야 하는데."

　주안은 모퉁이의 벽에 몸을 기대고 애꿎은 자신의 휴대폰을 노려보았다. 그가 세연을 다시 만날 수 있는 길이라곤 그녀의 집에 찾아가는 길밖에 없는데, 그 길마저 떠오르지 않는 주안은 마음이 갑갑해졌다. 조금 전, 〈고통과 나눔의 모임〉 사람들은 주안에게 세연을 만나면 물어야 할 말들에 대해 그에게 설명했다. 그가 무언가 알고 싶다면, 꼭 물어야 할 질문들.

"첫 번째 질문은, 단 하나야. 나를 기억하느냐고 묻는 것."

주안이 자신의 이야기를 그들에게 모두 털어놓자 정훈이 제일 먼저 주안에게 말했다.

"절 기억하지 못할 수도 있다는 말씀이세요? 그 아이가?"

주안이 그에게 되물었다.

"만난 적이 없다고 할지도 모르지. 그러니까, 월요일 밤에 말이야. 만약 5년 전 기억을 털어놓는다면, 그 이후로 둘이 만난 적이 없다는 얘기니까."

"그럼 주안 씨가 그 여자 분을 만난 적 없다면, 얘기가 어떻게 되는 거예요?"

이연이 끼어들어 물었다.

"누군가의 기억 속에서 불려 나온다잖아. 그 아이가 분명 그렇게 말했다면서. 기억 속에서 불려 나온다라. 그게 맞다면 주안이 만난 것은 그 아이의 기억이지 그 아이가 아니야. 그것도 그 아이가 가진 기억이 아니라 누군가 기억하는 그 아이와 만난 거지."

정훈은 쉬운 문제라도 풀듯이 말했다.

"기억을 만난 거라고요? 제가요?"

주안은 거듭해서 그의 말을 따라 했다.

"이 말은 별로 맘에 안 들어 할지 모르는데, 주안 군이 만난 게 아니라 주안 군 역시 기억이었을지도 모르지."

주안은 대꾸하지 않았다. 다만 눈이 동그랗게 커졌을 뿐이었다. 이게 무슨.

"기억과 기억이 만난 것을 주안 군이 기억하게 된 것뿐. 실제로 두 사람이 만나지 않았을지도 몰라."

"그게 가능해요?"

주안이 놀란 음성으로 물었다. 주안은 박사님을 쳐다봤다. 그의 눈빛이 간절해졌다. 어떤 말이라도 해 달라는 듯한 애처로움. 박사님이 주안의 눈빛에 응답했다.

"기억과 기억을 맞닿게 하는 것. 그저 간단히 생각하면 기억이 섞이는 거야. 내가 만약 초등학교 동창생 한 명과 대학교 후배 한 명에 대한 기억을 동시에 떠올렸다고 한다면 나는 기억 속에서 그들을 만나게 할 수도 있는 거지. 상상이겠지만 어쨌든 기억 속 그들을 서로 만나게 하는 거야. 내가 기억하는 한 장소에서 내가 기억하는 동창생의 얼굴 표정 말투 옷차림까지 그대로, 내 대학 후배를 만나게 기억을 섞는 거야. 내가 가진 기억이 재료가 되면 정말 다양한 상상들이 만들어지는 것처럼. 기억은 기억과 만나는 거지. 그리고 섞이거나, 덧씌워지거나. 하지만 그건 언제까지나 내 머릿속에서 이루어지는 정신 활동이기 때문에 나만 아는 상상이고 또 기억이지. 현실의 그들이 정말 만날 수 있다거나, 나의 기억을 그들이 동시에 인지하게 된다거나 하는 것은 입증할 수 없지. 과학적으로 설명할 수는 없는 부분이니까. 그러나 그게 뭐 그리 대수인가. 가능할 수도 있는 얘기들이라고 나는 생각해."

박사님은 천천히 설명했다. 가능할지 모른다고, 이 얼마나 말도 안 되는 이야기일지라도 가능할지 모른다고. 주안은 정훈의 말에 힘을 실어 주는 박사님의 설명에서, 그들의 말을 실제 일어난 일인 양 믿어야 하는 건지, 지금은 오직 믿음밖에 의지할 수 없는지를 복잡한 마음으로 생각했다.

"그 아이가 저를 기억하지 못한다고 하면요? 저는 그 아이에게 또 무엇을 물어야 하죠?"

주안이 말했다. 일종의 초연함, 그래도 이야기가 흘러가도록 두고 싶은 의연함이 그에게 묻어나왔다. 주안은 그다음 이야기가 듣고 싶 던 것이다.

"기억하지 못한다면, 이제 자네의 기억을 설명해 줘야지. 그리고 대화를 이어 가야겠지. 둘이 만난 적 없다면, 만나지 않고서도 이어지는 둘의 기억을 서로 풀어놔야겠지. 이번엔 진짜로 만나는 거야. 현실에서 직접 만나 얘기하는 거지."

정훈이 새로운 음료수 캔을 따 벌컥벌컥 마셨다. 아무렇지 않게 말 하고 있어도 그 역시 목이 타긴 주안과 마찬가지임을 사람들은 느낄 수 있었다. 중년 부인이 낮은 음성으로 그들의 대화에 끼어들었다.

"이런 말, 우습다고 생각할지 모르겠지만. 나는 말이에요. 어쩌면 이 모임의 사람들 모두가, 내가 만든 환상일지도 모른다고 생각해요. 나 는 현실과 환상을 구분할 수 없으니까. 내겐 모두 현실이지만 그건 내 게만 일어난 현실, 그러니까 나의 환상일지도 모른다고. 여러분뿐만이 아닌, 내가 살아오면서 만난 사람들은 항상 내게 질문하게 하죠. 그들 은 진짜일까, 아니면 나만의 진실일까. 그래서 이젠 묻지 않아요. 누구 에게도 그들을 아는지, 그들이 정말 존재하는지, 확인하려 들지 않아요. 그래서 나는 여기 여러분을 확인하려 들지 않아요. 어쩌면 환상일지 몰 라요. 여러분은, 하지만 내겐 현실이니까. 내겐 상관없는 구분일 뿐이 에요."

부인의 말에 사람들이 놀란 얼굴이 되었다. 하지만 이내 그들은 평정의 얼굴을 되찾았다. 거친 목소리의 남자가 말했다. 모두의 생각을 대변하듯.

"환상으로 살아가는 이들은 어떤가요? 부인이 만들어 낸 환상이라서 부인이 아니면 살아갈 수 없나요?"

"그들은 자신이 환상이라는 것을 몰라요. 다만 드문드문 이어지지 않는 기억들을 내게 토로할 뿐이죠. 현실의 시간 그대로를 살아가진 못하는 것 같아요. 굳이 내 앞에만 나타난다든지, 나와의 일상만을 살아가든지는 아니에요. 그들도 살아가죠. 많은 일들을 하면서. 현실의 사람들과 똑같이. 그러나 그들은 시간을 드문드문 건너뛰어요. 똑같이 나이를 먹어 가지만 똑같이 경험하진 못해요. 시간이 그들에게 온전히 드러나지 않으니까. 가끔 혼란스러워 해요. 이를테면 그들은 하루 밤사이에 바뀌는 계절을 이해하지 못하거든요."

"만약 그들이 자신이 환상이라는 걸 알아채면 그들은 어떻게 되죠?"

주안이 물었다. 주안은 그 순간 엄습하는 두려움 속에, 기억이 끊겨 버린 자신이 환상일지 모른다고 생각했다. '내가 아니면 세연이, 둘 중 하나는 환상일까. 그래서 우리의 기억이 끊겨 버린 걸까.' 주안은 한 번도 생각해 본 적 없는 생소한 물음 속에 자신이 현실이 아니라 환상이라면 어떻게 되는 건지, 그 일말의 가능성을 상상했다.

"환상으로 살아갈 자신을 받아들이던가. 아니면……."

부인은 말을 멈췄다.

"아니면?"

정훈이 부인의 말을 재촉했다. 그에게서 느껴지는 긴장감은 그 역시 주안과 같은 생각을 하고 있음을, 모든 가능성 속에 자신의 존재를 환상으로 만들 수 있는 가능성마저 배제할 수 없음을 알아챈 것 같았다.

　　그들은 아무것도 부정하지 않는 사람들이었다. 모든 것을 긍정함
으로서만 그들의 삶을 받아들일 수 있다는 듯, 그들은 끝없는 긍정 속에
끝내 자신들의 자리를 마련한 듯 보였다. 아니 분명 그들은 주안이 보기
에 그런 사람들이었다.

　　"자신이 있어야 할 자리로 돌아가요. 그들이 태어난 곳. 누군가의
정신으로 되돌아가죠. 그들은 다시 기억 속으로 회귀해요. 환상이었던
자신의 삶이 누군가의 기억으로서만 존재한다는 것을 알아 버리면, 그
들은 다시 기억이 되죠. 그들은 그대로 살아가지 못해요. 그들에겐 힘
든 현실이니까."

　　부인은 잠시 말을 멈추고 주안을 지긋이 바라봤다.

　　"나는, 나는 말이에요, 주안 군. 주안 군이 그 여자 분을 만나지 않
았으면 좋겠어요. 그 어떤 것도 서로에게 묻지 말고 그냥 이대로, 지나
갔으면 좋겠어요. 무엇을 확인하려 만나려 하나요. 물론 이건 나의 괜
한 걱정입니다만, 그래도 혹시 모르니까. 한없이 깊이 들어가다 보면 마
주하고 싶지 않은 진실을 찾기도 해요. 그 진실이 뭔지 몰라 두려워하는
마음보다 마주했을 때 더 커지는 두려움도 있어요. 둘 중 하나는 혼란에
빠질 거예요. 둘이 아니라면 또 다른 누군가가 빠질 혼란이죠. 어쨌든
그 시작을 주안 군이 찾아내지 않았으면 좋겠어요. 어쨌든 누군가의 기
억에 틈이 생긴 거잖아요. 그 틈 사이로 보이는 진실이 누군가에겐 자기
자신을 모두 부정하게 만드는 것이 될 수도 있어요. 나는 이대로 모든
것이 지나가도록 두었으면 해요."

　　주안은 부인의 진심 어린 걱정을 느낄 수 있었다. 하지만 어떤 걱
정을 말인가. '내가 환상일지 모른다는 사실? 아니면 세연이? 그것도 아
니면, 우리를 기억하는 누군가가?' 주안은 고개를 절레절레 저었다.

"부인께서 걱정하시는 게 뭔지 알 것 같아요. 하지만 그럴 리 없어요. 우리는 부인이 만든 환상도 아닌 데다, 세상에 환상을 만들어 낼 수 있는 사람이 그렇게 많은 것도 아니잖아요. 저는 단지 하룻밤의 기억이 혼란스러운 것뿐이에요. 어쩌면 술에 취해 제가 기억 못하는 것일 수도 있어요. 그 아이를 만나 확인만 한다면 모든 것이 해결될 겁니다. 그래서 만나야 하는 거고요."

주안이 힘주어 말했다. 걱정에 대한 걱정, 자신을 걱정해 주는 그녀에 대한 걱정.

"그럼 주안 씨는 만나러 갈 건가요? 그 여자 분을?"

이연이 조심스럽게 물었다.

"네. 아마도, 저는 만날 겁니다. 제가 제대로 찾아갈 수만 있다면."

주안은 벽에 기댄 몸을 일으켜 지나왔던 골목길로 다시 들어갔다. 그는 사소한 것 하나라도 기억해 내려고 애썼다. 세연의 집을 찾아갔을 때 지나왔던 건물들, 가로등, 벽의 무늬까지. 주안은 30분 넘게 비슷한 골목들을 스쳐 지나갔다. 그렇게 한참을 걷던 주안이 흰색 건물 앞에 멈춰 섰다.

"여기."

주안은 건물을 올려다보았다. 새벽 무렵 세연을 데리고 걸어왔던 골목길, 그리고 세연이 멈춰 섰던 그녀의 집 앞. 주안은 여기가 세연의 집이 맞다는 것을 확신했다.

그의 심장이 두근거리기 시작했다. '세연은 집에 있을까.' 걱정스러운 마음에 주안은 너무 늦은 시간은 아닌 건지 시계를 꺼내서 봤다. 지금이 9시가 다 되어 간다는 것을 확인한 주안은 자신이 아주 늦지는 않

왔다는 생각에 조심스럽게 건물의 문을 열고 들어갔다. '3층. 세연의 집
은 분명 3층이었어.' 주안은 자동인형처럼 멍하니 올라가던 계단을 기
억해 냈다.

"내가 올라갔던 계단이야. 분명. 여기가 맞아. 그리고 난 실제로 올
라갔었지. 그건 결코 기억 나부랭이가 그리고 환상 따위가 아니었어."

주안은 3층에 올라와 세연의 집 앞에 섰다. 그는 망설이고 있었다.
문을 두드리거나 초인종을 눌러야 하는 그의 손이 아직 움직이지 않은
채 그대로 굳어 있었다. 세연이 없으면 어떡하지, 세연이 아닌 다른 사
람이 나오면 어떡하지. 그리고 내게 말하면 어쩌지. '그녀가 누구죠? 여
긴 제집인데요.'라고 말하면 나는 어쩌지. 그녀가 그녀인 적이 없었다
면, 그녀가 만약 여기에 없다면.

주안의 심장은 이제 쿵쾅거리며 요동치고 있었다. 그는 이대로 여
기에서 도망치고 싶다는 생각이 들었다. 확인하지 않고 그대로 돌아선
다면, 내가 그냥 지나가 버린다면, 어떨까. 주안은 자신이 비겁하다고
생각했다. 어제 종로 한복판에서 미친 듯 도망쳤던 자신이, 그래서 종로
의 거리에 홀로 남겨 두고 온 여자가 생각났다. 언제고 떠올릴 때마다
후회할 그 자리.

주안은 다시 도망치려 해선 안 된다고 자신을 타일렀다. '두려워도
참고, 무서워도 참는 거야. 주안.' 그는 자신에게 몇 번이고 되뇌었다.
주안이 힘겹게 자신의 손을 들어 세연의 문 앞에 가져다 댔다.

"망설이지 마."

## 3장
# 이야기의 이야기의 이야기

『모든 것이 가능해지는 이야기 속에서도 왜 이야기는 그렇게 흘러가야만 하는가. 그런 결말을 원하지 않았어도 왜 결말은 그렇게 정해져 버리는가. 이야기를 만들어 내던 당신이 문득 그런 생각에 휩싸이게 된다면 이야기는 그 자리에 멈춰 버린다.

당신은 이제 생각하기 시작한다. 어떤 이야기를 하고 싶었던가. 그저 자유롭게 기억들을 섞어 가며 이야기가 만들어지는 것을 지켜보았던 당신은 당신의 이야기 속에 당신이 의도하지 않았던 무언가가 생겨나기 시작했다는 것을 알게 된다. 이야기를 벗어난 이야기. 이야기 속에 들어 있지 않은 이야기. 스스로 제 갈 길을 비추고 있는 이야기. 마치 이야기가 당신의 손을 떠나 살아 움직이는 것처럼, 이야기 속에 생겨난 무언가는 꿈틀거리기 시작한다.

멈춰 버린 이야기는 당신에게 강요한다. 여기 이미 말해진 이야기가 있다. 이야기는 완성되거나 아니면 영원히 계속되어야만 한다. 그러나 당신은 당신이 어떤 이야기를 하고 싶었는지 기억할 수 없다. 그래서 당신은 이야기에게 결말을 묻기 시작한다. 이 이야기는 어떤 결말을 가지고 있는가를 말이다. 그러자 이야기가 당신에게 자신의 이야기를 들려준다. 이제 이야기는 통제 없이 앞으로 나아간다. 이야기는 이야기를 낳고 그 이야기들은 자신들의 이야기를 자기 스스로 하고 돌아다닌다. 그러다 결국 이야기는 되돌아와 당신에 대해 이야기할지도 모른다. 이야기는 이제 자기들끼리 장난치며 이야기하다 당신에 대해 이야기한다. 이야기는 당신을 만들어 낸다. 당신은 이야기를 통해 만들어진다.

당신이 시작한 이야기가 어떤 결말을 갖고 있던지 간에 당신은 기쁘게 이야기의 끝을 환영해야 한다.

어찌됐건 이건 당신이 만들어 낸 이야기인 것이다.』

# 1.

"희생은 언제나 보상을 가져온다. 그러나 희생양은 언제나 보상 없는 희생을 강요당한다. 희생하고 있는 걸까, 희생양이 되어 버린 걸까." — 6월 16일 5시 4분 〈상기자의 자리〉

"대체 여긴 어디죠?"

소와가 다시 물었다. 그는 아무 말도 하지 않았다. 그는 대신 소와에게 손을 내밀었다. 소와는 그의 손을 잡아 주었다. 그가 소와를 일으켰다. 두 다리로 설 수 있도록. 그리고 그는 소와에게 작게 속삭였다.

"가 볼래? 바다 속으로."

소와는 고개를 끄덕였다. 그는 소와의 손을 잡고 하늘 위로 솟구쳤다. 소와는 하늘을 나는 듯한 상쾌함에 탄성을 질렀다. 그리고 순식간에 '풍덩' 그들은 바다 속으로 들어갔다. 그는 물속에서 그녀의 손을 놓았다. 소와는 헤엄치듯 바다 안에서 허우적댔다. 곧 숨이 찰 텐데. 소와는 입을 막고 좀 더 오래 버티기 위해 숨을 참았다. 그러자 그의 손이 소와의 팔에 닿았다. 천천히 소와의 손을 그녀의 입에서 떼어 낸 그가 물살의 일렁임으로 말을 전했다.

"온몸으로 숨 쉴 수 있어. 숨이 막히지 않을 거야."

그녀는 참고 있던 숨을 한 번에 내쉬었다. 그리고 다시 들이쉬는 숨에 그녀는 바다의 물을 코로 맞았다. 그녀는 규칙적으로 바다를 들이쉬고 바다를 내뱉었다.

"숨 쉴 수 있어요. 물이 마치 공기 같아요."

소와가 뻐끔거리며 말했다. 그러자 물속의 그가 웃으며 대답했다.

"입을 열어 말하지 않아도 돼. 생각만으로 들을 수 있어. 여긴 기억의 바다니까."

소와는 그를 바라보았다. 편안해 보이는 그의 얼굴이 물살에 흔들렸다.

"기억의 바다는, 어떻게 만들어졌어요?"

소와는 입을 열어 말하지 않았다. 그녀는 다만 생각으로 그에게 말걸었다. 그러자 그가 환한 미소와 함께 소와의 손을 잡고 헤엄치기 시작했다.

"직접 보렴. 눈을 돌려 이곳을 봐. 물처럼 이어지는 기억들. 갈래갈래 나뉘는 기억들. 모두의 기억이 모이는 이 바다는 처음을 간직하고 있는 곳이니까."

소와는 그의 목소리에 눈을 크게 뜨고 이곳저곳을 두리번거렸다. 황홀한 색들이 리본처럼 길게 늘어뜨려져 있었다. 색들은 연기처럼 소와가 헤엄치는 대로 흩어졌다 다시 모였다.

"색이 너무 예뻐요. 오로라 같아요. 연기 같은 건가요. 흩어졌다 다시 모이네요. 이 찬란한 색들이 모두 기억인가요?"

"더 자세히 들여다봐. 네가 아는 세상이 보일 거야."

소와는 착하게 그의 말대로 움직였다. 옅은 노란빛의 긴 리본 속으로 소와는 완전히 자신의 몸을 넣었다. 오래된 책장. 수많은 책들. 작은 거실이 그녀의 눈앞에 펼쳐지자 그녀는 놀라서 그를 불렀다.

"이게 뭐죠? 여긴 어디에요? 어디 있어요?"

그의 손이 소와를 안아 잡아당겼다. 다시 형형색색의 리본들이 보이자 소와는 안도하며 그를 돌아보았다.

"누군가의 집이에요. 저기 안에 어떤 거실이 있었어요."

"기억이니까. 너는 누군가의 기억을 본 거야."

소와는 그의 손을 꼭 잡았다. 그러곤 다시 헤엄쳤다. 연한 하늘빛의 리본 속으로 그녀는 그와 함께 들어갔다. 초록색 나무들이 보이는가 싶더니 어느새 벚꽃이 흩날리는 벤치가 눈에 들어왔다. 그리고 거기에 앉아 있는 사람들이 보였다.

"누구의 기억이죠? 저 사람들의 기억인가요?"

"그럴지도 모르지, 아니면 저들을 보고 있던 누군가의 기억일지도."

소와는 더 가까이 그들에게 헤엄쳐 갔다.

"무슨 얘길 하고 있죠? 들을 수도 있나요?"

"듣고 싶다면, 들리기도 하지."

소와는 이야기를 나누는 그들에게 다가갔다. 웅얼웅얼 흩어지던 소리가 조금씩 명확하게 소와에게 들려왔다.

"그녀에게 내가 보이나요?"

"이미 기억이 된 장면이야. 현실의 시간이 아니야. 보일 리 없지. 다른 세계니까."

소와는 그의 손을 놓지 않은 채로 그녀 옆에 앉았다. 그녀가 지금 보고 있는 하늘과 나무에게 눈을 돌린 소와는 마치 현실처럼 생생한 지각들이 놀라웠다.

"놀라워요. 여긴 마치 정말 현실인 것 같아요."

"현실이었지. 다만 기억으로 자리를 옮긴 것뿐."

소와는 고개를 돌려 옆에 앉은 여자의 얼굴을 찬찬히 살펴보았다. 동그란 얼굴, 찰랑이는 긴 생머리.

"이 사람은 현실에도 있는 사람인가요? 나는 그녀를 만나 볼 수 있는 건가요? 실제로?"

"글쎄. '실제로'라는 게 뭔지 난 잘 모르겠는데. 너 역시 기억일 텐데."

그는 소와를 데리고 헤엄쳤다. 그들은 다시 긴 리본들이 가득한 하늘거리는 바다로 나왔다.

"저 리본들이 모두 기억이란 건가요? 모두의 기억이 정말 다 여기에 있어요?"

그는 말없이 고개를 끄덕였다.

"왜 모여 있어요? 여기에?"

"우주가 그들을 기억하고 있어서지."

"우주? 별들이 가득한 그 검은 공간이요?"

그는 아무 말도 하지 않았다.

"우주가 살아 있어요? 생명이에요? 우리처럼 생각하고 기억해요? 그럼 보고 듣고 만지고 다 할 수 있어요?"

"네가 무슨 말을 하는지 나는 잘 모르겠어."

그가 처음으로 이해할 수 없다는 어려운 표정을 지었다. 그러나 어려운 것은 소와도 마찬가지였다.

"이해가 안 가요. 우주의 기억이 왜 사람들의 기억이에요?"

"왜 따로 인 것처럼 얘기하지? 그는 다만 자신을 기억하는 것뿐이야."

"자신을?"

소와는 되물었다. 하지만 그녀 자신도 자신이 하고 있는 얘기가 무슨 말인지 이해가 되지 않았다. 그는 소와의 손을 잡고 바다 아래로 헤엄쳤다. 그들은 추락하듯 흰 모래사장으로 떨어졌다. 소와는 소리를 지르며 그에게 달라붙었지만 모래와 부딪친 그녀는 다만 푹신한 침대로 떨어진 듯 하나도 아프지 않았다. 그들은 흠뻑 젖은 몸으로 모래사막 위에 누워 있었다.

"이제 기억을 말려서 다시 되돌려 보내야 해. 잠시 이렇게 누워서 기다리다 보면 모든 것이 증발되어 바다로 사라지지. 너도, 아마 되돌아가게 되겠지."

소와는 가만히 누운 채로 그의 말을 듣고 있었다. '증발되어 사라진다, 내가?' 소와는 기다렸다. 젖은 몸이 마를 때까지. 그의 말대로 자신이 기억이라면 그녀는 기억의 바다로 되돌려 보내질 것이다. 그러나 소와는 자신이 그럴 리 없다고 생각했다. 그녀는 지금이 바로 자신이 잠에서 깰 때임을 알아챘다. 소와는 눈을 감았다. 그녀는 너무 오래 잠들어 있었던 것이다.

눈을 뜨자 소와는 엄마의 차 안에서 잠들었던 자신을 기억해 냈다. 그녀는 몸을 일으켜 자리에 앉았다. 그녀의 옆에는 그녀의 엄마가, 아마도 잠든 소와를 기다리다 함께 잠이 들었을 엄마가 창문에 머리를 기대고 앉아 있었다. 밖은 어느새 깜깜한 어둠으로 뒤덮여 있었다.

"엄마."

소와가 작은 목소리로 엄마를 불렀다. 그녀의 음성에 놀라며 잠에서 깬 그녀의 어머니가 소와를 돌아보았다.

"우리 딸, 이제 일어났니?"

엄마는 소와를 안아 주며 기지개를 폈다.

"잘 잤어? 엄마도 깜박 잠이 들었나 봐."

소와는 웃으며 엄마의 품속에 파고들었다.

"어떡하지. 병원이 이미 닫았으면?"

그녀의 어머니가 그녀를 토닥토닥 두드렸다.

"집에 가면 되지. 병원은 다음에 오면 되지. 배 안 고프니? 소와?"

소와는 엄마를 안고 가만히 말했다.

"배고파 엄마."

그녀의 어머니가 기쁜 눈으로 소와의 머리를 쓰다듬었다.

"우리 빨리 집에 가서 맛있는 저녁 해 먹자. 아가."

소와의 어머니가 앞좌석으로 가 자동차의 시동을 걸었다. 다시 집으로, 모녀를 태운 차가 그녀들을 기다리고 있을 그녀들의 집으로 미끄러지듯 달리기 시작했다.

{{그는 기억을 증발시켜 다시 바다로 되돌려 보냈다. 그가 할 수 있는 일이라곤 그것밖에 없었기 때문에. 그는 자신과 함께 누워 있던 작은 소녀가 바다로 되돌아가는 모습을 지켜보았다. 사라지는 아이에게서 그는 슬픈 감정을 느꼈다. 그리움의 감성. 그는 무엇을 그리워하는 것일까. 그는 어쩌면 그의 곁에서 사라져 버리는 모든 기억들이 그리운 건지도 모른다고 생각했다.

눈을 뜬 순간부터 흰모래사막 위에 서 있던 그는 하늘 위 바다를 헤엄치며 기억의 바다를 섞었다. 사막, 바다 그리고 그만이 존재하는 세계. 기억으로 똘똘 뭉친 견고한 바다. 숨 막히게 아름다운 기억으로 확장되는 세계. 그는 이 세계가 기억으로 이루어진 세계임을 알고 있었다.

그러나 그는 자신이 왜 이 세계에 홀로 존재하는지 알지 못했다. 기억의 바다 그 어느 곳에도 그의 기억은 존재하지 않았다. 기억의 바다에서조차 기억해 주지 않는 나는 누구일까. 그는 오랫동안 흰모래사막 위에 누워 있었다. 그는 끝없이 자신을 생각했다. 누구도 기억해 주지 않는 자신을.}}

## 2.

**"그들은 내가 그들의 삶을 두고 죽음과 저울질하는 것을 모른다." –
6월 17일 6시 31분 〈상기자의 자리〉**

"그날 저녁 집에 돌아와 밤을 새서 쓴 게 바로 그 리포트야. 생각이 생각을 낳고 이미지는 이미지를 낳아 빠르게 써 내려간 리포트. 주크.

따로 떨어진 감각기관들이 세상을 돌아다니고 있다면, 우리가 바로 그 감각기관일 수도 있다는 생각을 했어. 우리는 우리가 모은 감각들을 기억으로 보내고, 그런 우리의 기억이 한데 모이는 기억의 세계가 있겠다는 생각이 들었지. 장소가 아닌 세계. 그러나 어딘가에 존재할 기억의 세계. 따라서 그곳은 주크의 세계. 이름을 붙인 건 나야. 부를 수 있는 이름이 있어야 한다고 생각했거든."

"그러니까 너는 그 남자애가 했던 이야기 때문에 리포트를 쓴 거네? 그럼 걔는 너랑 비슷한 과제를 낸 거야? 잠깐. 그럼 주크의 아이디어는 원래 네 것이 아니었던 거야?"

연하에게 바싹 다가앉아 흥미롭다는 듯 그녀의 이야기를 듣던 정우는 뭔가 놀라운 사실을 발견하기라도 한 것처럼 목소리를 높였다.

"그 아이의 아이디어. 그래, 어쩌면 주크는 그 아이의 생각에서부터 시작된 걸 수도 있어. 하지만 문제는 그게 아니야. 그 아이의 아이디어가 존재하려면, 그 아이가 있어야 하는 게 먼저잖아."

"그게 대체 무슨 소리야?"

연하는 정우의 말에 '피식' 웃어 버렸다. 그날의 연하가 자신에게 연신 되물었던 그 말이 정우의 입에서 흘러나오는 것이 허망하게 느껴졌기 때문이었다.

"밤새 리포트를 쓰고 거의 잠도 자지 못한 채로 수업에 들어갔어. 수업 시간 동안 리포트를 다 쓰지 못한 아이들은 수업을 듣는 척하면서 열심히 글을 쓰고 있었지. 그렇게 수업이 끝나고 과제를 제출한 다음 나는 그 아이를 찾았어. 말해 줘야 할 것 같았거든. 내가 어떻게 리포트를 끝낼 수 있었고, 그 내용이 어떤 것이었는지. 네 말대로 나 역시 그 아이의 얘기에서 시작한 리포트가 그 아이의 아이디어인 것처럼 느껴졌기 때문에 말해 줘야 한다고 생각했거든."

"그래서, 말해 줬어? 걔는 뭐라고 리포트를 썼대? 비슷한 내용이 나온 거 아니야?"

"몰라, 나도."

"왜 몰라?"

"난 그 아이를 찾을 수가 없었거든."

"수업에 결석한 거야?"

"글쎄, 이름도 모르는 애를 다른 애들한테 물어볼 수도 없어서 출석부를 봤어. 이름이라도 알아 두려고. 그래야 다음 수업 시간에 그 아이를 만나도 미안하지 않을 것 같아서."

"그래서 걔 이름이 뭔데? 우리 과 였을 거 아니야. 나도 아는 애였나?"

"없었어."

"뭐가?"

"출석부엔 그 아이의 얼굴이 없었어. 당연히 이름도 없었지."

정우는 인상을 쓰며 연하를 가만히 쳐다보았다.

"진짜 없었어. 그 수업엔 그 아이 명단이 없었다고. 교수님한테 물어봤어. 얼굴이 하얗고 머리를 갈색으로 염색한 키는 이만하고 웃으면 보조개가 들어가는 남학생, 내가 설명할 수 있는 그 아이의 생김새를 죄다 말했는데, 교수님도 모르겠대. 그런 학생이 수업에 들어왔었는지, 그리고 우리 과 학생인지조차도."

"다른 과 애였던 거야? 널 안다고 했잖아."

"몰라, 나도 모르겠어. 그 후로 본 적이 없으니까. 그런 애를 안다고 하는 친구들도 하나도 없었으니까."

정우는 한동안 아무 말도 하지 않은 채로 물끄러미 연하만을 바라보았다. 연하는 그런 정우의 눈빛에서 자신의 얘기를 믿지 않는 그래서 더욱 걱정스럽게 자신을 보고 있는 정우의 생각을 읽을 수가 있었다. 그러나 정우는 곧 일종의 포기 섞인 음성으로 대화를 이어 갔다.

"좋아, 그래. 그럴 수 있다고 쳐. 딱 한 번 마주치고 다시는 볼 수 없었던 사람이 있었다고 쳐. 근데 그게 박사님과 어떤 관련이 있는데?"

연하는 계속해서 이야기를 해야 하는지 고민했다. 그녀만이 알고 있는 이야기. 오랫동안 간직한 자신의 비밀을 고백하고자 하는 사람은 많지 않다. 비밀은 그 본질의 속성으로 말미암아 자신만이 알고 있을 때에만 비밀일 수 있기 때문이다. 그래서 세상엔 자신의 비밀을 떠벌리고 싶어 하는 사람들이 없다. 침묵하는 사람들. 그럼으로써 자신의 비밀을 지켜 가는 사람들은 매혹적이지만 언제나 두려운 존재들이다. 비밀이 더 이상 비밀이 아니게 되었을 때 감내해야 할 것들이 얼마나 많던가.

하지만 연하는 심호흡을 크게 한 뒤 더 이상은 머뭇거리고 싶지 않다는 듯 빠르게 말했다.

"이신우 교수님은 학생 상담을 자주 해 주시는 분이었지. 특히나 심리 상담, 고민 상담 자신의 전공 분야인 부분에서. 그 당시에도 교수님은 이미 심리 상담을 전문으로 하고 계셨으니까. 교수님을 찾아갔었어. 나는 그때 많이 혼란스러웠거든. 리포트도, 주크도, 그 아이의 존재 때문도 아닌, 그 아이를 다시는 볼 수 없을 것만 같은 두려움에 나는 거의 패닉 상태였어."

"다시는 볼 수 없을 것 같은 두려움? 그 말은…… 네가."

"그 아이를 너무도 보고 싶어 했다는 말이지."

연하는 소주잔에 맺힌 이슬을 손가락으로 살짝 닦았다. 물기 어린 손을 가만히 내려다보던 그녀가 조심스럽게 말했다.

"보고 싶지만 볼 수 없는 사람. 찾고 싶지만 찾을 수가 없는 사람. 그런 상실감을 느껴 본 건 처음이었어. 내가 며칠 동안이나 미친 듯이 학교를 뒤지고 다녔다는 걸. 매일 도서관 앞 벤치에 앉아 도서관에 들어가는 학생들의 얼굴을 일일이 다 확인했다는 걸. 너는 몰랐겠지만 다른 친구들은 그때, 내게 말했지. 실연을 당했냐고. 하지만 그것보다 훨씬 더 큰 아픔이었어. 다시는 그 아이를 볼 수 없고, 다시는 그 아이와 얘기할 수 없고, 다시는 그 아이를 만질 수 없다는 것. 실연은 상대방이 내게서 마음이 떠난 거잖아, 볼 수 있고 얘기할 수 있는 그 어떤 여지는 남아 있는 거잖아. 하지만 그때 그 아이는 내게서 완전히 사라져 버렸어. 마치 그 아이가…… 죽어 버린 것 같았어."

"사랑에 빠졌었구나. 단 한 번 보고. 그 남학생에게. 유연하가, 22살 대학생이었던 유연하가 사랑에 빠졌었어."

정우는 한 단어 한 단어 느릿느릿 말을 했다.

"그랬는지도 모르지. 그 말밖엔 표현할 길이 없다면. 난 딱 한 번 마주친, 이름도 모르는 그 아이를 사랑했는지도 모르지. 이신우 교수님을 찾아가서는 울기만 했어. 난 우느라 말도 제대로 못하고 교수님은 내게 휴지며 손수건을 건네기에 바빴지."

"살면서 다시는 만난 적이 없었어? 그 아이를? 널 찾아오거나 다시 스쳐간 적이 한 번도 없었어?"

정우의 질문에 아련한 표정으로 옛 생각에 잠겼던 그녀는 이내 결심한 듯 말했다.

"있어. 다시 보게 된 날이. 하지만 어쩌면 우리는 다시 보면 안 될 사람들이었어. 아니, 절대 다시 보게 되면 안 됐었어. 차라리 그대로 그저 사라진 게 나았을 거야."

연하는 이신우 교수님의 권유로 일주일에 한 번 시간을 정해서 심리 상담을 받았다. 첫 번째 교수님과의 상담에서 아무 말도 못하고 그저 눈물만 흘렸던 연하는 두 번째 상담에서는 자신의 지금 상태가 한 남자아이 때문이라는 것을 교수님께 고백했다. 교수님은 마치 자신의 일인 것처럼 연하의 감정에 깊은 공감을 표시해 주었고 연하는 그런 교수님의 태도에 조금씩 위로 받고 있었다.

그리고 세 번째 상담에서 연하는 그 아이와 처음 만났던 도서관에서의 이야기를 교수님에게 털어놓으려고 마음먹었다. 그 아이가 했던 말들, 행동들, 그날의 바람이 얼마나 청아했으며, 함께 마셨던 커피가 얼마나 달콤했는지까지 연하는 남김없이 교수님께 털어놓고 싶었다. 자신만의 기억 속에서 흐릿해져 가는 그 아이를 공유된 기억 속에 풀어놓고 함께 이야기하고 싶었던 것이다. 지금 자신 앞에서 사라져 다시는 찾을 수 없을 것 같은 아이였지만, 그 아이를 기억하는 사람이 많아질수록 세상 어딘가에 있을 그 아이의 존재가 더 확고해질 것만 같았다.

"어서 들어오렴. 기다리고 있었다."

조심스럽게 연구실의 문을 노크한 연하를 환한 웃음으로 맞아 주며 교수님은 연하가 자신의 연구실로 들어올 수 있게 한쪽으로 비켜섰다. 이제 막 쉰을 넘긴 이신우 교수님은 조금씩 생기는 흰머리 때문에 머리가 회색빛으로 보였다. 연하는 그 머리색이 교수님을 한층 더 멋스럽게 보이게 한다고 생각했다. 수척해진 연하의 얼굴에 잠시 안쓰러운 표정을 지은 교수님은 찻잔에 뜨거운 물을 따르고 철제 상자에서 쿠키 몇 개를 꺼내 접시에 담았다. 연하는 탁자 앞 소파에 자리를 잡고 앉아 차를 준비하는 교수님을 말없이 지켜보았다. 이내 쟁반에 차와 쿠키를 담아 소파로 돌아온 교수님이 연하에게 찻잔을 내밀며 말했다.

"커피를 별로 안 좋아하지? 그래서 일부러 차를 끓였는데 괜찮니?"

연하는 고개를 끄덕이며 찻잔을 두 손으로 받아 향을 맡아 보았다. 교수님께 웃으며 감사하다는 말을 하고 싶었지만 연하는 노력해도 자신이 지금 도무지 웃을 수 없다는 걸 깨닫고 고개를 숙였다. 순식간에 다시 사라진 그 아이에 대한 생각으로 머릿속에 꽉 차 버린 연하는 눈물이 나려는 걸 애써 참아야만 했다. 그런 연하를 본 교수님은 잠시 화제를 다른 곳으로 돌리기 위해 말했다.

"음, 어제 서점에 갔다가 좋은 책을 발견해서 한 권 사 뒀는데. 오늘 집을 나오려다 보니 갑자기 네게 선물해야겠다는 생각이 드는 거야. 내가 책을 어디다 뒀더라. 아마 책상 위에 뒀을 거야."

교수님이 그렇게 말하며 자리에서 일어나려 하자 연하는 손을 들어 교수님을 만류했다.

"제가 가져올게요, 교수님. 앉아 계세요."

연하는 들고 있던 찻잔을 테이블에 내려놓고 자리에서 일어나 책상으로 걸어갔다. 책상 위에는 책 여러 권과 프린트한 종이 뭉치, 그리고 학생들이 제출한 것으로 보이는 리포트들이 가득 쌓여 있었다. 책상을 한번 쭉 둘러본 연하는 새것처럼 보이는 책 한 권을 발견하고 손에 들었다.

책을 들고 다시 자리로 돌아오려던 연하는 문득 책상 위에 놓인 여러 개의 액자 중 하나에 시선이 가는 걸 느꼈다. 무심결에 액자를 집어 들어 사진을 자세히 살펴보던 연하는 젊은 남학생 넷이 사이좋게 웃고 있는 그 풍경 속에서 누군가를 발견하고 깜짝 놀라 들고 있던 책을 바닥에 떨어뜨렸다.

오른쪽 제일 바깥쪽에 서서 카메라를 향해 장난스러운 미소를 짓고 있는 남학생. 하얀 얼굴에 갈색머리를 가지고 사진에서조차 희미하게 보조개가 보이는 그 남학생은 연하가 그토록 찾아다녔던 바로 도서관에서 만난 그 아이였다.

연하는 쿵쾅거리는 가슴을 진정시킬 수 없어 얼굴이 빨갛게 상기된 채로 액자를 교수님에게 가져가 소리치듯 물었다.

"이 아이. 이 남학생. 누구죠? 교수님, 학생 중에 하나에요?"

다급한 연하의 목소리에 짐짓 당황해하며 액자를 들여다본 이신우 교수는 말했다.

"이건, 내 친구들 사진인데. 대학교 때 찍은 사진이야."

자신의 귀를 의심하며 눈만 깜빡이던 연하의 손에서 액자를 건네받으며 이신우 교수는 덧붙여 말했다.

"여기 제일 오른쪽 애 말이니? 이건 난데? 왜 그러니, 연하야."

연하는 아무 말도 하지 못하고 의자에 털썩 주저앉아 귀를 막고 눈을 감았다. 더 이상 어떤 것도 듣고 싶지도 보고 싶지도 않다는 듯이.

정우는 이제 연하가 하는 얘기 모두를 믿지 못하겠다는 듯한 표정을 지었다.

"지금 나보고 그 얘기를 믿으라고? 유연하 씨?"

"인간이라면 인간이 저지른 모든 일들에 책임이 있지. 그리고 이 세상은 그 어떤 끔찍한 일이든 황당한 일이든 언제든 토해 낼 준비가 되어있는 곳이야. 모든 것이 가능한 세상이니까. 난 그 말이 뭘 의미하는 건지 알아."

"이신우 교수님은 알아? 지금 나한테 해 준 그 얘기?"

"말한 적 없어. 상담도 더 이상은 받지 않았으니까."

연하의 무심한 대답에 정우는 고개를 설레설레 저었다.

"주크의 아이디어가 이신우 교수한테서 나왔다? 네가 10년 전에 만나 한눈에 사랑에 빠진 남학생이 대학생이었던 이신우 교수였다? 그거지 지금. 이거 다 유연하 상상력이야?"

연하는 눈을 감았다. 그리고 낮게 읊조렸다.

"상상이 아니야. 그건 기억이었지."

{{……인간의 진실된 단 하나의 유언은 "나를 기억해 주세요."일 뿐이다. 영원을 말하고 싶다면 우리는 단연코 한 가지 기억을 말해야 한다. 우리는 누군가를 기억하기 위해 존재하며 나 아닌 타인은 나를 기억하기 위해 존재한다. 나는 타인을 기억하고 타인은 나를 기억함으로써 우리는 우리의 실존을 보장받는다. 생명이었을 때 우리는 서로를 기억함으로써 서로의 조건으로 존재한다.

인간의 본질적 고독은 나는 내 존재의 조건이 아니라는 사실을 인식할 때 오는 감수성이다. 누군가는 그 사실을 깨닫고 누군가는 그 사실을 깨닫지 못하지만 알고 알지 못하고의 상관없이 우리는 그런 식으로만 존재한다.

우리는 기억되기 위한 생명의 삶을 거쳐 다시 순수한 기억으로 되돌아간다. 죽지만 죽는 게 아니다. 살지만 사는 게 아니었듯이. 진화는 우리가 기억하는 것이 아니라 기억이 우리를 불러오는 것. 기억만으로 사라진 그들을 불러낼 수 있다면 그것이 영원한 삶. 〈주크 : 기억에 대한 단상 2.〉 유연하}}

# 3.

"나의 두려움은 그들의 두려움과 같다. 내가 두려워하면 그들도 두려워한다." – 6월 20일 11시 23분 〈상기자의 자리〉

세연의 집을 노크하려는 순간 주안의 핸드폰이 적막을 깨며 시끄럽게 울리기 시작했다. 소리에 놀라 버린 그는 얼른 핸드폰을 가방에서 꺼내 뒤돌아 작은 목소리로 전화를 받았다.

"여보세요?"

"주안이니? 지금 어디지?"

박사님이 다짜고짜 그의 위치를 물어 왔다. 그의 질문에 주안은 자신이 지금 어디에 있는지 확신할 수 없다는 듯 반사적으로 고개를 돌렸다. 주안의 머리 위에서 빛나던 전등이 자동으로 꺼져 버려서 주안은 아무것도 보이지 않았다.

"세연이를 만나러 왔어요. 무슨 일 있으세요?"

그는 그렇게 대답하면서도 보이지 않는 어둠 속에, 자신의 자리를 의심하고 있었다. 불이 다시 켜지고 세상이 원래의 환함을 되찾으면 나는 또 다른 어딘가에서 눈뜨게 되는 것은 아닐까.

"지금 연구실로 오렴. 네가 만나러 간 세연이는 연구실로 오는 중이니까."

깊이 침잠해 내려가던 주안은 박사님의 말에 깜짝 놀랐다.

"그게 무슨 말씀이세요?"

"설명하자면 길어. 지금 너도 출발해서 오거라. 여기서 모두 만나기로 했으니까."

주안은 뒤돌아 세연의 집을 바라봤다. 주안은 분명 누군가 집 안에서 움직이는 소리가 들렸다고 생각했다.

　"전 지금 세연이 집 앞이에요. 집에 있는 것 같은데, 세연이가 어떻게 연구실을, 아니 어떻게 박사님을 알고 만나러 온다는 거죠?"

　"설명하자면 길다니까. 하지만 세연이는 집이 아니라 연구실로 올 거다. 그러니 너도 빨리 움직이는 게 좋을 것 같구나. 너희가 엇갈리는 걸 보고 싶지 않거든."

　박사님은 그렇게 말하고 급한 듯 전화를 끊었다. 주안은 그대로 세연의 집을 바라보고 있었다.

　"세연이가 여기 없다면, 저 안에 있는 사람은 누구지?"

　주안은 세연이 연구실로 올 거라는 얘기를 듣자마자 문 안쪽에서 들려오는 소리에 소름이 돋았다. 하지만 이곳이 세연의 집이 아닐 수도 있어. 나는 어쩌면 잘못 찾아왔는지도 모르지. 그러나 만에 하나, 여기가 그녀의 집이 맞다면, 그런데도 저곳에 지금 세연이 없다면, 저 안에 있는 사람은 누구지.

　주안은 새로운 의심 속에 불안의 싹을 틔웠다. 주안은 당혹스러움에 얼굴이 하얘졌다. 확인하고 싶다면 다시 한번 문을 두드리면 될 것이었다. 문 안의 누군가는 주안의 노크에 문을 열고 그를 확인할 것이다. 그러나 만약 그 누군가가 세연보다 두려운 존재라면, 그가 상상하는 것보다 훨씬 더 두려운 누군가라면?

　주안은 뒷걸음질 쳤다. 자신도 모르게 신체가 먼저 반응하는 두려움. 그는 뒤돌아 도망치듯 계단을 내려갔다. 주안은 골목길을 쉬지 않고 달려서 큰길까지 한 번에 도착했다.

　그는 가쁜 숨을 몰아쉬었다. 그리고 잠시 멈춰 설 틈도 없이 택시를 잡으려고 차도로 내려왔다. 지나가던 택시 한 대가 그의 앞에 멈춰 섰다. 주안은 기계 같은 몸짓으로 택시에 올랐다.

세연은 연구실의 호수를 확인해 가며 천천히 복도를 걸었다. 이윽고 그녀의 눈에 '이신우 박사'라는 네임태그가 들어왔다. 그녀는 한참을 푯말을 보고 서 있다가 그 문에 노크했다.

"들어오세요."

문 안쪽에서 소리가 들리자 세연은 망설임 없이 문을 열었다. 환한 연구실 불빛에 눈이 부셨다.

"안녕하세요. 이세연이라고 합니다."

세연은 말하며 빠르게 연구실을 훑어봤다. 연구실에는 중년의 남자만이 서 있었으므로 그녀는 아직 주안이 이곳에 도착하지 않았다는 사실을 알 수 있었다. 박사님은 세연을 보자 반갑게 걸어와 두 손으로 그녀의 손을 잡았다.

"반갑네. 나는 이신우일세. 이리 와서 좀 앉지."

편안하게 웃어 주는 박사님의 모습에 세연은 온몸을 감쌌던 긴장이 한순간에 풀리는 것을 느꼈다. 세연은 그가 권하는 의자에 가서 앉았다.

"차 한 잔 할 텐가. 아직 주안이 도착하지 않아서 말이야."

박사님은 대답도 듣기 전에 커피포트에 물을 끓이기 시작했다.

"이리로 오는 게 맞나요? 선배님이?"

세연이 불안한 기색을 감추지 못하고 박사님에게 물었다. 그러자 박사님이 빙그레 웃으며 대답했다.

"오래 걸리지 않을 거야. 이미 출발했을 테니까."

세연은 그의 말에 의자에 몸을 기대고 편하게 앉았다. 숨 가쁘게 이 장소에 도착하기까지 세연은 짧은 시간 동안 수많은 모험을 치른 것 같았다. 그녀는 이수의 전화를 끊자마자 그녀가 떠나온 종로3가역으로 되돌아갔고, 그곳에서 일말의 사건도 벌어지지 않은 평온한 시간을 보내고 있는 사람들을 보자마자 주안을 만나러 가야 한다고 생각했다. 그녀는 5년 동안 눌러 보지 않은 핸드폰 속 전화번호들을 차례대로 눌러가며 주안에 대해 물었다.

"안녕하세요. 저는 음악과 이세연이라고 합니다. 혹시 주안 선배님 연락처 아세요?"

인사와 함께 이어지는 뜬금없는 질문에 수화기 너머의 사람들은 당황해했다.

"누구라고?"

세연을 기억하지 못하는 사람들이 그녀에게 되물었다.

"음악과 이세연입니다. 혹시 주안 선배님 연락처를 알고 계세요?"

세연은 단조롭게 물었다. 알아야 하는 것은 그것밖엔 없었으므로 그들이 그녀를 기억하지 못해도 그녀를 이상하게 생각해도 상관없었다.

"주안? 우리 과 동기? 글쎄. 나도 연락 안한 지 오래 돼서."

비슷한 답들이 연이어 들려왔다.

"네. 고맙습니다. 안녕히 계세요."

세연은 짧게 말하고 전화를 끊었다. 그리고 다시 다른 전화번호를 찾았다. 그렇게 세연은 전화번호부에 남아 있는 열 명이 넘는 사람들에게 차례로 전화했다. 세연은 30분 넘게 이어진 전화 통화를 끝내고 허무한 표정으로 자신의 핸드폰을 쳐다보았다. 더 이상은 전화를 걸 사람이 없었던 것이다.

세연은 아무 말 없이 지하철역 의자에 앉아 자신이 지금 무얼 해야

하는지, 그리고 할 수 있는지를 생각하고 있었다. 가만히 생각해 보면
그녀가 해야 할 일은 아무것도 없는 것 같았다. 그때 세연의 전화벨이
울렸다.

"여보세요?"

"응, 방금 네 전화 받고 찾아봤는데 박사님께 연락하면 알 수도 있
어. 주안이 계속 만나오던 심리학 박사님이 계신데, 성함이 이신우야.
급한 일인 것 같아서."

맨 처음 전화를 걸었던 선배 한 명이 세연에게 전화를 걸어 말했다.

"이신우 박사님이요?"

세연이 기쁘게 되물었다. 어떤 희망. 이름에서 묻어 나오는 어떤
희망이 들리는 것 같았다.

"응. 어쩌면 그분은 주안의 연락처를 알지도 몰라. 우리 동기들 중
엔 주안과 연락되는 사람이 없어. 모임에도 통 나오질 않거든."

"감사합니다. 선배님. 정말 감사해요."

세연이 거듭 감사의 말을 전하고 빠르게 전화를 끊었다. 그녀는 자
리에서 일어났다.


세연은 노곤해진 신체와 피로한 정신을 자각했다. 다리가 아프고
또 긴장했던 어깨까지 콕콕 쑤셔 온다는 것을. 세연은 자신의 어깨에 손
을 대고 작게 두드렸다. 박사님이 차를 가지고 테이블로 돌아왔다.

"자 마시렴. 기분이 좋아지는 차란다."

세연은 착하게 말을 잘 듣는 아이처럼 찻잔을 들어 차를 마셨다.

"그래. 어떻게 내게 전화를 걸 생각을 했지? 주안을 만나려고 했는
데 연락이 닿질 않던가?"

박사님의 질문에 세연이 말없이 고개를 끄덕였다.

"그래도 용케 닿을 수 있는 길을 찾았구나. 주안이 학교를 졸업하고 연락처를 바꿨다는 걸 알아. 그래서 연락하기가 쉽지 않았을 테지. 주안은 많은 사람들을 만나는 타입이 아니니까."

박사님이 이해한다는 표정으로 얘기했다. 힘들게 이곳까지 찾아왔을 거라는 짐작과 그녀의 용기에 그리고 그녀가 용기를 갖고 움직여야 했을 이유까지. 박사님은 그 모든 상황을 미루어 짐작하며 세연에게 격려 어린 표정을 지어 보였다.

"세연, 이름이 세연이지? 주안이 자네를 만나려고 아마 자네 집을 찾아간 모양이야. 주안 역시 지금 많이 혼란스러운 상태거든. 엊그제 자네를 만나고 잠에서 깨어나 보니 종로 한복판에 누워 있었다지, 뭔가. 주안은 그 상황을 설명해 줄 사람이 자네뿐이라고 생각해."

박사님의 말에 세연은 눈이 동그랗게 커져 그대로 멈춰 버렸다.

"엊그제라뇨? 저를 만났다고요? 주안 선배님이요?"

박사님은 놀라는 세연을 보며 이마에 손을 가져다 댔다.

"기억이 없구나. 너 역시 기억하지 못하는구나."

박사님은 힘든 생각이라도 하는 듯 이마를 살짝 찌푸렸다.

"복잡해지겠구나. 모든 것이."

박사님이 말하자마자 연구실에 누군가 노크하는 소리가 들렸다. 박사님은 세연을 한 번 쳐다보고는 일어나 문으로 다가갔다.

"주안이니?"

박사님은 문을 열었다. 문 앞에는 새하얗게 질린 얼굴의 주안이 유령처럼 서 있었다. 박사님은 그런 주안을 보고 깊게 한숨을 쉬고는 그가 들어올 수 있게 문 안쪽으로 비켜섰다. 자리에 앉아 있던 세연도 일순간

정지한 표정이 되어 문 앞에 서 있는 남자에게 눈을 떼지 못했다. 주안이 연구실로 들어와 자리에 앉아 있는 세연을 발견하자 그는 유령 같은 얼굴로 되레 진짜 유령을 만난 듯 넋이 나간 채 서 있었다.

"너도 앉으렴. 이제 다 모인 것 같으니. 차 한잔하겠니? 오늘은 왠지 아주 긴 밤이 될 것 같구나."

박사님이 주안의 등에 손을 얹고 그를 의자 쪽으로 천천히 밀었다. 주안은 그 손길에 따라 의자에 자리를 잡고 앉았다. 주안은 세연과 마주 보고 앉게 되었다. 그에겐 지금 머릿속을 떠다니는 다양한 말들이 복잡하게 얽혀 있었지만 도무지 내뱉을 말을 선택할 수 없었다. 어떤 말을 먼저 해야 하는 걸까. 박사님이 주안의 차를 끓여서 다시 자리로 돌아왔다.

"자네들이 지금 어떤 상황에 처했는지, 나는 당사자가 아니라 잘은 모르겠지만, 왠지 모르게 자네들 모두에게 두려움 같은 게 느껴져. 다들 무엇이 그렇게 두려운 걸까. 무엇이 그렇게 혼란스럽지?"

박사님은 그들의 눈을 보며 진지하게 말했다. 세연과 주안 모두 할 말을 잃은 듯이 보였다.

"서로 다른 이유로 여기에 온 것처럼 보이지만 결국엔 같은 원인을 공유하고 있음을, 그걸 알기 위해선 자네들은 어떤 시작을 말해야 할까?"

주안은 박사님의 말에 자신이 먼저 이 침묵하는 우리 사이에서 나아가야 함을 직감했다. 그는 세연을 보고 말했다.

"나를 기억하니?"

세연은 주안을 보고 생각했다. 어떤 기억을 말인가. 그들의 기억은 5년 전에 멈춰 섰지만, 세연의 기억 속의 그는 매일 밤 현실 같은 생생함으로 새겨져 왔던 것이다. 그러나 그것은 세연만의 기억이었다.

"그럼요, 선배님. 5년 전에, 그러니까 선배님이 학교에 다니실 때, 우린 가끔 같이 밥을 먹고 차를 마시고 얘기를 하며 만났잖아요. 모두 기억해요."

세연의 대답에 주안은 온몸에 소름이 돋았다. 이런 대답. 〈고통과 나눔의 모임〉에서 정훈이 그에게 했던 말들이 반복되어 재생되는 것만 같았다.

"그 아이가 나를 기억하지 못한다면, 다음은 뭘 물어야 하죠?"

주안이 묻자 정훈은 말했었다.

"너의 기억을 풀어놓아야 하겠지. 그리고 서로의 기억을 맞춰 가야지."

주안은 정훈이 그렇게 말하며, 그가 만난 세연이 현실의 세연이 아닐 수도 있다는 말을, 그가 세연의 기억을 만났을 수도 있다는 말을 떠올렸다. 주안은 이 상황을 믿을 수가 없었다. 흥분한 주안의 목소리가 아까보다 조금 더 커졌다.

"아니야. 5년 전의 기억이 아니라, 우리가 월요일 저녁, 도서관 앞에서 만났던 그 기억을 묻는 거야. 너는 내게 팔짱을 끼고 네가 자주 가는 술집으로 나를 데려갔잖아. 우리는 새벽 세 시가 넘도록 맥주를 마셨잖아. 기억 안 나?"

세연은 알 수 없는 말들을 쏟아 내는 주안이 문득 무섭다고 생각했다. 그가 무슨 이야기를 하고 있는 건지 세연은 하나도 이해할 수 없었던 것이다.

"무슨 얘기를 하시는 거예요. 선배님을 다시 만난 건 5년만인데. 전 월요일에 선배님을 만난 적이 없어요. 저는 그날 도서관에 갔다가 집으로 돌아왔어요. 월요일도 화요일도 저는 시험공부를 하기 위해 도서관에 있었어요. 아무도 만난 적이 없어요."

세연의 목소리가 떨려 왔다. 무언가 잘못되었다면 잘못된 것은 모든 것이지 결코 일부일 수만은 없을 거라고 그녀는 생각하고 있었다. 그녀의 오늘이 어제를 헷갈리는 것처럼 그들의 만남도 자신의 기억을 헷갈리고 있었다.

"그럼 너는 왜 나를 만나러 온 거지? 5년 동안 만난 적도 없는 나를 왜 찾아온 거야?"

주안의 말에 세연은 이제 자신이 고백해야 할 시점임을 예감했다. 아무리 이상해 보여도 이 상황을 설명해 줄 수 있는 것은 그녀의 고백밖에는 없었다. 세연은 줄곧 이 순간의 예감 때문에 얼어붙어 있었다. 얼음처럼 누군가 내리치면 깨져 버릴 것 같은 자신의 기억. 그것이 정확히 무엇을 향하고 있는지도 알지 못한 채 세연은 죄를 고하듯 꿈의 기억을 얘기했다.

"나는 매일 밤 꿈을 꿔요. 그것도 똑같은 꿈을 반복해서 꾸고 있어요. 그건 내가 선배님을 만나는 꿈이에요. 나는 매일 밤 선배를 만나서 같이 얘기하고 걷고 웃으며 재잘대는 꿈을 꿔요. 너무나 생생해서 꿈이라고는 믿겨지지 않을 정도의 그런 꿈을 나는 매일 꾸고 있어요."

세연은 숨을 참고 빠르게 얘기했다. 용기를 필요로 하는 그녀의 고백에는 그녀의 수줍음과 당황 그리고 불안이 들어 있었다. 세연은 자신의 고백이 대체 무슨 소용이며, 지금 그들을 감싸는 이 공간에서 무슨 의미인지를 생각했다.

"트라우마처럼. 나를 만나는 그 순간으로 너는 매일 불려 나와. 그건 막는다고 막아설 수 있는 게 아니야. 현실의 너는 끊임없이 일상적인 하루를 살아가지만 매번 너는 누군가의 기억 속으로 불려 나와. 그 기억은 바로 나를 만나는 순간이야."

　　주안은 꿈꾸듯이 지난밤 세연에게 들었던 말을 되풀이했다. 세연은 그의 말에 다시금 눈이 동그랗게 커졌다.

　　"어떻게, 선배님이 그걸 어떻게 알고 있죠?"

　　주안이 고개를 떨어뜨리고 중얼거렸다.

　　"네가 말했으니까."

　　주안의 대답에 세연은 놀라움을 감추지 못했다. 그것은 세연이 누구에게도 말한 적 없던 꿈의 대화였다. 꿈속에서 그녀는 늘 주안에게 자신을 설명하며 말을 걸었던 것이다. 누군가의 기억 속에서 불려 나오는 그들을, 그래서 꿈꾸는 자신을. 그들의 대화를 가만히 듣고 있던 박사님이 입을 열었다.

　　"사건이란 사람들이 떠올리는 상상의 다양성이야. 벌어진 사건을 다시 불러냄에 우리는 어쩔 수 없이 상상이란 녀석의 도움을 받지. 다양한 상상의 수만큼 분절되는 사건은 결코 완벽한 하나로 통합되지 않아. 사건들 사이엔 언제나 틈이 있지. 일말의 틈. 내가 말하고 싶은 건 '플래시백'이라는 현상이야. 사전적 정의는 '과거 기억의 재생' 어떤 사람이 플래시 백 현상에 휩쓸린다는 것은, 그가 죽음에 이르는 사건이나 사고에 둘러싸인다든지, 타인이 그러한 피해를 받는 것을 목격함으로써 정신에 외상을 입어, 사건 뒤에 살아가는 일상생활 속에서도 같은 사건을 되풀이해서 체험하는 거야. 사건을 집요하게 되풀이해서 본다거나, 사건이 다시 일어나고 있는 듯한 생생한 감각을 느끼면서 사건을 스스로 연출하는 증상을 나타내. 이건 정신의학적 설명이지만 너희 중 누군가는 이 설명이 필요한 사람인 듯싶구나. 누구인진 나도 모르겠다."

　　세연은 박사님의 정신의학적인 설명에 순간 자신의 상황을 모두

한 번에 떠올렸다. '나인가. 내가 지금 저 상황에 갇힌 건가?'

"어제 낮에 종로에서 사고가 났댔어요. 어제 뉴스에도 나온 사건이었죠. 지하철역에서 난 사고였는데, 저는 오늘 그 사건을 눈으로 직접 보고 왔어요. 어제 낮이 아니라 바로 오늘 저녁에 제 눈앞에서 일어난 사건이었어요. 그런데 뉴스는 그 사고가 오늘이 아닌 어제라고 보도했죠. 제가 지금 박사님이 말씀하신 플래시 백, 거기에 휩쓸린 건가요? 제가 환영을 본 거예요?"

세연의 말에 주안이 눈을 번쩍 떴다. 어제 낮에 종로에서 일어난 사건? 주안은 가슴 깊숙한 곳이 화살로 관통당하는 것 같은 아픔을 느꼈다. 왜 심장이 반응하는 것일까? 주안은 고통 속에 일그러진 얼굴로 세연에게 물었다.

"무슨 사고가 난거지? 어제 낮에 분명 종로에서 일어난 사고야?"

주안의 물음에 세연은 알 수 없는 표정이 되었다.

"기억이 안 나요?"

주안은 왜 세연이 자신에게, 자신이 물었던 똑같은 질문을 하는지 이해할 수 없었다.

"무슨 기억?"

주안은 말하면서도 자신의 끊긴 기억 속에 불안해졌다.

"선배가 그 자리에 있었잖아요. 선배가 지하철역으로 뛰어 드는 바람에 사고가 난 거잖아요. 기억이 안 나요? 선배를 구하려고 중년의 남성이 승강장에 뛰어든 거. 그분이 선배를 구하고 열차에 치인 그 사고를 기억 못해요?"

세연이 다급하게 물었다. 그러자 주안은 정신이 나간 듯 멍한 표정이 되었다가 말도 안 되는 소리라는 듯 고개를 세차게 저었다. 박사님

역시 세연의 말에 적지 않게 놀라 버렸고 세연은 주안의 거센 부정 앞에 한순간에 온몸의 힘이 풀려 버렸다.

"대체 그게 무슨 소리야."

주안이 웅얼웅얼 입안에 소리를 담고 중얼거렸다.

"지하철 CCTV에 선배가 잡혔어요! 선배가 아무 일 없다는 듯이 지하철역을 빠져나가는 그 모습! 승강장의 사람들이 외치는 비명소리. 중년의 남자가 아직 올라오지 못했는데 열차가 도착하는 그 순간이 모두 찍혔다고요! 뉴스에 나왔어요. 어제 뉴스에!"

세연이 소리를 질러 가며 설명했다. 주안은 자신의 잃어버린 기억에 증오를 느끼고 있었다. 하나라도 기억이 나면 좋으련만. 정지한 기억에게 주안은 음해라도 당한 것처럼 억울한 마음이 들었다.

"어제 뉴스를 보지 못했어. 나도 미처 보지 못했는데. 그게 정말이니? 정말 그런 사고가 났었단 말이야?"

박사님이 그녀에게 물었다. 세연이 빠르게 자신의 핸드폰을 꺼내 어제 뉴스를 찾기 시작했다. 이윽고 세연이 자신의 핸드폰에서 원하는 것을 얻었다는 듯 핸드폰 액정을 박사님께 보여 주었다. 박사님이 세연의 핸드폰을 건네받아 멈춰 있는 영상의 재생 버튼을 눌렀다. 화면을 보고 있던 박사님의 눈이 놀라움에 사로잡혀 흔들렸다. 그 모습을 본 주안이 박사님의 손에서 거칠게 핸드폰을 빼앗았다.

주안은 아무 말 없이 영상이 끝날 때까지 화면에서 눈을 떼지 않았다. 영상 속의 주안이 천천히 걸어가 승강장 아래로 떨어지자 화면을 보고 있던 주안의 심장도 덜컥 내려앉았다. 주안은 몸을 떨기 시작했다. 주안이 승강장 아래로 떨어져 몸이 보이지 않게 되자 누군가 빠르게 뛰어 승강장으로 돌진하는 모습이 눈에 들어왔다. 그는 보이지 않는 어둠 속에서 주안을 위로 들어 올렸고 사람들이 주안을 잡아당겼다. 주안은 자신이 사람들에 의해 승강장 위로 끌어 올려지는 장면을 공포영화라도 보는 듯이 바라보았다.

주안이 무사히 승강장으로 올려지자 사람들을 주안을 내팽개치고 승강장 아래에 남아 있는 남자를 향해 손을 뻗었다. 그러나 그 순간 열차가 도착했다. 주안은 정확히 자신이 포함되어있는 그 급박한 상황을 손바닥만 한 핸드폰 액정으로 보고 있었다. 주안은 자신이 두 발로 일어서 천천히 지하철역을 빠져나가는 걸 끝까지 지켜봤다. 쿵쾅거리는 그의 심장은 곧 터져 버릴 것 같았다. 주안은 자신의 내면 깊은 곳에서 울려 퍼지는 거대한 파열음을 듣고 있었다. 산산이 부서져 사라져 버릴 것만 같은 폭발.

영상이 모두 재생되고 화면이 멈추자 주안은 손에 들고 있던 핸드폰을 무릎 위에 떨어뜨렸다. 그의 손이 사시나무처럼 떨렸다.

"주안."

박사님이 그의 어깨를 힘 있게 감싸며 떨고 있는 주안을 진정시키려 애썼다. 그러나 그는 쉽사리 자신을 잡을 수 없었다.

"말이 안 돼요. 박사님. 나는 지하철역으로 내려간 적도 없어요. 잠에서 깨 보니 길바닥에 누워 있었다고요. 나는 지하철역에 뛰어든 적이 없어요, 저렇게 아무렇지도 않게 걸어 나오지 않았어요. 있을 수 없는 일이에요. 이럴 수가 없어요."

주안의 눈시울이 붉어졌다. 그는 동요하고 있었다. 파도 같은 떨림이 그를 집어삼키고 형체도 남기지 않을 것만 같았다. 세연은 그런 주안을 바라보며 이 순간의 기이함에 몸서리를 쳤다.

"뭐가 어떻게 돌아가고 있는 거죠? 이해가 가질 않아요. 아무것도."

세연은 모두에게 확인하듯 물었다. 이해할 수 있는 거라면 무엇이라도 설명해 주길 바랐다. 누구든지.

"그분은 어떻게 되었지? 갑자기 나타나 주안을 구한 그분은?"

박사님이 그녀에게 물었다.

"발견되지 않았대요. 다친 흔적도 없었대요. 아무도 그분을 찾지 못했어요."

세연이 대답했다. 뉴스에서 나온 그대로. 희생을 감행한 남자가 흔적도 없이 사라졌다는 사실 때문에 어제의 사건이 뉴스에 나올 만큼 유명해졌다는 것을. 박사님은 말없이 이마를 찌푸렸다. 그 또한 쉽사리 다음 말을 찾기 힘든 것 같았다.

"뭔가 잘못됐구나. 하지만 무엇이 또 어떻게."

박사님은 어렵게 말을 내뱉었다. 그의 얼굴엔 이제 편안한 표정도 장난기 어린 웃음도 들어 있지 않았다. 그는 한없이 무거워졌다. '내가 중심을 잡지 않으면 모두가 흩어져 버릴 텐데. 그들이 날아간다면 다시는 잡을 수 없을지 모르는데.' 그렇게 생각하면서도 박사님은 불안하게 퍼져 가는 공기들을 중재하지 못했다.

그가 혼란에 빠진 그들을 위해 뭔가 해야 한다고 느낀 그 순간 주안이 무너지듯 울음을 터뜨렸다. 오래도록 막아 두었던 강물이 터져 나오듯 그는 거센 물살처럼 흐느끼며 울었다. 어깨가 들썩이고 몸은 떨려오며 한없이 가엽게 그가 눈물을 흘렸다.

주안은 신음 소리를 닮은 흐느낌 속에 탄식 같은 한 단어를 내뱉었다. 모두를 무너지게 할 만한 단어. 인간이 할 수 있는 가장 아픈 말. 우리가 모두 그 한 마디에서 태어났음을, 우리가 모두 그 한 마디로 인해 사라져 갈 것임을 알리는 경종과 같은 소리. 종은 울리고 새들은 떠나겠

지만, 날 수 없는 우리는 우리가 있던 그 자리로 다시 되돌아간다. '그가 있던 그 자리.'

주안은 떨리는 목소리로 말했다.

참지 못하고 터져 나오는 음성으로.

"아버지."

## 4.

"마지막 마침표를 찍고도 해야 할 이야기가 남아 있는 것이 좋은 일일까, 마지막 마침표를 찍었을 때 더 이상 해야 할 이야기가 없는 것이 좋은 일일까. 누구를 위한, 무엇을 위한, 어쩌면 그저 삶을 위한." ─ 6월 23일 12시 49분 〈상기자의 자리〉

소와는 집에 도착하자마자 책상 서랍을 뒤적였다.

"뭐 찾니? 아가?"

그녀의 엄마가 물었다.

"리본테이프, 내가 서랍에 넣어 둔 것 같은데. 초등학교 때 준비물로 샀다가 학교에 못 가서 그대로 넣어 둔 거."

"미술시간 준비물로 샀던 거? 십 년도 더 된 건데? 왜 지금 그걸 찾는 거야?"

그녀의 엄마는 그렇게 말하면서도 서랍을 열어 리본테이프들을 찾기 시작했다. 책상에 앉을 일도 책상 서랍을 열 일도 없는 소와의 책상은 깨끗이 정돈되어 먼지가 뽀얗게 내려앉아 있었다. 제일 위의 서랍부

터 차례대로 열어가던 그녀의 엄마가 세 번째 서랍 안쪽에서 작은 상자
를 꺼내들었다. 상자를 건네받은 소와가 뚜껑을 열었다. 그 안엔 작은
아이가 썼을 법한 유아용 가위와 풀, 그리고 색종이가 아직 새것으로 들
어 있었다.

　소와는 가위와 풀을 차례로 꺼내 책상 위에 올려 두었다. 그녀가
작은 상자에서 색종이를 꺼내자 색종이 밑에 깔려 있던 색색의 리본테
이프들이 보였다. 기쁘게 웃으며 리본들을 꺼낸 소와가 침대의 가장자
리로 가서 앉았다. 그녀의 엄마도 소와의 옆에 가서 앉았다.

　"예쁘다 엄마. 색깔들이 참 예뻐. 하늘색, 파랑색, 빨강색, 노란색.
많기도 정말 많다."

　"응, 정말 많고 예쁘네. 아주아주 오랜만에 보는 것들인데?"

　그녀의 엄마가 노란색 리본테이프를 길게 풀어서 침대 위에 펼쳐
놨다. 소와가 아기들이 하는 장난처럼 리본테이프를 하늘 위로 던졌다
놓았다. 그녀들은 깔깔대며 웃었다. 소와는 나머지 리본 테이프들도 길
게 풀어 모두 침대 위에 펼쳐 놨다. 리본들은 서로 얽히고설켜서 점점
더 풍성해졌다.

　"엄마, 만약 우리의 기억들이 이렇게 색색깔 리본 같은 거라면 엄
마의 기억은 무슨 색일까?"

　소와가 엄마의 눈을 바라보며 물었다.

　"글쎄. 엄마는 빨간색을 좋아하니까. 엄마의 기억은 빨간 리본이지
않을까?"

　"엄마가 빨간색을 좋아하는 건 엄마의 기억이 빨간색이기 때문일까?"

　"음. 그건 엄마도 잘 모르겠는데?"

　"하지만 엄마, 빨간색은 그리움의 색깔인걸. 다른 색이 되면 안 될

까? 엄마의 기억이 쓸쓸해 보이는 건 싫은데."

소와가 진지하게 말했기 때문에 엄마는 자신의 아이를 보고 미소 짓지 않도록 입술을 살짝 깨물어야 했다.

"응, 그럼 소와야, 엄마는 다른 색 할게. 우리 소와가 싫다니까 엄마는 다른 색깔 기억이 될게."

그렇게 말하며 소와의 엄마가 그녀의 등을 쓰다듬었다.

"우리 소와는? 우리 소와는 무슨 색 리본이 될까? 음, 초록? 아니면 하양?"

"모르겠어, 엄마. 나는 아직 내 기억을 보지 못했어. 무슨 색인지는 내가 나중에 말해 줄게. 엄마의 기억이랑 나의 기억을 모두 찾아서 내가 보게 되면 그때 우리들의 색을 내가 말해 줄게, 엄마."

소와는 침대 위의 리본들을 모아서 한 손에 움켜잡았다. 각양각색의 풍성한 리본들이 소와의 손가락 사이로 삐져나왔다. 소와는 어렴풋이 떠오르는 꿈의 기억을 더듬어 찾기 위해 눈을 감았다.

"엄마, 바다에 빠지는 꿈을 꿨어. 아주 깊고 넓은 바다. 세상이 모두 그 안에 담겨 있는 놀라운 바다였어."

"그랬어? 어땠어? 소와는 헤엄을 잘 쳤어?"

그녀의 엄마가 부드러운 목소리로 말했다.

"엄마, 나는 소라였잖아. 나는 헤엄치지 않아도 바다를 건널 수 있어."

"맞아, 우리 소와는 소라였어. 엄마가 아주 깊고 파란 바다에서 소와를 잡았지. 두 손으로 안기도 벅찰 만큼 커다란 소라였어. 엄마가 너를 잡았지."

그녀의 엄마는 소와에게 그녀가 태어나기 전 꾸었던 자신의 꿈을 자주 얘기해 주었다. 그건 소와를 갖게 된 태몽이었다. 그녀는 자신의 아이가 바다 속 소라였다는 사실을, 그리고 그 소라를 자신이 잡았다는 사실을 기억했다.

"엄마, 사실 난 그때 돌고래를 좋아하고 있었어. 근데 나는 소라라서 돌고래와 함께 헤엄칠 수가 없었어."

소와는 자신이 소라였던 기억을 가지고 있었다. 그리고 한 치의 의심 없이 자신이 소라였음을 믿었다. 그녀에겐 모든 것이 눈으로 보였기 때문이다. 심연의 푸른빛. 바다를 가르는 은빛 돌고래.

"응. 그랬구나. 그래서 소와가 돌고래만큼 커다란 소라였던 거구나."

엄마는 고개를 끄덕이며 아이의 얘길 들어 주었다. 꿈의 세상에 빠져 사는 자신의 아이. 현실보다 더 많은 시간을 꿈꾸며 살아가는 아이는 자주 신비롭고 놀라운 얘기들을 자신에게 풀어놓았다.

그녀의 엄마는 그것이 사실이든, 상상이든, 혹은 꿈이든 상관없다고 생각했다. 소와는 거짓말하지 않았으며, 그녀가 말하는 모든 것은 소와에겐 사실일 수밖에 없는 것들이었다. 그녀의 엄마는 그런 소와를 세상이 그녀에게 준 가장 멋진 선물이라고 생각했다.

"우리 소와는 어쩌다 엄마 딸이 되었을까. 이렇게 예쁘고 사랑스러운 아이가 어떻게 내 딸이 되었을까. 사랑해 소와야. 엄마는 소와를 정말 사랑해."

소와는 그렇게 말하는 자신의 엄마를 두 팔 벌려 꼭 껴안았다.

"나도 사랑해 엄마. 나를 바다에서 건져 줘서 고마워. 내가 살던 바다는 너무 외로웠어, 엄마. 엄마랑 함께 있는 지금이 정말 나는 행복해. 돌고래보다 엄마를 더 사랑해."

그녀의 엄마는 자신의 품 안에 안겨 온 작은 아이를 머리부터 등까지 천천히 쓰다듬었다.

　　눈을 뜬 소와는 붉은 숲에 서 있었다. 바람이 살랑이며 그녀의 머리카락을 하늘거리게 만들었다. 소와는 천천히 걸어 높고 붉은 나무들을 스쳐 지나갔다. 보라색 나뭇잎 하나가 소와의 옆으로 떨어졌다. 그녀는 자신만큼 키가 큰 나뭇잎을 두 손으로 들었다. 그녀는 나뭇잎으로 바닥을 쓸며 한걸음씩 앞으로 나아갔다.

　　"가을이 와서 낙엽이 지면 너는 무슨 색으로 변하지? 초록이 빨강이 되거나 연두가 노랑이 되는 낙엽들을 나는 알고 있어. 보랏빛 나뭇잎은 단풍이 들면 어떤 색으로 변할까. 이 붉은 숲에 가을이 오긴 하는 거니?"

　　나뭇잎은 아무 대답도 하지 않았지만 소와는 계속해서 나뭇잎에게 말을 걸었다.

　　"그러고 보니, 이 붉은 숲은 한 번도 다른 빛이 된 적이 없는 것 같아. 넌 언제나 보랏빛이고 떨어져도 시들지 않지. 계절이 변하긴 하니? 아니면 시간이 멈춰 버린 거니?"

　　소와는 고개를 들어 하늘을 가린 수많은 보라색 나뭇잎을 바라보았다.

　　"만약, 여기도 단풍이 드는 숲이라면, 나는 꼭 한번 가을이 된 붉은 숲을 보고 싶어. 다른 색으로 변하는 숲은 아름다울 거야. 그렇지?"

　　소와는 지치지 않는 걸음으로 계속해서 걸었다. 한참을 그렇게 앞을 보고 걷던 소와의 눈에 그녀의 붉은 바다가 나타났다.

　　"다 왔다. 내 작은 배에 너를 싣고 나는 그를 만나러 갈 거야. 그에게 뭔가 주고 싶은데 언제나 나는 빈털터리라서 너라도 가져다주려 해. 그곳은 하얀 모래알뿐이라 아름답지만 적막하거든. 그는 너무 외로워 보여."

　　소와는 그녀의 배를 찾아 모래사장을 걸었다. 언제나 그 자리로 돌아와 있는 그녀의 작은 배는 착하게 자신의 친구인 그녀를 기다리고 있었다.

"안녕, 나의 작은 배."

그녀는 끌고 온 나뭇잎을 배 안에 실었다. 그녀의 작은 배는 나뭇잎 하나만으로 꽉 차 버렸다. 그래서 그녀는 나뭇잎 위에 자리를 잡고 앉아야 했다. 그녀가 가져온 나뭇잎은 그녀의 배에 달린 돛보다는 작았지만 더 밝고 진한 보라색을 띠고 있었다. 소와는 노를 저어 바다로 나아가기 시작했다.

{{그는 흰 모래사장에 누워 있었다. 그의 삶은 평화로웠지만 적막했고, 아름다웠지만 쓸쓸했다. 그는 그 다양한 감정들을 바다를 섞으며 배워 갔다. 기억 속에 머무는 사람들, 그들이 갖는 수만 가지 감정들은 때론 그에게 전달되어 그를 아프게 했다. 그는 웃는 사람들, 우는 사람들, 화내는 사람들, 외로운 사람들의 기억을 섞었다. 그가 섞은 기억들은 하나의 바다 속에서 함께 어우러졌다. 그것은 기억의 바다, 나눠지지 않는 바다의 모습이었다.

그는 자신이 바다를 섞지 않으면 기억들이 갈래갈래 나뉘어져 바다로 돌아가지 않는다는 것을 알고 있었다. 그래서 자신이 하는 일이 더 없이 중요한 일이라는 것도.

그는 바다를 헤엄치는 일을 게을리 하지 않았지만 조금씩 혼자라는 고독 속에 지쳐 갔다. 기억 속의 사람들이 언제나 누군가와 함께라는 사실에, 누군가의 기억은 그 누군가를 기억해 주는 사람 없인 불가능하다는 사실에 그는 자신이 가장 익숙해하는 기억의 바다 속에 자신의 자리는 없다는 것을 알았다.

그는 오랫동안 누워서 바다를 바라봤다. 그가 그토록 긴 시간동안 바다로 뛰어들지 않고 자신의 자리에 남아 있던 적은 이번이 처음이었다.}}

소와는 넓은 바다 위에서 은빛 섬을 찾기 위해 사방을 두리번거렸다. 푸른 태양을 향해 정확히 나아가고 있었음에도 섬이 보이지 않자 그녀는 이대로 잠에서 깨 버릴까 봐 조바심이 났다. 소와는 더 힘껏 노를 저었다. 그녀의 배가 그녀의 마음을 안다는 듯 빠르게 앞으로 나아갔다. 바다를 살피던 그녀의 눈에 순간 반짝하는 섬광이 들어왔다.

"저기다."

소와는 기쁜 마음에 소리쳤다. 점처럼 반짝 빛나는 작은 곳. 이 바다 위에서 빛날 수 있는 유일한 곳. 그곳은 은빛 섬밖엔 없었다. 소와는 빛을 향해 달려가듯 노를 저었다. 점점 커지는 반짝임은 이내 자신 안에 숨기고 있던 섬을 그녀 앞에 드러냈다. 소와는 그녀가 가져온 나뭇잎을 손으로 한번 쓸었다.

"그가 좋아했으면 좋겠는데. 이것밖엔 줄 수 없는 나를 이해해 줄까?"

소와는 그녀의 배를 모래사장 깊숙이 밀어 넣었다. 그녀는 배에서 폴짝 내려, 싣고 온 나뭇잎을 끌어내렸다. 두 손으로 끌어도 그녀에겐 조금 버거운 나뭇잎이 모래에 묻혀 더디게 움직였다. 소와는 나뭇잎과 함께 흰 모래사장 위를 걸었다. 그녀는 애타는 마음으로 그를 찾기 시작했다. 이름도 알 수 없는 그를 부르기 위해 어떤 말을 해야 하는지 그녀는 알 수 없었다.

그래서 소와는 커다란 목소리로 노래를 흥얼거리기 시작했다. 어딘가에서 들어본 것 같은 멜로디, 혹은 즉흥적으로 생각난 것 같은 멜로디. 그녀는 멈춤 없이 가사 없는 노래를 불렀다. 어디선가 그가 그녀의 노래를 들으면 그녀를 찾아 걸어 올 거라고 믿으며, 그녀는 높은 목소리로 멜로디를 흥얼거렸다.

{{그는 어디선가 들려오는 작은 멜로디에 감은 눈을 떴다. 그는 언젠가 기억의 바다를 섞다가 이 음악을 들은 적이 있었다. 그는 그날, 바다를 헤엄치다 잠시 멈춰 기억 안을 가득 메우던 음악에 귀를 기울였다. 가사 없이 이어지는 연주곡. 봄처럼 향긋하고 여름처럼 시원하며 가을처럼 따사롭고 겨울처럼 눈부신 멜로디.

한 젊은 남자가 피아노 앞에 앉아 음악을 연주하고 있었다. 연주에 몰두하여 피아노 건반과 노트만을 오가던 그의 눈빛은 아름다웠다. 그는 그 기억이 젊은 남자를 기억하는 다른 누군가의 기억임을 알았다. 누군가 그 순간의 남자를 지켜보고 있었으며 그의 움직임 하나하나를 섬세하게 기억하고 있었다.

그는 잠시 그 기억의 가장자리에 앉아 남자를 지켜보았다. 아름다운 음악을 만드는 사람. 그는 그 음악이 주는 놀라운 평화와 안식에 감동하며 기억 속에서 나와 다시 바다를 헤엄쳤다.

언제인지 모르는 그날에 그는 젊은 남자가 연주했던 그 음악을 기억하고 있었다. 그리고 지금 그의 흰모래사막 어딘가에서 들려오는 목소리가 그의 음악을 따라 하고 있음을 알아챘다. 그는 몸을 일으켰다.}}

소와는 오래도록 지치지 않는 노래를 부르다 잠시 멈춰 흰 모래 위로 드리우는 그림자를 바라보았다. 누군가 그녀를 향해 걸어오고 있었고 그녀는 금세 그 누군가가 자신이 찾던 그임을 알아보았다. 그녀는 생굿 웃었다. 그가 그녀에게 걸어와 멈춰 섰다.

"안녕?"

소와가 그에게 인사했다.

"안녕."

그는 다시 찾아온 소녀를 보며 웃음 지었다. 바다로 되돌아간 기억 하나가 다시 길을 잃고 그를 찾아왔음을 그는 기쁜 마음으로 반기고 있었다.

"선물을 가져왔어요."

아이가 그에게 말하며 커다란 잎사귀 하나를 그에게 보여 줬다. 짙은 보라색의 커다란 잎사귀. 그는 나뭇잎을 보고 놀라움에 눈이 커졌다.

"이건 뭐지. 이렇게 커다란, 그리고 보라색인 잎사귀는 한 번도 본 적이 없는데."

그는 기억의 바다에서 마주했던 다양한 나뭇잎을 떠올렸다. 싱그러운 녹색, 잔잔한 붉은색, 영롱한 노란색까지 나뭇잎은 다양한 모양으로 수없이 그의 눈앞에 펼쳐졌지만 그토록 커다란 잎사귀는 처음이었다.

"나의 붉은 숲에는 이런 나뭇잎이 한 가득이에요. 가져다줄 수 있는 게 이것밖에 없었어요. 저는 가진 게 아무것도 없거든요. 이것도 내 건 아니지만 빌려 왔어요. 내 붉은 숲은 그 정도의 관대함은 내게 베풀 수 있는 곳이니까. 나의 숲이니까."

아이는 그렇게 말하며 그를 보고 활짝 웃었다. 그는 그녀의 웃음에 마음이 따뜻해졌다.

"하지만 어떻게 그런 숲이 존재하지? 그리고 어떻게 진짜로 가져올 수 있지? 이 나뭇잎도 기억의 일부인가?"

"나는 기억이 아니에요. 나는 내 발로 여기를 찾아왔는걸요? 내 작은 배를 타고 붉은 바다를 건너왔어요."

그는 그녀의 말에 잠시 혼란스러워졌다.

"붉은 바다, 작은 배 그리고 너의 숲. 여기 이 공간에 그런 게 있다는 거니?"

"그럼요. 조금만 걸어가면, 아니, 조금은 아니고 아주 많이 걸어가면, 내가 타고 온 작은 배도 내가 건너온 붉은 바다도 있어요. 그리고 배를 타고 한참을 떠가면 나의 붉은 숲에도 갈수 있어요. 내가 거기서 여기로 온 거니까."

그는 아이의 말에 놀랐다. 이 세계는 사막과 기억의 바다 말고는 아무것도 존재할 수 없는 곳이었다. 그는 아이가 가져온 보라색 나뭇잎을 손으로 만져 보았다. 차가운 잎은 맨들거리는 표면을 가지고 있었고 단단했으며 또한 한없이 여렸다. 살아 있는 잎사귀의 생명력이 그의 손에 느껴졌다. 그는 한 번도 자신의 손으로 직접 무언가를 만져 본 적이 없었다. 그것도 살아 있는 무언가를. 그의 사막은 움직이지 않는 모래알뿐이었으며 기억의 바다는 잡을 수 없는 기억만이 존재하는 곳이었다. 그는 자신의 손끝에 전해 오는 생생한 감각에 황홀해졌다.

"진짜의 무언가를 만진다는 것은 정말 놀라운 거구나. 나의 손이 이렇게 다양한 감정을 가져다줄 수 있다는 것을 나는 몰랐는데."

그는 감동 어린 표정으로 보라색 나뭇잎에 가만히 손을 올려 두고 있었다. 그는 한없이 잔잔해졌다. 소와가 그런 그의 어깨에 자신의 손을 가져다 댔다.

"나는 기억이 아니에요."

그는 자신을 위로하는 듯한 아이를 가만히 바라보았다. 그녀가 기억이 아니라면, 그녀가 정말 살아 있는 생명이라면 그녀는 어떻게 그를 찾아온 것인지 그는 이해할 수 없었다.

"너는 누구지. 여기는 기억이 되지 않고는 올 수 없는 곳이야. 사람들의 기억이 모이는 곳이지, 세상을 살아가는 이들이 올 수 있는 곳이 아니야. 너는 누구지?"

소와는 그의 말에 고개를 갸우뚱 움직였다.

"당신은 그럼 어떻게 여기에 있는 건데요?"

그는 눈을 뜬 순간부터 이 사막 위에 있었고 바다를 향해 뛰어올랐다. 그는 한 번도 자신의 자리를, 자신이 행해야 하는 일을, 그리고 자신을 의심해 본 적이 없었다.

"나는 그저 이 사막 위에서 바다를 섞는 일을 하며 결코 나의 자리를 벗어날 수 없는 존재야. 나는 기억 속의 그들과 달라. 그러나 나는 그것이 잘못되었다고 생각해 본 적이 없어. 내가 없으면 기억의 바다는 섞일 수 없으니까. 그럼 기억은 결코 하나의 바다가 될 수 없으니까. 우주는 그 일을 내게 맡긴 거야. 기억을 하나로 섞어 자신의 기억으로 만드는 일을. 나는 그 일을 하기 위해 이곳에 있는 것뿐이야."

"당신은 여기서 태어났어요? 아주 어릴 적부터 여기에 있었어요?"

소와가 믿을 수 없다는 듯 물었다. 그러나 그는 그 말은 틀린 것이라고 생각했다. 그에게 어릴 적이란 시간은 존재하지 않았다. 그는 언제나 지금 모습 그대로였던 것이다. 이 세계엔 시간이 흐르지 않았다. 아니 너무 빠르게 혹은 너무 느리게 흘러 시간의 흐름을 알 수 없었다.

"나는 지금 모습 그대로 이곳에 존재했어. 어린 날, 그런 건 기억 속 그들에게나 존재하는 거지 내게 적용되는 것이 아니야."

"그건 말이 안돼요. 누구도 갑자기 존재할 수는 없어요. 당신을 태어나게 한 존재가 있어야죠. 바다에서 소라인 나를 건져 올렸던 나의 엄마처럼. 당신은 기억하지 못해요? 당신이 누구였는지? 그리고 이 세계에 태어나게 해 준 존재가 누구인지?"

그는 머릿속이 복잡해졌다. 그는 자신의 존재를 위해 누군가가 필요하다고 생각해 본 적이 없었다. 그는 그저 눈을 뜨기만 하면 되었던 것이다.

"당신은 기억하지 못해요. 그렇죠? 여기에 오기 전 당신이 누구였고 어떻게 살았는지 아무것도 기억하지 못해요."

소와는 놀랍다는 듯이 말했지만 그는 아이에게 아무 말도 하지 못했다. 그 역시 생명의 탄생과 죽음을 기억의 바다에서 지켜보며 그들의 세상에 불변하는 사실을 알지 못하는 것은 아니었다. 그러나 그는 그 세계의 사람이 아니었다. 그래서 그는 세상의 법칙에 그마저 휩쓸려야 한다는 생각을 한 번도 해 본 적이 없었다. 우리의 세계는 다르기 때문에 세계가 움직이는 법칙도 다를 수 있는 것이다. 그는 이 세계에 홀로 존재하는 사람이었다. 누구도 이 세계에 발 디딜 수 없었다. 그는 그 고독을 너무도 오랫동안 잘 알고 있었다.

"우리의 세계는 다르기 때문이겠지. 너의 세상과 나의 세계는 너무도 다르기 때문일 거야."

소와는 그를 바라보며 일렁이는 목소리로 말했다.

"현실이라고 불리는 세상도 이 세상도 나에겐 매한가지의 세상일 뿐이에요. 다른 것이 있다면 두 장소가 결코 겹치지 않는 다는 그 사실 하나 뿐, 나는 언제나 오고 가는 사람이었으니까. 그 사실 이외에 두 개의 세상에는 다른 것이 아무것도 없어요. 둘 다 내가 살아가는 세상이에요. 그게 중요한 거죠."

그는 작은 아이를 바라보았다.

"오고 갈 수 있다고. 두 세상을."

소와가 고개를 끄덕였다.

"하지만 어떻게."

"모두가 오고 가요. 우린 모두 꿈을 꾸니까요. 꿈에서도 우리는 여전히 살아가고 있음을 깨닫지 못하는 것일 뿐 우린 모두 오고 가는 사람들이에요."

"꿈. 꿈이라고. 여기가 꿈속이라는 얘기니?"

"여긴 내 꿈속이에요. 당신도 꿈을 꾸고 있는 거겠죠. 어쩌면 당신의 꿈속에 내가 도착해 있는지도 모르겠어요. 그런 건 중요하지 않아요. 여기가 또 하나의 세상이라는 것, 꿈꾸는 것은 이 세계로 오는 문을 여는 것뿐이라는 것. 그게 중요한 거죠."

"여기는 기억의 장소야. 기억의 바다가 존재하는 세계야."

"난 꿈이 이곳으로 향하는 것이란 걸 알아요. 당신이 말해 줬죠. 우리의 기억이 모두 모이는 세계가 있다는 걸. 그건 우주가 우리를 기억하고 있기 때문이란 걸. 우리는 우주의 기억 속에 하나로 모인다는 걸. 그리고 그 사실의 증명은 우리가 모두 꿈을 꾸는 존재라는 것에 있다는 걸요. 꿈은 이 세계로 오기 위한 거예요. 그렇죠? 우린 모두 두 세계를 오고 가는 사람들이에요. 그런 거죠? 우주는 우리를 기억해요. 우리의 기억을 모으죠. 저 바다가 말해 주고 있는 건 그런 거예요. 맞죠? 그래서 이 세계는 현실에 없는 것들로 가득해. 우주는 우리만을 기억하는 게 아니기 때문에. 우주는 별과 바다, 나무와 돌, 건물과 땅, 모두를 기억하고 있기 때문에 우주의 기억인 이 세계는 현실과 다른 새로운 것들로 넘쳐나요. 그렇죠? 나는 이제 알 것 같아요."

그녀는 확신에 찬 어조로 놀라운 듯 말했다. 말함으로써 알게 되는 사실, 말하면서 이어지는 새로운 생각. 그녀도 몰랐던 그녀의 진실이 그녀의 작은 입술 사이로 흘러나와 그녀에게 되돌아가는 것 같았다. 마치 말이 그녀에게 그녀의 길을 가르쳐 주는 것처럼.

"꿈을 꾸는 것이 이 세계로 발을 내딛는 거라고 너는 지금 그렇게 말하고 있는 거니? 내가 존재하는 이곳이 너의 꿈이라고?"

"모두의 꿈이겠죠. 다른 곳에서 눈떠도 우리는 모두 이 세계의 잔상들을 보고 있는 걸 거예요. 현실의 우리가 잠이 들면 우리는 모두 이 세계에서 눈뜨게 되는 걸 거예요."

"그럼, 나는, 나는 꿈을 꾸는 중인거니. 한 번도 깨지 않는 꿈을?"

"모르겠어요. 당신이 왜 이곳을 떠난 적이 없는지는 나도 잘 모르겠어요. 나도 깨지 않으면 여기에 계속 남아 있을 수 있겠죠. 하지만 잠이 드는 것과 똑같이 우리는 잠에서 깨어나요. 막는다고 막아질 수 있는 게 아니에요. 어느 순간 자연스럽게 눈을 뜨면 나는 다시 나의 엄마가 있는 현실에서 눈뜨게 될 거예요."

"현실의 시간을 기억하니?"

"난 잊지 않아요. 두 장소의 기억 모두 잊히지 않죠. 잊으면 안 되는 거예요. 나는 그저 살아가는 거니까. 둘 다 소중한 세계니까."

"나의 세상은 하나야. 오직 이 바다 아래의 사막. 나의 자리는 여기밖엔 없어."

소와는 그에게 다가가 그의 커다란 손을 잡았다.

"기억해 봐요. 그리고 눈을 떠요. 잠에서 깨면 당신도 현실의 시간 안에 있을 거예요. 아주 오래 이 세계에 머물고 있는 것뿐일 거예요. 여기 혼자 남아 너무도 외롭게 서 있지 말아요. 오고 가는 세계에서 당신만이 홀로 머무르고 있지 말아요."

그는 아이를 오래도록 바라보았다. 무엇을 믿을 수 있으며 또 무엇을 믿어야 하는지. 눈에 보이는 세계와 살아온 그의 시간 전체인지, 지금 그의 귀에 들리는 아이의 목소리와 갑자기 나타난 보라색 나뭇잎의 존재인지, 그는 알지 못했다. 그러나 단 한 가지, 아이의 말 중에 자신이 너무 오래 혼자인 세상에 머무르고 있다는 것 그래서 외로웠으며 고독했다는 사실에는 그는 못내 마음이 아파 옴을 느꼈다.

## 5.

**"그들은 나를 만날 수 없다. 우리의 세계는 다르기 때문이다. 그럼에도 불구하고 남아 있는 가능성은, 나는 아직 결말을 정하지 않았다는 것."**
**– 6월 29일 8시 8분 〈상기자의 자리〉**

주안은 오래도록 흐느꼈다. 주안은 흐르는 눈물에 취에 정신이 몽롱해짐을 느꼈다. 박사님이 그런 주안을 끌어안고 아이를 달래듯 다독였다.

"주안. 진정하렴. 그렇게 울지만 말고 얘기를 해. 함께 헤쳐나 갈 수 있는 거라면 내가 힘이 되어 주마."

박사님은 목이 메어 말을 하는 게 힘들었다. 주안의 감정은 공간을 흔들며 그곳에 앉아 있는 모두에게 전이되었다. 세연의 눈에는 눈물이 맺혔다. 어떤 슬픔과 어떤 이유로 그가 흐느끼는지 알 수 없어도 그 진실한 아픔에 그녀도 마음이 아팠다.

"아버지."

주안이 탄식 같은 단어를 다시 내뱉었다. 얼마가 지났는지 모르는 시간동안 그는 자신 안에 남은 눈물을 모두 쏟아내듯 울었다. 규칙적인 들썩임과 조금씩 잦아드는 눈물 속에 주안은 천천히 생각에 잠겼다.

"승강장에서 나를 구했던 그분은 나의 아버지에요. 박사님."

박사님은 주안의 말에 그를 안았던 팔을 풀고 그의 눈을 똑바로 쳐다보았다.

"그게 무슨 말이니. 아버지라니."

그의 말에 놀란 것은 박사님뿐만이 아니었다. 그 자리에 있던 세연도 똑같이 놀라 입을 다물지 못했다.

"나의 아버지란 말이에요. 나는 똑똑히 볼 수 있었어요. 내가 찍힌 영상에서 나를 향해 달려오던 아버지를."

세연은 머릿속이 하얘졌다. 승강장에 떨어진 젊은 남자, 그가 주안이었고, 그를 구하기 위해 승강장으로 뛰어 내려간 중년의 남성, 그가 주안의 아버지였다고 그는 믿기 힘든 얘기를 하고 있었다. 중년의 남성은 흔적도 없이 사라져 버렸다. 다친 흔적도, 걸어서 지하철역을 빠져나간 모습도 발견되지 않았다. 연기처럼 사라져 버린 남자. 주안은 그런 그가 자신의 아버지라고 말했다.

"아버지가. 어떻게 선배의 아버님이 어떻게. 선배가 승강장으로 떨어질 것 알았다는 듯이 어떻게 그곳에 있을 수 있죠?" 세연이 넋이 나간 목소리로 물었다. 모두가 묻고 싶었던 질문.

"그럴 수 없어요. 아버지는 거기에 있을 수 없어요. 어디에도 있을 수 없어요. 박사님, 아버지는 2년 전에 돌아가셨어요. 박사님, 아버지는 2년 전에 세상을 떠났다고요."

주안이 오열하듯 소리를 질렀다. 그는 다시 커다란 흐느낌에 휩싸였다. 슬픔, 내게로 빠져드는 그 공허한 마음 이외에 지금 주안을 감싸

오는 것은 아무것도 없었다. 이 공간의 시간이 멈춘 듯 그들은 누구도 움직이지 않았다. 그들은 숨소리조차 내지 못했다. 그들은 주안의 말을 어떻게 받아들여야 할지 몰라 몸을 떨었다. 세연이 참고 있던 숨을 내뱉듯 중얼거렸다.

"말도 안 돼."

하지만 아무도 그녀의 말에 대꾸하지 않았다. 쓸모없는 말의 존재론. 그들이 내뱉을 수 있는 말속에는 지금 그들의 자리는 없는 것 같았다. 마치 튕겨 나온 사람들처럼. 그들은 세상 밖에 서 있는 사람들처럼 서로를 바라보았다.

"주안."

박사님이 애절하게 그의 이름을 불렀다. 박사님 역시 다음 말을 찾지 못했다. 침묵만이 이 순간을 지나갈 수 있게 하는 하나뿐인 말처럼 느껴졌다.

"아버지는 2년 전에 돌아가셨어요, 박사님. 아버지는 처음으로 제 콘서트에 오시기로 했었어요. 그 말을 듣고 제가 얼마나 기뻤는지, 제 음악을 아버지에게 들려 드릴 수 있다는 사실에 얼마나 설레었는지 말로 표현할 수 없어요. 아버지가, 세상 사람 누구보다도 내가 나의 음악을 들려주고 싶었던 아버지가 드디어 나를 보러 오신다고 했어요. 나는 아버지를 위해 음악을 만들었어요. 계절이 돌아오는 걸 정말 좋아하셨던 아버지를 위해 '사계'를 작곡했어요. 오직 아버지를 위해 만든 음악이었어요. 들려드리고 싶었어요. 당신의 아들이 당신을 위해 가장 아름다운 계절을 음악으로 만들었다고 말해 주고 싶었어요. 나는 그분을 위해 만들었어요. '사계'는 아버지를 위한 음악이었어요."

주안은 혼잣말을 하듯 말했다. 2년 전의 자신으로 되돌아간 듯, 그날의 시간으로 여행을 떠난 듯 그는 낮게 중얼거렸다.

"콘서트가 시작되었는데, 아버지가 도착하질 않으신 거예요. 난 다른 음악을 연주하면서 아버지를 기다렸어요. '사계'를 연주하지 않은 채 기다렸어요. 아버지가 오시면 들려드리기 위해서 나는 기다렸다고요. 하지만 콘서트의 마지막 순서가 되도 아버지가 오지 않으셨어요. 나는 어쩔 수 없이 마지막 곡으로 '사계'를 연주했어요. 마지막까지 기다렸죠. 아버지가 오시기를. 하지만 아버지는 오지 않으셨어요."

주안의 흐느낌이 다시 격해져 오고 있었다. 그는 다음 말을 내뱉기가 힘든 것 같았다. 그가 지금 떠올리고 있는 기억이 주안의 모든 것을 휩쓸어 갔다. 그는 곧 그 자리에서 사라질 것처럼 흐릿해져만 갔다.

"콘서트가 끝나고 나서야 알게 됐어요. 사고. 사고가 났다는 것을, 나의 아버지에게. 나를 보러 오던 아버지에게. 정말 숱하게 일어나는 사고. 매일 한 번씩 뉴스에 나오는 그런 사고. 누군가 찻길에 뛰어들었고 차를 운전하던 아버지는 그 사람을 피하려다 인도의 나무와 노점을 들이받았고, 그 자리에서 사망하셨다고 했죠. 나는 콘서트가 끝나고 나서야 알았어요. 마지막 모습도 보질 못했어요. 그따위 콘서트가 뭐라고. 아무짝에도 쓸모없는 내 음악이 뭐라고. 그까짓 내 연주가 뭐 대수라고. 내가 콘서트에 아버지를 부르지 않았다면, 내가 그날 콘서트를 열지 않았다면, 아니 내가 아버지의 말대로 음악을 하지 않았다면, 그런 일, 그런 말도 안 될 일은 일어나지 않았을 텐데. 내가 음악을 하지 않았다면……."

주안은 두 손으로 감싼 머리를 자신의 무릎 위로 떨어뜨렸다. 그는 지나온 자신의 모든 시간을 자책하고 있었다. 후회뿐인 삶이었다.

"네 잘못이 아니란다."

박사님이 울음을 삼키며 힘겹게 그를 위로했다.

"내 잘못이에요. 모든 것이."

그러나 주안은 박사님의 위로를 받아들이지 못했다. 그는 결코 자신을 용서하지 않을 것처럼 보였다. 박사님은 주안이 작곡을 멈춘 2년 전의 시간으로 기억을 더듬어 갔다. 한 번도 말해 주지 않은 진실. 박사님은 주안의 아버지가 세상을 떠났다는 것조차 알지 못했다. 박사님은 가슴 깊숙이 날카로운 무언가로 찔린 듯한 통증을 느꼈다.

어떤 이유에선가 주안이 작곡을 멈춘 그 시점에 그는 항상 주안의 곁에 있었음에도 박사님은 그의 상처를 다독여 주지 못했다. 의사로서도 친구로서도 그는 주안에게 아무런 도움도 되지 못했던 것이다.

"아버지는 거기에 있을 수 없어요. 아버지는 더 이상 세상에 존재하지 않아요. 불러도 대답하지 않고 손 내밀어도 만질 수 없어요. 나는 다시는 그분의 손을 잡을 수 없고 다시는 그분을 안아 볼 수 없고 다시는 그분과 얘기할 수 없어요. 아버지는 죽었어요. 아버지는 2년 전에 돌아가셨다고요."

주안은 숙인 고개를 들지 않고 힘겹게 말을 이었다. 모두가 이 상황이 혼란스러웠지만 누구보다 혼란스러운 것은 주안이었다.

"하지만 뉴스에까지 나온걸요. 모두가 선배를 그리고 선배의 아버지를 보았는걸요."

세연이 마지막 용기를 짜내 침묵을 깨며 말했다. 그녀는 조금이라도 그를 위로하고 싶었다. 세연은 주안에게 그의 아버지를 다시 만날 수 있을 거라고 말해 주고 싶었다. 아무리 말이 안 되는 일이라 해도 아무리 믿기 힘든 현실이라 해도 이 세계는 그런 일말의 틈을 품고 있을지도 모른다고.

"우주의 기본 법칙 속엔 완벽함이란 없어, 틈의 존재, 질서의 부재 그 불완전함 속에서 우주가 탄생하는 거야. 공간도 빛도 없는 절대적 암흑 속에서 우주가 탄생했어. 내부만이 존재하는 세계 속에서 물질과 반물질이 충돌해 빅뱅이라는 사건이 일어났어. 우주 역시 설명할 수 없는 내부의 폭발로 생겨난 세계야. 언제나의 틈에서만 일어날 수 있는."

박사님이 자신도 이해할 수 없는 횡설수설한 말을 내뱉었다. 어떤 말이라도 해야 함을, 그가 지금 주안을 위해 할 수 있는 일이라곤 그런 말들을 내뱉는 것밖엔 없는 것처럼 그는 쉼 없이 말했다.

"물리학자들은 우리가 사는 우주에 대해 다양한 학설을 내놓았어. 아무것도 증명될 순 없지만 그들은 자신의 이론을 발전시켰고 가장 끝머리에 서 있는 이론이 초끈이론이었어. 그들은 그 이론으로 우주의 법칙이 설명될 거라고 믿었어. 초끈이론은 학자마다 설명을 달리해서 5개의 이론으로 나뉘어졌어. 그들은 오래도록 자신들의 이론을 단 하나의 이론이라고 주장했지만 사실 5개의 끈이론은 하나의 이론을 다섯 개로 표현한 것에 지나지 않았어. 11차원의 높은 산에서 내려다보면 5개의 끈이론이 더 큰 11차원에 속한다는 것이 밝혀졌거든. 11차원은 모든 상식이 통하지 않는 곳이야. 아주 길고 아주 좁으며 3차원 안에 존재하는 새로운 차원이지. 물리학자 중 한 명은 중력이 약한 이유에 대해 이렇게 설명했어. 다른 차원으로 중력이 빠져나가거나 혹은 다른 차원에서 중력이 흘러들어오는 것이기 때문에 이 세계의 중력이 약한 거라고. 그들은 다른 차원을 염두해 두었지. 우주를 설명하는 방식 속에서 물리학자들은 새로운 차원들을 발견했어."

"차원. 다른 차원이요?"

세연이 뭔가에 홀린 듯 박사님의 말을 따라 했다. 그녀는 어려운 물리학의 이론들을 이해하기 힘들었다. 그러나 박사님의 말속에 분명 다른 차원이 존재하고 그 다른 장소에서 상식이 통하지 않는, 이 세계의 상식이 통하지 않는 다른 세계가 존재한다는 얘기를 똑똑히 들었다고 생각했다.

"신체가 순간적인 것이 아닌 어떤 것이 되게 하며, 시간 속에서 신체에게 동일성을 부여하는 것은 바로 기억이야."

박사님은 자신도 따라갈 수 없는 생각들에게 자신의 자리를 내어 주며 빠른 말들을 내뱉었다. 이런 말들이 지금 그들에게 필요한 말일까. 그러나 박사님은 생각이 밀고 간 자리에 문득 튀어나온 '기억'이란 단어를 자각했다.

"기억이라면, 그럴 수도 있어."

그는 다시 한번 확인하듯 말했다. 박사님은 갑자기 심장이 뛰는 것을 느끼며 누군가를 생각해 냈다. 기억. 기억보관함. 주크의 세계. 기억으로 이루어진 세계가 있다고 말했던 그의 하나뿐인 제자. 연하라면 지금의 그들에게 어떤 설명이라도 해 줄 것만 같았다.

그녀가 주크의 세계에 대해 말해 준다면 지금 그들은 길을 잃고 헤매는 낯선 현실 속에 작은 이정표 하나라도 발견할 수 있을 것만 같았다. 그런 생각이 들자마자 그는 표현할 수 없는 어떤 확신에 빠져들었다.

"우리에게 도움이 될 만한 사람을 안단다. 그 아이는 말해 줄 수 있을 거야. 지금 우리가 무엇을 놓치고 있는지."

박사님은 그렇게 말하곤 자신의 핸드폰을 꺼내 연하의 이름을 찾았다. 언제나 그의 단 하나뿐인 제자였으며, 이 세계가 숨기고 있는 진실을 가져다줄 그녀를. 박사님은 망설임 없이 통화 버튼을 눌렀다.

그의 핸드폰이 그녀를 그에게 데려다줄 것이다. 어디에 있든 무엇을 하고 있든 정확히 그녀를 찾아낼 수 있는 마법의 물건. 수화 음이 울리고 박사님은 겸허한 마음으로 그녀의 이름을 속으로 부르고 있었다.

"유연하. 모두가 길을 잃은 그 시간 속에서도 세계 속에 자신의 길을 알고 있어야 할 단 한 사람."


## 6.

**"그들의 결말과 나의 결말이 같아지는 지점. 그들을 위해서 나는 나의 결말을 수정할 수도 있어야 한다." – 7월 3일 6시 5분 〈상기자의 자리〉**


한 시가 다 되어 가고 있었다. 정우는 이제 지쳐 보였고 그 역시 이미 그의 주량을 훨씬 넘겼기에 온전한 이성으로 말하기 힘들어 보였다. 연하는 정우와 헤어져 자신의 집으로 돌아감으로써 오늘을 끝내야 한다고 생각했다.

그녀가 정우에게 이만 일어나자고 말하려는 순간 그녀의 핸드폰이 울렸다. 연하는 가방 속에서 그녀를 애타게 찾는 핸드폰을 꺼내들었다. 연하는 전화를 건 사람이 박사님이라는 것을 알고 핸드폰을 손에 쥔 채 잠시 망설였다.

"왜 안 받아, 누군데?"

정우가 그녀에게 말했다. 연하는 잠깐 정우를 바라본 뒤 다시 울려대는 자신의 핸드폰을 바라보았다. 그녀는 전화를 받고 싶지 않았다. 그러나 새벽 한 시 박사님이 그녀에게 전화를 걸어 온 적은 이번이 처음이었다. 피치 못 할 어떤 사정, 어떤 이유가 박사님으로 하여금 이 시간에 그녀를 찾게 한 건지 연하는 마음이 쓰였다.

연하는 한참을 끊이지 않는 전화를 보고 망설였다. 오늘이 오늘로써 끝나게 하고 싶다면 연하는 그 전화를 받지 말아야 할 것 같았다. 받지 않으면 그녀를 지나쳐 버릴 수도 있는 사건의 가능성.

그러나 그녀는 지금 자신을 필요로 하는 박사님의 존재를 차마 모른 척할 수가 없었다. 그녀는 지친 한숨을 내쉬며 전화를 받았다.

"연하니? 지금 내 연구실로 와 줄 수 있겠니? 아니 꼭 와 줬으면 한다."

전화를 받자마자 이어지는 뜬금없는 그리고 다급한 박사님의 목소리에 연하가 되물었다.

"박사님, 무슨 일 있으세요? 지금 연구실로 오라니요. 한 시예요."

박사님은 연하의 말을 듣지 않고 다시 한번 말했다.

"지금 와 줄 수 있겠니? 와 줘야 한단다. 연하야."

그녀는 자신의 이름을 부르는 그의 목소리에 심장의 아련한 떨림을 느꼈다. 그것은 애잔한 심성이었다. 잃어버린 과거에 대한 추억 같은 목소리였다.

"연하야. 너만이 도와줄 수 있을 것 같구나. 우리에겐 지금 네가 필요하단다. 너만이 우리가 가야 할 어떤 지점을 말해 줄 수 있을 것 같다."

"박사님, 저는 도와 드릴 수 있는 일이 없어요."

연하는 아파 오는 머리를 손에 갖다 대며 말했다.

"지금. 와 줘야 한단다. 혼자선 감당하기 힘들어. 나도 힘들구나."

박사님은 진실된 애원으로 연하를 불렀다. 연하는 그 목소리가 당혹스러웠다. 그는 언제고 연하에게 많은 감정을 전달하는 사람이었지만 그토록 절박하고 연약하게 자신을 부른 적이 없었다. 연하는 자신이 결코 그 목소리를 거부할 수 없다는 것을 알았다. 그녀는 교수님을 만나러 연구실로 가야만 하는 것이다. 그녀에게 다시 교수님이 되어 버린 박사님이 연하는 두려웠다. 그는 연하를 뒤흔들 수 있는 유일한 존재였다. 말랑한 감성으로 그녀가 그를 교수님이라고 부를 때면 더 없이 그는 그녀에게 위험한 존재가 되었다. 평온을 깨는 아침의 알람같이. 원치 않아도 울리는 그의 음성을 듣게 되면 그녀는 눈을 뜰 수밖에 없을 것이다. 그가 말하는 아침을 향해.

"지금 출발할게요."

연하는 작게 말하고 전화를 끊었다. 연하의 전화 내용을 듣고 있던 정우는 그녀가 통화한 사람이 이신우 박사님이란 걸 단번에 알아챘다. 이 시간에 그녀를 찾는 박사님의 모습을 정우 역시 처음 보았기 때문에 그는 적잖이 놀라고 있었다.

"난 지금 박사님 연구실로 갈 거야. 넌 집으로 갈 거니?"

정우는 연하의 물음에 그녀가 자신과 함께 연구실에 가길 원한다는 것을 알 수 있었다. 그 불안, 그 떨림, 그녀가 박사님을 만나러 가는 것을 두려워하고 있다는 것도.

"응. 내가 낄 자리는 아닌 것 같아. 그리고 너도 마주할 용기가 필요해. 누군가의 도움 없이도."

연하는 정우의 대답에 실망했다. 진실로 그녀는 홀로 연구실로 가야 할 자신을 겁내고 있었다. 그곳엔 자신을 기다리는 두려운 실체가 존재할 것만 같았다. 그녀는 다시 한번 정우에게 함께 가자고 말하고 싶었다. 그러나 그는 어느새 자리에서 일어나 술값을 계산하고 있었다.

"가자. 내가 택시를 잡아 줄게."

정우는 그렇게 말하고 먼저 가게 문을 나섰다. 연하는 떨어지지 않는 걸음으로 가방을 챙겨 가게를 나왔다. 정우는 길가에 내려서 택시를 잡고 있었다. 새벽의 택시는 빈 차가 많아 금세 그는 택시를 잡을 수 있었다. 정우는 택시 뒷좌석의 문을 열고 연하가 타길 기다렸다.

"조심해서 가. 기사님, 도곡동이요."

정우는 연하가 택시에 오르는 걸 지켜보다가 기사님께 말하고 문을 잘 닫아 주었다. 연하는 창문 너머로 정우의 인사를 받았다. 그리고 동시에 그녀는 다시 혼자된 자신을 격려했다.

"괜찮아. 유연하. 무슨 일이 일어나든 나는 괜찮을 거야."

택시가 빈 거리를 빠르게 달리기 시작했다.


"누가 온다는 거죠?"

세연이 박사님께 물었다.

"내 하나뿐인 제자."

박사님은 짧게 대답했다. 그녀가 이곳으로 오고 있다. 지금 기댈 수 있는 희망이라곤 그녀밖에 없는 것이다. 박사님은 다시 침묵 속에 빠져들었다. 아주 오래전 그날처럼.

10여 년 전 연하의 리포트를 처음 읽었던 그는 놀라운 경이에 빠져들어 깊은 곳에서부터 감동했다. 그가 사는 세계에 숨겨진 놀라운 진실. 그는 주크에 대한 글을 읽는 순간 그것이 진실임을 알아챘다. 누구도 쉽게 다가설 수 없는 진실, 그러나 누군가는 도착할 수 있는 진실. 박사님은 그런 누군가가 바로 자신의 제자인 연하라는 사실에 가슴이 벅차올랐다. 언젠가 우리 모두가 다음 진화로 넘어갈 때 그녀가 만들어 놓은 길을 따라가야 한다는 것. 그녀가 바로 모두가 길 잃지 않도록 제일 먼저 그 길을 걸어가야 하는 사람이라는 것도.

박사님은 연하의 리포트를 읽고 넘치는 흥분으로 찬사를 내 뱉었고, 그런 그의 얘길 듣던 동료 교수는 눈살을 찌푸렸다.

"말이 된다고 생각하나? 이런 이야기가? 이건 상상이야. 허무맹랑한 환상이지. 누구도 이런 글을 리포트로 내지 않아. 이건 무례한 글일세."

"무례하다고? 이 글이? 자네가 알고 있는 현실이란 대체 뭔가. 보이는 것만을 믿으며 사는 것은 인간의 가장 어리석은 행동이야. 누구든 위대한 진실을 보게 된 사람은 미친 소리처럼 그 얘길 떠들지. 하지만 그게 어떻게 환상 따위라고 말할 수 있겠어. 그들은 먼저 간 거야. 먼저 본 거지. 인간의 가장 처음에 선 거라고. 뒤르켐은 말했어. 이제 겨우 시작된 발전의 다음 단계들을 예고하는 현상들을 한 사회에서는 병리학적인 것으로 간주한다고 말이야. '하나의 사회적 사실이, 어떠한 사회에서 정상적이라고 간주되는 것은 오로지 그 발달의 일정 단계에 대해서일 뿐이다.'라고."

"어떻게 이따위 글을 두고 그런 학자의 말을 인용하는 건가. 이건 그럴 자격이 없는 글이야. 학생이 쓴 황당한 글이란 말일세. 다른 교수들이 자네의 말을 듣는다면 분명 자네를 비웃을 거야."

"그건 그들이 하나같이 모두 멍청이이기 때문이겠지. 학문을 한다는 사람들이 그렇게 편협하고 닫힌 사고를 한다는 것 자체가 그들에게 자격이 없는 거야. 가치 있는 것을 보고도 그것의 가치를 알아보지 못한다면 그들에겐 학자의 자질이 없는 거야. 죄다 돌팔이일 뿐인 거겠지."

"멍청이라니, 돌팔이라니! 무슨 말이 그런가! 자네야말로 보잘 것 없는 것을 대단하다고 말하면서 자네의 학자 된 자질을 부정하는 거야. 자네야말로 자격이 없는 거네. 그따위 환상 놀음에 놀아나는 자네야말로 어리석은 거야."

연하의 리포트를 박사님에게 가져왔던 교수는 그렇게 말하곤 화를 내며 그의 방을 나가 버렸다. 그러나 그는 자신의 판단이 틀리지 않았음을 믿었다. 그리고 그는 자신의 수업에서 그녀의 리포트를 가지고 긴 시간 학생들의 토론을 들었고, 10년이 넘는 시간동안 그 사실에 대해 고민했다. 어떤 증명을, 어떤 실험을 감행해야 이 진실이 세상의 변치 않는 지위를 부여받을 수 있을까.

그리고 그는 20년 넘게 그를 찾아온 환자들을 통해 그 진실에 다가설 수 있는 증명들을 모았다. 그가 주선한 〈고통과 나눔의 모임〉은 모두 주크의 세계를 체험한, 그들이 그 사실을 알던 알지 못하던 그 세계의 증명이 될 만한 사람들로 이루어진 모임이었다.

그는 따로 떨어진 그들을 모아 서로 얘기하게 하면서 그들이 스스로 그 사실을 알게 되길 바랐다. 그리고 그 모임의 사람들과 함께 주크에 대한 연구를 진행하고 싶었다. 모임이 어느 정도의 궤도에 오르면 연하를 그 모임에 초대할 생각이었다. 그토록 견고한 그의 제자도 모임의 사람들을 만나면 자신의 생각을 달리 할 것임을 그는 믿고 있었다.

혼자가 아니라는 것을, 이 세계에 먼저 진화를 겪어 가는 사람들은 그녀뿐이 아니라는 것을 보여 주고 싶었다.


"똑똑똑."

수줍고 어딘가 망설이는 듯한 노크 소리에 박사님은 연하가 이곳에 도착했음을 알아챘다. 그는 천천히 일어나 문으로 갔다. 문을 열자 그곳엔 지친 기색이 역력한 그의 소중한 제자가 서 있었다.

"들어오렴."

박사님은 그녀를 안으로 데리고 왔다. 연하는 박사님 혼자뿐인 줄 알았던 연구실에 그를 제외하고도 두 사람이 더 있다는 사실에 당황했다. 그녀가 처음 보는 그들을 마주한 순간, 아니 처음 보는 사람들일 거라고 그들을 판단하려는 순간 연하의 눈에 낯설지 않은 노란 스카프가 보였다.

"너는?"

연하는 노란 스카프를 매고 있는 세연을 향해 말했다. 세연은 그런 연하를 보며 잠시 동안은 넋이 나간 정신 그대로 그녀가 누구인지 알아보지 못했다.

"아까 서점에서, 《비극의 탄생》을 읽던, 그 학생이 맞죠?"

연하가 세연에게 물었다. 세연의 머릿속엔 분절된 단어들이 연관 없이 떠돌았다. 서점? 아까? 비극의 탄생? 세연은 자신의 가방 속에 빼꼼히 보이는 책에게 시선을 돌렸다. 그 책의 제목은 비극의 탄생이 맞았고, 그녀는 오늘 그 책을 사러 서점에 들렀던 것이 맞았다. 그리고 서점을 나와 학교를 돌아가던 길에 그녀가 휩쓸린 오늘의 사건도 세연은 모두 한꺼번에 기억해 냈다.

"어떻게 여기에 학생이 있는 거죠?"

연하는 세연에게 물으며 시선은 박사님에게로 돌렸다. 그 질문에 대한 대답을 듣고 싶은 사람은 세연이 아닌 박사님이었던 것이다.

"일단, 앉으렴. 오늘 나는 별로 많은 것을 설명해 줄 수 있는 사람이 아니다. 나도 어떻게 되어 가는 일인지 모르겠으니까."

박사님은 주안의 옆자리에 연하를 불러 앉혔다. 연하는 박사님이 권하는 대로 자신의 자리를 찾아 앉으며 옆자리에 앉은 고개 숙인 남자를 바라보았다. 연하는 분명 처음 보는 사람인데도 낯설지 않은 이상한 기분에 자신이 이 남자를 어디서 보았던 건지 생각해 내기 위해 애썼다. 연하는 남자를 가만히 보고 있다가 그가 지금 울고 있음을, 숙인 고개로 뺨을 타고 흐르는 눈물이 멈추지 않음을 알고 놀라 버렸다. 연하는 당황했다.

이 늦은 시간, 밤을 잡고 늘어서 있는 이들은 왜 이곳에 모여 있으며, 모두가 넋이 나가 있는 것처럼 보이는지. 왜 남자는 울고 있으며, 박사님마저 평정을 이루지 못하고 안절부절못한 모습을 그녀에게 보이는지, 연하는 이 알 수 없는 풍경 속에 당혹스러움을 느꼈다.

"뭔가 잘못된 것이 분명한데 무엇이 잘못된 건지 알 수 없을 때. 잘못된 것이 나인지 세상인지. 누구 혼자인지 우리 전체인지 도무지 그 실마리도 찾을 수가 없을 때. 그럴 때 우리는 누구에게 길을 물어야 하는 게 맞니."

박사님이 연구실의 빈 벽을 바라보고 허공에 흩어질 것 같은 단어들을 내쉬는 숨처럼 내뱉었다.

"그게 대체 무슨 말씀이세요. 무슨 일인지 말씀해 주셔야죠."

연하가 답답한 마음을 이기지 못하고 물었다. 그러나 연구실의 사람들 모두 쉽사리 자신의 입을 열지 못했다. 그들은 할 말을 찾기가 너무 힘겨웠다. 어떤 말이 필요하단 말인가.

"어제 낮에 종로에서 사고가 있었단다."

연하는 어제와 종로, 그리고 사고라는 말을 들음과 동시에 정우의 연구실에서 봤던 사건을 생각해 냈다.

"지하철역에서 일어난 사고 말씀이세요?"

연하는 말을 내뱉으며 동시에 자신 옆에 앉아 있는 고개 숙인 남자를 향해 고개를 돌렸다. 어딘가 익숙한 그의 모습, 어디선가 본 것 같은 그의 얼굴, 연하는 섬광처럼 지나가는 이미지 속에 지금 자신 옆에 앉아 있는 남자가 지하철역 승강장을 유유히 빠져나가던 남자임을 알아보고 소스라치게 놀랐다. 대체 얼마나 더 놀라야 이 긴 하루가 끝이 날까.

"이 사람. 이 사람 맞죠? 그 사고에서 처음 승강장에 떨어졌던 그 남자."

연하가 큰 소리로 되묻자 그녀의 앞에 앉아 있던 세연이 고개를 끄덕였다. 연하는 그녀의 고갯짓에 '대체 왜?' 눈으로 물으며 울고 있는 남자를 다시 바라봤다.

"주크의 세상엔 이미 이 세상을 떠난 이들의 기억도 모여 있니? 그들의 기억은 사라지지 않고 그 세계에 적힐 수 있니?"

박사님의 물음에 연하는 놀란 눈으로 그를 바라보았다. 주크의 세상. 말해질 수 없고 말해져서도 안 되는 비공식적인 그들의 대화가 처음 보는 이들 앞에서 흘러나오는 것이 그녀는 못마땅했다.

"박사님."

연하는 주크의 세상에 집착하는 그를 애절한 목소리로 불렀다. 연하는 박사님께 말하고 싶었다. 더 이상 언급 없이 그저 지나가게 해 달라고. 주크는 이 세상의 것이 아니라고. 세상이 아닌 거기부터가 주크라고.

"연하야. 어떻게 세상을 떠난 사람이 다시 우리 앞에 나타날 수 있는지 말해 주지 않겠니? 그게 가능한 것이라면, 정말, 그게 현실에서 일어날 수 있는 일이라면 너는 설명해 줄 수 있니?"

"박사님. 그런 일은 일어날 수 없어요. 아시잖아요. 신체를 잃어버린 그들은 다시 돌아올 수 없다는 것을. 그게 삶이고 현실이고 진실이에요. 그런 건 가능하지 않다는 것을."

연하는 간절하게 말했다. 그 따위 환상 놀음은 더 이상 필요 없다는 것을 그녀는 진심을 담아 말하고 있었다.

"하지만 우리 눈앞에 실제로 일어난 일을 어떻게 일어나지 않은 일이라고 말할 수 있나요."

세연이 연하에게 애처롭게 물었다. 세연 역시 모든 것이 현실적인 것으로 설명되길, 모든 것이 온전한 그 자리로 돌아가길, 그래서 혼돈 없는 장소에서 자신이 내일을 살아갈 수 있기를 바랐다. 진심으로. 그러나 그게 가능하기 위해선 그녀는 무언가는 부정되어야 함을 알고 있었고, 행여나 잘못된 무언가가 그녀 자신일까를 겁내고 있었다. '그게 정말 나라면, 나는 망설임 없이 돌아설 수 있을까. 이 세상에게서.' 세연은 형체를 알 수 없는 두려움이 자신을 향해 내달리고 있는 것을 느끼고 있었다.

"그게 무슨 말이니, 대체. 그렇게 드문드문 말하지 말고 내게 다 얘기를 해 줘요. 나는 도무지 이해할 수 없어. 당신들을, 박사님을, 모두 다 이해할 수가 없다고요!"

연하가 참지 못하고 소리를 질렀다. 그녀는 불안한 이 공기가 너무도 두려웠다. 드러나지 않은 전체의 이야기가 너무도 무서웠다. 그러나 그녀는 알아야 한다고 생각했다. 무슨 말이든 그녀가 이해하고 공감할 수 있는 것들을 그들이 던져 주길 바랐다. 이 장소에 자신만이 모르고 있는 어떤 사실을, 그녀만 빼고 그들이 모두 공유한 어떤 실체를, 자신도 봐야 할 것만 같았다.

"그 사고에서 주안을 구하러 뛰어갔던 그분. 그분은 주안의 아버지란다."

박사님이 어렵게 말을 내뱉자 연하는 곧바로 그녀가 뉴스를 보며 꼭 만나고 싶다고 생각했던 중년 남자의 뒷모습을 떠올렸다. 생각하기 전에 먼저 몸이 움직이는 사람들, 다른 이를 위해 자신을 희생할 준비가 되어있는 이타적인 사람들. 연하는 뛰어가는 중년의 남자에게서 그런 이의 뒷모습을 봤다고 생각했다. 그러나 그런 그가, 전혀 상관없는 누군가를 위해 자신을 희생했다고 생각한 그가, 만약 자신의 아들을 위해 승강장에 뛰어든 것이었다면 많은 것이 좀 더 쉽게 설명된다.

"아들을 구하려고 뛰어간 거라고요?"

연하는 뭔가로 머리를 한 대 맞은 듯 멍하니 말했다. 그녀는 입술을 잘근거리며 깨물었다.

"하지만 주안의 아버지는 2년 전에 돌아가셨단다."

쉴 틈 없이 쏟아지는 총알 같은 단어들 속에서 연하는 방금 들은 말을 의심했다. 대체 이게 무슨.

"박사님, 뭐라고 하신 거예요? 지금?"

연구실의 모인 그들은 조금 전 그들을 휩쓸고 지나갔던 풍랑 같은 놀라움을 그녀가 따라하고 있음에 그녀의 마음을 짐작할 수 있었다. 그들도 믿을 수 없는 이야기. 아직은 그곳의 누구도 믿어야 한다고 생각하지 못한 말도 안 될 이야기. 시작도 끝도 없이 이어지는 이야기.

"2년 전에 세상을 떠난 아버지가 아들을 구하고 다시 사라졌다? 사람들이 가득한 종로 한복판에서? 그것도 대낮에? 너무 많은 사람들이 있었고, 너무 많은 사람들이 기억하고, 하물며 뉴스에까지 나온 그 사건에? 내가 본 그분이 이미 죽은 사람이라고?"

연하는 혼자 중얼거렸다. 누군가 들으라고 하는 말이 아닌 자기 자신에게 하는 그런 중얼거림. 자신의 귀로 듣기 전엔 차마 누군가 그런 말들을 하리라곤 생각지도 못할 그런 말들. 연하는 갑자기 배를 잡고 웃어 댔다. 목소리는 높았고 웃음은 과장되었으며, 스산할 만큼 경쾌해 보였다. 그녀는 끊임없이 스타카토로 웃었고, 그 웃음 끝에 배가 아파 눈물이 나올 지경이었다.

"하하하. 뭐 이런 말도 안 되는, 하하하하. 그걸 지금 나보고 믿으라고."

그녀의 웃음에 연구실의 모인 그들의 얼굴은 조각상처럼 굳어졌다. 그들에겐 주안의 눈물 섞인 절규와 연하의 경박한 웃음이 같은 것처럼 들렸다. 웃음과 눈물이 매한가지의 감정 표현인 것처럼 그들은 감정의 극단적 발현만으로 서로 한없이 잦아들었다. 연하가 자신의 웃음을 차츰 안으로 불러들일 때쯤, 주안이 자신의 눈물을 조금씩 말라 가는 그침으로 느낄 때쯤, 종류를 바꾼 지각의 상기가 그들을 그 시간, 그 자리로 다시 되돌려 놓을 때쯤, 그들은 무섭도록 적막한 그들의 공간을 처음 본다는 듯이 바라보기 시작했다.

"나도 봤어. 나도 똑똑히 봤어. 그래서 나도 모르겠어. 말도 안 되는 걸 아는데, 하지만 어떻게 믿지 않을 수 있는지 나도 모르겠어."

연하는 눈을 감았다. 하얀 모래가 그들을 쓸고 지나간 자리에 여전히 남아 있는 흔적을 찾듯이 그녀는 천천히 읊조렸다. 시 같이 이어지는 생소한 감정들.

"처음에 주크는 물질이었어. 향기, 맛, 소리, 그다음 주크는 물체였어. 만질 수 있고 볼 수 있는. 그리고 주크는 감정이 되었지. 기쁨, 슬픔, 외로움. 마지막 주크는 바로 우리야. 모든 감각 모든 감정을 소유할 수 있는 우리의 몸. 우리가 바로 주크 자체가 되었지."

연하는 그렇게 말하고 감은 눈을 떴다. 왜 자신이 이 자리에 불려왔는지, 박사님은 왜 그녀를 간절히 요청했는지, 그들이 왜 여기에 모여 있는지, 가만히 되돌아보면 모든 것엔 원인이 있는 것만 같았다.

"기억을 담고 있는 것, 그게 주크야. 주크는 기억될 수 있는 것들,

그래서 기억을 담고 있는 것들을 총칭하는 말이야. 부르기 위해선 이름이 필요했지. 그래야 설명할 수 있으니까. 때론 어떤 노래, 어떤 향기, 어떤 맛이 주크가 되기도 해. 사람들이 흔히 잘못 알고 있는 것은 기억이 우리 내부에 있다고 믿는 건데 사실은 그렇지 않거든. 감각된 것이 기억이 되기 때문에 바꿔 말하면 기억은 언제나 외부에 존재해. 나는 주크가 바로 기억이 머무르는 곳이라고 생각해. 기억이 되기 전 기억이 있는 자리. 기억이 되길 기다리는 기억의 자리. 우리의 기억들은 잘게 쪼개진 수많은 주크들에 보관되어 있으면서 우리의 기억이 되길 기다려.”

　　주안은 고개를 들어 연하를 바라봤다. 주크, 박사님이 이번 프로젝트의 이름이라고 말한 그 단어가 그녀의 입에서 쉴 새 없이 쏟아져 나오자 그는 박사님이 그에게 말했던 우리 모두의 기억에 관한 연구라는 프로젝트를 떠올렸다. 알 수 없는 비밀 같았던 단어. 그리고 그런 비밀을 쏟아 내고 있는 듯한 그녀에게서 그는 그녀가 세상에게 부딪쳐 깨어져도 그 말을 멈추지 않을 것임을 예감했다. 그녀는 용기 내어 말하고 있었다.

　　“그리고 우리 자체를 주크로 만들어 버리는, 우리를 기억하는 누군가가 있어. 우리가 수많은 주크를 가지고 있는 것처럼 그 누군가는 우리를 수많은 주크로 인식하지. 그게 우주라 불리든, 신이라 불리든, 전체라 불리든 상관없어. 중요한 건 우리가 기억하는 게 아니란 거야. 그가 우릴 기억하는 것뿐이지. 우리가 그렇게 세상을 기억하며 살아가는 것처럼, 우리가 살면서 모은 기억들은 한순간에, 그가 우릴 인식하는 그 순간에 하나의 기억으로 펼쳐져. 수많은 생명은 그에겐 수많은 기억일 뿐이야.”

　　연하는 잠시 말을 멈추고 그들을 둘러보았다.

"우리의 존재란 그런 거야. 우리가 기억을 모으고 기억을 가지고 살아가는 것은 우리가 바로 우주의 감각 기관이자 기억보관함이기 때문이야. 우리의 신체는 끊임없이 세상을 보고 느끼면서 기억을 모으지. 그래서 우리가 신체를 잃고 더 이상 세상을 살아가지 못해도, 우리의 기억은 주크의 세계, 기억들이 한데 모이는 세계에 존재하는 거야. 내가 기억하는 누군가는 소리나 향기처럼 나의 주크야. 그 사람은 기억이 되길 기다리는 기억 그 자체고 우리가 만난 그 순간에 나의 기억으로 자리를 옮기지. 그 사람이 신체를 잃고 사라져도 내가 여전히 그를 기억할 수 있는 것처럼, 우리의 신체가 모두 사라져도 전체로서의 우주가 우릴 기억해. 그래서 주크의 세계에는 결코 사라질 수 없는 형태의 우리가 여전히 자신의 삶을 살아가는 거야. 몰라도 알지 못해도 짐작할 수 없어도 우리는 그렇게 존재해."

박사님도 연하의 입으로 주크에 대해 들은 것은 이번이 처음이었다. 그는 언제고 짐작만 할 뿐이었다. 그녀가 알고 있는 것들에 대하여. 준비가 되면 언젠간 자신에게 그리고 다른 모두에게 들려줄 거라고 믿었던 것들에 대하여. 연하는 망설이지 않았다. 더 이상은 막아선다 해도 막을 수 없는 이미 열려 버린 문을, 되돌릴 수 없다면 그들은 가야만 하기 때문에. 모든 걸 잊고, 모든 걸 접고.

"엉켜 버린 시간, 누군가 주크의 세계에서 돌아오려 하고 있기 때문에 그래서 틈을 벌이려 공간이 뒤틀리는 거야. 이 세상이 뒤틀리면서 시간과 공간 사이에 틈이 생기지. 그 사이로 누군가 돌아오려 하고 있음을, 그래서 우리의 시간이 엉켜 버린 것임을."

"누가 돌아오려 하는데요."

"아마도 주안의 아버지겠지."

"우리가 왜 그런 엉켜 버린 시간을 알게 된 거죠?"

연하가 세연의 격앙된 목소리에 '피식' 웃었다.

"아마도 나는 내가 지금 네 나이였던 때부터 그 질문을 던졌던 것 같아, 내 자신에게. 누구에게도 물어보지 못한 그 질문을. 그래서 나 혼자 생각할 수밖에 없었던 그 질문을 말이야. 나는 다양한 가설들을 세웠었어. 그리고 하나씩 검증해 보려고 했었지. 그래서 다시 돌아가게 되었어. 처음으로. 맨 처음 주크를 떠올린 그날, 내가 그 단어를 만들어야 했던 그날로."

연하는 고요한 음성으로 말했다. 이번에는 나 혼자만이 아닌 모두에게 벌어진 사건. 연하는 그런 뒤엉킴이 주크의 세계로 열리는 문이라는 것을 알았다. 그녀는 이미 한번 보았던 세계이기에.

"그 기억 속에 앉아서 가만히 그날의 모든 것을 바라보다가 그런 생각을 하게 되었어."

그날의 바람, 가을날의 나무들, 도서관 벤치, 달달한 커피 향, 그리고 깊이를 알 수 없는 검붉은 눈. 그날의 모든 것.

"우리의 지각 중에 항상 행복한 기억만 있는 것은 아니라는 걸. 손을 베이는 아픔, 비행기의 소음, 물약의 쓰디쓴 맛, 하수구의 악취 등, 피하고 싶은 지각의 기억, 우리에겐 분명 그런 기억이 있어. 그렇다면 우주에게도 있을 거야. 그런 기억이. 그건 곧, 피하고 싶은 인간, 피하고 싶은 생명이 분명 있을 거라는 얘기야. 우리는 피하고 싶은 아픈, 슬픈, 힘든 기억들을 망각해. 그래야 살아갈 수 있으니까. 그래서 우주도 분명 망각할 거야. 자신을 위해, 살아가기 위해. 어쩌면 우주는 망각하는 법을 배우기 위해 아주 오랜 시간이 걸렸을지도 모르지만, 끝내는 배우게 되었을 거야. 사라지지 않는 기억의 모음이 끝없이 쌓여만 간다는 것은 우주에게도 견디기 힘든 일이었을 테니까. 그래서 바로 그래서, 우주가 망각하는 법을 배워 버려서, 기억으로 이루어진 세계에 더 이상 기억되지 않는 기억들이 생겼을 거야. 우주가 잊어버린 기억, 그들은 더 이상 점유하는 공간 없이 떠돌게 되었을 거야. 잊혀짐으로써 얻은 자유, 공간이 없음으로서 박탈당한 자리. 그건 어쩌면 추방같이 서러운 거고, 어쩌면 해방같이 벅찬 거겠지만, 정작 그들은 자신이 어떤 처지인지조차 알지 못 할 거야. 그들은 다만 기억일 뿐이니까. 잊힌 기억. 그래서 그들은 알지도 못하면서, 알 수도 없으면서 기억의 세계에서 풀려나 헤매다 방황하다, 그렇게 돌아와. 이 세계에. 자유와 고독 그 사이에서 발생하는 틈에서, 설명할 수 없는 이끌림으로 누군가를 만나러, 그들이 기억이 되기 전 이 세계에 남겨 둔 어떤 지점을 따라서 그렇게, 그들은 돌아오기도 해. 주크, 기억으로 이루어진 세계. 그곳에서 떨어져 나온 기억이자 우주가 망각한 그들이 가끔 우리에게 돌아와. 유령처럼 소리 없이 우리를 놀라게 하며, 연기처럼 잡을 수 없이 우리를 애태우며."

연하는 잔잔한 눈으로 박사님을 바라보았다. 중년인 지금의 그에게서 그녀는 결코 만날 수 없는, 만나서는 안 되는 박사님의 젊은 시절이 연하의 머릿속에 펼쳐졌다.

"정말 돌아올 수 있나요? 기억이 된 그들이 정말 다시 돌아오기도 하나요?"

주안은 연하를 보며 물었다. 연하는 주안의 물음에 박사님을 향했던 시선을 거두고 말했다.

"나는…… 돌아왔던 사람을 알아. 하지만 그는 신체를 잃고 세상을 완전히 떠난 사람은 아니었어. 그러나 그는 기억일 수밖에 없는 모습으로 돌아왔고 나는 그런 그가 기억의 세계에서 왔다고 생각해. 원한다면 가 볼 수 있어. 문은 언제나 열려 있으니까. 그러나 장소이지 않은 세계에 가기 위해선 공간일 수밖에 없는 신체를 버려야 해. 우리가 다시 돌아올 수 있는지는 잘 모르겠어. 가 본 적이 없으니까. 나는 그저 그 세계에서 돌아왔던 기억만을 만났을 뿐이니까."

"그런 곳에 지금 우리가 가야 한다는 건가요?"

세연이 물었다.

"누구나 그곳에 가. 우리도 언젠가는 흐르듯 이 삶을 놓쳐 버려도 그곳에 도착하게 될 거야. 그곳은 이 세계의 마지막이자 시작이니까. 다만 언제 누가 먼저 가는가에 대한 문제야."

연하가 담담히 말했다.

"우리는 우리 자신을 통제할 수 없다는 것을 인정해야해. 우연히 벌어지는 사건에 대해서 결코 책임질 수 없다는 것을. 우리는 한없이 무기력해, 거창한 세상에 대해서가 아니라 바로 나 자신에게 있어서."

연하는 이제 모두를 설득하듯 그들을 향해 위로의 말을 건넸다. 그들은 두려울 것이며, 떨리는 자신을 통제할 수 없을 것이고, 어떤 식으로든 도망치고 싶을 것이다. 연하는 알고 있었다. 어떤 포기와 인정 없인 그들은 그 자리에 멈춰서 이도저도 아닌 미적지근함 속에 갇히게 될 거라고.

그녀의 걱정대로, 세연은 이미 질릴 대로 질린 얼굴로 이 연구실을 나가고 싶어 하는 것 같았다. 그녀는 자리에서 벌떡 일어났다.

"나는 집에 가고 싶어요. 오늘은 너무 늦은 것 같아요. 내일 학교에도 가야 하고, 지금 돌아가서 자지 않으면 나는 수업에 지각할 게 뻔해요."

세연은 바들바들 떨리는 목소리로 말했다. 변명은 아니었다. 그녀는 이성적으로 생각하려 했다. 잠들지 않으면 그녀는 분명 내일 학교에 가서 수업을 들을 수 없을 것이다. 정말 내일이라는 것이 아직 그녀에게 남아 있다면. 그것을 확인하기 위해서라도 세연은 지금 자신이 집으로 돌아가야 한다고 생각했다.

가방을 챙겨 일어서는 세연에게 연하는 차갑고 냉정한 어투로 말했다. 그녀의 목소리는 바늘처럼 뾰족하고 날카로웠다. 마치 그녀가, 그녀가 아닌 듯이, 마치 연하가 이미 연하임을 벗어난 듯이.

"이곳에서 나갈 출구를 찾는 거야? 그런 건 없어. 네가 이곳에 나타난 건 하나의 사건이지 네가 입구를 찾아 들어왔기 때문이 아니야. 되풀이 되는 사건 따윈 없어. 너에게 돌아가야 할 그런 곳은 이제 없다는 얘기야."

그녀의 말에 세연은 선 채로 얼어붙은 듯 멈춰 섰고 연하는 그런 세연을 두고 자신의 자리에서 일어났다.

"각자의 자리에 가 있어도 누군가 가야 한다면 그는 분명 가게 될 거예요. 각자의 자리에 가 있어도 누군가 돌아와야 한다면 돌아온 누군가가 우리를 찾아오겠죠. 바쁜 하루가 되겠군요."

연하는 남아 있는 그들에게 말했다. 그러니 이제 모두 각자의 자리로 돌아가라고.

"난 아직도 이해가 가지 않아요. 대체 무슨 일이 일어난 거죠?"

세연이 떨리는 음성으로 물었다. 그녀는 아직도 충격에서 헤어 나오지 못한 것 같았다.

"어쩌면 너는 아닐지도 몰라. 그러니 내일 수업에 들어가고 싶다면 돌아가 자렴. 그래야 내일의 활기도 생기는 법이니까."

연하는 세연에게 말하고 연구실의 문을 열었다. 잠시 멈춰 무슨 말인가를 더 내뱉으려던 그녀는 이내 고개를 저으며 연구실을 나갔다. 문이 닫히는 소리가 들리자 연구실에 남아 있던 그들이 무서운 꿈이라도 꾼 듯한 표정으로 서로의 시선을 확인했다.

새벽을 향해 가는 시계 바늘은 우습게도 두 시도 채 되지 않아 있었다. 현실이라고 불리는 시간은 그 순간 가장 현실감 없는 존재처럼 아주 느리게 흘러가고 있었다.

그들은 약속이라도 한 듯 동시에 자리에서 일어났다. 아무 말 없이 나갈 채비를 끝낸 그들은 조용히 그리고 차례로 연구실을 나왔다.

# 7.

**"이야기는 어떻게 흘러가야 하는가. 안녕? 희조." ─ 7월 8일 3시 3분 〈상기자의 자리〉**

희조는 오랫동안 걸었다. 한낮의 태양, 높이 올라간 건물 사이에서 희조는 끊임없이 앞으로 걸어갔다. 한 대도 보이지 않는 차, 한 명의 사람도 나타나지 않는 거리. 희조는 조용한 세상을 홀로 걸었다. 누구라도 나타나면 좋으련만, 걸어도 걸어도 그 길 위엔 희조 혼자뿐이었다. 상점들은 모두 텅 비어 있었으며 불 켜진 건물의 창가에도 움직이는 무언가는 보이지 않았다. 그 흔한 비둘기 한 마리도 날지 않는 거리. 마치 세상이 희조 혼자만을 남겨두고 모두 어디론가 외출을 한 것처럼. 흔들리지 않는 나무, 뜨겁지 않은 태양만이 그녀 위로 빛났다.

여긴 어딜까. 너무나 익숙한 거리, 내가 아는 그 길. 서울의 한복판, 종로 거리가 맞는데. 왜 시간이 멈춘 듯, 아무것도 보이지 않는 걸까. 아무도 없는 종로 거리는 신비로웠다. 조용하고 황량한 그곳은, 차마 그녀가 아는 그 길이라고 믿을 수 없을 정도로 아름다웠다. 모든 소음을 지운 그림처럼. 사진으로 찰칵 찍은 액자 속을 걸고 있는 것처럼.

희조는 차 하나 내달리지 않는 넓은 대로변으로 내려갔다. 그리고 중심의 길 위로 걷기 시작했다. 서울의 중심 아닌 세상의 중심에 서 있는 것 같은 떨림. 오직 나만을 위해 존재하는 것만 같은 이 거리, 이 세상, 이 종로 위에서 희조는 천천히 앞으로 걸어갔다.

"안녕? 희조."

희조는 아주 작게 메아리처럼 자신의 귓가에 울려 퍼지는 흐릿한 음성에 걸음을 멈췄다. 목소리는 한없이 작았지만 들리지 않을 정도를 작은 것은 아니었으며, 어딘가 새롭게 낯설었지만 전혀 이질적인 음성은 아니었다. 희조는 그 울림을 따라 뒤돌아섰다. 그녀가 오랫동안 걸어왔던 길 위로 멀리서 걸어오는 익숙한 그림자가 보였다. 잔영처럼 연기처럼 투명해 보이는 발걸음. 그 발걸음을 따라 익숙한 그림자는 그 뒤에 그림자의 그림자를 그리고 그 그림자의 그림자를 데리고 걸어왔다. 하나일 수 없는 그림자. 끝없이 이어지는 새로운 그림자들.

희조는 그 그림자가 늘 그녀를 맴돌고 그녀의 발끝에서 그녀를 따라오던 자신의 그림자임을 알아챘다. 그러나 그녀의 그림자들은 형체 없이 어두운 음지의 모습이 아니라, 희조의 색깔 그대로 희조의 모습 그대로, 그녀를 거울에 반사시킨 듯이 정확히 그녀의 모습처럼 보였다.

희조는 멀리서 걸어오는 그림자의 행렬을 기다려 주었다. 그림자는 희조의 걸음걸이로 일정하게 걸어와서 이윽고 희조가 손 내밀면 닿을 만한 거리에 도착해 멈춰 섰다. 그림자 하나가 멈춰 서자, 그 뒤를 따르던 그림자의 그림자들이 일제히 걸음을 멈추고 그녀를 바라봤다.

"안녕, 희조. 지금은 많은 것이 혼란스러울 거야."

그림자가 그녀에게 말했다.

"나 때문이야? 나 때문에 그렇게 된 거야?"

"뭘 말이야?"

희조가 그림자에게 묻자 그녀의 그림자가 고개를 갸우뚱하며 대답했다.

"모른 척하지 않아도 돼. 너도 같이 있었잖아. 나 때문이야? 나 때문에 사고가 났었어?"

잠시 아무 말 없이 물끄러미 희조를 바라보던 그림자가 그녀를 위로하듯 말했다.

"그냥 사고였던 거야. 네가 그 자리에 있었을 뿐이야."

그림자가 말하자 희조는 다리에 힘이 풀려 자리에 주저앉았다. 그림자도 희조를 따라 천천히 바닥으로 내려왔다.

"내가 잊어버렸어? 그날 전체를? 그러곤 혼자 아무렇지도 않게 살아간 거야?"

"넌 충분히 아팠어. 충분히 울었고, 충분히 힘들었어."

"난 아프지 않았어. 기억도 나지 않았어. 다시 만난 그 아이가 전혀 기억나지 않았어."

"어쩔 수 없었어. 안 그랬으면 너는 살 수 없었을 거야."

그림자는 희조의 어깨에 자신의 손을 올려 가만히 그녀를 토닥였다.

"가르쳐 줘. 어떻게 하면 되돌릴 수 있어?"

"뭘 말이야?"

"어떻게 하면 그 아이를 다시 만날 수 있어? 아직도 다 기억나지 않아. 아직도 그 아이가 한 얘기들이 다 이해가 가지 않아. 난 물어볼 시간

도 갖지 못했어. 순식간에 모든 것이 사라져 버렸어. 어떻게 하면 그 아
이를 다시 볼 수 있어?"

"그럴 수 없어."

"내가 대신 갈게."

망설임 없이 희조가 말하자 그림자는 조금 놀란 듯 보였다.

"뭔가 잘못됐어. 봄이었던 종로가 하루 만에 여름으로 바뀌더니 올
해였던 어제는 2년 전으로 되돌아갔어. 나 때문에 사고가 났어. 하지만
난 아무것도 기억나지가 않았어. 내가 다운이를 다시 만났었다는 것도,
함께 콘서트를 보러 가려고 했었다는 것도. 그리고 여기 종로의 거리.
내 눈앞에서 방금 사고가 났는데, 사람들이 너무도 많았고, 내 앞에서
다운이가 쓰러졌고, 자동차를 운전하던 아저씨가 피투성이가 됐고, 나
에게도 유리 조각이 튀었는데, 그 모든 게 한순간에 모두 사라졌어. 난
이제 설명이 듣고 싶어. 납득할 만한 설명이. 여긴 어디야? 난 어디로
가고 있는 거야?"

그림자는 희조의 어깨에 올렸던 자신의 손을 내렸다.

"내가 널 찾아온 건 다시 한번 모든 걸 잊고 네가 꿈처럼 오늘을 기
억하게 하기 위해서야. 눈을 뜨면 아무 일도 일어나지 않은 너의 방 침
대에서 네가 일어나게 하기 위해서. 종로는 여전히 봄일 거야. 너는 그
아이를 기억하지 못할 거야. 여름으로 바뀌는 순간도 없을 거야. 넌 그
저 오랫동안 잠을 자고 일어난 것뿐이고, 이 꿈은 연기처럼 희미해서 다
시 떠오르지도 않을 거야. 넌 그저 약간의 쓸쓸함과 공허한 마음으로 기
억해보려 해도 잘 기억나지 않는 꿈 때문에 조금 서글픈 감정으로 잠에
서 깰 거야. 하지만 그것마저 금세 사라질 거야. 가자, 너는 아직 이 길
끝으로 걸어가지 않아도 돼. 좀 더 이 세상 속에서 아름답게 지내도 괜

찮아."

그림자는 희조에게 손을 내밀었다. 희조는 자신의 손과 똑같이 생긴 그림자의 손을 가만히 내려다보았다.

"이 길 끝까지 걸어가면 난 어떻게 되는데? 내가 지금 네 손을 잡고 여기서 나가지 않으면?"

"나도 몰라. 내가 말해 줄 수 있는 건 여기까지야. 우리는 이 길 끝까지 걸어가 본 적이 없어. 항상 여기서 되돌아 나가곤 했으니까. 나도 몰라. 그러나 내가 기억하기론 너는, 우리는 항상 여기서 다시 되돌아 나가는 길을 택했어. 네가 잊은 기억을 대신 간직해 줄 순 있어. 하지만 네가 가지 않았던 길을 내가 말해 줄 순 없어. 나도 가 본 적 없으니까. 나는 너의 그림자잖아."

희조는 자신에게 내민 그림자의 손을 살며시 잡았다. 그녀는 온기도 감촉도 없는 그림자의 손을 마치 자신의 두 손을 맞잡듯이 어루만졌다.

"그러기 싫어."

"뭘 말이야."

그림자가 되묻자 희조가 그런 그림자의 손을 꼭 잡으며 말했다.

"모든 걸 잊은 채로 아무렇지도 않게 살아가기 싫어. 난 되돌아가지 않을 거야."

"되돌아가지 않으면? 이 텅 빈 거리에서 혼자 뭘 하겠다는 거야?"

그림자가 희조를 이해할 수 없다는 듯이 쳐다봤다.

"가자, 우리. 이 길 끝에 뭐가 있는지. 가면서 내게 이야기해 줘. 내가 잊고 있는 기억 모두."

희조가 그림자를 달래듯 조용히 속삭였다.

"너무 위험해. 우린 한 번도 이 길을 다 걸어가 본 적이 없어. 언제 끝날지도 알 수 없는 길을 걷다가 영영 되돌아갈 기회를 잃을지도 몰라. 봐, 이곳엔 아무도 없어. 여기가 얼마나 무서운 곳인지 모르겠어? 영원히 이 길이 끝나지 않을 수도 있어. 그 말이 무슨 말인지 정말 모르겠어?"

그림자는 희조가 화가 났을 때 그녀가 화가 난 대상에게 그러하듯, 희조를 향해 소리쳤다. 희조는 자신에게 화를 내는 그림자를 보며 서글픈 마음이 들었다.

"나는 매번 되돌아갔겠지. 모두 다 잊을 걸 알면서도. 기억이 꿈처럼 사라질 걸 알면서도 나는 되돌아갔어. 그때도 나는 이렇게 선택했을 거야. 그 사실이 너무나 가슴 아파. 내가 이미 여러 번 도망쳤었다는 게. 이번엔 그러지 말자. 부탁할게. 내가 다시 그 아이를 잊지 않게 도와줘. 내가 다시 도망치지 않게 나와 함께 가 줘."

희조는 그림자의 손을 잡고 자리에서 일어났다. 그림자 역시 희조의 손을 잡고 천천히 위로 올라왔다.

"후회해도 되돌릴 수 없으면 어쩌지."

그림자는 희조를 향해 포기한 듯 말했다.

"되돌릴 수 없어도 후회하지 않을게."

희조가 희미하게 웃으며 대답했다.

"나한테 함께 가 달라고 부탁할 필요 없어. 나는 네가 가는 곳은 어디든 가. 나는 너의 그림자니까."

그림자는 이제 희조의 옆에 나란히 섰다. 희조는 그림자를 향해 빙긋이 한번 웃어 준 뒤 친구와 손을 잡고 걸어가듯 그림자와 길을 걷기 시작했다. 희조 뒤로 끝없이 이어지는 긴 그림자의 행렬이 그녀들을 쫓아 천천히 걸음을 옮겼다.

피곤한 걸음을 옮겨 집에 도착한 세연은 가방을 뒤져 이수가 그녀에게 선물했던 주먹만 한 스노우볼을 꺼냈다. 그들이 모두 연구실을 나설 때, 세연은 늦은 밤 그녀의 귀가를 걱정하는 박사님의 미안함 섞인 말에도 불구하고 고개를 절레절레 저으며 홀로 택시를 탔다.

어쩌면 자신이 주안을 찾아 연구실에 가지 않았더라면, 그를 만나 자신의 이야기를 털어놓지 않았더라면 아무 일도 없었던 것처럼 아무것도 기억하지 못한 채로 우리는 괜찮았을까. 세연은 이미 지나 버린 과거의 자신이 의지로 막아설 수 없는 어쩔 수 없는 일을 했던 건지, 선택으로 피해갈 수 있었던 후회로 남을 일을 했던 건지 확신할 수 없어 한없이 고요해졌다.

세연은 시계를 확인하고 시간이 벌써 새벽의 한복판에 도착해 있다는 것을 깨닫자 스노우볼을 자신의 손 위에 올려놨다. 이수가 선물한 작고 투명한 구슬은 왠지 모르게 비현실적인 이미지처럼 보여서 세연은 눈을 가까이 가져가 유리 안을 이리저리 살폈다. 작은 마을이 아기자기하게 들어있는 스노우볼은 뒤집으면 하얀 종이들이 눈처럼 떨어졌다.

"이수는 자세히 들여다보면 놀랄 만한 게 보인다고 했는데, 도무지 내겐 눈 내리는 마을밖엔 보이질 않네."

세연은 이수가 그녀에게 했던 이야기를 떠올렸다. 세상에는 교환할 수 없는 가치, 세상의 화폐나 의미 단위로는 도저히 바꿀 수 없는 가치가 있어 지키고 싶다면 우리는 무언가 모험을 감행해야 한다고.

"그래서 그 녀석은 이걸 훔쳤다 이거지, 간도 크다. 신이수."

갖고 싶어 훔치는 욕망의 몸짓이 아닌, 무언가를 지키기 위해 위험을 무릅쓰는 모험의 몸짓. 성공하면 여전히 평온한 일상일 수 있겠지만 실패하면 이후의 삶이 어떤 불확실성 속에 휩쓸릴지 알 수 없으면서도 모든 것을 감내하고 행하는 그런 행동. 그 속에서만 찾을 수 있는 용기라던가, 희생이라는 의미들. 그런 걸 위해 자신의 몸을 던지는 사람들이 얼마나 될까.

세연은 투명한 스노우볼을 이리저리 돌려보면서 왜 이 물건이 이수에게 그토록 소중한 물건인지를 생각했다.

"아무리 봐도 그저 잘 만들어진 장식품일 뿐인데. 예쁘긴 하지만, 그래봤자 책상 위에 놓아 둘 장식품."

세연은 그 유리알 같은 장식품을 자신의 책상 위에 잘 올려놓았다. 세연은 가방에서 책과 노트 그리고 《비극의 탄생》을 꺼내 책장에 넣었다. 그녀는 옷장을 열어 갈아입을 옷을 침대 위에 던져 놓은 뒤 욕실로 들어가 샤워기의 물을 틀었다.

샤워기의 물줄기가 그녀의 몸 위로 무지개를 만들어 놓자 세연은 잠시 자신을 가로지르는 한줄기 무지개를 바라보며 그대로 물을 맞고 서 있었다. 시간이 멈춰 그녀를 잊어버릴 것 같은 기분, 아니 잃어버릴 것 같은 기분에 그녀는 조용히 물의 냄새를 기억해 보려고 애썼다. 오늘의 향기는 너무 다채로워 그것이 정말 오늘 하루만의 향기였는지, 하루가 모을 수 있는 양의 향기였는지 그녀는 헷갈렸다.

세연은 평소보다 긴 시간 물을 맞으며 서 있다 욕실에서 나와 젖은 머리를 수건으로 말렸다. 그녀는 침대 위에 던져 놓았던 옷가지들을 껴입었다. 젖은 몸에 달라붙은 셔츠를 손으로 떼어내며 세연은 화장대에 앉아 얼굴에 스킨을 발랐다. 그렇게 한동안 거울을 보고 있던 그녀가 문득 책상 위에 올려 둔 작은 장식품을 향해 빠르게 고개를 돌렸다.

스산한 기운, 별안간 불안한 공기 입자들이 그녀를 향해 달려와 부딪쳐 추락하는 듯한 감촉에 세연은 의자에서 몸을 일으켜 책상으로 걸어갔다. 투명해야하는 유리알이 오염이라도 된 듯 붉게 물들어 가고 있었다.

"뭐지. 이게 어떻게 된 거야?"

세연은 스노우볼을 들어 이리저리 돌려보았다. 그러자 점점 더 붉게 퍼지는 유리 안의 색채는 피처럼 진득해져 갔다. 눈 내리는 작은 마을이 붉음에 가려 보이지 않게 되자 세연은 그만 놀라 스노우볼을 바닥에 떨어뜨렸다. 바닥에 내동댕이쳐진 유리가 금이 나면서 깨지기 시작했다. 그 순간 유리 안을 메우던 붉은색 물이 바닥에 흘러나와 세연의 방을 가득 메웠다. 세연은 소리를 질렀다. 그녀의 발까지 흘러온 붉은 물이 화수분처럼 깨어진 유리 안에서 샘솟았다. 물은 금세 그녀의 발목까지 차올랐다. 세연은 혼비백산하여 침대위로 올라갔다. 그러나 물은 점점 더 빠르게 차올라 그녀의 침대를 모두 적시고 책상을 뒤덮었다. 세연은 자신의 무릎을 타고 올라오는 붉은 물을 어찌할지 몰라 발만 동동 구르고 있었다. 물은 세연의 옷을 흠뻑 적시며 그녀의 어깨에까지 차올랐다. 그녀는 방에서 나가야 한다고 생각했다.

그러나 그녀가 문을 향해 달려가려던 그때 갑자기, 세연의 머릿속에 익숙하고도 낯선 목소리가 울려 퍼졌다.

"이곳에서 나갈 출구를 찾는 거야? 그런 건 없어. 네가 이곳에 나타난 건 하나의 사건이지 네가 입구를 찾아 들어왔기 때문이 아니야. 되풀이 되는 사건 따윈 없어. 너에게 돌아가야 할 그런 곳은 이제 없다는 얘기야."

세연은 그 자리에 그림처럼 굳어 버렸다. 붉은 물이 세연의 목까지 차올랐다. 차갑고 짙은 물이었다. 세연은 눈을 감아 버렸다. 그대로 이 붉은 물이 그녀를 모두 뒤덮을 때까지. 그녀가 이 붉은 바다에 완전히 잠겨 버릴 때까지. 그녀는 감은 눈을 결코 뜨지 않았다.

오랫동안 감고 있어 무거워진 눈을 힘겹게 뜬 소와는 한동안 그대로 침대에 누워 있었다. 어두운 방 안 문틈으로 거실의 환한 빛이 새어 나왔다. 소와는 반듯하게 각이진 얇은 선 같은 빛을 바라보며 기억의 바다 속 리본 같은 기억들을 생각했다. 하늘하늘 바다 속에서 춤추던 기억의 리본 중엔 직선으로 뻗어 있는 것이 단 하나도 없었다는 사실이 새삼 놀랍게 느껴졌다.

"자연스러운 것들 중엔 각이 진 게 없어. 아주 곧기 만한 직선도 없지. 오직 우리가 만들어 낸 것들에만 네모반듯한 각과 결코 만날 수 없는 직선이 있는 거야. 자연에는 직선이 없어. 늘 울퉁불퉁한 곡선뿐이지. 그래서 우리 몸에도 직선은 없어. 아직 그래도 우리는 자연스러우니까."

소와는 침대에서 일어나 두 발로 서면서 보이지 않는 침대 모서리에 자신의 다리가 스치지 않도록 조심했다.

"세상을 살면서 각이 진 모서리에 부딪혀 상처를 입게 되더라도 그건 어쩔 수가 없는 거야. 우리가 만들어 낸 것에 우리가 다치고 만 거니까. 스스로 자초한 거야. 사람들은 그 사실에 불평해서는 안 돼. 잊어서도 안 되지. 우릴 아프게 하는 건 결국 다 우리가 만들어 낸 것들이라는 걸."

소와는 직선으로 뻗어 있는 빛으로 된 문을 열고 환한 거실로 나갔다. 창밖은 밤이었지만 거실의 전등을 모두 밝히고 의자에 앉아 책을 읽고 있던 소와의 어머니로 인해 소와의 집은 대낮처럼 밝았다.

"일어났니. 소와야? 우유 한 잔 줄까?"

거실로 걸어 나오는 소와를 발견한 그녀의 어머니가 읽던 책을 탁자에 엎어 두고 소와에게 웃으며 말했다. 그러나 소와는 어머니의 물음에 고개를 저으며 그녀에게 걸어가 그녀의 무릎에 얼굴을 기대고 거실 바닥에 앉아 버렸다. 그녀는 소와에게 살짝 웃어 준 뒤 소와의 머리카락을 부드럽게 손으로 쓸어 주었다.

"보석함이 있었어. 자주색 동그란, 열면 멜로디가 흘러나왔어."

소와는 문득 작은 기억 하나가 자신을 찾아온 듯 생소한 표정으로 말했다.

"어렸을 때, 소와가 좋아했던 그 보석함? 아직도 있어."

소와의 어머니는 소와가 말하는 자주색 보석함이 무엇인지 단번에 알아챌 수 있었다. 그 보석함은 아이가 여섯 살, 그리고 일곱 살 무렵 가장 좋아했던 장난감이자 가장 아꼈던 물건이었다.

"그 보석함은 누구 건데?"

소와는 자신의 어머니에게 궁금하다는 듯이 물었고, 그녀는 자신의 아이에게 기억이 나지 않느냐는 표정을 지으며 다정하게 대답했다.

"그건 소와 거야. 소와가 유치원에 다닐 때, 엄마랑 백화점에 갔다가, 진열장에 있는 보석함을 보고 사 달라고 했어. 넌 다른 아이들처럼 인형을 사 달라고 한 적도 없고, 소꿉놀이를 사 달라고 한 적도 없었는데, 그날, 그 보석함을 보곤 그 자리에 멈춰서 한참 동안을 움직이지도 않았어. 점원 아가씨가 나와서 그 보석함을 꺼내서 보여 줬지. 열면 멜로디가 흘러나왔어. 그게 신기했던지 소와는 몇 번이고 보석함을 열었다 닫았다를 반복했지. 그러곤 엄마한테 그 보석함이 갖고 싶다고 했어. 아직도 있어. 자주색 동그란 보석함이 아니라 오각형으로 된 보석함이야. 보고 싶니?"

"응."

소와의 어머니는 거실 찬장 깊숙이 있는 오래된 보석함을 꺼내 가져왔다.

"갑자기 이 보석함이 생각난 거야? 소와는 이 보석함을 정말 좋아했지만 초등학교에 입학하고 나서부터는 한 번도 열어 본 적이 없잖아."

자줏빛 유리로 만들어진 보석함은 커다란 조개처럼 생긴 오각형 상자였다. 유리는 투명해서 안이 모두 비칠 것 같았지만 신기하게도 밖에서 본 보석함은 그 안에 무엇을 담고 있는지 전혀 보이지가 않았다.

"열어 봐도 돼?"

소와가 맨들맨들한 보석함의 둥근 뚜껑을 손으로 매만지며 말했다.

"그럼 당연하지. 어제는 초등학교 때 쓰던 리본들을 찾더니 오늘은 유치원 때 가지고 놀던 보석함이 생각났나 보네. 어렸을 때 기억이 나는 거야?"

"어릴 적이 없는 사람은 없어. 그치 엄마? 다 커 버린 어른들에게도 어린 시절은 다 있는 거잖아. 잊어버렸어도, 그건 없어질 수 없는 거지?"

"그럼, 모든 사람에겐 다 어렸을 적이 있지."

"지난 시간을 잊어버리면 깨어날 수가 없어. 그래서 계속 거기 있는 거야. 혼자서 외롭게."

중얼거리듯 혼자 말하던 소와는 조심스럽게 손대면 깨져 버릴 것 같은 보석함의 뚜껑을 열었다. 다섯 개의 칸으로 나누어진 보석함 내부의 중앙에는 검은 유리로 막혀진 멜로디 창이 있어 빛을 받자마자 음악이 흘러나왔다. 단음으로 연주되는 깨끗한 기계음은 아직도 망가지지 않은 채 자신이 품고 있는 멜로디를 정확히 기억하고 있었다.

소와는 그제야 자신이 꿈속에서 그를 찾기 위해 흥얼거린 멜로디가 보석함에서 흘러나오는 음악 소리라는 것을 깨달았다. 익숙하지만 어딘가 즉흥적으로 생각난 것만 같은 멜로디. 그 음률은 바로 자주빛 보석함이 가지고 있던 음악이었다.

"잊어버렸다고 생각했는데 기억하고 있었나 봐, 엄마. 나는 꿈속에서 이 멜로디를 흥얼거렸어. 나도 모르게 불렀던 노래가 바로 이 음악이었어."

"꿈속에서 노래를 불렀어? 그래서 소와가 깨자마자 보석함이 생각났나 보구나. 꿈속에서 이 멜로디가 기억나서 말이야."

다섯 개로 나누어진 보석함 안에는 칸별로 가지런히 아기자기한 물건들이 담겨 있었다. 장난감 귀걸이가 담겨져 있는 칸, 플라스틱 반지가 가득인 칸, 작은 유리구슬들이 모여 있는 칸, 색색깔 예쁜 젤리가 녹아서 하나로 뭉쳐 있는 칸, 그리고 마지막 칸에는 장미꽃잎 같은 얇은 종이들이 겹겹이 쌓여 있었다. 소와는 그 얇은 종잇장 하나를 집어 들어 이리저리 살펴보았다.

"이건 뭐지? 꽃잎인가?"

"그건 종이비누야. 장미꽃잎 모양으로 생긴 종이비누. 향도 장미꽃 향이야. 기억 안 나? 소와가 좋아해서 쓰지도 않고 모아놨던 비눈데."

소와는 그녀의 어머니가 하는 얘기에 들고 있던 꽃잎 모양 종이를 코에 가져가 향기를 맡아 보았다.

"잘 나진 않지만, 아주 조금 장미 향이 나는 것 같기도 해 엄마. 이게 비누야?"

"응, 물에 닿으면 녹아서 거품이 나. 오래돼서 아직도 되는 진 모르겠지만. 어렸을 적에 소와는 그걸로 손 씻는 걸 좋아했었어."

"귀걸이랑 반지, 유리구슬하고 색깔 젤리, 그리고 장미 향 비누. 이게 내 보물들이었어?"

"그럼, 보물들이었지. 매일매일 보석함을 열어서 모아 논 물건들을 죄다 꺼내 놓고 다시 정리해서 넣곤 했어. 시간이 가는 줄도 모르고 한자리에 앉아서 말이야. 반나절을 꼬박 보석함 정리에만 보낸 적도 있었으니까."

소와는 그녀의 어머니가 하는 얘기를 들으며 보석함을 엎어서 거실 바닥에 물건들을 쏟아지게 했다. 오래 되어 녹아 버린 색깔 젤리만이 보석함에 달라붙어 떨어지지 않았다. 소와는 잠시 알록달록한 덩어리가 되어 버린 젤리를 내려다보았지만 이내 젤리들은 어쩔 수 없다는 듯이 보석함을 바닥에 내려놓고 흩어져 있는 작은 물건들을 한가운데로 쓸어 모았다.

닫지 않은 보석함에서는 검은 멜로디 창에서 연주되는 음악이 계속해서 흘러나오고 있었다. 소와의 어머니는 멀리 튀어나간 유리구슬을 집어다가 소와가 모으고 있는 물건들 안에 살짝 놓아 주며 소와에게 물었다.

"이 보석함엔 이름이 있어. 소와가 붙여 준 이름이지. 기억나니?"

소와는 고개를 설레설레 저었다.

"마치 토끼 인형에 이름이 붙여 주듯이 소와는 이 보석함에 이름을 만들어 줬는데, 가만 보자. 이름이 뭐였더라. 보석함 바닥에 소와가 써 났었는데."

소와의 어머니는 바닥에 내려놓은 보석함을 들어 닫히지 않게 열어 둔 채로 뒤집어서 소와에게 보여 줬다. 보석함 바닥에는 거의 다 지워져 버려 희미해진 글자가 삐뚤빼뚤하게 적혀 있었다.

"주크."

"그래 맞아, 주크. 소와가 이 보석함을 꼭 그렇게 불렀어. 주크라고. 그리고 소와는 이 보석함을 항상 기억보관함이라고 말했지. '주크는 기억보관함이야 엄마.' 그렇게. 엄마도 이제야 생각이 난다. 잊어버렸었는데 말이야."

"왜 내가 이 보석함을 기억보관함이라고 불렀어?"

"글쎄. 왜 그랬을까. 엄마도 잘 모르겠지만, 아마도 소와는 이 작은 물건들이 모두 기억이라고 생각했었나봐. 귀걸이도 반지도, 종이비누도 모두 말이야. 물건들을 담아 놓으면 그 물건들에 대한 기억도 모두 담아 둘 수 있을 거라고 생각한 게 아닐까? 소중한 물건들은 모두 다 소중한 기억이기도 하니까."

소와는 한데 모여 있는 작은 물건들 중에 유난히 파란 유리구슬 하나를 집어 들었다.

"이건, 놀이터에서 주워 온 거야. 모래 바닥 안에 숨어 있었는데 내가 발견해서 집에 가지고 왔어."

소와는 유리구슬을 눈앞에 대고 이리저리 굴려 가며 구슬 안에 들어 있는 작은 공기 방울들을 살펴보았다.

"이 귀걸이는 소와의 크리스마스 선물이었는데 기억나니? 팔찌랑 목걸이도 함께 있었는데 그건 어디 갔는지 모르겠다."

소와의 어머니는 장난감 귀걸이 한쪽을 손바닥에 올려놓고 옛날 생각에 즐거운 듯이 말했다.

"목걸이는 끊어져 버려서 구슬들이 다 흩어졌어. 여기 이 구슬이 아마 목걸이였던 구슬일 거야."

소와는 구슬들 중에서 유난히 작고 분홍색인 구슬을 집어 엄마에게 보여 주며 말했다.

"그랬구나. 이 구슬이 목걸이에서 나온 구슬이구나."

소와의 어머니는 소와가 건네 준 분홍색 작은 구슬을 귀걸이와 함께 손바닥에 올려놓고 작게 웃었다. 소와는 유치원에서 친구가 준 반지였다며 장난감 반지에 대해 이야기 했고, 소와의 어머니는 녹아서 뭉쳐져 버린 색깔 젤리가 동네에 있던 가게 중에 딱 한곳에서만 팔던 젤리라서 젤리를 사기 위해 언제나 조금 멀었던 그 가게에 가야만 했던 이야기를 소와에게 해 주었다. 그녀들은 한데 모인 작은 물건들을 하나하나 집어 떠오르는 기억들을 서로에게 들려주었다.

그렇게 천천히 물건들을 정리해서 오각형 보석함에 모두 담은 그녀들은 잠시 서로의 얼굴을 보며 의미심장한 웃음을 교환하곤 다시 보석함을 뒤집어 물건들을 바닥에 쏟아 버렸다. 그러곤 다시 처음부터 물건들을 정리해 가기 시작했다.

하나하나 기억들을 이야기하며 차례대로 담았던 물건들은 다시 쏟아놓고 흐트러트리면 또 다른 새로운 기억들로 바뀌어 버렸다. 지치지 않고 흘러나오는 기억들은 매번 같은 물건에서도 다른 순간의 기억들을 가지고 나왔다. 그녀들은 장난감 같은 작은 물건들을 정리하는 게 아니라 그녀들의 오래전 기억들을 정리해 나가듯이 끊임없이 서로에게 이야기했다.

귀걸이를 집었을 땐 소리에 대한 기억들이 흘러나왔다. 반지를 들었을 땐 손에 관련된 기억들이, 종이비누를 정리할 땐 향기에 대한 기억들이, 유리구슬을 담을 땐 눈으로 보았던 기억들이 떠올랐다. 그리고 알록달록 한 덩어리로 뭉쳐있는 젤리들을 보면서 그녀들은 다채로운 맛에 대해 이야기했다.

그렇게 소와는 밤새 그녀의 엄마와 물건들에 얽힌 예전 기억들을 떠올리며 물건들을 보석함에 넣었다가 다시 바닥에 쏟아놓고 처음부터 분류하는 일을 반복해서 했다. 집 밖으로 아침이 찾아와 그녀들의 거실 창가로 햇살을 길게 드리울 때까지.

　　아침을 알리는 새들의 지저귐, 햇살이 내리쬐는 세상의 밝음 속에 주안은 자신의 방에서 눈을 떴다. 주안은 잠시 그대로 누워 방 안의 풍경을 살폈다. 주안은 아침이 온다는 것이 믿기 힘든 일이라는 듯이 몸을 일으켰다.

　　주안은 모든 것을 기억하는 자신에게 어제가 정말 그에게 현실이었는지 물었다. 그 잘난 현실은 대체 우리에게 무엇인가. 주안은 시계를 찾아 지금이 몇 시인가를 보려다가 이내 그만 두었다. 째깍이는 시간이 대체 무슨 소용인가. 지금 이 순간을 살기에도 벅찬 오늘에 그는 자신이 서 있는 이 자리를 도저히 시간과 맞출 수 있을 것 같지 않았다. 주안은 이해하려고 하지 않았다. 이해할 수 없는 모든 일들에게 이해라는 단어는 너무나 모순인 것처럼 느껴졌기 때문이다.

　　주안은 나갈 채비를 했다. 그는 종로3가역으로 자신이 지금 가야만 한다고 생각했다. 너덜너덜해진 주안이 자신을 찾을 수 있는 유일한 곳. 그는 그곳에 갔었던 자신을 기억할 수 없었지만 기억보다 확실한 세상의 흔적 속에 주안은 종로3가역에 두고 온 무언가를 찾기 위해 발걸음을 옮겼다.

　　그는 집 앞 가까운 지하철역 안으로 들어갔다. 이번엔 결코 잃지 말아야 할 기억. 주안은 자신의 표정 자신의 몸짓 하나까지 기억하기 위해 신경을 곤두세우며 종로로 향하는 지하철에 올라탔다.

{{그는 아이가 사라진 흰모래사막 위를 걷고 있었다. 정말, 이 모래사막 어딘가에 아이가 타고 왔다는 작은 배가 있을까. 그 작은 배를 발견하면 아이가 건너 왔다던 붉은 바다와 아이가 말했던 붉은 숲을 보게 될까. 그는 고개를 들어 기억의 바다를 바라보았다. 결코 끝날 것 같지 않은 깊고 넓은 바다. 이 세계의 하늘은 오직 저 기억의 바다뿐이라는 것을 그는 한 번도 의심해 본 적이 없었다.

그는 복잡한 생각을 떨쳐 버리려는 듯이 하늘 위로 솟구쳐 바다 속으로 뛰어들었다. 그는 갈래갈래 굽이치는 형형색색의 기억들 사이를 헤엄쳤다. 그는 자신이 가름으로써 연기처럼 흩어졌다 모이는 기억들을 안타깝게 바라봤다. 그는 연두 빛 기억의 리본 속으로 들어갔다. 누군가의 기억일지 모르는 어느 지하철역의 풍경이 보였다.

그는 천천히 물속에서 내려와 역 안 모퉁이에 내려섰다. 많은 사람들이 지하철역에 모여 있었다. 그는 그들을 바라보며 슬픈 애상감에 빠져들었다.

그가 잠시 자신의 감정 속에 빠져 우두커니 서 있을 때, 한 남자가 천천히 그를 스쳐 지나가 지하철 승강장으로 걸어가고 있었다.}}


주안은 종로3가역에 도착해 열차에서 내렸다. 그는 계단을 향해 걸어갔다. 그가 보았던 영상 속에 그는 지하철 계단을 내려와 승강장으로 걸어갔다. 주안은 자신이 또다시 그렇게 걸어가야 한다고 생각했다. 모든 것을 똑같이. 그가 기억하지 못하는 그날의 자신이 그랬던 것처럼 그러나 이번에는 모든 것을 남김없이 기억하며 행해야 할 단 하나의 행동을 주안은 마음속에 여러 번 새겼다.

주안은 계단 안쪽의 벽에 몸을 기대고 눈을 감았다. '이제 가야 할 때야.' 주안은 아주 서서히 자신의 몸을 움직였다. 그의 시선은 정면의 승강장에 고정되었다. 주안은 한걸음씩 천천히 걸음을 옮겼다. 아주 작은 부분 하나까지 기억할 수 있도록. 그는 모든 것이 완벽하게 자신의 기억으로 돌아오길 기다리며 걸어갔다.

주안은 이내 승강장의 노란 안전선 앞까지 도착했다. 그러나 그는 바닥을 향해 시선을 내리지 않았다. 주안은 사람들이 그에게 소리치는 말들을 들었다. 그러나 그 말들은 주안의 귀에 닿기 전에 모두 허공으로 흩어져 버렸다.

주안은 연기처럼 희미한 몸짓으로 승강장 아래로 걸어 내려갔다. 그러곤 가만히 서서 기다렸다. 그를 치고 달려갈 터널 끝의 열차를, 혹은 그를 향해 뛰어올 자신의 아버지를. 주안은 어느 때보다도 맑은 정신으로 이 장소의 풍경 모두를 눈 안에 담았다.

"이번엔 결코 잊어버리지 않을 거예요. 아버지."

{{그는 잠시 남자의 뒷모습에서 익숙한 파동 하나를 기억해 냈다. 그가 언젠가 마음을 사로잡는 음악에 이끌려 바라보았던 기억. 그 기억 속 피아노를 치던 젊은 남자. 그 남자를 바라보며 느꼈던 물살의 파동이 천천히 걷고 있는 남자의 뒷모습에서 느껴졌다.

그는 한걸음 앞으로 나아갔다. 저 사람이 바로 그때의 남자이던가. 그는 놀라운 감정 속에 남자를 바라보았다. 그가 보고 있던 남자는 멈춤 없이 승강장을 향해 나아갔고 망설임 없이 승강장 아래로 걸어 내려갔다. 그는 그 모습을 멍하니 보고 있었다.

이 기억은 누구의 기억일까. 누가 저 사람을 보고 있던 걸까. 이 위험한 기억 안에서 그는 열차가 오고 있음을 알리는 지하철역의 안내 음성을 들었다. 터널 끝의 불빛이 반짝이자 그는 당황했다. '위험해. 열차에 치이고 말 거야.' 그는 순식간에, 그것이 쓸모없는 행동이라는 것을 알면서도, 승강장을 향해 뛰기 시작했다. 그는 승강장 아래의 남자를 향해 빛보다 빠르게 뛰어갔다. 그리고 승강장으로 펄쩍 뛰어 내렸다. 터널 끝에 들어오는 열차가 보였다. 그는 서 있는 남자를 안았다.

기억은 그에게 잡히지 않는다. 그는 그 사실을 너무도 잘 알고 있었다. 기억은 이미 현실의 시간을 지나 이 바다에 도착했다는 것을. 그러나 그는 열차가 들어오는 다급함 속에 남자를 안아 승강장 위로 들어 올렸다. '막아야 해. 이대로는 열차에 치이고 말 거야.' 그는 그런 생각을 하고 있는 자신에게 놀랐지만, 진정 그를 놀라게 한 것은 그가 안아 올린 남자가 정말 승강장위로 올라가는 것을 봤을 때였다.

그가 남자를 아래에서 안아 올리자 승강장 위의 사람들이 남자를 위로 끌어 올렸다. 아슬아슬하게 남자가 승강장 위로 올려지자 곧바로 사람들이 그에게 손을 내밀었다. 그는 당혹스러움과 놀라운 감정을 동시에 느끼며 자신도 모르게 그들을 향해 손을 내밀었다. 중년의 부인이 그의 손을 잡았다.

누군가의 손을 잡는다는 것, 나의 신체가 다른 이의 신체와 맞닿을 수 있다는 것, 그것은 신비로운 경험이었다. 그는 감격스러웠다. 그는 금방이라도 눈물이 날 것만 같았다. 그는 자신을 향해 손을 뻗은 많은 사람들을 바라보았다가 들어오고 있는 열차를 바라보았다. 그는 자신의 손을 잡은 중년 부인의 손을 놓았다. 열차가 그를 가로질러 자신이 멈춰야 할 그 자리에 도착했다.

그는 다시 기억의 바다 속으로 돌아와 있었다. 그는 바다를 헤엄쳐 나와 흰모래사막으로 내려왔다. 그는 한참을 멍하니 서서 아직 감촉이

남아 있는 자신의 두 손을 쳐다보았다.}}

"어떤 일이 벌어지면 좋겠다 싶으면 그저 제 머릿속으로 그려보기만 하면 그만이었습니다. 뭔가를 이루기 위해 굳이 노력할 필요가 없었죠. 생각한 그대로가 현실로 벌어졌으니까요."

주안은 모임에서 정훈이 했던 말을 떠올렸다. 주안은 열차가 들어오는 긴박한 소리에 아찔한 감각을 느끼는 지금 이 순간, 자신이 정훈의 말을 떠올렸다는 사실에 '피식' 웃었다. 꿈을 통제하는 그의 능력, 비록 꿈에서 깨고 나면 모든 것이 다시 처음으로 돌아가더라도, 그것은 경이로 가득 찬 세계일 것이다.

승강장 위의 사람들이 주안에게 소리치며 그를 잡으려고 손을 뻗었다. 주안은 그들의 손에 자신의 몸이 닿지 않도록 철로 위로 한걸음 더 나아가야 했다. 그는 결코 도망칠 생각이 없었으므로, 그는 다시는 자신의 삶에서 도망치기 싫었으므로.

열차의 불빛이 반짝이자 주안은 눈부심에 손으로 눈을 가렸다. 이제 그에겐 찰나의 순간만이 남았을 것이다. 열차의 속도가 이렇게나 빨랐던가에 새삼 놀라며 주안은 자신이 이 철로 위에서 열차를 온몸으로 맞는대도 상관없다고 생각했다.

{{그는 자신이 들어갔던 기억에 대해 떠올렸다. 손에 남은 감촉, 눈에 담긴 영상, 긴박한 소리들이 너무도 생생하게 머릿속을 맴돌았다. 수많은 기억을 헤엄치며, 그보다 더 긴박한 상황들, 더 끔찍한 상황들도 숱하게 보았던 자신이 어째서 남자를 구하러 철로에 뛰어들었을까.

그는 한 장면 한 장면, 그가 포함되었던 그 기억을 머릿속에 찬찬히 그려 보았다. 그리고 어느새 마음 깊숙한 곳에서 밀려오는 그리움의 감정 때문에 울먹이는 자신을 발견했다. 또다시 그 기억 속에 들어가 같은 장면을 보게 된다면 그는 또 한 번 남자를 위해 철로에 뛰어들게 될까.

그 긴박한 기억 속에서 그는 영원히 남자를 구하기 위해 자신이 언제고 철로에 뛰어들 수 있을 거라고 생각하자 문득 머릿속에 생소한 글자들이 떠오르는 것을 느꼈다.

"주안. 세상에 우리 아들."}}

주안이 마지막을 생각하며 눈을 감은 그 순간 주안의 팔에 누군가의 손길이 느껴졌다. 주안은 감은 눈을 번쩍 떴다. 주안은 자신 앞에 서 있는 중년의 남자가 누구인지 한 번에 알아챘다.

"아버지."

주안은 왈칵 솟아오르는 눈물이 슬픔에 의한 것인지 기쁨에 의한 것인지 구분할 수 없었다. 그의 아버지는 다급하고 불안한 표정으로 그의 팔을 잡았다. 그는 주안을 안아서 승강장 위의 사람들에게 올려 주려 하고 있었다. 거센 힘이 주안을 안아 올렸다. 그러나 주안은 이대로 승강장 위로 올라가는 자신을 원하지 않았다.

주안은 자신을 잡은 그의 손을 뿌리치고 그를 껴안았다. 한 번만, 단 한 번만 주안이 그의 아버지를 다시 만날 수 있다면 그가 꼭 해야만 했던 행동. 주안은 그의 품을 파고들어 아주 세게 그를 안았다.

"올라가야 한다, 주안. 시간이 없어! 어서!"

주안의 아버지가 그에게 말했다. 떨리는 목소리, 숨 막히는 불안감 속에 그의 아버지는 자신의 아들을 품에서 떨어뜨리려 안간힘을 썼다.

그러나 주안은 어린 날의 꼬마 주안처럼 작고 약하지 않았다. 그는 이미 아버지의 키를 훌쩍 넘었고 그의 팔은 아버지를 껴안고도 남을 만큼 크고 단단했다.

　　주안은 꼭 껴안은 자신의 아버지를 위로 안아 올렸다. 승강장 위의 사람들이 그의 아버지에게 손을 내밀었다. 중년의 부인이 그를 아이처럼 안아 올리자, 사람들이 너도나도 그의 팔을 잡고 위로 끌어 올렸다. 마침내 주안의 아버지가 승강장 위로 올라가자 주안은 승강장의 사람들을 향해 살짝 웃어 보였다.

　　사람들은 주안에게 다시 손을 뻗었지만 주안은 그 손을 잡지 않았다. 열차가 파도처럼 밀려오고 있었고, 그에게는 이제 찰나의 시간마저 남아 있지 않았다. 열차가 들어와 철로를 헤치고 자신의 길을 내달렸다. 역 안을 찢는 듯한 비명 소리가 공간을 가로지르며 넓게 퍼졌다.

　　승강장 위로 올려진 주안의 아버지는 이 모든 광경을 믿을 수 없다는 듯이 정신 나간 사람처럼 중얼거렸다.


　　"주안, 세상에 우리 아들."


## 8.

　　"나는 내 아버지의 존재에 대한 증명이며, 그들은 내 존재에 대한 증명이다. 인간의 가장 진실된 유언은 '나를 기억해 주세요.'이다. 그래서 이야기는 다시 처음으로 돌아간다. 우리는 모두 기억이기 때문에. 따라서 언어에게 인격을 부여해야 했다면 그것은 반드시 유연하여야만 했다." ― 7월 13일 2시 53분 〈상기자의 자리〉

아직 밖이 어두운 새벽 6시, 연하는 알람 소리에 잠에서 깨 잠시 침대 위에서 밍기적거렸다.

"딱 십 분만 더 자고 싶다. 아니 오 분만."

연하가 자꾸 감기는 눈을 이기지 못하고 다시 이불을 머리끝까지 올려 버린 뒤 얼마 지나지 않아 연하의 방문이 벌컥 열리더니 연하의 어머니가 방으로 들어왔다.

"유연하, 일어나. 6시 10분이다."

엄마와 단둘이 살고 있는 연하는 수업이 없는 금요일을 제외하고는 아침마다 매번 엄마와의 5분 전쟁을 벌이곤 했다.

"엄마, 오 분 뒤에 깨워 줘."

"이미 오 분 지났다. 당장 일어나."

늘 반복되는 대화의 끝에 연하의 어머니는 연하가 덮고 있는 이불을 발끝까지 내려 버렸고 연하는 어쩔 수 없이 침대에서 일어났다. 부천에서 서울로 학교를 다니는 연하는 아침 수업에 들어가기 위해서 일곱 시에 집에서 나와 일곱 시 반에는 1호선 열차에 몸을 실어야 했고, 한 시간을 꼬박 지하철을 타고 달려야만 했다. 그래야 9시 수업에 지각하지 않고 학교에 도착한다는 것을 이미 2년 간의 대학 시절로 여실히 알고 있는 연하는 미적거리는 사이 시계가 6시 20분을 가리키고 있다는 걸 알고는 부랴부랴 학교에 갈 준비를 했다.

"엄마, 나 나갔다 올게."

늦었다고 부지런을 떤 탓에 오히려 일곱 시가 되기 오 분 전에 여유롭게 집을 나선 연하는 아침 공기를 맞으며 가까운 지하철역으로 향했다. 대개 열차는 10분 안에 도착하곤 했기 때문에 연하는 승강장에 놓여 있는 의자에 앉아 이어폰을 끼고 노래를 재생했다. 연하는 음악을 들으면서 고개를 돌려 열차가 도착하는 걸 확인하고 의자에서 일어나 승강장 앞으로 걸어갔다.

　사람들로 가득한 열차의 문이 열리자 연하는 노련하게 사람들 틈을 파고들어 열차에 올랐다. 한 시간이나 달려야 했기 때문에 자리가 있다면 앉아서 가고 싶었지만 아침 지하철은 늘 서 있는 것조차 비좁은 만원열차였다. 연하는 출입문에 몸을 밀착시키고 검은 창에 비치는 자신의 모습을 보며 머리를 매만졌다. 30분을 지하철을 타고 달렸음에도 연하는 자신이 가야 할 역의 반밖에 오지 않았음에 한숨을 쉬었다.

　그때 달리던 열차가 조금씩 속도를 늦추더니 컴컴한 선로 위에 멈춰 버렸다. 그러곤 기관사의 안내 방송이 흘러나왔다.


《선로에서 작은 사고가 일어나 잠시 정차한 뒤 출발하겠습니다. 불편을 드려 죄송합니다.》


　사과의 방송이 흘러나오자 열차 내의 사람들이 술렁거리기 시작했다.

　"열차 사이 간격 확보도 아니고, 사고로 정차?"

　연하 역시 생소한 열차의 안내 방송에 고개를 갸웃했지만 놀라운 마음 이전에 학교에 늦게 도착하게 될까 봐 걱정부터 되기 시작했다. 다행이 열차는 5분 뒤에 다시 움직이기 시작했지만 다음 역에 도착해 출입문을 열어 두고 30분이나 그대로 멈춰 있었다.

　열차에 앉아 기다리던 사람들은 당혹스런 표정으로 시계를 보다 열차에서 내려 버스나 택시를 타기 위해 지하철역을 나갔다. 연하는 사람들이 빠져나간 열차의 빈자리에 앉아 열차가 움직이길 기다리고 있었다.

"설마, 뭐 그렇게 오래 서 있겠어?"

대수롭지 않게 열차가 움직이길 기다리던 연하는 10분이 지나고 20분이 지나면서는 안절부절못하며 짜증을 내기 시작했지만 중간에 내려 봤자 버스를 타면 더 많은 시간이 걸릴 것 같아 일종의 포기 상태가 되어 속수무책으로 자리에 앉아 있었다.

무려 40분이나 연착된 열차는 기관사의 사과 방송과 함께 다시 움직였지만 연하는 자신이 이미 9시 수업에 들어가기엔 너무 늦어 버렸다는 것을 알았다.

"대체 열차가 어떻게 40분 연착이 되지? 이게 말이나 돼?"

학교에 도착하고 나서야 연하는 선로에서 일어난 작은 사고라는 게 누군가 달려오는 열차에 몸을 던져 선로에서 즉사한 사건이라는 것을 알았다. 인터넷 뉴스의 속보란에 지하철 1호선의 연착 사고라는 기사로 사고에 대한 자세한 이야기가 올라왔기 때문이었다.

"지하철 1호선 선로 위로 중년의 남성이 갑자기 뛰어들어 달려오던 열차와 부딪치곤 그 자리에서 즉사했다. 남자의 신원은 아직 밝혀지지 않았다."

그때까지 지하철 연착에 대해 화를 내고 있던 연하의 마음이 거짓말처럼 순식간에 고요해졌다. 이름도 얼굴도 모르는 누군가의 죽음에서 연하는 즉각적으로 떠오르는 한 사람을 생각해 낼 수 있었기 때문이다.

"아빠."

연하의 아버지는 2년 전 상가 집에 가신다고 점심에 집을 나섰었다. 방에서 별것도 아닌 책을 읽는다고 문을 나서는 아버지에게 말로만 인사했던 연하는 그 사실이 맘에 걸려 새벽까지 아빠를 기다렸다.

열두 시에 그녀의 어머니에게 걸려온 아버지의 전화를 대신 받은 연하는 엄마가 보고 싶어서 전화했다는 아빠의 말에 '엄마를 깨울까?' 물었지만 자는 엄마를 깨우지 말라는 아빠의 만류에 그만두었다. 세 시간이면 집에 도착한다는 아버지의 말에 다시 방에서 별것도 아닌 책을 읽고 있던 연하는 새벽 4시에 집으로 걸려온 전화를 황급히 달려가서 받았다.

아버지의 친구 분은 연하에게 아빠가 교통사고가 났다며 병원에 가야 한다고 말했고 놀랄지 모르니 엄마에겐 말하지 말라고 당부했다. 전화를 끊은 연하는 쿵쾅대는 심장에 엄마를 깨우는 대신 곧바로 병원에 전화를 걸었다. 아버지의 이름을 대며 얼마나 다친 거냐고 묻는 연하에게 간호사는 무슨 사이냐고 만 되물었다. '가족이라니까요, 딸이에요!' 소리치자 그제야 간호사는 대답했다. '사망하셨습니다.'

소란스러움에 연하의 어머니가 일어나 거실로 나왔다. 핸드폰을 내려놓지도 못하고 엉엉 울고 있는 연하를 발견한 그녀의 어머니가 깜짝 놀라 연하에게 달려왔다.

"왜 그래, 연하야, 무슨 일이야."

"엄마를 깨울걸, 내가 대신 받지 말걸. 아빠가 엄마 보고 싶다고 전화했는데. 내가 대신 받지 말걸. 전화를 받지 말걸 그랬어, 엄마. 엄마."

연하는 자신이 무슨 말을 하고 있는지도 모른 채 엄마의 손을 잡고 울면서 같은 말을 수없이 되풀이했다.

어떤 방식으로든 죽음과의 대면은 사람을 고요하게 만든다. 연하는 기사 속 중년 남자의 사고 소식에 다시금 아물지 않은 심장 통증을 느꼈다. 조금만 더 일찍 지하철역에 도착했으면 연하가 탔던 열차가 중년 남성을 친 열차가 되었을 수도 있었을 거란 생각에 연하는 코끝이 찡해져 심호흡을 크게 해야만 했다.

기사를 읽으며 대학의 정문을 지나온 연하는 그대로 늦은 수업이라도 들어가려던 마음을 바꿔 교내에 나무가 가득한 산책로 쪽으로 걸음을 옮겼다.

"지금 들어가 봤자 20분밖에 안 남았는데 뭐. 다음 수업은 3신데. 시간이 너무 많이 남았네."

연하는 애써 경쾌하게 말하며 미대 쪽으로 향하는 조용한 숲길을 혼자 걸어 올라갔다. 그 길은 연하가 가끔 혼자 공강 시간을 보내야 할 때면 찾곤 하는 그녀의 산책길이었다. 연하는 아침 공기가 상쾌한 산에 오르는 기분으로 천천히 걸어 미대건물까지 도착했다. 파릇한 초록 잎들을 보며 다시 평온함을 되찾은 연하는 잠시 미대 밖에 있는 벤치에 앉아 마지막 남은 애잔함 심성들을 모래알 쓸 듯 지워 버렸다. 미소 지으며 크게 기지개를 한번 편 뒤 벤치에서 일어난 연하는 무심코 고개를 돌리다 미대 건물에 걸려 있는 현수막을 발견했다.

"회화과 4학년 졸업전시회? 그림들을 전시하고 있는 건가?"

연하는 미대 정문으로 걸어가 유리문 너머로 로비를 한번 들여다본 뒤 미대 안으로 들어갔다. 1층 로비에는 예쁜 액자에 들어가 있는 그림들이 이젤 위에 쭉 세워져 있었다. 선명한 색감들에 기분이 좋아진 연하는 그림들을 하나하나 꼼꼼히 보며 걷기 시작했다. 수업이 아직 끝나지 않아 로비에는 연하 혼자밖에 없었다. 연하는 마치 홀로 미술관에라도 들어온 듯 여유로운 마음으로 그림들을 구경할 수 있었다.

이윽고 절반정도 그림을 구경한 연하가 흰색 네모난 액자틀에 걸린 그림 하나에 걸음을 멈췄다. 붉은 숲과 붉은 바다가 그려진 그림은 환상적인 풍경으로 연하의 마음을 단번에 사로잡았다. 연하는 붉은 나무 위에 달린 보라색 나뭇잎을 놀라운 듯 찬찬히 들여다보았다. 붉은 바다에 홀로 떠 있는 작은 배는 잘 살펴보지 않으면 보이지 않을 것 같았지만 일단 눈에 들어온 뒤에는 도무지 다른 풍경에 눈이 가지 않을 만큼 강렬하게 각인됐다. 유난히 인상 깊은 그림에 연하는 그림을 그린 작가의 이름을 확인했다.

"회화과 4학년. 이 연, 이 그림 정말 좋다. 졸업 작품이 이정도면 이 언니 정말 크게 될 언니네."

연하는 얼굴도 모르는 4학년 미대 언니를 혼자 칭찬하곤 흐뭇하게 웃었다. 연하는 나머지 그림들을 모두 둘러보고 나오는 길에 다시 한번 그 그림 앞에 멈춰서 감탄하는 것을 잊지 않았다. 미대 건물을 나오면서 시계를 본 연하는 이제 수업이 모두 끝났음을 확인하고 신우에게 전화를 했다. 전화를 받자마자 신우는 연하에게 타박부터 했다.

"유연하, 너 왜 수업 안 들어왔어! 또 늦잠 잤어?"

"아니야, 지하철이 연착 되서 못간 거야. 출석체크 했어?"

연하는 9시 수업을 같이 듣는 신우에게 가끔 출석체크를 대신 부탁하곤 했다. 신우는 학교 앞에 살았기 때문에 멀리서 달려오느라 아침 수업에 자주 지각하는 연하와 달리 늘 십 분 전에 강의실에 도착했다.

"너 오늘 운 좋다. 교수님이 출석 안 불렀어."

신우의 말에 홀로 쾌재를 부른 연하는 '싱긋' 웃으며 신우에게 말했다.

"카페로 와. 내가 커피 한 잔 사지."

전화를 끊은 연하는 가벼운 발걸음으로 학교 안에 있는 카페로 향했다. 아침 수업이 끝난 직후라 카페 안에는 학생들이 많았다. 연하는 카페 제일 안쪽 창가 테이블에 가방을 내려놓고 자리를 잡았다.

신우가 도착하면 같이 주문을 하려고 창밖의 학생들을 구경하던 연하는 갑자기 자신의 팔 위로 쏟아지는 뜨거운 커피에 '앗 뜨거' 소리를 지르며 자리에서 일어났다.

옆 테이블에 커피를 내려놓고 앉으려던 여학생이 갑자기 중심을 잃고 휘청거리다 들고 있던 커피를 연하에게 쏟고선 연하보다 더 크게 놀라 소리를 질렀다.

"괜찮으세요! 어떻게, 어떻게! 죄송해요!"

커피를 엎지른 여학생은 연하보다 더 당황해서 몇 장 안 되는 휴지로 연하의 옷을 닦아 주다가 휴지가 한참 모자라자 다급히 목에 두르고 있던 노란색 스카프를 풀어서 커피를 닦기 시작했다. 뜨거운 커피는 연하의 오른쪽 팔을 모두 적셨지만 다행이 연하는 겉옷을 아직 벗지 않았기 때문에 커피물이 팔을 모두 데이게 하지는 않았다.

연하는 겉옷을 벗어 안에 입은 흰 셔츠까지 스며들어 온 커피를 어떨 결에 받아든 노란 스카프로 닦았다. 여학생은 연신 연하의 옆에서 안절부절못하며 '괜찮으세요!' '정말 죄송해요!'를 연발하고 있었다. 연하는 거의 울 것 같은 여학생의 표정에 화도 낼 수 없이 묵묵히 커피만 닦다가 결국 괜찮다고 말해 버렸다.

흰 셔츠는 갈색 커피물이 드문드문 얼룩지듯 들었지만 챙겨온 카디건을 입으면 보이진 않겠다고 생각한 연하는 포기한 듯 여학생에게 미소를 지어 보였다.

"괜찮아요. 안 데였어요. 다행이 아메리카노라 끈적이진 않네요."

연하는 커피를 닦느라 흠뻑 젖은 노란 스카프를 여학생에게 내밀었다.

"다 젖어서 어떡하죠? 목에 매고 있었던 것 같은데."

"괜찮아요. 괜찮아요. 죄송해요. 정말."

젖은 스카프를 받아든 여학생은 여전히 어쩔 줄 몰라 하는 표정으로 연하에게 말했다.

"유연하."

그때 뒤에서 연하의 어깨를 '툭' 건드리며 신우가 말했다.

"어, 왔어?"

연하는 도착한 신우를 돌아보며 여학생에게 마지막으로 괜찮다는 웃음을 지었고 그제야 여학생은 자신의 자리에 가서 앉았다.

"뭐야, 커피를 엎질렀어?"

"어. 아니야. 괜찮아. 뭐 마실래?"

연하는 자리에 앉은 신우를 보며 말했다.

"난 아메리카노. 넌 커피도 안 마시는 게 어쩌다 커피를 뒤집어썼어?"

"그러게, 난 커피도 안 마시는데 하루 종일 커피 향 풍기며 다니게 생겼다. 내가 사 올게, 앉아 있어."

연하는 지갑을 꺼내 주문대로 걸어갔다. 흰 셔츠에 커피 얼룩 가득인 연하를 학생들 몇이 쳐다봤지만 연하는 그런 시선에 개의치 않았다. 그녀는 주문대에서 음료를 주문하고 잠시 그 앞에서 기다렸다 머그컵두 개를 받아가지고 돌아왔다.

"그래, 지하철이 왜 연착됐어?"

연하가 자리에 앉자마자 신우가 의심의 눈초리로 물었다.

"사고가 난 모양이야. 그건 그렇고, 오늘 수업 과제는 없었어?"

선로에서 일어난 사고에 대해 자세히 설명하고 싶지 않았던 연하는 신우의 물음에 간단히 대답하고는 바로 주제를 바꿔 버렸다.

"없었어."

스쳐 지나가는 연하의 어두운 표정을 본 신우는 다분히 의도적인 연하의 화제 전환에도 더 이상의 질문 없이 응답해 주었다.

"다행이네. 안 그래도 다른 수업 리포트 쓸 게 너무 많아."

연하가 뜨거운 차를 조심해서 한 모금 마시며 얘기했다. 그러자 신우 역시 잊고 있던 걱정거리가 생각난 듯이 한숨을 쉬며 말했다.

"나도 많아. 지금 꿈의 해석에 대한 리포트 때문에 며칠 째 죽겠다."

"심리학 수업 리포튼가?"

"응. 맞아."

신우는 그렇게 대답하면서 가방에서 수업 노트를 꺼내 필기한 내용을 뒤적였다.

"꿈을 어떻게 분석하라는 건지. 머리가 아프다."

신우가 펜으로 무언가 끼적이며 말하자 연하가 잠시 생각에 잠기더니 신우에게 말했다.

"내가 어제 재밌는 꿈을 꿨는데, 말하면 심리 분석 해 주는 거야?"

"심리 분석은 무슨, 아직 배우지도 않았어. 그리고 꿈의 해석 리포트는 심리 분석에 대한 리포트도 아니야. 교수님이 내준 과제는 '인간은 왜 꿈을 꾸는가.'에 대한 의견 써 오기라고."

커피를 한 모금 마신 신우가 이어서 얘기했다.

"너, 꿈의 기억이 왜 중요한 줄 알아? 요새 내가 열심히 공부한 바에 따르면 우리는 꿈에서 깨어난 후에도 꿈에서처럼 생각할 줄 알아야 하기 때문이래. 말도 안 되는 이상한 것들을 이어 놓고도 그것을 이상하게 여기지 않는 거. 꿈속에서는 커다란 뱀이 방 안에 나타나도 이상하다고 생각하지 않잖아. 그 뱀이 파란 뚜껑으로 변해도 당황하지 않지. 하지만 그런 일들이 현실에서 그대로 벌어진다면 어떻게 반응할까? 두려움 전에 놀라고 당황하고 이상해 할 거야. 현실에선 뱀이 뚜껑으로 변하는 일 따위 일어나지 않으니까. 그러나 왜, 우리는 그것이 절대로 가능할 리 없다고 생각하는 걸까? 꿈속에서는 너무도 당연하게 받아들일 수 있는 일인데 말이지. 꿈은 무슨 일이 일어나든지 의심하지 않는 세계래. 의심하는 순간 우리는 잠에서 깨 버리고 마니까. 그 점이 꿈꾸는 걸 중요하게 만드는 순간이라나 뭐라나. 우리는 꿈속에서만 제대로 생각하는 방법을 배운대. 아니 배운다기보다 그저 있는 그대로의 생각을 경험하는 거지."

신우가 강의에서 들었던 내용을 죄다 기억해 내기 위해 애쓰며 열정적으로 말했다. 그러곤 스스로 자랑스러운 듯한 표정을 지었다. 연하는 신우의 이야기에 고개를 갸우뚱하며 물었다.

"우리가 꿈에서 깨고도 꿈에서처럼 생각할 줄 알아야 한다는 거야?"

"그래야만 우리 자신을 희생양으로 만들지 않고 구해 줄 수 있으니까. 우리는 늘 가능성을 생각해야만 하고 그 가능성은 언제나 꿈의 방식처럼 생각할 때만 나타난대."

"우리가 왜 희생양이야?"

"현실에 갇혀 있으니까? 그리고 그 현실은 우리가 만들어 낸 것도 아니니까? 원하지도 않았는데 태어날 때부터 갇혀 버리는 우리는 모두가 희생하는 삶을 살고 있대. 현실을 이어 가기 위해 살아가는 우리의 희생. 그 희생으로만 유지될 수 있는 우리의 현실."

"우리가 희생하는 삶을 포기하면 현실은 어떻게 되는데? 그리고 우리는?"

"자유로워진대. 둘 다."

"어떤 자유?"

"위계질서가 무너지는 곳에서 튀어나오는 모든 것들을 그때그때 선택할 수 있는 자유. 매순간 기준을 새로 설정할 자유. 이야기할 자유."

"그런 자유가 우리에게 좋은 거야?"

"그런 자유가 좋은지 나쁜지를 결정하는 것마저 우리들의 자유지. 누군가에게는 좋을 수도 누군가에게는 나쁠 수도 있어. 하지만 좋고 나쁘고를 선택하기 위해선 그전에 먼저 우리에게 그런 자유가 필요한 거야. 봐, 우리의 감각에는 위계질서가 없어. 눈보다 나은 귀는 없고, 귀보다 나은 코는 없지. 시각이나 청각 후각 모두 그저 다른 감각일 뿐, 우위에 서는 감각은 없단 말이야. 마찬가지로 우리의 감정에도 위계질서는 없어. 기쁨과 슬픔, 고통과 환희, 설레임과 외로움 모두는 그저 다른 감정일 뿐, 더 나은 감정이라고 말할 수 있는 게 아니야. 그저 모두 똑같은 감정, 다른 걸 느끼는 감정일 뿐이지만 우리는 감정에게 위계질서를 매기잖아. 슬픔보단 기쁨이 좋고, 고통보단 환희가 좋고, 외로움보단 설레임이 좋지. 무엇을 더 좋아할 수는 있어. 하지만 그전에 우리는 모든 감정을, 시시각각 변하는 감정 모두를 그저 똑같이 경험하고 받아들일 수 있어야한데. 그리고 나서 선택하는 거지. 선택해야할 것이 미리 주어지는 게 아니라. 그런 게 자유래. 모든 사람이 좋아하는 대상이 오직 하나일 뿐이라면 그건 문제가 있는 거래. 모두 다른 걸 좋아할 수 있는 게 자유니까. 그래서 모두가 원하는 게 한가지일수 있는 이 세상은 거짓말처럼 말도 안 돼는 세상이래. 우리는 자유를 박탈당했어. 그래서 우리가 희생양인 거래."

"나는 내가 언제나 자유롭게 생각하고 선택하면서 산다고 생각했는데, 그게 아닌 거야?"

"음, 누가 그랬는진 지금 생각이 안 나는데 어떤 학자가 말하길 그런 걸 소박한 선택이라고 부른대. 이미 제한된 것들 중에서만 가끔씩 선택할 수 있는 것. 그 작은 선택들로 우리는 쉽게 우리가 자유롭다고 착각하게 되지만, 5지선다의 문제에서 답을 하나 선택한다하더라도 남아 있는 문제는 다섯 개의 예시 중엔 처음부터 정답이 없었을 수도 있다는 거잖아. 내가 생각하는 답을 주관식으로 쓸 수 있는 게 자유지, 주어진 예시 중에 하나를 선택하는 게 자유는 아니니까. 소박한 선택의 자유는 오직 다섯 개의 예시만이 존재하는 세상에서 선택을 강요당하는 사람들이 가질 수 있는 최소한의 자유라는 거야."

"그럼 소박한 선택이 아닌 최대한의 자유는 뭔데?"

"주관식으로 쓰는 다양한 답 속에 '답은 원래 없다.'라고 쓸 수 있는 자유도 포함되어 있는 것."

"어려워. 그런 게 정말 가능하다는 거야?"

"몰라, 나도 어려워. 아직 다 안 배웠다고. 하지만 우리가 잠을 자고 꿈을 꾸는 한 가능성은 언제나 열려 있다고 하더라. 꿈은 우리에게 생각하는 법을 가르쳐 주니까. 아주 편하고도 직접적으로 다르게 생각하는 법을. 그래서 우리는 꿈의 기억을 잊으면 안 된대. 우리는 언제나 그런 식으로 생각하려고 노력해야한대. 무엇을 하던지 간에. 꿈은 늘 항상 우리에게 이야기한대. 잊고 있지만 우리가 반드시 깨달아야만 하는 것들에 대해서 말이야. 이 정도면 난 수업을 정말 완전 열심히 들은 것 같은데?"

"그래, 그런 것 같다. 지금 네가 하는 얘길 네가 다 이해하고 말하는 거면 말이야."

　　연하는 그렇게 말하며 신우를 보고 웃었다. 신우는 연신 '암, 다 이
해하고말고.'란 표정을 지었지만 잊기 전에 모두 적어 놔야 한다는 듯이
노트에 글자들을 써 나가기 시작했다.


　　"난 수업 갈 건데 넌 어디가?"

　　시계를 확인하고 12시가 다 되어 가는 걸 본 신우가 말했다.

　　"난 도서관. 난 세 시 수업이거든."

　　"오늘이 공강 시간이 제일 긴 날이었지? 유연하. 점심은 그럼 안 먹어?"

　　"나랑 같이 공강인 딴 친구 찾아보고, 없으면 안 먹지 뭐."

　　"점심 굶겠네. 유연하 친구 없잖아."

　　"너보단 많다. 빨리 가. 너 그러다 수업 늦는다."

　　연하의 말에 신우는 커피 잔을 정리해서 일어나며 말했다.

　　"점심 굶게 되면 수업 끝나고 연락해. 저녁 같이 먹어 줄게."

　　신우의 말에 '피식' 웃어 버린 연하는 신우에게 고개를 끄덕여주었
다. 신우가 카페를 나가자 연하는 가방을 열어 노트와 책을 꺼냈다. 다
음 주까지 써내야 할 리포트는 두 개였고, 두 개다 중간고사 대신 제출
하는 과제였기 때문에 심혈을 기울여 써야 했다. 그래서 연하는 일주일
째 과제로 읽어야 하는 책을 가방이 바뀌어도 꼬박꼬박 챙겨서 학교에
등교하곤 했다. 이미 여러 페이지에 걸쳐 색색깔 포스트잇이 붙어 있는
책을 집중하여 읽어 내려가던 연하는 연필로 책의 한 단락 전체에 밑줄
을 쳤다.

　　"어렵다. 어려워. 대체 무슨 말인지 알게 뭐야. 벌써 일주일째 붙들
고 있는데 이해가 안 가네. 안 되겠다. 도서관에 가자."

연하는 도서관에 가서 관련된 책들을 더 찾아봐야겠다고 생각하고 가방을 챙겨 카페에서 나왔다. 한낮의 교정은 나뭇잎들이 모두 빛으로 반짝이는 듯 눈이 부셨다. 연하는 도서관으로 향하는 길을 걸으며 '날씨 참 좋오타.' 하고 외쳤고, 그 소리에 곁을 지나던 한 무리의 학생들이 연하를 보고 쿡쿡거리며 웃었다. 연하는 그 모습에 '싱긋' 웃으며 유쾌하게 걸음을 옮겼다.

도서관 앞에 도착한 연하는 도서관에 들어가기 전에 물 한 병을 사야겠다고 생각하고 벤치 옆에 있는 자판기 쪽으로 걸어갔다. 좀 전에 카페에서 받은 거스름돈을 주머니에 넣어 두었던 연하는 주머니에 손을 넣어 동전을 두어 번 찰랑거린 후 동전들을 모두 꺼냈다. 자판기 앞에 서서 손바닥 위에 놓인 동전들을 세던 연하는 문득 자판기 옆의 게시판에 붙어 있는 포스터 하나를 발견하곤 시선을 그쪽으로 던졌다.

"이번에 하는 연극인가 보네. 남자주인공이 완전 내 스타일인데."

밝은 조명 한가운데 연령대가 다양해 보이는 사람들 다섯 명이 각기 다른 포즈를 취하고 있는 연극 홍보 포스터 한 가운데 딱 봐도 남자주인공인 것처럼 보이는 배우 한 명이 서 있었다. 연하는 그 남자 배우에게 시선을 거두지 않은 채로 손으로 자판기의 동전 투입구를 찾았다.

동전 여섯 개를 차례로 자판기에 넣은 연하는 흘낏 버튼들의 위치를 확인하곤 생수 버튼을 눌렀다. 허리를 숙여 생수를 꺼내 든 연하는 다시 일어나 연극 포스터를 바라봤다.

"이정훈. 신경정신과 전문의. 직업 좋네."

연하는 신경정신과 전문의라는 주인공의 직업에 호기심이 일어 간략하게 적혀 있는 연극의 줄거리를 읽기 시작했다.

"모든 것을 기억하는 남자. 이정훈. 자신의 병을 고치고 싶어서 들어간 의대에서 뛰어난 기억술로 인해 학부를 최고 성적으로 졸업하고 신경정신과 전문의로 개업한다. 그를 찾아오는 각양각색 환자들에 대한 유쾌한 코믹 처방전. 병을 가진 의사와 병을 고치고 싶은 환자들. 그들의 좌충우돌 명랑 정신병 극복기. 〈고통과 나눔의 모임〉"

포스터 하단에 적힌 줄거리를 모두 읽은 연하는 '재밌겠다.'라고 외치는 동시에 연극을 보러 가야겠다는 생각이 들어 공연시간을 확인했다.

"7시면 수업 끝나고 가면 되겠네. 수 목 금, 3일 공연이라. 오늘이 무슨 요일이지?"

연하는 잠시 헷갈리는 기억 속에서 오늘이 무슨 요일인지 단번에 생각나지 않아 눈을 몇 번 깜박였다.

"월요일. 아침 수업이 있는 날. 그렇지. 그래서 새벽같이 일어난 거지."

요일을 기억해 내기 위해 기억 속을 이리저리 배회하다 문득 아침의 연착된 지하철이 생각난 연하는 떠오른 기억을 떨쳐내려는 듯 고개를 흔들었다. 연하는 공연이 열리는 장소를 한 번 더 확인한 뒤 몸을 돌려 도서관 정문으로 연결되는 계단을 올라갔다.

출입문 앞에서 학생증을 찾느라 지갑을 뒤적이던 연하는 귀찮은 마음에 먼저 들어간 학생의 뒤를 따라 그냥 출입문을 통과해 버렸다. 그러곤 도서관에 들어와 곧바로 검색대에서 책들을 쭉 검색하고는 필요한 책 세 권을 서가에서 찾아와 기다란 책상의 끝머리에 가 앉았다.

찾아온 책 세 권에 가방에서 꺼낸 책 한 권까지 총 네 권의 책을 모두 펼쳐놓고 한꺼번에 읽기 시작한 연하는 한동안 책들에 고개를 파묻고선 시간 가는 줄 모르고 글자들을 읽어 내려갔다. 한참을 흰 종이에 검은 글씨만 보느라 머리가 어질해질 하던 연하는 자신의 옆자리에 누군가 자리를 잡고 앉는 기척을 느끼곤 널찍이 펼쳐놓은 책들을 자기 쪽으로 끌어왔다.

옆자리에 앉은 누군가가 내려놓은 여섯 권의 책 제목을 곁눈질로 흘끔 바라본 연하는 온통 감각에 관한 책 제목을 보곤 고개를 돌려 옆 사람을 확인했다. 갈색 곱슬머리의 예쁘장한 웃음을 지으며 연하를 보고 있는 남학생을 보곤 연하도 따라 웃으며 말했다.

"다운이구나. 난 또 누군가 했네. 자리도 많은데 왜 하필 여기 앉나 싶어서."

"왜, 누가 너한테 관심 있어서 옆에 앉은 줄 알고?"

"그래, 그랬다. 나 짝사랑하는 남자애가 나한테 말 걸려고 옆에 앉은 줄 알았다 왜."

연하의 말에 다운이 장난스럽게 웃으면서 가방에서 노트와 필기구를 꺼내 펼치며 말했다.

"근데 난 줄 어떻게 알았어?"

"책 보고, 감각에 관련된 책을 쭉 빌려온 거 보니 나랑 같은 수업 듣는 앤가 싶어 봤다. 너도 아직 못 썼구나? 리포트?"

"당연히 못 썼지. 반에 반도 못 썼다."

다운이 펼친 노트에 적어 놓은 자신의 글을 보면서 한숨 쉬며 말했다.

"그래도 넌 쓰긴 썼네. 난 한글자도 못 썼어. 네 것 좀 한번 봐도 돼?"

다운이 대답하기도 전에 다운의 노트를 뺏듯이 든 연하는 다운이 써 내려간 메모들을 빠르게 읽어 내려가기 시작했다.


|촉각 : 나무와 돌, 벽과 시멘트. 인간이 만든 모든 것과 세계를 이

루는 모든 물질 속에 그녀는 살아 있는 생생함으로 그들을 느낀다. 딱딱함과 축촉함, 거침과 부드러움, 말랑함과 물컹거림, 맨들맨들함과 폭신함. 그들이 지닌 생명의 움직임을 손으로 이어 가는 그녀는 아찔한 예민함으로 그들의 존재를 증명해 간다. 칼에 베이는 아픔, 불에 데는 뜨거움, 얼어 버릴 것 같은 차가움, 신체가 떨어져 가는 고통 속에도 그녀는 주저함 없이 세상에게 자신의 몸을 던지고 모래알처럼 부서져 간다. 누구보다 타인을 위해 영위해 나가는 삶. 나를 희생해야 얻을 수 있는 세상의 가치. 물질의 파닥이는 생명 속에 촉각을 곤두세우는 그녀는 이 세계에서 제일 먼저 사라져야 할, 혹은 구원받아야할 감각. 세상은 오직 그녀에게서만 토막 나지 않고 이어지는 그들의 삶을 보장받는다. 감히, 만져지는 모든 것.

**청각** : 세상을 이루는 수많은 소리, 소리 위에 소리가 덮어지고 소리 안에 소리가 끼어들며 파란이 되어가는 파동이 자신만의 자리를 만들어 가는 세계에서 청각만큼 놀라운 감각이란 우리에게 존재하지 않는다. 그는 연약하며 감미롭고 예민하며 부드럽다. 그는 감정과의 직접적인 연결선을 가지고 있어, 때론 말보다 빠르게 손보다 여리게 삶의 아픈 마음을 감싸 안는다. 그는 들리는 즉시 진행되는 감정의 파도 속에 자신을 남김없이 풀어놓는다. 노래 하나에서 시작되는 수많은 옛이야기. 노래하나에 무너지는 수많은 사람들. 부러질 듯 약한 것은 우리가 아니라 들려지는 소리 전체이며, 따라서 청각의 심상을 부르짖는 그, 오직 하나의 존재다. 그는 정처 없이 세상을 떠돌 것이며 바람에 휩쓸리고 구름에 짓이겨 끝내는 무너져 버릴 것이다. 우리가 그를 담아 간직하지 않는다면 세상에 존재할 수도 없는 그는, 이 세계의 모든 소리, 숨 막힐

듯 아름답게 번져 가는 선율.

시각 : 세계에서 가장 잔인한 것, 또한 가장 위험한 것, 그것은 보이는 모든 것이기에. 눈감으면 사라질까 달려가면 도망칠까 애써 봐도 몸부림 쳐 봐도 그녀의 두 눈 가득 담긴 이 세계는 한없이 아프고 날카로운 것들로 넘쳐난다. 눈이 따가워 한쪽 눈을 찡긋하면 흐르는 눈물. 차마 거부할 수도 없는 시선으로의 삶. 할 수만 있다면 존재하지 않았을지 모르는 슬픈 감각. 그녀는 아름다운 세상을 꿈꿨으나 그것은 한낱 하룻밤 꿈일 수밖에 없었던 좌절된 소망. 잘못은 상처로 얼룩진 그녀의 잘린 몸이 아닌, 그 자체로 베이는 세상. 이 세계의 잔인한 존재 방식일 뿐이다. 우리, 모든 보이는 것들에게 바치는 헌사.

후각 : 오래된 종이에 묻어나는 향기, 공간에 웅크려 있는 탁한 공기의 냄새, 매번 달라지는 인간의 신비한 체취. 그녀는 설명할 수 없는 향기들에 이끌려, 세상의 숨겨진 안쪽 면을 따라 걸어간다. 그녀는 자신감 넘치는 용기이며, 오직 세상에 충실한 고된 영혼으로, 한순간 스쳐가는 바람의 향기조차 그대로 지나가게 두지 못한다. 향기들에게 웃음 지으며 그들의 가능성을 말하는 그녀는 마술 같은 향기의 목록들을 알고 있다. 그녀의 영혼은 세상 누구보다 다채로운 향기로 뒤덮여 있으며, 피하지 않고, 도망치지 않는 그녀는 도처에 퍼져 있는 향기에게 작은 인사를 건넨다. 너는 아름다우며, 너는 그래서 빛나는 존재라고 그녀가 말해준 향기들이 우리의 주변 곳곳을 헤엄치듯 돌아다니며 우리를 붙잡는다. 차마, 널 놓을 수 없다는 듯이.}

"감각에게 인격을 부여하셨네."

흥미롭게 메모를 읽은 연하가 재밌다는 표정을 지으며 노트를 다운에게 되돌려 줬다.

"그냥 그런 생각이 들었어. 감각이 살아서 움직일 것만 같은. 나이도 있고, 이름도 있고 말이야."

"감각에게 이름이 있다. 어떤 이름?"

"우리 이름처럼. 유연하와 신다운처럼. 이를테면, 음. 청각은 주안? 촉각은 희조? 어때?"

"막 갖다 붙이는구나? 시각은 그럼 소와! 난 참 그 이름 좋더라."

"후각은 세연이 어때? 미각은 세연이 친구 이수. 난 나중에 내 딸 이름을 꼭 이수라고 짓고 싶었어. 신이수. 예쁘지 않니?"

"난 세연이가 더 예쁜데? 이수 친구 세연이. 후각과 미각은 언제나 친구지. 걔네는 떨어질 수가 없어."

연하는 무심결에 자신이 벌써 후각과 미각을 사람처럼 얘기했다는 사실에 피식 웃었다.

"이야기로 만들면 재밌겠다. 감각들이 세상을 살아가는 이야기 어때? 소설의 소재가 되기엔 더할 나위 없는 것 같은데?"

그렇게 말한 연하가 눈망울을 이리저리 굴리며 생각하는 척 하자 다운은 연하의 어깨를 격려하듯 두드리면서 대답했다.

"너의 첫 소설이 되기에 더할 나위 없는 것 같다. 써 보시려고?"

"음, 일단 이 리포트들 좀 다 쓰고 한가해졌을 때, 그때도 만약에 쓰고 싶어진다면?"

"리포트 쓸 게 많아?"

"이거랑 철학수업 과제. 니체강론 과제는 책 한 권을 통째로 다 읽고 감상문 쓰기라고."

"무슨 책을 읽어야 하는데?"

"이 책.《비극의 탄생》. 지금 딴 거 하나도 못하고 이것만 붙들고
있다."

연하는 읽고 있던 책의 표지를 다운에게 보여 주며 죽겠다는 듯이
말했고 다운은 이해한다는 듯이 고개를 끄덕여 주었다.

"철학수업이 더 급한가 보네. 이거 먼저 하는 걸 보면?"

"응, 비극의 탄생은 이번 주까지 써 내야 하는 거고, 감각에 대한 리
포트는 다음 주잖아. 이거 다 쓰고 써야지."

"오늘 수업 들어가면 교수님이 물어 볼 텐데. 어쩌려고."

"최진욱 교수님. 기한은 다음 주라고 하고선 왜 매주 리포트 진척
사항을 묻는지, 정말 스트레스 받게. 몰라. 오늘은 그냥 어떻게 잘 넘겨
보려고."

연하는 나도 모르겠다는 듯이 손을 휘이 저었다. 다운은 그런 연하
를 보고 어깨를 한번 으쓱 한 뒤 책상에 쌓아둔 책들을 펼쳐서 읽기 시
작했고 연하 역시 다시 책을 향해 고개를 파묻었다.

두 시간을 꼬박 과제에 열을 올리던 그들은 수업에 들어가야 할 시
간이 다 되어 감을 확인하곤 책들을 챙겨 나란히 도서관을 나왔다. 시시
콜콜한 대화를 나누며 도서관 옆으로 나 있는 언덕길을 오르던 다운이
갑자기 생각났다는 듯이 연하에게 말했다.

"근데 너 점심은 먹었어?"

"아니."

"밥은 먹고 과제를 해야지. 근데 하긴 나도 안 먹었다. 수업 끝나고
우리 잘 가는 식당. 거기 가서 저녁이나 먹자."

"그래, 신우도 불러서 같이 먹자. 도서관 오기 전에 만났었거든."

고개를 끄덕인 다운과 연하는 금세 단과대 건물에 도착했다. 건물 안에 들어와서도 강의실 호수를 헷갈려 헤매는 연하를 뒤에서 보고 있던 다운이 쯧쯧 거리며 연하의 팔을 잡아 당겼다.

"아직도 강의실을 못 외우면 어쩌냐. 두 달 째 수업을 듣고 있는데."

다운의 타박을 시끄럽다는 듯 흘려들은 연하는 강의실에 들어와 뒷자리에 가방을 내려놓은 다운을 두고 강의실 곳곳을 걸어 다녔다. 그런 연하 곁에 다운이 걸어와 귀에 대고 속삭이듯 물었다.

"누구 찾니?"

"아니야."

흠칫 놀란 연하가 빠르게 대답하고 다운을 스쳐 지나가 뒷자리로 돌아갔다. 그러나 다운은 연하의 뒤를 졸졸 쫓아오며 다시 물었다.

"정우 선배?"

"아니라니까."

"저기 맨 앞에 앉아 있잖아."

다운의 말에 반사적으로 앞자리를 향해 고개를 든 연하는 아차 싶은 마음에 아무렇지도 않은 듯이 창문 쪽으로 시선을 던졌다. 그런 연하를 팔꿈치로 톡톡 치면서 다운이 짓궂게 말했다.

"솔직히 말해 봐. 너 정우 형 짝사랑하지?"

"야, 아니라니까."

연하가 발끈하며 말했지만 다운은 여전히 장난스럽게 웃으며 연하를 놀려 댔다.

"넌 너무 쉬워. 유연하. 얼굴에 다 나타나."

연하가 다운에게 뭔가 항의하듯 말하려던 그때 강의실의 문이 열리며 최진욱 교수가 들어왔기 때문에 연하와 다운은 입을 다물고 자리에 앉아야 했다. 책상 위에 재킷을 벗어 내려놓고 가방에서 수업 자료들을 꺼낸 최진욱 교수는 앞자리에 앉은 학생들에게 프린트물을 뒤쪽 학생들에게 나눠 주라고 지시했다.

맨 앞자리에 앉아있던 정우가 프린트물을 옆자리 학생들에게 나눠준 뒤 뒤쪽으로 몸을 돌려 뒤로 넘겨 주었다. 몸을 돌린 정우를 보자 연하는 자기도 모르게 배시시 웃으며 정우에게 인사했지만 정우는 연하를 보지 못하고 다시 자세를 고쳐 앉았다. 그 모습을 본 다운이 '쿡' 웃었지만 연하는 다운을 쳐다보지도 않고 앞에서 넘어 온 프린트물을 받아 다운 앞으로 던져 버렸다. 그사이 교단 위로 올라온 최진욱 교수가 학생들을 한번 쭉 둘러본 뒤 입을 열었다.

"감각에 대한 리포트는 잘 쓰고 있어요? 그거 중간고사 대체 리포트인거 알고 있죠? 학점 때문이 아니라도 그 리포트는 이 수업의 절반을 차지할 만큼 중요한 거예요."

최진욱 교수가 리포트에 대해 이야기하자 연하는 교수님과 눈을 마주치지 않기 위해 고개를 숙여 프린트 물을 읽는 척했다. 눈이 마주치면 교수님이 리포트의 진척에 대해 물어 올 것이 뻔했기 때문이다. 연하와 같은 맘으로 다급히 고개를 숙인 다수의 학생들을 '흐음' 하고 바라본 최진욱 교수가 이어서 말을 했다.

"왜 우리는 감각에 대해 공부해야만 할까요. 사실 그건 너무나도 익숙한 삶의 한부분이라 그저 우리의 일상 자체인데도 말이죠. 하지만 우리가 의식의 흐름을 정확히 짚어 나가기 위해선 제일 먼저 우리가 무엇을 듣고 무엇을 보고 무엇을 느끼는지 감각에 대한 예민한 지각이 필요합니다. 감각은 기억이 되고 기억은 우리의 의식으로 들어와 얽히고

설키죠. 그리고 그 기억들의 합에서 낯설고 이질적인 생각이 튀어나올 때, 우리는 그 당혹스러운 맞닥뜨림에서 언제는 새로운 유형의 삶을 발견하게 됩니다. 느낄 것, 마주칠 것, 섞일 것. 그런 다음 발생하는 새로운 생각들과 낯선 감정에 집중할 것. 그게 우리가 지난 반 학기 동안 공부하고 있는 주제의 핵심입니다. 나눠 준 프린트 보세요. 제가 좀 읽겠습니다."

최진욱 교수는 학생들에게 나눠 준 것과 똑같은, 하지만 여기저기 펜으로 필기해 놓은 흔적이 역력한 자신의 프린트 물을 손에 든 뒤 한 단락의 글을 통째로 읽기 시작했다.

"데리다는 '의미가 되기 위해서 의미는 말해지기를 혹은 글로 써지기를 기다려야 한다.'라고 말했습니다. 이야기란 의미를 만드는 구조, 질서를 만드는 구조 그리고 역사를 만드는 유일한 구조이기 때문이죠. 증오가 증오일 수 있으려면 혹은 죄가 죄일 수 있으려면 악이 악일 수 있으려면, 그것들은 자신의 이야기를 가져야 합니다. 그것이 증오일 수 있는 이야기, 그것이 증오라고 불린 처음의 이야기, 증오의 기원. 그것은 이야기로만 존재하며 또 증명 되죠. 이야기가 없다면 그 어떤 것도 그 어떤 것으로 채워질 수도 불려질 수도 없습니다. 빈 공간을 채우는 것이 이야기예요. 우리가 생각하는 그것이, 바로 그것이 아닐 수도 있었음을 말해 주는 것이 이야기이며 우리가 생각하는 그것이 다른 그것이 될 수 있다고 말해 주는 것도 이야기입니다. 세상의 시작과 끝이 모두 이야기에서부터 비롯된다는 말은 이야기가 바로 생성의 가장 확고한 은유이기 때문입니다. 지금까지와는 다른 인류의 역사는 새로운 이야기 속에서 발생합니다. 새로운 의미, 새로운 상징, 새로운 기원이 아직 도래하지 않은 어떤 이야기 속에서 자신들이 호명될 때를 기다리고 있는 거죠."

　최진욱 교수는 거기까지 말하고 뒤를 돌아 칠판에 새로운 의미, 이야기, 기억, 그리고 꿈이라는 글자를 널찍이 떨어뜨려 적었다. 그러고 나서 이야기라고 적어 논 글자 위에 두어 번 동그라미를 친 그는 다시 학생들 쪽으로 몸을 돌려 말했다.

　"그리고 여기서 말하는 이야기란, 가장 쉽게는 꿈꾸는 방식으로 우리에게 나타납니다. 이야기의 재료는 결국 우리의 기억이고 따라서 기억의 세계는 결국 이야기 생성의 공간이 됩니다. 그러나 우리의 기억이 그저 사건의 순서와 일상의 순간들만을 담은 것이 아니기 위해서는 기억은 자유자제로 섞여야하고 재배치되어야만 하죠. 여기서 우리는 다시 처음의 설명으로 되돌아가는 겁니다. 감각은 기억이 되고 기억은 이야기의 재료가 되죠. 그리고 그 재료들은 우리가 인지할 수 있는 방법이 아닌 다른 방식으로 전체 속으로 얽혀 들어가 새로운 이야기로 탄생합니다. 우리의 꿈이 정확히 이야기를 만들어 내는 구조를 가지고 있는데요. 꿈은 놀라운 방식으로 기억을 섞어 낯선 환상으로 우리가 잠을 자는 동안 우리에게 인식되죠. 잠에서 깨고 나면 꿈은 너무도 기이한 이야기지만 꿈꾸고 있는 동안에는 우리는 꿈을 이상하다고 여기지 않죠. 우리가 꿈을 이상하다고 여기지 않는 한에서만 꿈은 계속됩니다. 꿈속의 이야기는 계속해서 이어지죠. 그리고 잠에서 깬 순간 우리는 알게 됩니다. 우리의 이상한 꿈이 결국 우리의 기억 파편으로 이루어진 상상적 이야기라는 것을 말입니다. 마구잡이로 섞인 기억들이 놀라운 꿈의 이야기를 만들어 냅니다. 그리고 우리는 잠에서 깬 후에도 그런 식으로 놀라운 이야기들을 만들어 낼 수 있어야 하는 겁니다. 창조와 생성은 비단 예술가들에게만 주어진 책무가 아닙니다. 인간이라면 누구나 창조와 생성을 해 내야만 하는 책임과 능력이 있기 때문이죠. 새로운 이야기가 발생하는 그 과정을 우리는 어둠 속에서 한줄기 빛이 튀어나오는 이미지로 설명할 수 있을 겁니다. 어두운 기억의 모음 속에서 기억과는 전혀 새로운 빛 같은 이야기의 출현. 우리는 그 모습을 상상하고 늘 그것에 대해 얘기할 수 있어야 합니다."

최진욱 교수의 말을 고개 숙인 채 잠자코 듣고 있던 연하가 옆자리의 다운을 쿡쿡 찔러 작게 얘기했다.

"12시 심리학 수업, 최진욱 교수가 해?"

연하의 조용한 질문에 다운 역시 목소리를 낮춰 대답했다.

"어. 심리학 끝나고 이 수업이 바로 연강이야, 교수님. 왜?"

다운이 대답하자 그제야 이해가 간다는 듯이 고개를 끄덕이며 연하가 말했다.

"이신우가 펼친 강의가 최진욱 교수님한테서 나온 거였군."

"신우가 뭐라 그랬어? 걔가 이 수업 튕겨가지고 심리학 넣은 거잖아. 같은 교수님이니까 강의가 비슷할 거라면서."

"그래 맞다. 현명했네, 이신우."

연하는 낮에 카페에서 만나 신우가 열변을 토하며 말했던 이야기를 떠올리며, 심리학 수업이 어떻게 진행되고 있는지 알겠다는 듯한 표정을 지었다.

"자, 새로운 의미와 새로운 상징을 만들어 낼 새로운 이야기를 말할 존재가 우리라고 한다면, 우리는 생성의 목적을 가진 존재로서 새로운 이름을 가질 수 있을 겁니다. 인간이라는 이름 속에는 너무 다양한 의미들이 축약되어 있기 때문에 생성하는 인간에게는 새로운 이름이 붙여져야 합니다. 노동하는 인간을 노동자라고 부르죠? 철학하는 인간을 철학자라고 부르고, 예술을 하는 인간을 예술가라고 불러요. 그건 행위에 붙여진 이름으로 그 행위를 하고 있는 인간을 구분하는 말이죠. 아무리 예술가라도 하루 종일 예술만 하진 않고 아무리 노동자라도 하루 종일 노동만 하진 않으니까요. 우리는 행위할 때의 인간을 그 행위의 이름으로 부릅니다. 그럼 우리가 예술도 철학도 노동도 아닌 차원에서 새로운 이야기를 만들어 내고 있을 때 우리는 뭐라고 불러야 할까요. 우리가 지금 말하고 있는 이야기는 비단 글로 써지거나 말로 얘기하는 차원만을 말하는 것이 아닙니다. 새로운 것을 만들어 내는 것, 의미나 표현 모든 차원에서의 생성을 의미하는 겁니다. 따라서 우리가 새로운 이야기를 만들어 내고 있다고 하더라도 그것을 반드시 글로 쓸 필요도 없고 말로 할 필요도 없죠. 그저 삶을 살아가는 것만으로도 우리는 새로운 이야기를 만들 수 있어요. 그렇기 때문에 이 일은 언제나 혼동될 수 있습니다. 그저 주어진 대로 삶을 살아가는 것과 무언가를 끊임없이 생성하면서 살아가는 것 모두 그저 살아간다는 것으로 똑같아 보일 수 있기 때문이죠. 그래서 우리에겐 생성하고 있는 우리를 지칭할 말이 필요합니다. 그저 편의상 붙여진 이름이라고 할지라도 말이죠. 하지만 세상 모든 이름은 편의상 붙여지는 말이랍니다."

편의상 붙여지는 이름? 연하는 최진욱 교수의 이야기 속에 자신이 부르고 있는 세상의 모든 이름들과 그 대상에 대해 생각했다. 어쩌면 유연하도 편의상 붙여진 이름일 뿐 나와의 연관성은 없을 수도 있는 걸까. 연하는 자신이 유연하라고 불리지 않았더라면 다른 어떤 말로 불릴 수 있었을까를 곰곰이 생각했다.

"우리는 '주크'라고 부르면 어떨까요? 지칭할 단어는 있어야 하니까. 다른 무엇과도 혼동되지 않을 말로 말이죠. 주크, 굉장히 낯설지 않나요. 단어가 주는 느낌. 이국적이죠? 글자로 적어도 그 이미지에 있어서는 다른 어떤 것과도 겹치지 않을 만큼 이질적이에요. 그런 게 중요한 거죠. 다른 것을 떠올릴 수없는 새로운 이미지. 그게 필요하니까요. 그래서 우린 지금부터 이번 학기 수업이 끝날 때까지 '생성하는 인간'을 '주크'라고 부를 겁니다. 주크, 그게 뭘까요. 그건 장소이지 않은 세계로서의 우리를 뜻합니다. 공간에 사로잡히지 않는 어떤 실재적 세계. 떠올리기 쉽지 않아요. 현실 속에서 우리의 모든 것은 공간으로 위치하니까. 군이 표현하자면 흐르는 물과 같은 거예요. 하지만 꼭 정확히 흐르고 있는 물 자체인 것도 아니죠. 이런 은유를 들어보면 어떨까요? 우리가 배 한 척에 몸을 싣고 모두 흘러가고 있어요. 우리는 앞으로 흐르고 있지만 우리 앞엔 아무것도 없는 겁니다. 우리가 흘러간 궤적만이 우리 뒤로 펼쳐질 뿐. 우리는 처음, 혹은 시작이 되어 흐르는 물의 맨 앞을 떠내려가고 있는 거죠. 바로 그때 흐르는 물도 그 위의 배도 아닌 처음을 가로지르는 우리가 바로 주크입니다. 주크는 언제나 그 순간에만 존재하며, 뒤돌아보지 않고 앞으로만 펼쳐지는 세계입니다. 그런 세계가 존재한다는 것과 우리가 그 세계를 어떤 식으로든 생각해 내고 인지해야 한다는 사실만이 중요하죠. 주크에겐 말입니다. 우리가 생성하는 인간인 주크가 될 때, 우리는 인간적 차원을 넘어 하나하나의 개별적인 세계가 되는 겁니다."

최진욱 교수는 눈을 반짝이며 말했고 연하는 그의 열성적인 강의에 자기도 모르게 최진욱 교수의 눈을 똑바로 쳐다보고 있었다.

"유연하, 주크라는 단어에 대해 어떻게 생각하나? 어울리는 것 같아?"

최진욱 교수가 느닷없이 연하에게 질문을 던지는 바람에 연하는 '네?' 하고 과도하게 커다란 목소리로 대답해 버렸고 그 바람에 강의실의 학생들 모두가 연하를 뒤돌아봤다. 맨 앞자리에 앉은 정우 역시 연하를 뒤돌아보았기 때문에 연하의 얼굴은 금세 빨갛게 달아올랐다.

"네, 네. 교수님. 잘 어울리는 것 같습니다."

"뭐가 잘 어울리는 것 같나?"

"네?"

엉겁결에 답해 버린 연하는 최진욱 교수의 연속되는 질문에 또다시 한없이 당황한 '네?'라는 대답을 너무 크게 뱉어 버렸기 때문에 강의실의 학생들은 그런 연하를 보고 웃음을 터뜨렸다.

"그러니까, 생성하는 인간을 지칭할 말로, 주크라는 단어가 잘 어울리는 것 같습니다. 어쨌든 주크라는 말에서는 단번에 인간이 떠오르진 않으니까. 그저 일상을 살아가는 우리와 뭔가를 만들어 낼 때의 우리를 구분할 순 있을 것 같아요. 이제부터 우리가 그렇게 부르기로 약속한다면 말이죠."

학생들의 웃음에 빈정이 상한 연하는 마음을 가다듬고 또박또박 대답했다. 그런 연하를 보고 약간의 장난 섞인 웃음을 짓고 있던 최진욱 교수가 말했다.

"고개를 푹 숙이고 있기에 딴생각하는 줄 알았더니, 수업을 듣고 있긴 했네. 유연하. 연하의 말대로, 그렇게 부르기로 약속한다면 우리는 새로운 단어를 쓸 준비가 된 거죠. 구분하기 위해 만든 말이기 때문에 단어와 그 대상 간에는 어떤 연관성도 없을지 모르지만 우리가 어떤 대상이나, 어떤 행위나, 어떤 장소를 정해진 하나의 단어로 부르기로 약속했다면, 그 약속을 기억하고 있는 사람들 사이에선 이제 그 단어가 대상과 행위를 대체하는 말이 됩니다. 이번 수업이 끝날 때까지 우리는 주크라고 부르기로 약속을 정합시다. 그래서 마지막 강의에는 주크라고 말했을 때, 단번에 여러분 자신이 생각날 수 있도록, 여러분 자신을 주 크로 만들어 보도록 하세요. 주크가 뭐라고 했지 연하야?"

"네? 아, 생성하는 인간이요. 뭐가 되었든 새로운 의미를 만들어 내 는 행위를 하고 있을 때의 인간이요."

"좋아요. 리포트는 열심히 쓰고 있지? 유연하?"

"아. 네."

연하는 기어들어 가는 목소리로 대답했고 최진욱 교수는 그런 연 하를 보고 '빙긋' 웃은 뒤 강의를 계속했다.

"최진욱 교수가 너 놀리는 거 재밌다 보다."

다운이 그때까지도 긴장해서 정자세로 뻣뻣하게 앉아 있는 연하의 귀에 대고 말했다.

"고개를 끝까지 숙이고 있었어야 하는데, 잠깐 방심해서 눈이 마주 쳤어. 이런."

연하는 한숨 쉬듯 말하며 어깨를 툭 하고 밑으로 떨궜다.

"자 그럼, 다음 수업 시간에 봅시다."

세 시간에 걸친 수업이 끝나고 6시가 거의 다 되어가자 최진욱 교 수가 교탁 위의 자료들을 정리하며 말했다. 힘든 표정이 가득한 연하가 자신의 허리를 두드리며 기지개를 폈다.

"교수도 체력이 돼야 하는 거야. 그치? 너무 배고파."

"신우한테 전화해 봐. 밥 먹으러 가자."

하나둘 강의실을 빠져나가는 학생들 사이로 다운이 가방을 챙겨 일어나며 말했다.

"네가 해. 난 전화할 힘도 없다."

"그래? 정우 형 강의실 나간다. 연하야."

책상에 엎드려 있던 연하가 다운의 말에 벌떡 일어나 강의실 문 쪽을 바라봤다.

"힘이 없긴 뭐가 없어. 유연하. 벌떡벌떡 잘만 일어나네. 빨리 가방 챙겨. 너 정우 형한테 인사하는 게 낙이잖아. 진짜 나갔다니까?"

그렇게 말하고 혼자 강의실을 걸어 나가는 다운을 어이없다는 듯이 쳐다본 연하는 화끈거리는 얼굴에 손바닥을 가져다 대며 대충 가방을 챙겨 강의실을 나왔다. 복도에 나오자마자 창가 쪽으로 뛰어간 연하는 정우를 찾으려 밖을 두리번거렸다. 수업이 끝나 모두 건물 밖으로 나온 많은 학생들 사이로 계단을 올라가는 정우의 뒷모습을 발견하자 연하는 금세 얼굴 가득 환한 웃음을 지었다.

조금 전의 화끈거림을 모두 잊은 듯 해맑은 표정이 된 연하는 가벼운 발걸음으로 뛰어서 건물을 빠져나갔다. 계단을 오르는 정우를 앞질러 먼저 건물 밖으로 나온 연하가 잠시 숨을 고른 뒤 이제 막 계단을 올라 연하 쪽으로 걸어오는 정우에게 다가가 예쁘게 인사했다.

"정우 선배님."

자신을 부르는 소리에 정우가 고개를 돌려 연하 쪽을 쳐다봤다.

"어, 연하야. 너 아까 대답 잘하더라. 또박또박."

정우가 연하를 보고 친근하게 말하자, 연하가 더욱 환히 웃어 보이며 대답했다.

"아니에요. 갑자기 교수님이 질문을 해 가지고요. 너무 당황하는 바람에."

자연스럽게 애교 섞인 말투가 나온 연하가 '어' 하고 정우의 재킷 위에 붙은 실오라기를 떼어 주었다.

"이거, 실!"

떼어 낸 실을 정우에게 들어 보이며 연하가 귀엽게 웃자 정우도 연하를 따라 웃어 보였다. 그런 연하 곁에 다가와 두 발자국 뒤에서 그들을 지켜보던 다운이 더 이상은 못 보겠다는 듯이 '참나' 하며 성큼성큼 다가와 대화에 끼어들었다.

"형, 안녕하세요. 수업 끝났는데 어디 가세요? 저녁 안 드세요?"

갑자기 둘 사이를 파고든 다운을 연하가 흘겨보는 사이 정우가 그런 연하와 다운을 번갈아 한번씩 보곤 웃으며 말했다.

"어, 먹어야지. 난 약속이 있어서. 너네도 저녁 맛있는 거 먹고. 다음 수업에서 보자."

다운의 등을 톡톡 치고 그들을 지나 걸어가는 정우의 뒷모습을 보자 연하의 얼굴에 금세 실망한 기색이 역력해졌다.

"난 최선을 다했다. 저녁 같이 먹자고 까지 했어."

다운이 어깨를 으쓱하며 말했다. 연하는 그런 다운에게 대꾸도 없이 뒤돌아서 신우에게 전화를 걸었다.

"정문 앞에서 보기로 했어. 가자."

신우와의 짧은 통화를 끝낸 연하가 다운에게 말했고 연하와 다운은 노을 지는 학교 언덕을 나란히 걸어 내려갔다. 수업이 모두 끝난 시간이라 학생들 대부분이 연하와 다운과 함께 정문 쪽으로 걸음을 옮겼다. 정문 앞에는 무리지어 누군가를 기다리는 학생들이 가득했다. 그 속에서 먼저 도착해 연하와 다운을 기다리던 신우가 그들을 발견하고 팔을 높이 치켜들었다.

"여기야. 너희 수업 같이 들었어?"

"어. 이신우, 오랜만이다."

신우와 다운이 인사를 하는 사이 연하는 그들을 지나쳐 정문을 빠져나왔다.

"저녁 뭐 먹을 건데? 정하고 가는 거야?"

신우가 앞서가는 연하에게 소리쳐 물었다.

"닭볶음탕. 빨리 안 가면 자리 없다."

연하는 그렇게 말하고 더 빠른 걸음으로 학생들이 가득한 인도를 요리조리 빠져나갔다. 한산해진 골목길에 들어서서야 걸음을 멈춘 연하는 작고 허름한 식당 앞에 서서 뒤에 오는 다운과 신우를 기다렸다.

가게 안은 환한 형광등 불빛 아래 테이블들로 꽉 들어차 있었고 손님은 두 테이블을 남기곤 가득하게 모두 웃음 섞인 대화들을 나누고 있었다. 시끄럽고 또 낡아 보였지만 왠지 모를 정겨운 느낌이 가득한 식당이었다.

"안녕하세요. 저 또 왔어요. 저희 3인분 해 주시고요. 다른 건 가져다 먹을 테니 그냥 앉아 계세요."

가게 앞에 도착한 신우가 먼저 문을 열고 들어갔다. 신우는 가게에 들어서자마자 사장으로 보이는 남자에게 그렇게 말하곤 가게 안쪽 구석진 테이블에 자리를 잡고 앉아서 손짓으로 연하와 다운을 불렀다.

"어제도 왔었거든, 내가 여기 매상 절반은 올려 줄걸?"

다운과 연하가 자리에 앉자 신우가 의자를 하나 더 끌어와 셋의 가방을 한데 모아 올려 두며 말했다.

"너만 그런 게 아닐걸? 나는 저번 주 금요일에 왔었어. 이렇게 맛있는 닭볶음탕을 딴 데서 먹어 본 적이 없다."

다운이 신우의 말에 답하며 가게 안 테이블에 올려진 같은 모양의 냄비들을 쭉 훑어본 뒤 다시 말했다.

"비법이 있는 거겠지? 특제 양념 소스 뭐 이런 거?"

다운이 연하와 신우를 번갈아 보며 말하자 신우가 턱으로 주방 쪽을 가리키며 목소리를 낮춰 소곤거렸다.

"요리는 아줌마가 다 하시는 거래. 원래 요리 솜씨가 좋으셨대. 가게 하기 전에도. 그래서 아저씨가 노후자금 마련을 위해 젊어서 아줌마한테 투자를 좀 하셨대."

"무슨 투자?"

"요리 학원 등록을 해 주셨다나. 뭐라나."

"넌 뭐 그렇게 아는 게 많니."

연하가 대단하다는 듯이 말하자 신우가 더 신이 나서 조잘거렸다.

"딸 이름이 유정인데, 아저씨 아줌마 이름 앞 글자를 따다 지은 거래. 두 분이 사이가 너무 좋은 거지."

"이름이 어떻게 되시는데?"

연하가 다른 테이블의 주문을 받고 있는 사장님을 돌아보며 묻자 신우가 다시 속삭이듯 대답했다.

"아저씨 이름은 송유철. 아줌마 이름은 김정분."

"그러니까 넌 어떻게 그렇게 아는 게 많으냐고?"

다운이 신기해하며 신우를 바라보자 신우가 별것 아니라는 듯 어깨를 한번 으쓱했다.

"아저씨랑 소주 한 잔 한 적 있거든. 같이 왔던 친구 놈들이 다 술에 취해서 잠들어 가지고 걔네 일어날 때까지 아저씨가 나랑 술친구 해 주신다고 해서. 그때 아마 세 시까지 마셨을걸?"

신우의 말에 그제야 고개를 끄덕인 다운이 말했다.

"술안주에 제격이긴 하지."

　　그들이 대화를 나누는 사이 모락모락 김이 나는 커다란 냄비 하나가 테이블에 도착했다. 뚜껑을 열자 일제히 '이야' 탄성을 지른 세 사람은 각자 밥 한 공기씩을 깨끗이 비울 때까지 아무 말 없이 저녁 식사에 집중했다.

　　"너 심리학 수업 최진욱 교수님 거라며."
　　비어 있던 배를 어느 정도 채운 다운이 물 한 잔을 마시며 신우에게 말했다.
　　"어, 왜?"
　　이제 막 마지막 남은 밥 한 숟갈을 입에 넣은 신우가 입안에서 밥알들을 우물거리며 짧게 대꾸했다. 그 말에 연하가 다운의 말을 이어 신우에게 물었다.
　　"우리가 방금 최진욱 교수님 수업 들어갔다 왔잖아. 심리학 수업에선 주크 얘기 안했어?"
　　"주크, 생성하는 인간?"
　　"어떻게 알아?"
　　"어떻게 알긴. 심리학 수업에서도 주크라고 부르기로 약속했으니까 알지. 그것 때문에 리포트 쓰기가 더 어렵다니까. 내용은 당연한 거고 형식도 다른 사람 걸 표절하면 알아서 하래. 새로운 의미를 만들어 내는 리포트를 써 오라는데, 말이 쉽지. 그걸 대체 어떻게 써."
　　낙담한 표정의 신우에게 다운이 궁금한 눈초리로 물었다.
　　"형식을 표절하는 건 뭐야?"
　　"그러니까, 책 한 권을 읽고 감상평을 쓰더라도, 우리 맨날 쓰던 거 있잖아. 줄거리 요약하고 그다음에 느낀 점 쓰기. 고등학교 때 늘 쓰던 독서 감상문 말이야. 그런 틀에 박힌 형식 따라 하지 말래. 그건 자네들이 생각해 낸 글쓰기 형식이 아니라나 뭐라나. 기존에 있던 것들을 아무 생각 없이 그대로 반복하는 건 그 안에 쓰는 내용이 다를지라도 형식을 표절한 거기 때문에 리포트로 인정을 안 하시겠대. 논설문이건 소설이건 수필이건 정해진 형식을 자유자재로 넘어서는 너희들을 기대하겠다나 뭐라나. 리포트 하나 쓰는데 정말 골머리를 앓고 있다."

팔짱을 끼고 신우의 말을 진지하게 듣던 다운이 아쉽다는 듯이 말하며 가방을 향해 손을 뻗었다.

"네 말 들으니까 맥주 한 잔 마시고 싶은 생각이 싹 사라지네. 안 되겠다. 오늘은 그냥 집에 가서 각자 리포트에 집중해야겠다. 한 잔 하고 가자고 하려고 했더니."

가방을 등에 매고 다운이 일어나자 연하와 신우도 다운을 따라서 옆자리 사람에게 몸이 닿지 않게 조심하며 의자에서 일어났다.

"이건 내가 살게. 다음 주에 너네가 술 사."

연하가 계산대 앞에서 지갑을 열며 말하자 주머니에서 막 자신들의 지갑을 꺼내던 신우와 다운이 '그래, 그럼.' 하고 말하며 먼저 가게 문을 열고 나갔다. 좁은 골목길에서 다신 만난 그들은 연하가 가지고 나온 사탕 세 개를 사이좋게 나눠 먹으며 큰길로 걸어 나왔다.

노을 지던 거리는 이제 완전히 밤이 내려 깜깜해졌다. 무리지어 걸어가는 학생들을 지나 지하철역으로 향하는 길에 대형 문구점을 지나려는 데 다운이 멈춰서 말했다.

"잠깐만, 나 살 거 있어. 들어갔다가 가자."

먼저 말하고 문구점에 들어간 다운을 따라 앞서 걸어가던 연하와 신우가 되돌아와 문구점에 들어갔다. 펜들을 구경하던 연하는 노년의 신사가 문구점의 문을 열고 들어오는 것을 보고 멋진 중절모에 구김 없이 다려진 트렌치코트를 입은 모습이 굉장히 멋져 보인다고 생각했다. 노신사는 느긋하게 걸어와 점원에게 낮은 목소리로 점잖게 물었다.

"내가 찾는 물건이 있는데 말이에요."

"네, 말씀하세요."

"물이 들어있는 동그란 유리 장식품. 흔들면 눈이 내리는 모양인데, 내가 이름은 잘 모르겠어요."

점원은 노신사의 설명에 코끝을 찌푸리며 생각해 보려 했지만 그게 뭔지 잘 모르는 것 같았다. 곁에서 그들의 대화를 듣고 있던 연하가 점원 앞으로 다가가 말했다.

"스노우볼 말하시는 거 같은데요?"

연하가 말하자 점원이 '아' 하며 알겠다는 듯이 노신사에게 위치를 설명했다.

"제일 왼쪽 진열대 끝에 가시면 있을 거예요."

점원이 말하자 노신사는 고개를 끄덕이곤 연하에게 고맙다고 말했다. 노신사가 진열대로 걸어가는 사이 다운이 다가와 고른 물건을 계산대에 올려놓았다.

"다 샀어?"

"어. 가자. 너넨 뭐 살 거 없었어?"

"응. 없어."

연하가 진열장의 물건들을 구경하고 있던 신우의 가방을 끌어당겨 함께 문구점을 나가려는 사이 찾던 물건을 발견한 노신사가 네모난 상자를 계산대 위에 올려놓으며 말하는 소리가 들렸다.

"포장을 좀 예쁘게. 손녀딸 생일 선물이라서요."

연하는 손녀딸을 위해 스노우볼을 사는 노신사를 돌아보며 정겨운 미소를 지었다.

"왜 웃어, 유연하?"

"아니야, 가자."

연하는 신우와 다운의 중간에 서서 그들의 팔에 한 쪽씩 팔짱을 끼고 기분 좋게 걸었다. 지하철역에 다다라 다운은 건널목 앞에서 버스를 타고 간다며 연하와 신우에게 손을 흔들었고, 연하와 신우는 다운이 건널목을 건너는 것을 보고 지하철역으로 들어갔다. 개찰구를 지나 승강장에 내려온 그들은 시시콜콜한 대화를 나누며 간혹 승강장이 모두 울릴 듯한 커다란 웃음을 터뜨렸다. 별것 아닌 이야기에도 배가 아프게 웃어 버린 그들은 열차가 도착하는 걸 보곤 승강장에 줄을 선 사람들의 맨 끝에 가서 섰다.

"열차 들어온다. 가자."

신우가 말하며 연하의 팔에 손을 올렸지만 연하는 도착하는 열차의 마지막 정류장을 확인하곤 신우에게 말했다.

"난 저거 타면 중간에 내려서 다시 타야 돼. 너 먼저 가."

"그래, 그럼. 내일 봐. 나 먼저 갈게."

도착한 열차에 오르는 신우를 향해 손을 흔들어 준 연하는 벤치에 앉아 다음 열차를 기다렸다. 이어폰을 끼고 음악을 듣던 연하는 얼마 지나지 않아 도착한 다음 열차에 올라탔다. 붐비는 열차였지만 한 자리 비어 있는 좌석을 발견하고 쾌재를 부르며 앉은 연하는 자리에 앉자마자 피곤함을 느끼며 몸을 뒤로 기댔다.

새벽부터 일어나 바쁘게 보낸 하루가 굉장히 길었던 것처럼 느껴졌다. 이어폰을 끼고 조용한 음악을 듣다 자기도 모르게 깜박 잠이 든 연하는 고개를 꾸벅거리며 졸다가 자신이 내릴 정거장을 알리는 방송 소리에 화들짝 놀라 닫히려는 문을 향해 뛰었다.

간신히 열차에서 내려 안도의 한숨을 내쉬던 연하는 고개를 들자마자 눈에 들어온 종로3가라는 표지판에 자신이 정류장을 잘못 내렸다는 것을 깨달았다.

"뭐야. 왜 종로3가야. 졸다가 방송을 잘못 들었냐? 아, 유연하. 정말."

연하는 자신의 머리를 두 번 쥐어박으며 터덜거리는 걸음으로 역 안 벤치에 가서 앉았다. 다음 열차가 네 정거장 뒤에서 오고 있음을 확인한 연하는 고개를 한번 푹 숙였다가 일어나 멍하니 역 안에 움직이는 사람들을 바라봤다.

저녁 시간의 종로3가는 다양한 연령대의 사람들로 가득했다. 승강장 앞에 줄을 서 있는 사람, 이제 막 계단을 내려오는 사람, 자신처럼 벤치에 앉아 열차를 기다리는 사람. 그들 모두가 서로에게 아무런 연관도 없이 다른 일상을 살아가다 오직 열차를 타기 위해 이 장소에 하나로 모인다는 사실이 연하는 새삼 신기하게 느껴졌다.

잠자코 그들을 바라보던 연하는 문득 오늘 하루 자신이 만나고 스쳐 지나갔던 사람들과 지금 자신의 눈에 보이는 종로3가의 사람들이 같은 사람들일 수도 있겠다고 생각했다. 이미 지나 버린 기억 속의 그들과 지금 눈앞에서 움직이는 그들을 번갈아 보던 연하는 가만히 가방에서 수첩을 꺼내 비어 있는 페이지를 펼쳤다. '딸각' 하는 볼펜 소리와 함께 그녀는 흰 종이에 검은 펜으로 글자들을 써 내려가기 시작했다.

오랫동안 생각해 온 듯한 이야기, 혹은 즉흥적으로 생각난 듯한 이야기, 그것도 아니라면 이야기일 수 없는 그런 이야기를.

　　"지하철 1호선 종로3가역은 늘 열차를 기다리는 사람들로 가득했다. 7-3번 출입문은 곧바로 나가는 문으로 연결되는 계단과 맞닿아 있어서 사람들은 일부러 움직이는 열차에서 칸을 옮겨 타 이 자리로 오곤 했다. 역 안 의자에 앉아 열차에 내리고 오르는 사람들을 보고 있으면 이 많은 사람들로 하여금 이 장소를 거쳐 가게 만드는 삶의 어떤 필연성을 찾고 싶어진다. 자유 의지로 움직인다고 믿는 사람들의 동일한 목적성. 서로 다른 일상과 다른 삶을 부르짖어도 우리는 모두 비슷비슷하게 살아가고 있다는 것의 증명. 종로3가를 거쳐 가는 사람들은 그 변하지 않는 단조로움을 이어가기 위해 이곳에 모이는 것처럼 보였다."